FEDERHERZ
VERLAG

SARA RIVERS

SAVIOR

bittersweet

ER IST NICHT DEIN RETTER

Enthält sensible Themen

Eine genaue Auflistung aller in diesem
Buch enthaltenen Triggerthemen findest du auf:
www.federherzverlag.de/trigger

BITTERSWEET SAVIOR
Er ist nicht dein Retter

Band 1 einer Reihe

Bildmaterial: Shutterstock, Freepik
Korrektorat: Astrid Töpfner

Bestellung und Vertrieb: Nova MD GmbH, Vachendorf

ISBN: 978-3-98595-370-7

Druckerei Smilkov Print Ltd
Pokrovnishko shose
2700, Blagoevgrad

Federherz Verlag
Süntelstraße 70
31848 Bad Münder
www.federherzverlag.de
Instagram: @federherz.verlag

WARNUNG

Bevor du einen Fuß ins *Dark Diamond* setzt, sollte ich dich warnen. Denn wenn du nicht bereit bist, deine Moral wie einen Mantel an der Garderobe abzugeben, bist du bei mir an der falschen Adresse, Baby.
Du liebst das Spiel mit dem Feuer, nicht wahr? Aber liebst du es auch, dich zu verbrennen?
Wenn du das *Dark Diamond* betrittst, betrittst du die Hölle.
Wenn du dich in meinen Augen verlierst, verlierst du dich in den Augen des Teufels.
Und gerade wenn du glaubst, dass am Ende alles gut wird ... stoße ich dich in dein eigenes Grab.
Ich bin *nicht* der Gute in diesem Spiel, ich bin *nicht* dein Retter.
Also geh in dich, höre auf dein süßes Herz und frage dich, ob du bereit für die Finsternis bist.
Wenn nicht, dann bleibt dir eine Menge Schmerz erspart.
Wenn doch, warte ich an der Bar auf dich.
So oder so ... Du wirst die Entscheidung bereuen.

James

»Sagst du es jetzt oder wollen wir mit dem Gürtel weitermachen?« Meine Augen flattern, weil ich gegen das Gefühl der Ohnmacht kaum noch ankomme. James klopft mir gegen die Wange, damit ich nicht wegdrifte, und ich bilde mir ein, dass seine Hand etwas zu lang und etwas zu sanft auf ihr ruhen bleibt. Seine Fingerspitzen sollten sich nach allem, was er getan hat, nicht so heilsam auf meiner Haut anfühlen. Meine Lippen sollten sich nach diesem Blowjob nicht nach seinen Küssen sehnen. Sollten, sollten, sollten ... Die Realität sieht jedoch anders aus. Ich würde in dieser Sekunde alles für einen tröstenden Kuss geben. Oder für ein paar simple Worte, die mir versichern, dass alles wieder gut wird.

Vernebelt blicke ich zu ihm auf, und als ich den flehenden Funken in seinen stechend grünen Augen sehe, gebe ich schließlich nach. Ich ertrage keinen weiteren Schlag, keine weitere Demütigung. Ich ertrage es nicht länger, ihn so zu sehen und nicht zu wissen, welche Seite in ihm gewinnen wird.

Die gute oder die abgrundtief böse ...

»Es tut mir leid«, flüstere ich und merke, wie gebrochen ich bereits klinge. Sekunden später schlägt James mich erneut, dieses Mal wieder mit der flachen Hand. Mein Kopf schleudert zur Seite und ich schmecke das Salz meiner Tränen, die plötzlich überall sind. Sie rinnen wie Bäche über mein geschundenes Gesicht.

»Ich verstehe dich nicht, Ginger. Du musst schon lauter sprechen.« James umschlingt die Kette etwas fester mit seiner Faust, während ich mich auf dem Stuhl immer kleiner mache. Ich will nicht mehr, ich kann nicht mehr und ich verabscheue, dass ich dieses Spiel anfangs so sehr genossen habe. Wann war der Punkt erreicht, als meine Lust in Angst umschlug? Ich erinnere mich nicht.

»Es tut mir leid«, wiederhole ich, immer noch leise wie ein Mäuschen, obwohl ich in den letzten Tagen so stark war. Vermutlich war es nur eine Frage der Zeit, bis das Kartenhaus in sich zusammenfallen würde. Der nächste Schlag gibt mir den Rest. Die Kette saust auf meine Brüste hinab und entfacht einen Schmerz, der überdimensional ist. Warum hört er nicht auf, mich zu schlagen, obwohl ich mich entschuldigt habe? Warum quält er mich so? Erneut jagt er die Kette auf meine Brust, dieses Mal direkt über mein Herz. Mein Herz, das er gerade regelrecht entzweibricht. Ich versuche die Antwort in seinen Augen abzulesen, aber dafür sehe ich nicht mehr scharf genug. Sterne tanzen in meinem Sichtfeld, die mich tiefer in die Schwärze der Nacht ziehen wollen. Dann packt James meinen Hals und drückt so fest zu, dass ich meinen Tod bereits fühlen kann. Ich sehe, wie er die Arme für mich öffnet, bereit dazu, seinen schwarzen Umhang über mich zu legen.

»Lauter!«, befiehlt James harsch und lockert den Druck um meine Kehle wieder. Seine warmen Finger ruhen jetzt wie ein schützender Schal an meinem Hals, und als sein Daumen kleine Kreise über meine brennende Haut zeichnet, sammle ich meine letzte Stärke, sehe zu ihm auf und schreie ihm die vier Worte mitten ins Gesicht.

»ES TUT MIR LEID!«

»Warum nicht gleich so?«, fragt er mit erhobenem Mundwinkel, aber ich kann hinter die Fassade blicken. Hinter seiner perfektionierten und wunderschönen Maske brodeln die Schuldgefühle. Und zu wissen, dass er sich hierfür sein Leben lang geißeln wird, befriedigt mich auf viel zu düstere Weise. Langsam löst er seine Hand von meiner Kehle, entfernt sich von mir und wirft einen Blick Richtung Kamera.

»Ich glaube, sie hat ihre Lektion gelernt.« Ohne mich ein weiteres Mal anzusehen, verlässt James den Raum. Und somit auch mich, obwohl ich es nicht ertrage, jetzt allein zu sein. Das Déjà-vu meines Lebens übermannt mich mit voller Wucht. Dieses Gefühl der Einsamkeit steigt in meinem Körper rasend schnell auf und flutet mein Herz, das immer noch im Galopp schlägt. Die Tür fällt lautstark ins Schloss, und als ich höre, dass James mich hier drin einschließt, springe ich vom Stuhl auf, schnappe mir mit zitternden Fingern sein Jackett, das er hier vergessen hat, und ziehe es mir über.

Zum einen, weil ich nicht will, dass mich die Leute hinter der Kamera weiterhin halb nackt sehen können, zum anderen, weil ich in dem Stück Stoff die Zuneigung suche, die James mir verwehrt hat. Sein Duft dringt in meine Nase und hüllt mich in diese friedliche Blase, in der mir niemand etwas anhaben kann. Ich träume mich fort. Weg von diesem dreckigen Keller, weg von diesen dreckigen Menschen. Ich streife mir die Schuhe ab, torkle zum Stuhl und ziehe die nackten Füße auf die Sitzfläche. Dann umschlinge ich meine Knie, vergrabe das Gesicht in meinem Schoß und wünsche mich weit weg.

Und ohne dass ich einen Einfluss darauf habe, befinde ich mich plötzlich wieder auf dieser wunderschönen Veranda am Black's Beach. Ich spüre James' warmen, schützenden Körper und die Meeresbrise auf meinem Gesicht, während wir gemeinsam in den Sonnenuntergang blicken, als wäre dieser Ort nur für uns bestimmt. Je länger ich in meiner Gedankenwelt verweile, desto ruhiger wird mein Körper und desto stärker verblassen meine Schmerzen. Sowohl die inneren als auch die äußeren.

Als ich meine Finger in den Stoff seines Jacketts grabe und Trost in diesem leblosen Kleidungsstück finde, weiß ich, dass es zu spät für mich ist. Weil es einen albernen, naiven Teil in mir gibt, der glaubt, dass er das Jackett absichtlich hiergelassen hat. Damit ich etwas von ihm bei mir habe, wenn ich zusammenbreche.

Silva hatte recht.

Ich habe mein Herz längst an meinen Entführer verloren ... und er hat es soeben mit bloßen Händen zerquetscht.

PROLOG

WILLOW

Fünfzehn Jahre zuvor

»Hey, kleine Blume. Du musst jetzt aufstehen.«

Kleine Blume. So hat mich Daddy immer genannt, weil ich ihn mit den orangen Haaren an eine Tulpe erinnerte. Ich will Mommy sagen, dass ich es nicht mag, wenn sie diesen Spitznamen benutzt, weil er mich immer traurig macht. Daddy ist nämlich nicht mehr bei uns und das fühlt sich furchtbar an. So furchtbar, dass ich nachts oft nicht einschlafen kann, weil ich ihn so sehr vermisse. Die Matratze gibt unter dem Gewicht von Mommy nach. Ich liege mit dem Gesicht immer zur Wand, weil ich nicht will, dass sie sieht, wenn ich wach liege.

Ich spüre ihre warme Hand auf meinem Rücken, und als sie durch meine Locken streichelt, möchte ich weinen. Heute vermisse ich Daddy noch mehr als sonst, und ich will nicht, dass Mommy denkt, sie würde mir nicht reichen. Sie vermisst ihn auch, seit er im Himmel ist. Sie hat es mir nie gesagt, aber manchmal, wenn ich es nicht mehr in meinem Zimmer aushalte, schleiche ich mich nachts auf den Flur und drücke mein Ohr gegen die Tür ihres Schlafzimmers. Dann höre ich sie weinen und mit Daddy sprechen.

»Mein Schatz, du musst wirklich aufstehen. Wir müssen jetzt gehen.«

Gehen? Es ist doch mitten in der Nacht, oder? Da mein Zimmer keine Vorhänge besitzt und es ganz dunkel im Raum ist, muss es so sein. Ich wische mir die Wangen trocken, damit Mommy meine Tränen nicht sieht, sollte sie das Nachtlicht einschalten. Was sie Sekunden später auch macht.

»Wohin müssen wir?«, frage ich und versuche dabei so zu klingen, als wäre ich gerade erst wach geworden. Inzwischen bin ich ganz gut darin.

»Wir fahren für ein paar Tage weg, kleine Blume.« Ihr Knie wippt auf und ab, so wie meines immer am Abend vor meinem Geburtstag. Aber Mommy hat erst in ein paar Monaten Geburtstag, sie ist also aus einem anderen Grund nervös.

Ich rapple mich auf, kralle mich in Mr. Pebbles' weichen Bauch und versuche das Beben meiner Unterlippe zu verbergen, als ich sehe, dass Mommy geweint hat. Ihre grünen Augen, die Daddy immer so toll fand, sind ganz rot, genau wie ihre Wangen. Immer wenn wir weinen, bekommen wir diese komischen Flecken im Gesicht. Mommy sagt, das liegt an unserem hellen Hautton.

»Und wohin?« Ich würde ihr gern sagen, dass ich nicht wegfahren will, aber ich möchte ihr keine Umstände machen. Wenn sie traurig ist, muss ich sie wieder fröhlich machen. Also krabble ich zu ihr hin, drücke mich an ihre Brust und schlinge die Arme um sie, so fest es geht. Dabei segelt mein Teddybär auf den Boden, aber darum kümmere ich mich, wenn es Mommy wieder besser geht.

»Das ... das sehen wir dann. Vielleicht fahren wir endlich mal nach San Francisco, weißt du? Oder wir besuchen deine Tante May in Texas.« Sie wischt sich mit dem Ärmel ihres Pullovers die Wangen trocken und ich lasse meine Tränen in den Stoff an ihrer Brust sickern. Etwas stimmt nicht mit Mommy. Sie ist oft traurig, aber heute ist es besonders schlimm.

»Du vermisst deine Tante doch sicherlich, oder?« Sie drückt mir einen Kuss auf den Scheitel, bevor sie aufsteht und zu meinem Schrank hinübergeht. Neben der Tür liegt die leere Reisetasche, die wir schon lange nicht mehr benutzt haben, weil wir nur selten Ausflüge machen. Seitdem Daddy nicht mehr da ist, haben wir keinen einzigen unternommen. Aber das ist okay für mich. Ich genieße die Zeit mit Mommy zu Hause am allermeisten. Wir sind beste Freundinnen für immer!

Daddy hat auch gesagt, dass er immer für mich da ist.

Und jetzt ist er im Himmel.

Aber Mommy wird mich nicht verlassen, das weiß ich einfach. Während sie hektisch ein paar meiner Sachen in die Tasche stopft, krabble ich an den Rand des Bettes und hebe Mr. Pebbles vom Teppich auf.

»Willst du noch etwas mitnehmen?« Mommy wirkt, als hätte sie Angst, und langsam bekomme auch ich es mit ihr zu tun. Ich wiege mich leicht vor und zurück, drücke meinen Teddy fester an mich und grabe meine Nägel in sein braunes Fell.

»Mr. Pebbles«, flüstere ich und merke, dass mir die Tränen kommen. Die erste kullert über meine Wange, und als Mommy sieht, dass ich weine, fällt sie vor mir auf die Knie und sieht vom Boden zu mir auf. Ihre Hand greift nach meinem Kinn und hebt meinen Kopf leicht an.

»Du brauchst nicht zu weinen, kleine Blume. Alles ist gut. Wir machen nur einen kleinen Ausflug, hm? Und ...« Sie rauft sich die ebenfalls orangen Haare und greift anschließend in die Tasche ihrer Jeans. »Eigentlich wollte ich dir das Geschenk erst später geben, aber du bekommst es schon jetzt.«

»Ein Geschenk?« Ich bin mir sicher, dass meine Augen strahlen. Ich liebe Geschenke! »Aber ich habe doch gar nicht Geburtstag!«

»Du musst nicht Geburtstag haben, um ein Geschenk zu bekommen. Ich habe dich an jedem Tag im Jahr lieb.« Sie hält eine schwarze Schachtel in der Hand, und als sie den Deckel öffnet, strahlt mich ein riesiger Funkelstein an. Nein, es sind sogar zwei!

»Als ich die Kette gesehen habe, musste ich sofort an dich denken. Es ist ein echter Amethyst, kleine Blume. Dieser Schmuck ist der Schmuck einer wahren Prinzessin.«

»Und ich darf ihn haben?« Meine Stimme klingt ungewohnt schrill. Normalerweise versuche ich immer leise und brav zu sein, um Mommy keinen unnötigen Kummer zu bereiten. *Aber diese Kette ist so schön!* Am liebsten würde ich vor Freude jubeln, wäre es nicht mitten in der Nacht.

»Du darfst ihn haben!« Sie legt mir die Kette mit den zwei violetten Anhängern um den Hals, und obwohl sie sich schwer anfühlt, recke ich mein Kinn ganz nach oben. Ich fühle mich wirklich wie eine Prinzessin.

»Weißt du ... wir haben vielleicht nicht viel Geld. Wir haben keine Villa wie die ganzen Leute in den Werbespots und du hast nicht die neuesten Spielsachen, aber wir beide sind trotzdem sehr reich. Wir haben uns. Für immer. Und das ist so viel wertvoller als Geld, das weiß ich jetzt.« Mommy nimmt meine Hände in ihre und drückt einen Kuss auf meine warmen Finger. Meine Angst hat sich in Luft aufgelöst, und ich bin mir sicher, dass es an der Kette liegt – Prinzessinnen sind nämlich nicht traurig. Glaube ich.

»Aber jetzt müssen wir los, kleine Blume. Entschuldige, dass es mitten in der Nacht sein muss, aber ich werde es wiedergutmachen.« Das hat sie doch schon! Eilig nicke ich und hüpfe vom Bett. Mommy schultert die schwarze Reisetasche, greift nach meiner Hand und knipst das Nachtlicht aus.

»Hast du Mr. Pebbles?«

»Ja!« Er klemmt unter meinem Arm. Ohne ihn gehe ich nirgendwo hin!

»Gut, kleine Blume.«

Wir verlassen mein Zimmer, und als wir in den Flur treten, schnappt Mommy sich in Windeseile unsere Schuhe. Im selben Moment, in dem ich mir den zweiten zubinde, poltert es auf einmal im Flur unseres Wohnblocks.

»O nein.« Mommys Augen werden groß wie grüne Tennisbälle, und als der Krach noch lauter wird und näher kommt, schlägt sie sich die Hand vor den Mund.

»Was ist, Mommy?«, frage ich zögernd.

Als Antwort presst sie nur ihre Hand auf meine Lippen. Anschließend öffnet sie unsere Vorratskammer und schiebt mich in die Dunkelheit.

»Mommy«, murmle ich gegen ihre Hand und bekomme es wieder mit der Angst zu tun. Die Dunkelheit macht mir eigentlich nichts aus, aber ich mag diese enge Kammer nicht. Und noch weniger mag ich es, wenn Mommy so neben sich steht. Wieder kracht es im Hausflur, es klingt, als würde jemand gegen das Geländer schlagen.

»Hör zu, Lizzy. Du bleibst hier drin und bist mucksmäuschenstill, verstanden? Du kommst nicht aus dieser Kammer raus, bis ich dich geholt habe, okay?«

Unschlüssig nicke ich. Ich will nicht, dass sie mich hierlässt und geht!

»Egal was du hörst, du kommst – auf gar keinen Fall – raus!« Sie drückt mir einen Kuss auf die Stirn und verlässt die Vorratskammer. Ich presse das Ohr gegen die Tür, höre, wie jemand gegen unsere Wohnungstür hämmert. Das Hämmern klingt nicht freundlich, klingt nicht nach Besuch. Wer kommt denn mitten in der Nacht her? Im Hintergrund höre ich Mommys Weinen, während sie sich in der Küche durch eine Schublade wühlt. Ich kenne das Geräusch so gut, weil sie darin immer nach Streichhölzern sucht, wenn der Strom mal wieder abgestellt wurde, weil wir die Rechnungen nicht zahlen konnten.

Ich schließe die Augen, drücke Mr. Pebbles auf mein Herz und umklammere mit der anderen Hand die Kette, die Mommy mir gerade geschenkt hat. Alles wird gut, oder? Das muss es! Prinzessinnen bekommen ihr Happy End. Immer.

Als ich höre, wie unsere Haustür brutal aufgestoßen wird, schluchze ich auf. Um die Geräusche zu unterdrücken, beiße ich in Mr. Pebbles' Ohr. Mommy hat gesagt, dass ich leise sein soll. Sie hat gesagt, dass wir uns haben. Für immer. Dass wir reicher sind als all die Menschen, die so viel Geld besitzen. Wieso nur glaube ich, dass sie gelogen haben könnte?

EINS

WILLOW

Heute

Ich fahre mit den Fingern über die Anhänger meiner Kette und starre dabei gedankenversunken aus dem Fenster. Moms Worte haben mich seit damals nicht losgelassen und begleiten mich täglich, auch wenn man meinen sollte, dass man mit zweiundzwanzig Jahren nicht mehr ständig die Stimme seiner Mutter im Kopf hat. Tja, bei mir ist das anders.

Wenn sie jetzt hier wäre, würde ich ihr sagen, dass sie falsch gelegen hat. Nicht nur in Bezug darauf, dass wir einander für immer haben werden, sondern auch in Bezug auf Geld. Es macht Menschen nicht zwangsläufig glücklicher, das stimmt, aber kein Geld zu haben bedeutet für wahnsinnig viele Menschen in dieser Stadt vor allem eines: kämpfen zu müssen.

San Diego wird überall als *America's Finest City* angepriesen, weil wir das ganze Jahr über warme Temperaturen haben, weil die Wellen perfekt zum Surfen sind und weil Menschen herkommen, um ihre großen Träume zu verwirklichen. Dabei werden jedoch die tausenden Menschen vergessen, die sich die überteuerten Mieten nicht leisten können und auf Parkplätzen wohnen, weil sie kein Dach über dem Kopf haben.

Auch die Finest City hat ihre Schattenseiten. Und ich habe mich gerade erst aus diesem Schatten herausgekämpft.

»Ey, was ist jetzt mit meinem Pumpkin Spice Latte?« Ich höre gedämpft die Stimme eines Kunden im Hintergrund, aber ich bin nicht in der Lage, mich umzudrehen und ihm zu antworten. Dafür bin ich einfach zu platt. Ich habe die ganze Nacht auf das schreiende Baby von Miss Hill aufgepasst und bin ohne eine Stunde Schlaf direkt zur Arbeit erschienen. Verdammt, ich wünschte, ich könnte sagen, dass ich nach meiner Schicht in mein Bett fallen und den Schlaf nachholen kann, aber ich muss um sechs bereits im *Fever* sein. Ja, ich habe mich aus den Schattenseiten San Diegos herausgekämpft, aber dafür zahle ich täglich einen fetten Preis. Drei Jobs, die allein schon kräftezehrend genug sind und nicht ansatzweise so viel Geld abwerfen, wie man meint. Die Löhne, die mir gezahlt werden, stehen in keinem Verhältnis zur Arbeit.

»Geht es deiner Kollegin nicht gut, Mann? Sie sieht blass aus.«

»Keine Sorge, sie ist von Natur aus so bleich.« Ich werde an der Schulter gepackt. »Gott, Willow«, knurrt Steven in mein Ohr. »Der Kunde wartet jetzt schon ewig auf seine Bestellung und die Schlange hinter ihm wird nicht gerade kürzer.«

»Sorry«, murmle ich und schüttle mich einmal kurz durch, um die Gedanken an meine Mutter zu vertreiben und die Müdigkeit gleich mit. Als Kind habe ich die Müdigkeit oft nur vorgespielt, um meiner Mutter keine Sorgen zu machen, aber jetzt ist sie mir in Fleisch und

Blut übergegangen. Mein Körper läuft seit Ewigkeiten auf Sparflamme.

Ich werfe dem Kunden mit den schulterlangen blonden Haaren ein entschuldigendes Lächeln zu und mache mich daran, ihm das fancy Getränk zuzubereiten. Ich stehe ja auf den klassischen schwarzen Kaffee, aber die Kreationen in unserem Schuppen werden von Tag zu Tag verrückter. Fehlt nur noch, dass wir Palmenblätter raspeln und sie als Topping über unsere Frappuccinos streuen – damit das kalifornische Erlebnis perfekt abgerundet wird. Angewidert verziehe ich das Gesicht und schiebe dem Kunden, dem die Ungeduld förmlich in die Hipster-Miene geschrieben steht, das Getränk über den Tresen.

»Geht aufs Haus, Mann. Sorry für die Umstände«, wirft mein Kollege ein und schleudert mir als Sahnehäubchen noch einen missmutigen Blick zu. Gott, ich habe es ja kapiert! Tagträumen ist beim Arbeiten nicht angebracht, ist notiert. Aber meine Gedankenreisen halten mich davon ab, vollkommen auszubrennen.

Steven hatte leider recht: Die Schlange ist während meiner Träumerei immens gewachsen und so powere ich vierzig Minuten lang durch, bevor ich mal wieder zum Durchatmen komme. Der Schweiß rinnt mir über den Nacken, weil unsere Klimaanlage im Arsch ist und der Handwerker uns schon zum fünften Mal versetzt hat. Und seine Begründung war, dass andere Kunden mehr geblecht haben.

Siehst du, Mom? Geld regiert die Welt, auch wenn ich wünschte, es wäre anders.

»Harter Tag?« Eine freundliche Frauenstimme reißt mich aus meinen Gedanken, und als ich eine unserer Stammkundinnen am Tresen rechts sitzen sehe, schaffe ich es sogar, ernst gemeint zu lächeln. Ich kenne ihren

Namen nicht, aber sie gehört zu meinen liebsten Kunden. Die Frau mit den schokobraunen Haaren und der Karamellhaut trägt immer ein Lächeln auf den Lippen und verliert ihre Freundlichkeit selbst dann nicht, wenn es mal länger dauert.

»Harter Monat«, erwidere ich und schrubbe nebenbei den Tresen. Wenn ich schon Small Talk führe, für den ich nicht bezahlt werde, kann ich mich wenigstens nebenbei nützlich machen. *Hartes Leben* trifft es eher, aber ich will keine Wildfremde mit meinen Sorgen überschütten.

Mein Dad ist gestorben, als ich sechs war. Meine Mom ein Jahr später. Und ich bin erst in einer Pflegefamilie und dann auf der Straße gelandet, wo ich in einem herrenlosen Schrotthaufen namens Auto gelebt habe. Das macht dann sieben Dollar. Schönen Tag noch!

Kommt semi-gut an.

»Wow, deine Kette ist wirklich hübsch!« Die Frau betrachtet meinen Schmuck ehrfürchtig. Verdammt, habe ich sie nicht unter meinen Shirtkragen verschwinden lassen? Ich trage die Kette meiner Mutter – ihr letztes Geschenk an mich – jeden Tag. Aber meistens verstecke ich sie unter hochgeschlossenen Tops, weil dieses Teil das Wertvollste ist, was ich besitze. Und ich will unter keinen Umständen deshalb überfallen und ausgeraubt werden.

»Danke«, sage ich ehrlich, hebe den Kragen meines Nirvana-Shirts an und lasse die violetten Edelsteine darunter abtauchen.

»Und wie geht es dir heute?«, frage ich die Kundin beiläufig. Sie brütet über einem Haufen Unterlagen, vermutlich studiert sie.

»Mir geht es blendend. Aber das Finanzwesen nervt.« Sie verdreht die braunen Augen und formt mit ihren Fingern eine Pistole, die sie sich gegen die Schläfe drückt.

»An deiner Stelle würde ich draußen in der Sonne lernen, das ist doch viel schöner als in dieser stickigen Bude«, sage ich hinter vorgehaltener Hand, für den Fall, dass Steven hinter mir steht und meinen Umgang mit den Kunden benotet. Zuzutrauen wäre es ihm. Nicht weil er mein Boss ist, sondern weil er einen Schwanz zwischen den Beinen hat und glaubt, dass er mich deshalb herumkommandieren kann. Leider gibt es nicht gerade wenige Männer, die glauben, ihr Penis sei ein Zepter zum Regieren.

»Gute Idee. Ich muss jetzt eh los.« Die Frau klaubt ihre Sachen zusammen, stopft sie in ihre Handtasche und schultert sie. »Und darf ich dir einen Tipp gegen die Müdigkeit geben?«

»Immer doch!«

»Power Naps. Die wirken echt Wunder.« Sie klopft auf den Tresen, winkt mir zu und verschwindet mit tanzenden Schritten aus dem Laden. Diese Frau ist echt eine Frohnatur und füllt den ganzen Raum mit ihrer guten Laune. Als ich ihren Platz sauber machen will, fällt mir ein schwarzes Stück Papier auf, das sie liegen gelassen hat. Eilig schnappe ich es mir und laufe Richtung Ausgang, um sie noch abzupassen, aber als ich an die warme Sommerluft trete, ist sie bereits weg. Ich begutachte das Schriftstück in meiner Hand. Das Papier ist stabil und so dick wie Pappe, außerdem fühlt es sich wahnsinnig hochwertig an. Genauso elegant wie die Schrift auf dieser Einladungskarte aussieht.

Ein Diamant prangt in der Mitte, der im Licht silbern glitzert. Darunter steht *Dark Diamond*. Ist das ein Club? Eine Bar? Ich habe noch nie von einem Laden mit diesem Namen gehört, und ich kenne die Stadt trotz ihrer Größe wie meine Westentasche. Mein Daumen streicht über das luxuriöse Emblem und wandert anschließend über die schicke, verschnörkelte Schrift darunter.

Einladung

Samstag, 20. Juli

22 Uhr

Heute ist Donnerstag, was heißt, dass ich noch zwei Tage Zeit habe, um darauf zu hoffen, dass die Kundin nochmals im Laden vorbeischaut, damit ich ihr diese ziemlich protzige Einladung zurückgeben kann. Ich falte das edle Papier, schiebe es in die Tasche meiner High Waist Jeans und mache mich wieder an die Arbeit, während ich mich gedanklich auf meinen ersten Power Nap freue.

»Du kannst auch bei mir unterkommen, bis du wieder besser bei Kasse bist, Süße.« Meine beste Freundin Zoey balanciert zwei Gläser Rotwein aus dem Karton und zwei Schüsseln mit Knabberzeug durch mein Wohnzimmer und lässt sich neben mir aufs Sofa fallen.

»Ich will dir aber nicht auf der Tasche liegen. Außerdem liebe ich die Wohnung«, seufze ich und kann nicht aufhören, das Schreiben meines Vermieters anzustarren wie den Erzfeind. Ich wusste, dass dieser Brief kommen würde, aber nach der kräftezehrenden Schicht hinter der Bar im *Fever* wollte ich keine Hiobsbotschaft dieser Art erhalten. Trotzdem hat sie in meinem Briefkasten gelegen. Der verdammte Umschlag hat sogar rausgeguckt, weshalb ich ihn da nicht hängen lassen konnte und mit in die Wohnung nehmen musste. Ich bin mit zwei Mieten im Rückstand und langsam geht mir der Arsch mächtig auf Grundeis.

»Er will in fünf Tagen das Geld haben, wie stellt er

sich das vor?«, murmle ich und schnappe mir eines der beiden Weingläser. Die Plörre schmeckt nach alten Latschen, aber alles ist besser als das ungenießbare Leitungswasser. Die Wohnung hier hat einige Nachteile, aber ich habe es ernst gemeint: Ich liebe sie. Ich liebe das Gemütliche, die Überschaubarkeit, und vor allem liebe ich, dass ich nicht ständig Angst haben muss, dass jemand die Wohnung einfach abschleppt, so wie die Stadt es mit meinem heiß geliebten Autoappartment gemacht hat. Hugo war mein Ein und Alles. Ich habe keine Ahnung, wem die rostige Karre gehört hat, aber sie hat mir in vielen Nächten das Leben gerettet.

»Und wenn du ihn anrufst und auf die Tränendrüse drückst?« Zoey greift in die Popcornschüssel und schiebt sich eine Handvoll in den Mund. Ihre Backen sind so voll, dass sie aussieht wie ein bunkerndes Eichhörnchen.

»Hab ich schon fünfmal, das wird nicht mehr ziehen. Fuck!« Ich stelle das Glas ab, lasse mich theatralisch ins Polster des Lederzweisitzers fallen und vergrabe das Gesicht in den Händen.

»Hm.« Meine Freundin spült die Popcornreste mit Latschen-Wein herunter. »Was ist das hier?« Sie wedelt mit dem gefalteten Papier vor meiner Nase.

»Eine Einladung von einer Kundin aus dem Café. Sie hat sie auf ihrem Platz vergessen und ich wollte sie ihr die Tage zurückgeben.«

Zoeys babyblaue Augen funkeln auf. »Eine Einladung also, hört, hört. Wofür?«

»Keine Ahnung. Irgendein Schuppen namens *Dark Diamond*. Noch nie von gehört.«

»Ich auch nicht, und ich kenne alle Clubs dieser Stadt«, sagt sie empört, faltet das Papier auseinander und stößt einen Pfiff aus. »Scheiße, allein die Einladung schreit nach Luxus. Ist sicher so ein Nobelschuppen, in den Leute wie wir nicht mal den kleinen Zeh setzen dürfen.« Zoey betrachtet das edle Schreiben weiterhin, und als sie ihre hübschen Augen noch etwas weiter aufreißt, ahne ich Böses.

»Nein, Zoey.«

»Warum nicht?«

»Weil die Einladung nicht uns gehört?«

»Na und.« Sie macht eine wegwerfende Handbewegung. »Wer es findet, dem gehört es.« Sie zieht ihre nackten Füße auf das Sofa und stupst mich mit dem großen Zeh an. »Ich habe eine Idee. Und ich bestehe darauf, dass du mich anhörst!«

Seufzend drehe ich mich in ihre Richtung. »Na schön. Wie lautet dein Plan?«

»Dieser Schuppen hier«, sie wedelt mit der Einladung, »schreit nach Geld, oder?«

»Uuuund?«

»Und du brauchst Geld.«

»Gut erkannt, Sherlock. Aber ich verstehe nicht, worauf du hinauswillst.«

»In so einen Laden gehen sicher ein paar einsame Herren an ihren Samstagabenden. Herren mit dick gefüllten Geldbeuteln.«

»Zoey, willst du mir sagen, dass ich mich prostituieren soll?«

Meine beste Freundin zieht die Unterlippe zwischen ihre strahlend weißen Zähne. »Wer sagt denn so was?« Sie sieht sich in meinem winzigen Wohnzimmer um, als hätten wir Zuschauer. »Aber es spricht nichts dagegen, wenn du ein bisschen Spaß mit einem Kerl hast, der Kohle hat.«

»Ach nicht? Widerspricht das nicht deiner feministischen Seele?«, ziehe ich sie auf und boxe ihr liebevoll gegen das Knie.

»Vielleicht hast du recht und es macht mich zu einer schlechten Feministin, ja. Aber ganz ehrlich? Das Neandertaler-Denken der Männer wird sich nun mal nicht über Nacht ändern. Also kann ich auf dem steinigen Weg zu einer besseren Welt ruhig ein bisschen Spaß haben und ein paar Kerle um Geld erleichtern, das sie nur haben, weil da ein *ach so toller Dödel* zwischen ihren Beinen baumelt.« Sie redet sich nahezu in Rage. »Ich wette mit dir, dass Steven viel mehr verdient als du. Für dieselbe Arbeit!« Da hat sie vermutlich sogar recht. Er hat mir mehr als einmal unter die Nase gerieben, dass seine Arbeit besser entlohnt wird.

»Und wie sieht dein Plan aus? Wir marschieren wie Bonnie & Clyde in den Club und schnappen uns ein paar einsame Kerle mit zu dicken Konten?« Ihr Vorschlag ist albern und ich sollte das Gespräch sofort in eine andere Richtung lenken. Tue ich aber aus seltsamen Gründen nicht. Verzweiflung ist ein wirklich mieser Berater.

»Wie Bonnie & Bonnie«, korrigiert sie mich. »Wir könnten einfach ein bisschen Spaß haben. Wenn du die Männer nicht beklauen willst, kannst du ja auch einfach lieb bitte, bitte sagen.« Sie zwinkert mir zu. Zoey weiß von meiner Vergangenheit auf der Straße, und sie weiß auch, dass ich mehr als einmal mit dem Gesetz in Konflikt geraten bin. Als ich dreizehn war, habe ich den ersten kleinen Diebstahl begangen – weil ich meine Tage bekommen habe und Binden brauchte. Danach war es meistens Dosenfutter, das ich mitgehen ließ. Seit zwei Jahren habe ich nichts mehr geklaut und das soll auch so bleiben. Ich werde schon einen Weg finden, an Geld zu kommen. Zur Not lege ich noch eine Extraschicht im *Fever* ein und bitte meinen Vermieter um einen letzten Aufschub.

»Sorry, Zoey. Aber da bin ich leider raus.«

»Schade. Aber zu dieser Party können wir trotzdem gehen, oder nicht?«

»Uns gehört die Einladung nicht«, erinnere ich sie zum zweiten Mal an diesem Abend. Einem, der langsam zur Nacht wird. Was bedeutet, dass ich seit vierundzwanzig Stunden auf den Beinen bin. Meine Füße stinken vermutlich so, wie der Wein schmeckt. Vielleicht sollte ich dieses Weingut mal anschreiben und mich bewerben. Zum Traubenstampfen oder so.

»Deine Kundin wird auch ohne die Einladung in den Schuppen kommen. Wir sicher nicht. Ach komm schon, Süße. Wir waren so lange nicht mehr aus, und ich vermisse es, mit dir zu feiern!« Sie faltet die Hände wie bei einem Gebet. »Dafür übernehme ich auch einen Monat lang deine Wäsche!« *Mist, Zoey weiß, wie sehr ich es hasse, die Wäsche zu machen.*

»Na gut, du Nervensäge. Wir gehen am Samstag in diesen Club!«

»Yeay!« Zoey kuschelt sich an mich und stößt mit mir an. »Bonnie & Bonnie auf Männerjagd.«

»Hast du mir nicht zugehört? Wir nehmen keine Kerle aus!«

»Hab ich ja verstanden«, schießt sie dazwischen. »Aber gegen ein bisschen Sex ist doch nichts einzuwenden, oder?« Wo sie recht hat. Mein letzter One-Night-Stand ist eine Ewigkeit her …

ZWEI

WILLOW

Es hat Vorteile, wenn man seine gesamte Jugend auf der Straße verbracht hat: Man lernt, sich auf die wichtigsten Habseligkeiten zu beschränken und wird zu einem Meister im Packen seiner Handtasche. Das schwarze Exemplar hat Zoey mir zu diesem viel zu gewagten Kleid angedreht, das je nach Lichteinfall golden oder silbern schimmert. Der Fummel endet nur knapp unter dem Hintern und hat einen Ausschnitt, der bis nach Timbuktu reicht. Timbuktu ist in diesem Fall ein Synonym für meinen Bauchnabel.

Dazu habe ich mich in die einzigen High Heels gequält, die ich besitze. Es ist ein schwarzes Modell mit mörderisch hohen Absätzen und schwarzen Riemchen, die super zur Handtasche passen, in der ich dank meiner Packkünste nicht nur ein Ersatzhöschen und das nötigste Make-up verstaut bekommen habe, sondern auch mein heißgeliebtes Pfefferspray und meinen Handrevolver, den ich zum Glück noch nie benutzen musste, mit dem ich mich aber seit meiner Jugend sicherer fühle.

Die Einladung zu diesem Club namens *Dark Diamond* kam mir von Anfang an mysteriös vor, und als der Taxifahrer in ein altes Industriegebiet nahe der Grenze zu unserer Zwillingsstadt Tijuana einbiegt, verdreifacht sich dieses ungute Gefühl. Zoey und ich haben im Vorfeld das ganze Internet nach diesem Club durchforstet, aber außer einem gleichnamigen Laden in New York nichts gefunden.

»Sicher, dass wir hier richtig sind?«, fragt uns der Taxifahrer gelangweilt. Er sieht nicht aus, als würde er sich ernsthafte Sorgen um uns machen, aber seine Frage befeuert mein unangenehmes Magengrummeln nur.

»Ja, das ist die Adresse, die auf der Einladung steht«, sagt Zoey und grinst mich voller Abenteuerlust an. Ihre blonden Haare hat sie zu einem strengen Zopf gebunden, sodass ihr leicht kantiges Modelgesicht noch besser zur Geltung kommt. Sie trägt ein weinrotes Kleid, das zwar bis zum Boden reicht, aber einen so gewagten Schlitz hat, dass man sogar ihren Slip sehen kann, wenn sie geht. Sie wollte sich heute so richtig aufbrezeln. Und auch wenn ich normalerweise eher Typ Salzstange bin und meistens Jeans und bedruckte Shirts trage, habe ich mich für sie und meine eingerostete Libido ebenfalls herausgeputzt.

»Okay, wie ihr meint«, murmelt der Taxifahrer in seinen nicht vorhandenen Bart. Anschließend hält er vor einem Gebäude, das aussieht wie eine längst in Pension gegangene Lagerhalle, vor der zwei Kerle lauern, die breiter sind als mein Kleiderschrank. Scheiße, wir sind zwar laut Navi noch in San Diego, aber das hier schreit schon von Weitem nach Kriminalität. Unsere Stadt ist recht sicher, aber wir befinden uns so nah an der Grenze zu einer der gefährlichsten Städte der Welt, dass diese Gefahr auch hier in der Luft liegt.

»Wir sind da. Macht dann dreißig Dollar.«

Zoey greift in ihren BH, zückt ein paar Scheine und reicht sie dem Taxifahrer. Anschließend reißt sie die Tür auf und ist schneller aus dem Wagen gesprungen, als ich ihr meinen Missmut mitteilen kann. Unsicher greife ich nach der Türklinke und steige ebenfalls aus. Normalerweise würde ich mich als tough bezeichnen, immerhin habe ich mein halbes Leben auf der Straße verbracht und das Ganze ohne jegliche Narben überstanden. Ich weiß immer, wie ich mich durchboxen kann, und Angst verspüre ich nur noch in manchen Nächten. Man könnte meinen, ich habe sie mir selbst ausgetrieben in den letzten Jahren. Aber das hier? Noch bevor ich meine Meinung ändern und den Taxifahrer bitten kann, zu bleiben und uns wieder mit in die belebte Innenstadt zu nehmen, ist er verschwunden. Man sieht nur noch die Rücklichter des Wagens.

»Komm schon, das wird aufregend!« Zoey greift nach meiner Hand, und ich nutze den Moment, um mich in dem Industriegebiet genauer umzusehen. Es gibt nur ein paar flackernde Laternen hier. Na ja, und die beiden Schränke vor dem Tor, die in schicke Anzüge gekleidet sind und uns mit ausdrucksloser Miene betrachten.

»Irgendwie fühlt sich das nicht gut an, Zoey. Der Ort ist mir nicht geheuer.«

»Mir auch nicht«, flüstert sie. »Aber das ist doch der Nervenkitzel daran. Die Einladung sieht schick aus, vermutlich ist die Halle von innen richtig geil.« Sie lehnt ihre Stirn gegen meine und ihre blauen Augen funkeln wie die Edelsteine an meinem Hals. Heute trage ich die Kette meiner Mom zum ersten Mal ganz offen zur Schau, und das fühlt sich auf der einen Seite gut, auf der anderen furchtbar falsch an. Auch wenn ich nicht glaube, dass mir jemand auf dieser Party den Schmuck klauen wird.

»Und jetzt schwing deinen heißen Hintern da rein, Süße. Ich will tanzen!« Sie marschiert wie eine junge Göttin auf die beiden Kerle zu, holt unsere Eintrittskarte heraus und reicht sie einem der Typen. Er hat eine Glatze, in der sich das orange Laternenlicht spiegelt. Wieso muss ich jetzt an Spiegeleier denken?

»Schönen Abend, die Herren.« Zoey macht einen eleganten Knicks, während ich mich im Hintergrund halte und mich in meiner Handtasche festkralle. Ich bräuchte nur zwei Handgriffe, um an meine Waffe zu gelangen, sollten die Kerle auf dumme Gedanken kommen. Ich bin zwar keine begnadete Schützin, aber aus dem Spiegelei auf der Glatze des Türstehers könnte ich sicher schnell Rührei machen. Er betrachtet die zerknitterte Einladung mit strammer Miene, reicht sie anschließend seinem Kollegen und wartet, bis er von ihm das Go bekommt. Dann schnappt er sich den Griff des Tors und reißt es nach oben auf. Unsicher folge ich Zoey in die Halle. Links befindet sich eine Art Garderobe, hinter der eine Kaugummi kauende Frau der Kategorie Milf steht, die uns gelangweilt ansieht. Rechts befindet sich eine Sitzlounge, die so gar nicht zu dem industriellen Setting passt.

»Ihr müsst eure Handys abgeben, wenn ihr reinwollt«, raunt einer der Türsteher hinter uns. Augenblicklich bricht mir der kalte Schweiß aus.

»Was?« Mit gerunzelter Stirn starre ich dem Kerl in die bullige Visage. »Wieso sollten wir unsere Telefone abgeben?«

»Weil im Club keine Fotos gemacht werden dürfen. Unsere Gäste bestehen auf Anonymität.«

»Zoey, lass uns einfach wieder gehen.« Doch als ich mich nach meiner Freundin umsehe, steht sie schon an der Garderobe und reicht der Kaugummitante einfach ihr Smartphone. *Gott, Zoey!*

»Nun hab dich nicht so, Süße.« Sie schält sich außerdem aus ihrem schwarzen Blazer und reicht ihn über den Tresen. Daraufhin erhält sie einen Stempel auf den

Handrücken. Ich jage meine Nägel noch fester in das Kunstleder meiner Handtasche. Was, wenn sie sie kontrollieren wollen und meine Waffe sehen? Lieber gebe ich mein Handy ab als meine Minipistole. Mit einem Telefon kann ich die Bullen rufen, aber damit jemanden töten? Unwahrscheinlich.

»Also, was ist nun? Wir haben nicht ewig Zeit, Püppchen.«

Püppchen? *Ich püppchen ihm gleich mein Knie zwischen die Beine!*

Letztendlich schafft es Zoeys flehender Blick, mit dem sie mich um ein bisschen Spaß anbettelt, dass ich nachgebe. Ich hole mein Handy aus der Tasche, schiebe es über den Tresen und hole mir von der Frau mit den aufgedonnerten Haaren den Eintrittsstempel ab. Ein kleiner Diamant, in dessen Mitte irgendwelche komischen Runen stehen.

»Und jetzt lass uns den Abend unseres Lebens haben, Süße. Wo geht's lang?« Händchen haltend folgen wir dem Spiegelei durch die Halle. Vor einer großen schwarzen Tür bleibt er stehen, und als er sie öffnet, dringen gleich mehrere Dinge aus dem Raum dahinter zu uns. Erstens: angenehm laute Musik, die meine Sorgen etwas fortspült. Zweitens: blauer Nebel, der jetzt um unsere High Heels tanzt. Drittens: der Geruch nach Drinks und Schweiß.

»Viel Spaß«, brummt der Kerl und schließt die Tür mit einem lauten Knall hinter uns. Sekunden später sind wir bereits mitten im Getümmel. So schäbig dieser Club von außen auch ausgesehen hat, so edel ist er im Inneren. Der Boden unter unseren Füßen ist durch den Nebel zwar nur an manchen Stellen zu sehen, aber an diesen Flecken erkennt man, dass er wie ein Meer aus Diamanten glitzert. Die Decke ist komplett verspiegelt, sodass man nur nach oben schauen muss, um den ganzen Laden zu überblicken.

Zig Menschen lassen ihre Körper auf der runden Tanzfläche sprechen, und direkt daneben befindet sich eine ebenfalls kreisrunde Bar, die von allen Seiten zugänglich ist und hinter der mindestens sechs Kellnerinnen stehen und die Gäste glücklich machen.

»Wow, das ist so abgefahren!« Zoey benimmt sich wie ein Häschen auf Koks, während wir uns durch den Nebel kämpfen. Weiter hinten erkenne ich diverse Sitzlandschaften aus derselben Designfamilie wie die im Halleneingang.

»Siehst du, Süße? Alles ganz harmlos!« Meine beste Freundin fühlt sich pudelwohl und auch meine Anspannung wird immer kleiner. Ich dachte schon, hier würden die Leute vor den Augen aller miteinander vögeln oder so, vor allem wegen des Handyverbotes. Würde ich in aller Öffentlichkeit mit jemandem schlafen, würde ich auch nicht wollen, dass andere davon Bilder machen. Aber alle Gäste sind angezogen – und die meisten davon sogar sehr edel. Wir kämpfen uns zur Bar durch, und als Zoey uns zwei Drinks bestellt hat, eröffnen wir den Abend mit den magischen drei Zutaten: Zitrone, Tequila und Salz. Das Zeug brennt in meiner Kehle, aber ich spüre umgehend, wie sich meine Muskeln lockern und ich den Griff um meine Handtasche etwas löse. Ich habe meine Waffe und mein Pfefferspray, also ist alles gut. Sollte mir irgendein Typ zu nahe kommen, werde ich ihn einfach damit überraschen.

»Der Laden ist wirklich schön«, staune ich, als ich sehe, dass auch im Tresen Diamanten integriert sind. Selbst die Eiswürfel hier weisen diese Form auf. Eins muss man dem Designer lassen: Sein Dekokonzept geht voll und ganz auf.

Gedankenversunken taste ich nach meiner Kette und fahre die Umrisse nach. Diese Geste erdet mich jedes Mal, egal wo ich bin. Ich habe es mir am Tresen bequem gemacht und nippe an meinem frisch bestellten Martini, während meine beste Freundin die Tanzfläche stürmt. Ich würde nicht sagen, dass ich zwei linke Füße habe, aber ich muss trotzdem erst einen gewissen Pegel erreichen, bevor ich mich in diesen Heels zum Idioten mache.

Grinsend betrachte ich Zoey, die ihren schlanken und durchtrainierten Körper – für den sie fünfmal in der Woche joggen geht – am Schritt eines Typen im Anzug reibt. Sie scheint den Spaß ihres Lebens zu haben, und ich glaube, ihrem neuen Freund geht es ähnlich. Seine Hände liegen auf ihren wiegenden Hüften, während er an ihrem Hals knabbert, als wäre sie eine zuckersüße Praline.

Ich schwenke meinen Martini, nippe an dem Glas und sehe mich weiter in diesem Laden um. Die Gäste sind bunt gemischt, aber der Großteil sollte in unserem Alter sein. Mein Blick klettert nach rechts zu den schicken Sitznischen und mich überkommt plötzlich eine angenehme Gänsehaut. Eine der Sorte, die ich normalerweise nur bekomme, wenn ich in ganz speziellen Regionen berührt werde. Ich kneife die Augen zusammen, weil Mom mir damals immer sagte, dass man so besser sehen kann, aber da ist nichts. *Woher kommt nur diese Gänsehaut?* Die Plätze der Lounge sind leer, zumindest glaube ich das. Der Großteil liegt nämlich so im Dunkeln, dass man schon verdammt gute Augen braucht, um etwas Genaueres zu erkennen. Außerdem sind meine Sinne von all den Lichtern vollkommen überfordert. Reizüberflutung trifft es ziemlich gut.

»Na, zum ersten Mal hier?« Jemand gleitet auf den Platz neben meinem an der Bar, und als ich meinen Blick von der Lounge abwende, strahlen mich zwei kalkweiße Zahnreihen an. Diese Zähne sind schon fast ekelig gerade.

»Hm?«, frage ich den Kerl, der mir schon jetzt viel zu nah auf die Pelle rückt. Er versucht scheinbar, besonders lässig dazusitzen, hat beide Ellbogen hinter sich auf dem Funkeltresen abgelegt und stellt damit seine vermutlich schweineteure Uhr zur Schau. Nur für den Bruchteil einer Sekunde denke ich an Zoeys Worte und ihre Idee, sich einen reichen Kerl zu angeln. Kohle hat der Typ definitiv, aber mit seinen geleckten blonden Haaren, die im Licht silbern wirken, entspricht er so gar nicht meinem Beuteschema. Der Typ sieht mir einfach zu sehr nach Bänker aus. *Hallo, Vorurteil!*

»Ob du zum ersten Mal hier bist«, wiederholt er seine Frage und bestellt mit einem machohaften Winken eine Kellnerin heran. »Bring mir einen Whiskey, Puppe.«

Puppe. Schon wieder so einer, der glaubt, dass er die Fäden in der Hand hat. Und als ich die schwarzhaarige Kellnerin ansehe und sie wie ein Roboter seiner Anweisung folgt, werde ich umso wütender. Bei ihr hat er definitiv die Fäden in der Hand, aber das kann er bei mir vergessen. Da kann sein Äußeres noch so sehr nach Geld und Macht schreien, ich schlafe lieber wieder unter einer Brücke, als mich diesem Kerl an den Hals zu werfen.

»Jap«, erwidere ich deshalb desinteressiert und lasse meinen Blick wieder zu Zoey schweifen. Aber an dem Platz, an dem sie eben noch stand und tanzte, sind jetzt fremde Leute. Sie ist sicher weiter in die Mitte gerückt, wie jedes Mal, wenn wir ausgehen. Zoey liebt es einfach, im Mittelpunkt zu stehen.

»Bist nicht sehr gesprächig, was?« Der Kerl rutscht vom Barhocker herunter, schiebt sich dicht an mich und streicht mir die kupferfarbenen Locken hinter die Schulter. Eilig schlage ich seine Hand weg.

»Widerspenstig. Das gefällt mir«, murmelt er und nimmt blind den Drink der Kellnerin entgegen. Ohne mich aus den Augen zu lassen, trinkt er einen Schluck und leckt sich anschließend ein paar Tropfen von den Lippen. Der Kerl sieht ganz gut aus, wenn man auf seinen Typ steht, aber mich widert er einfach nur an.

»Schon mal was von gesundem Abstand gehört?«, frage ich ihn bissig.

»Widerspenstig und kratzbürstig«, säuselt er und nähert sich meinem Ohr. »Noch besser.« Er scheint meine Abneigung entweder als Flirt aufzufassen oder er bedrängt gern Frauen, die nichts von ihm wollen. Ich gleite ebenfalls von meinem Hocker und baue Distanz auf, aber der Mistkerl hat so wenig Skrupel, dass er einfach hinterherkommt und mich erneut einkesselt.

»Nun renn doch nicht weg, Kätzchen. Ich will mich nur mit dir unterhalten.«

»Ich will mich aber nicht mit dir unterhalten«, zische ich und spüre wieder diese Gänsehaut auf mir, aber dieses Mal gehört sie der unangenehmen Sorte an. Gott, wo ist Zoey? Und würde ich die Nacht im Knast verbringen müssen, wenn ich jetzt meine Knarre zücke? Ich meine, wir sind in Amerika. Hier hat doch jeder eine Waffe. Das penetrante Aftershave dieses Lackaffen umgibt mich wie der Nebel, der in den letzten Minuten immer dichter geworden ist. Weil man hüftabwärts kaum noch etwas sehen kann, werfe ich einen Blick nach oben an die verspiegelte Decke, um mir einen Weg zu suchen, den ich gleich nehmen kann, um von diesem Typen wegzukommen. Irgendwo hier müssen schließlich Toiletten sein, und ich glaube nicht, dass er mir sogar bis in die Kabine folgen würde.

Immer noch nach oben schauend, betrachte ich das Treiben im Club. Ich habe eine Hand bereits in meiner Handtasche und taste nach meinem Revolver. Wenn der Kerl noch näher kommt, werde ich sie ziehen. Mir egal, ob ich dann eine Nacht hinter Gittern verbringen muss. Meine Augen suchen nach wie vor im Spiegel nach einem passenden Weg hier raus, als meine Aufmerksamkeit plötzlich auf eine dunkle Gestalt fällt, die sich aus dem Schatten der Lounge löst. Dieselbe Sitzlandschaft, die mir eben ein heftiges Kribbeln verursacht hat, ohne dass ich wusste wieso. Ein Kerl mit dunklen Haaren kommt mit selbstsicheren Schritten auf die Bar zu, und als ich im Spiegel sehe, dass er direkt mich ansteuert, schlucke ich schwer.

Sekunden später spüre ich ihn bereits in meinem Rücken, während der Typ vor mir einen weiteren Drink bei der *Puppe* bestellt.

»Du solltest die Knarre in der Tasche lassen«, raunt mir eine raue Stimme zu, die mir sofort bis ins Mark schießt. Die Gänsehaut ist fast schmerzhaft, genau wie das Ziehen, das meine komplette Wirbelsäule entlanggleitet. Woher weiß dieser Kerl, dass ich eine Waffe in der Hand halte?

»Zieh die Hand raus und verhalte dich unauffällig.« Gott, was ist mit seiner Stimme los? Sie ist ... einschüchternd und zeitgleich unfassbar beflügelnd. Das Timbre ist so elektrisierend, dass ich mich gern zu ihm umdrehen würde, um ihn zu bitten, noch einmal für mich zu sprechen. Aber ich bin nicht fähig, mich zu bewegen, also folge ich einfach nur stumm seiner Anweisung, lasse den Revolver los und ziehe meine Hand heraus.

»Braves Mädchen.« Gerade als ich mich umdrehen will, passieren mehrere Sachen gleichzeitig: Der mysteriöse Mann tritt an mir vorbei und verschüttet seinen Drink *aus Versehen* über dem Jackett des Lackaffen.

»Alter!« Er funkelt den Mann wütend an. »James, was soll der Scheiß? Weißt du, wie teuer der Anzug war?«

James also. Ich traue mich noch nicht, ihm ins Gesicht zu sehen, aber allein diese Hände, die meinen jetzt so nah sind, reichen aus, um mich in eine Pfütze aus Hormonen zu verwandeln. Sie sind volltätowiert und sehen so stark und rau aus, dass ich mir sicher bin, noch nie attraktivere Hände gesehen zu haben.

»Keine Absicht, Mike.« Verflucht, wieder dieses Timbre. Wieder diese Gänsehaut und diese Vibration in meinem Unterleib. Mike aka Lackaffe schnappt sich schnaufend ein paar Servietten und wischt sich fluchend das dunkelblaue Sakko ab. Anschließend bedenkt er mich mit einem abwertenden Blick und zischt ab, ohne seinen frisch bestellten Drink anzurühren. Umgehend stoße ich die angestaute Luft aus meiner Lunge und fühle mich zehn Pfund leichter, weil der Schmierlappen nicht mehr in meiner unmittelbaren Nähe ist und mir den kostbaren Sauerstoff raubt.

Ich taste blind nach dem Barhocker und schiebe meinen Hintern auf das samtbezogene Polster. Wenn ich noch länger hier stehe, geben meine Beine sicher gleich nach, sollte der Fremde nochmals einen Ton von sich geben. Doch anstatt etwas zu sagen, setzt er sich einfach nur neben mich, wahrt dabei aber den nötigen Abstand. Es gibt also doch noch Männer, die Anstand besitzen. Schließlich hat er mich gerade von diesem Typen befreit, und allein dafür würde ich ihm gern um den Hals fallen. Ich versuche meine Atmung unter Kontrolle zu bringen, lege die Tasche auf meinem Schoß ab und schiele zu meinem neuen Sitznachbarn hinüber.

Holy ... what?!

Ich reiße die Augen auf und sehe eilig von ihm weg, als hätte ich mich an ihm verbrannt. Aber ich bin nicht in der Lage, lange den Tresen anzustarren, wenn ein Mann wie er neben mir sitzt. Also wage ich einen weiteren Blick. Ein Blick, bei dem er nicht weniger umwerfend aussieht.

Der Typ hat nicht nur die attraktivsten Gliedmaßen, die ein Mann haben kann, er ist auch mit einem teuflisch schönen Gesicht gesegnet. Seine schwarzen Haare schmeicheln der ebenmäßigen Haut, die im Sonnenlicht sicher wie leckeres Karamell aussieht, hier drin aber vom kühlen Licht dominiert wird. Er trägt einen sauber gestutzten Bart, der meinen Mundraum austrocknet. Habe ich schon erwähnt, dass mich Bärte schwach machen?

Der Mann beachtet mich nicht, stattdessen bestellt er bei der Kellnerin einen Scotch. Und dabei ist er nicht nur höflich, sondern auch noch charmant. Heiliges Kanonenrohr. Womit habe ich einen Retter wie ihn verdient?

Ich werfe einen Blick über meine Schulter, um zu prüfen, ob Zoey wieder aufgetaucht ist, aber als von ihr immer noch jede Spur fehlt, wende ich mich wieder diesem James zu, der jetzt gedankenversunken an seinem Drink nippt. Ich stürze den Rest meines Martinis herunter, knalle das Glas etwas zu fest auf den Tresen und kratze meinen Mut zusammen.

»Danke.« *Meine Stimme zittert nicht wirklich, oder?* Vermutlich bilde ich es mir nur ein. Hoffentlich. Denn auch wenn der Kerl die Verkörperung meiner schärfsten Träume ist, will ich nicht, dass er es bemerkt. Endlich blickt er mich an, und als wir einander in die Augen sehen, verdoppelt sich mein Herzschlag. Diese Augen, Himmelherrgott. Schwarze, dichte Wimpern umrahmen die wohl interessantesten Iriden, die ich je gesehen habe. Ich kann dank der verfälschenden Lichtverhältnisse nicht sagen, welcher Farbe sie sind, aber sie sind einfach nur verflucht schön.

»Nicht dafür«, erwidert er lapidar, schenkt mir Sekunden später jedoch ein einseitiges Lächeln, das mich in flüssige Lust verwandelt. Als wir uns fertig gemacht haben, habe ich mich darauf eingestellt, vielleicht einen versauten, aber nicht nennenswerten One-Night-Stand auf der Clubtoilette zu haben. Darum auch das Wechselhöschen. Und das kann ich sicher bald gebrauchen, wenn ich ihn noch länger ansehe und seinen interessanten Duft inhaliere. Er riecht nach Amber, gemischt mit Zedernholz.

»Der Typ war echt gruselig«, murmle ich und bestelle meinen dritten Drink diesen Abend. Ich habe lange nichts mehr getrunken und sollte vermutlich ein paar Gänge zurückschalten, aber ich muss diese versauten Gedanken aus meinem System spülen.

»Und deshalb wolltest du was tun? Ihn abknallen?« Ein Schmunzeln huscht über seine markanten Gesichtszüge. Der Mann ist sicher um die dreißig, aber dieses Schmunzeln lässt ihn fast jungenhaft wirken. Er trägt einen schwarzen maßgeschneiderten Anzug, der jeden Muskel an seinen Armen perfekt betont. Darunter ein weißes Hemd, das ziemlich weit offen steht und den Blick auf einen Teil seiner tätowierten Brust freigibt.

»Ich wollte ihn nicht umbringen«, sage ich eindringlich. »Aber ich hätte ihm die Griffel weggeschossen, wenn er mich angetatscht hätte«, schiebe ich unheilschwanger hinterher. Meine Antwort entlockt dem Fremden ein leises Lachen, das ich aufgrund der Musik nicht hören, aber in jeder Pore meines glühenden Körpers fühlen kann. Verdammt, ich habe gerade die personifizierte Sexyness zum Lachen gebracht. Ich fühle mich ein bisschen wie die Königin der Unterwelt.

»Mutig bist du, das muss man dir lassen. Dieser Laden gehört dem Kerl quasi.« Er nimmt noch einen Schluck seines Drinks. Uns trennt immer noch ein gesunder Abstand, aber am liebsten würde ich ihm sagen, dass ich mich alles andere als gut fühle und er mich gesund pflegen soll. Bekomme ich Fieber, oder ist das bloß der Alkohol, der mir gepaart mit angestauter sexueller Frustration zu Kopf steigt? Normalerweise habe ich meine Triebe gut im Griff, etwas, das dieser Kerl eben nicht hatte. Aber gerade stellt mich meine Gebärmutter auf die Probe. Ich hatte wirklich viel zu lange keinen guten Flirt mehr, von nennenswertem Sex ganz zu schweigen.

»Mir doch egal, von mir aus kann dem Kerl auch der Mond gehören.« Ich schürze meine Lippen, und als ich sehe, dass meinem Gesprächspartner der Drink ausgeht, bitte ich die Kellnerin, ihm einen neuen einzuschenken. Mit erhobenen Augenbrauen sieht er mich an.

»Ich gebe dir einen Drink aus«, erkläre ich mich. »Als Dankeschön für die ritterliche Rettung.«

»Du hast definitiv die falsche Definition eines Retters gelernt.« Er hat sich inzwischen leicht in meine Richtung gedreht, sodass ich einen besseren Blick auf sein schönes Gesicht habe. »Aber gern geschehen. Warst du schon mal hier?« Er stellt mir dieselbe Frage wie der Lackaffe vorhin, aber bei ihm habe ich nicht das Gefühl, fliehen zu wollen. Eher im Gegenteil. Ich will näher bei ihm sein.

»Nein, ist mein erstes Mal«, erwidere ich eilig und beiße mir auf die Zunge, weil ich mir gerade ein paar andere erste Male mit diesem Fremden vorstelle. Eins steht fest: Er wäre mein bisher heißester One-Night-Stand. Und ich hatte viele. Beziehungen sind nicht mein Ding,

Sex hingegen mag ich gern. Solange die Chemie stimmt … Und wenn ich diesen Mann ansehe, dreht die Chemie in meinem Körper komplett durch.

»Und du?« Die Frage ist überflüssig, weil klar ist, dass er sich hier bestens auskennt. Immerhin wusste er sogar den Namen des Quasi-Besitzers.

»Ich bin öfter hier. Haben die Türsteher dir die Waffe nicht abgenommen?« Galant wechselt er das Thema.

»Nein, sie haben meine Tasche gar nicht kontrolliert.« Mit dem Daumen fahre ich über ihren goldenen Verschluss. »Wieso hast du mir geholfen? Und woher wusstest du, dass ich eine Waffe dabeihabe?«

Er hält das Glas in seiner tätowierten Hand und deutet damit Richtung Spiegeldecke.

»Dann hast du aber verdammt gute Augen, wenn du aus deiner dunklen Ecke den Inhalt meiner Tasche sehen konntest«, albere ich herum, meine es aber todernst.

»Gute Augen oder eine gute Intuition. Such es dir aus, …?« Das Fragezeichen am Ende seines Satzes deutet darauf hin, dass er meinen Namen wissen will.

»Willow.« Ich halte ihm meine Hand hin, und als er sie ergreift, bereue ich es umgehend. Mein Unterleib zieht sich zuckersüß zusammen, als seine Finger meine Haut berühren. Sie sind viel weicher als erwartet. Schweigen setzt zwischen uns ein, das aber nicht unangenehm ist. Ehrlich gesagt genieße ich die kurze Redepause sogar, damit ich meine Gedanken und Gefühle sortieren kann. Ich sehe wieder zur Tanzfläche, und als ich meine beste Freundin entdecke, deren Blick mich in derselben Sekunde ebenfalls trifft, reißt sie die Augen auf. Sie zeigt auf James' breiten Rücken und hebt anschließend beide Daumen in die Luft.

Am liebsten würde ich sie bitten, sich zu uns zu gesellen, aber ihr Tanzpartner klebt immer noch wie eine Motte an ihrem Hintern, als wäre ihr Po eine Nachttischlampe in der Dunkelheit. Wir sehen einander weiterhin an, und weil ich die Gedanken meiner besten Freundin schon immer lesen konnte, weiß ich, was sie mir mit diesem eindringlichen Nicken sagen will.

Schnapp ihn dir.

Aber sollte ich das? Es spricht nichts gegen einvernehmlichen Spaß, oder? Außerdem bin ich mir sicher, dass ich den Fremden nach diesem Abend ohnehin nicht wiedersehe, dafür ist unsere Stadt einfach zu gigantisch und ich zu eingespannt in meinen drei Jobs. Drei verdammte Jobs, die es mir in den letzten zwei Jahren schwer gemacht haben, überhaupt auf Dates zu gehen. Vielleicht hat Zoey recht und ich brauche endlich ein bisschen Spaß zum Abschalten. Außerdem sollen Orgasmen ja gesund sein, und da ich gerade zielstrebig auf einen Burn-out zusteuere …

Ich beiße mir flüchtig auf die Unterlippe, und als ich mich James wieder zuwende, bin ich ihm viel näher als zuvor. Keine Ahnung, wann es passiert ist, aber plötzlich sitze ich nicht mehr *neben* ihm, sondern stehe *vor* ihm. Meine Hände liegen auf seinen breiten Schultern, mein Gesicht schwebt vor seinem. Leicht überrascht blickt er auf meine Hände hinab, aber er scheint kein Problem mit der Berührung zu haben. Ehe ich es mir anders überlegen kann, küsse ich ihn.

Gott, Willow! Bist du wirklich so viel besser als der Lackaffe eben?

Doch die Gedanken verstummen, als James den Kuss erwidert. Mit einem Knurren zieht er mich dichter an sich heran, sodass ich von seinen muskulösen Oberschenkeln eingekesselt bin. Scheiße, ich glaube, ich bin wirklich fiebrig. Unsere Lippen treffen so hart und verlangend aufeinander, dass ich nicht mehr weiß, wo mein Körper aufhört und seiner beginnt. Ich schmiege mich wie eine Katze an ihn, lasse meine Hände in seinen Nacken gleiten und heiße seine Zunge in meinem Mund willkommen.

Spätestens nach diesem Kuss werde ich mein Wechselhöschen brauchen, das steht fest. Ich spüre, wie der Stoff meines Tangas feucht wird. Und als James' Zunge über meine Lippen fährt und seine schönen, starken Hände auf meiner Taille landen, hört mein Herz auf zu schlagen. Ich blende alles um mich herum aus. Die anderen Gäste, die Kellner, meine beste Freundin. Sogar die Musik rückt in den Hintergrund, weil das Rauschen meines Blutes so laut geworden ist.

Nach einer kleinen Ewigkeit löst James sich von mir, aber unsere Lippen schweben dennoch nah beieinander. »Ein einfaches *Danke* hätte auch gereicht«, murmelt er, und sein warmer, scotchgeschwängerter Atem beflügelt mich. Weil ich mir vorstelle, wie er mit demselben Atem meine erhitzte Haut streichelt. Die an meinen Innenschenkeln ...

»Können wir irgendwo hingehen?«, frage ich ihn um Luft ringend.

Er greift nach meinem Kinn, schiebt mich leicht von sich und sieht mir fest in die Augen. »Ich glaube nicht, dass das eine gute Idee ist, Willow.« Klang mein Name je so sexy aus dem Mund eines menschlichen Wesens? Sicher nicht.

»Ich glaube schon«, erwidere ich entschlossen. Jetzt gibt es für mich ohnehin kein Zurück mehr. Ich will ihn. Und ich weiß nicht, ob ich in meinem ganzen Leben je so erregt war.

»Dieser Ort ist kein guter Ort für ein Mädchen wie dich.«

»Im Moment fühlt er sich aber besser als gut an«, säusle ich und rücke wieder näher an ihn heran. Zum ersten Mal, seit er hier aufgetaucht ist, wandert sein Blick über mein Outfit. Seine Augen scannen den Ausschnitt meines Kleides und ich spüre regelrecht den Kampf in seinem Inneren. Er legt den Kopf leicht schief und mustert mich mit undurchschaubarer Miene. Meine Hände gleiten auf seine Oberschenkel, und als ich sie langsam Richtung Schritt wandern lasse und die enorme Ausbeulung unter seiner Anzughose streife, treibe ich mein Spiel auf die Spitze. Das hier ist etwas anderes als das mit dem Lackaffen. Wir beide sind scharf aufeinander und wir wissen es.

»Ich habe dich gerade gewarnt, das ist dir klar?«, raunt er und packt meine Handgelenke plötzlich so fest, dass mir kurz der Atem wegbleibt. Seine Finger sind wie tätowierte Handschellen, von denen ich mich allzu gern festnehmen lasse.

Atemlos nicke ich.

Und dann geht alles ganz schnell.

James steht von seinem Platz auf, sodass ich erstmals den enormen Größenunterschied zwischen uns wahrnehme, und zieht mich mit sich. Ich weiß nicht, wohin er mich bringt, aber Fakt ist, dass ich diesem Fremden in diesem Moment überallhin folgen würde.

Überall.

DREI

JAMES

Ich hasse meinen Job an jedem Tag im Jahr, aber heute fuckt er mich ganz besonders ab. Und das liegt nicht nur daran, dass ich aus unerfindlichen Gründen das Bedürfnis hatte, die kleine Rothaarige vor Mike zu beschützen, sondern daran, dass ich sie jetzt eigenhändig – und mit einem verdammten Ständer – ins Verderben führe. Dabei habe ich nur eine Regel, an die ich mich in den letzten Monaten immer penibel gehalten habe.

Vögle niemals die Beute.

Unter. Keinen. Umständen.

Und dann war sie da.

Diese Frau fiel mir sofort auf, schon als sie an der Seite ihrer Barbiefreundin den Club betrat. Ihre kupferroten Haare waren für mich wie ein Laserpointer für eine gelangweilte Katze. Diese Tierchen lieben es, zu jagen. Und ich habe, so sehr ich dieses kaputte Business in dem noch kaputteren System auch verabscheue, inzwischen selbst Gefallen daran gefunden. Aber die kleine Kratzbürste hat eine Grenze überschritten, als sie plötzlich zwischen meinen Beinen stand und ihre Hände auf meine Schultern legte. Gespielt unschuldig hat sie mich angesehen, aber in ihren blauen Augen war keine echte Unschuld zu erkennen. Als sie dann auch noch ihre Finger über meine Beine wandern ließ und meinen Schwanz so furchtlos berührt hat, setzten bei mir scheinbar ein paar Gehirnwindungen aus.

Anders kann ich mir nicht erklären, dass ich sie durch das wilde Treiben des Clubs und somit durch den Nebel ziehe, um sie gleich in meinem Zimmer besinnungslos zu ficken. Wortwörtlich – versteht sich. Gott, die Kleine hat keine Ahnung, was für einen Schuppen sie da eigentlich betreten hat. Aber mir soll es recht sein, mein Job ist es schließlich nicht, sie in Watte zu packen und anschließend wieder unversehrt nach Hause zu schicken. Ich habe an der Bar eine Warnung ausgesprochen und die hat sie ignoriert – der Rest geht auf ihr Konto.

Wir passieren die Lounges, und als ich Mike auf einem der Sessel sitzen sehe, während zwei Weiber an seinem Hals knabbern und eine dritte zwischen seinen Beinen kniet, um sich gleich an seinem ranzigen Sperma zu verschlucken, halte ich den Blickkontakt zu ihm. Das vollgesaute Jackett hat er vermutlich in den nächstbesten Mülleimer geschmissen. Ich weiß, dass die kleine Willow eigentlich ihm gehört hat, immerhin hat er sie zuerst angesprochen. Aber es gibt nichts, das mir und meinem Schwanz gerade egaler sein könnte als seine dämlichen Besitzansprüche.

Mikes kühle Augen verfolgen mich und Willow bei jedem Schritt.

»Wohin gehen wir?«, fragt sie interessiert, als wir einen ruhigen Bereich des *Dark Diamond* betreten. Der Bereich, der zu den Zimmern der Belegschaft führt.

»So neugierig?«, frage ich die Kleine, wage es aber

nicht, sie anzusehen, bevor ich mit ihr auf meinem verdammten Zimmer bin. Sonst könnte ich nicht garantieren, dass ich sie nicht noch mitten auf dem Flur gegen die Wand ficke.

Die anderen sagen mir ständig, dass ich Druck ablassen und mit den Frauen spielen soll, bevor wir sie wie billige Ware weiterreichen. Bis jetzt hat mich jedoch keine von ihnen derart gereizt wie sie. Ich habe sie nicht aus den Augen gelassen, während Mike sie bedrängt hat, und dass sich in ihrer Handtasche eine Knarre befindet, musste ich nicht einmal sehen, um es zu wissen. *Ich habe es gespürt.* Genau wie ich jetzt ihren erhöhten Puls spüren kann, ohne sie dafür weiter berühren zu müssen. Von ihrem Slip ganz zu schweigen. Sicher ist er schon nass, seit ich hinter ihr aufgetaucht bin. Die zarten Härchen haben sich umgehend an ihren Armen aufgestellt, und es war nicht zu übersehen, welche Wirkung mein Auftritt auf sie und ihren Hormonhaushalt hatte.

»Sicher, dass wir hier hindürfen? Das sieht so privat aus«, murmelt Willow und folgt mir dennoch weiter in die Dunkelheit. Die Musik des Clubs ist inzwischen nur noch dumpf wahrzunehmen, weil die Wände so dick sind. Aus gutem Grund. Das, was hinter diesen Wänden passiert, ist nicht für unschuldige Ohren bestimmt.

»Ich arbeite hier«, erkläre ich ihr knapp und verrate ihr damit schon viel zu viel, immerhin gehört sie zu den Frauen, die *wir uns* aussuchen. Oder *die uns* aussuchen. An manchen Abenden müssen wir nicht mal einen Finger krümmen, und schon tappen sie in unsere Falle, als hätten wir Zucker in den Taschen. Und dieses weibliche Exemplar scheint ganz besonders geil auf meinen Zucker zu sein. Kann sie haben.

»Moment.« Willow bleibt jetzt mitten im Gang stehen. Ich drehe mich zu ihr um, aber da der Flur fast stockfinster ist und nur die Nummern der Privaträume beleuchtet sind, kann ich nichts in ihrem Gesicht lesen. »Du arbeitest hier? Bist du eine Art Bodyguard oder so?«

O scheiße, nein. Ist sie wirklich so naiv, das zu glauben? Ich habe sie vor Mike beschützt – das hat in ihr vielleicht falsche Erwartungen geweckt –, aber ich bin alles andere als ihr fucking Bodyguard. Heute Nacht werde ich eher zu ihrem schlimmsten Albtraum heranwachsen, aber mir soll es recht sein. Es ist leichter, wenn die Frauen mich hassen.

»Wir sind da«, weiche ich ihrer Frage aus, ziehe meine Schlüsselkarte und lasse die Tür aufspringen. Ich benutze mein Zimmer im *Dark Diamond* nur für Geschäftliches und nie zum Pennen, weil ich versuche, so wenig Zeit wie möglich in diesem Schuppen zu verbringen.

Sobald Willow den Raum betreten hat, sieht sie sich staunend um, als hätte sie noch nie einen Zeh in einen derartigen Luxus getaucht.

»Du verdienst hier sicher gut, hm?« Sie fährt mit den Fingern, die ich immer noch an meinem Schwanz spüre, über das Sideboard unter dem vergoldeten Spiegel. Und während ich die Tür hinter mir abschließe und mich aus dem Jackett schäle, tänzelt sie in ihren mörderisch hohen Schuhen durch den Raum. Sie scheint jeden Winkel zu inspizieren, und ich frage mich, wie zur Hölle sie nur hierhergekommen ist. Ich muss sie nicht kennen, um zu wissen, dass diese Welt nicht ihre ist. Alles in ihren blauen Augen schreit förmlich nach der Straße. Und dass sie eine Knarre ganz selbstverständlich bei sich trägt, wenn sie ausgeht, bestätigt diese Annahme nur. Ist sie hier, um aus ihrem tristen Alltag zu entfliehen? Oder um jemanden mit viel Kohle abzuschleppen?

Wenn ja, muss ich sie wohl bitter enttäuschen.

Kohle habe ich mehr, als ich ausgeben kann, aber davon würde sie selbst dann nichts haben, wenn ich sie für den bevorstehenden Fick bezahle. Spätestens morgen wird das Leben, das sie kannte, schlicht und einfach nicht mehr existieren. Geld wird ihr nicht aus dem tiefen Loch helfen, in das ich sie gleich stoße. Nachdem ich mich vorher in ihrer Pussy erleichtert habe, heißt es.

»Drink?« Ich gehe zu der Minibar hinüber, werfe mein Jackett dabei aufs Bett und kremple mein Hemd bis zu den Ellbogen hoch. Willow hat sich inzwischen auf die Bettkante gesetzt, die Beine überschlagen und betrachtet meine Unterarme. Dass sie auf meine Tattoos abfährt, ist nicht zu übersehen.

»Ich bin nicht mit dir mitgegangen, um etwas zu trinken«, erwidert sie kess, und Scheiße, sofort zuckt mein Schwanz erwartungsvoll auf und drückt sich gegen den Stoff meiner Anzughose. »Dann hätte ich auch an der Bar bleiben können.«

Ich stürze zwei Fingerbreit Whiskey in meinen Rachen, wende mich meiner ahnungslosen Begleitung zu und lasse meinen Blick über ihre begnadeten Beine wandern. Ihre Haut ist für kalifornische Verhältnisse wahnsinnig blass, und ich bin mir sicher, dass viele Kunden eine Frau wie sie lieben werden. Die Kleine ist ein fucking Sechser im Lotto. Ein weiterer Grund für Mike, mich für die Aktion an der Bar zu hassen. Während er sich mit irgendeiner zweitklassigen Bitch zufriedengeben muss, kriege ich den Hauptgewinn.

»Du hast wirklich keine Ahnung, wo du hier bist, oder?«, frage ich sie mit zuckendem Mundwinkel, während ich mir all die dreckigen Dinge ausmale, die ich mit ihr anstellen könnte, bevor ich sie zum Schafott führe.

»Ich weiß vielleicht nicht, wo ich bin, aber ich weiß dafür ziemlich genau, was ich will.«

Dann kann sie sich mit meinem Schwanz definitiv die Hand reichen, denn der weiß auch genauestens, was er will. Mein Blick wandert noch ein Stück höher und bleibt an dem wohl tiefsten Ausschnitt hängen, den ich je gesehen habe. Ihre Titten sehen nicht sonderlich groß aus, passen aber perfekt zu diesem Outfit und ihrem schmalen Körper. Der goldene Stoff des Kleides schmiegt sich eng an ihre leichten Kurven, und beim Anblick ihrer runden Titten entstehen Bilder in meinem Kopf, die meine Selbstbeherrschung endgültig zum Einsturz bringen.

Ich stelle das Whiskeyglas schwungvoll auf dem Barwagen ab, überbrücke die Distanz zum Kingsize-Bett, in dem ich vielleicht dreimal in den letzten Monaten geschlafen habe, und hebe harsch ihr Kinn an, damit sie zu mir aufsieht. Und ihr folgender herausfordernder Augenaufschlag killt mich. Keine Ahnung, ob ich jemals so scharf auf eine Frau war. Wieso musste kurz vor dem Ende ausgerechnet eine wie sie auftauchen?

»Worauf wartest du noch?«, fragt Willow säuselnd und will nach meinem Hemd greifen, aber ich packe ihre Handgelenke und halte sie davon ab. Dass ihr mein Griff wehtut, überspielt sie nicht einmal.

»Ich warte immer noch darauf, dass du deine schlanken Beine in die Hand nimmst und um dein Leben rennst«, warne ich sie ein letztes Mal, doch das Funkeln der Angst bleibt nach wie vor aus. Scheiße, die Kleine fickt meinen Schädel schon nach ein paar Minuten mehr, als mir lieb ist.

»Und warum sollte ich um mein Leben rennen?« Willow rutscht dichter an den Rand des Bettes heran und schiebt sich mir wie eine läufige Hündin entgegen. Weil ich nicht antworte, verengt sie ihre Augen zu Schlitzen und ballt ihre Hände zu Fäusten.

»Weißt du was, James? Wenn du keine Lust hast, kannst du es auch einfach sagen. Ich bin mitgekommen, weil ich seit einer gefühlten Ewigkeit keinen Schwanz mehr zwischen den Beinen hatte. Nur deshalb. Aber da habe ich mir wohl den falschen Mann für ausgesucht.« Sie will aufstehen, aber ich drücke sie bestimmend zurück auf die Matratze.

»Öffne meine Hose«, raune ich sie an und verabscheue, wie gut ihr das neu entfachte Funkeln in den Augen steht. Weil sie nicht reagiert, schiebe ich meine Hand in ihr Haar und packe ihre roten Locken fester. So fest, dass sie vor Schmerzen das schöne Gesicht verzieht. Mierda, ich liebe diesen Anblick schon jetzt.

»Wird's bald?«

Ihr linker Mundwinkel tanzt Richtung Decke, aber sie denkt nach wie vor nicht daran, meinem Befehl Folge zu leisten. Die Kleine will meine Grenzen austesten, kann das sein? Der Griff in ihrem Haar wird noch härter, und als sie ein Keuchen ausstößt, weil ich ihr sicherlich ein paar Wurzeln herausreiße, schwillt mein Schwanz noch stärker an. Diese Frau ist purer Sex, pure Herausforderung. Und schon morgen wird sie alles davon verlieren, wenn sie realisiert, in was sie sich hier eigentlich verrannt hat.

»Du tust mir weh«, murmelt sie, aber es ist nicht zu übersehen, dass sie Gefallen daran findet. Es ist süß, dass sie glaubt, ich würde den Griff wegen dieses schwachen Protests wirklich lockern.

Mein Puls beschleunigt sich, als ich sehe, wie schnell sich ihre süßen Titten in dem Kleid heben und senken. Wenigstens ihr Körper scheint auf den Schmerz in angemessener Weise zu reagieren.

»Ich stehe so gar nicht darauf, wenn man mit mir spielt. Also. Öffne. Meine. Hose.«

Mit einem teuflischen Grinsen fährt sie mit ihren Fingern über die Außenseiten meiner Schenkel, und als sie ganz genüsslich meinen Ledergürtel öffnet, lockere ich den Griff in ihrem weichen Haar. Sekunden später hat sie meinen Schwanz in der Hand, und als er ihr beinahe ins Gesicht springt, schluckt sie schwer. Wo ist ihre große Klappe jetzt hin? Sie ist so still, und dabei habe ich ihr noch gar nicht den süßen Mund stopfen können.

»Was soll ich tun?«, flüstert sie, und der devote Blick, mit dem sie zu mir aufsieht, steht ihr, auch wenn er nicht echt ist.

»Oh, du weißt genau, was du tun sollst«, murmle ich und fahre mit dem Daumen über ihre rot geschminkte Unterlippe. Als hätte ich einen Knopf betätigt, klappt ihr Mund auf. Mierda. Keine Ahnung, wann mich der Gedanke an einen Blowjob zum letzten Mal so angemacht hat. Mit großen Augen und einer gewissen Erwartung im Blick starrt sie meinen Schwanz an, und als ich ihn zu ihren Lippen führe und mit der Spitze in ihren warmen Mund eintauche, ziehen sich meine Eier kräftig zusammen.

Willow leckt flüchtig über meine Eichel, und als sie ihre Hand hinzunimmt und beginnt, meinen Schaft zu streicheln, male ich mir aus, wie ich ihr erst das Licht schenke und sie anschließend in die Dunkelheit stoße. Wieder und wieder, bis sie auf Knien um Erlösung bettelt.

»Mach ihn weiter auf«, knurre ich ungeduldig.

Sie gehorcht. Und wie sie gehorcht. Sie nimmt meinen Schwanz tiefer in sich auf, merkt aber schnell, dass ihr Mundraum nicht genug Volumen für mich aufweist. Meine Eichel trifft schon nach wenigen Zentimetern ihren Rachen, während sie mit der Hand meine Wurzel massiert. Fuck. Es ist perfekt. Ihr Blick, ihre Zunge, dieses Funkeln. Mein Schwanz findet langsam seinen Rhythmus, und jedes Mal, wenn er zwischen ihren vollen und weichen Lippen verschwindet, lasse ich mehr los und gebe meine Kontrolle ab. Die ersten Tränen lösen sich von ihren getuschten Wimpern, weil ich keine Rücksicht auf die Enge ihres Mundes nehme. Mit einem so geilen Anblick habe ich bei Schichtbeginn garantiert nicht gerechnet. Normalerweise sehe ich nur Tränen der Angst in ihren Augen – und ein Teil in mir kann es kaum erwarten, diesen Punkt auch bei ihr zu erreichen.

Je öfter ich gegen ihren Rachen stoße, desto stärker triggere ich ihren Würgreflex. Willow schließt genüsslich die Augen, als würde sie sich an einem heißen kalifornischen Nachmittag ein Wassereis gönnen, und legt sich ordentlich ins Zeug. Und auch wenn ich sicher bin, dass sie jeden Tropfen von mir anstandslos schlucken würde, will ich mehr. Mehr von ihrem Körper an mir, mehr von diesem Katz-und-Mausspiel.

Ich entziehe ihr meinen Schwanz, woraufhin sie verdutzt die Augen aufreißt. Sekunden später habe ich sie harsch auf die Beine gezogen, und als Willow gegen meine Brust knallt, tasten ihre Finger eilig nach den Knöpfen meines Hemdes, um einen nach dem anderen zu öffnen. Als sie mir das Hemd abstreift und es zu Boden fällt, betrachtet sie meinen Oberkörper wie ein Kunstwerk. Willow starrt meine Tattoos an, und als sie mit den langen Fingernägeln über das Wort auf meiner Brust fährt, würde ich sie am liebsten anschreien.

Sieh hin, Willow.
Erkenne die fucking Warnung.
Ich bin nicht der Gute hier.
Ich bin nicht dein Retter.

Durch meine Venen fließt das dreckige, verseuchte Blut des Teufels.

Und trotzdem senkt sie ihre Lippen auf meine Brust und zeichnet das »M« mit ihrer warmen Zunge nach. Sie wandert weiter zum »O« und zieht diese Show bis zum »R« durch. Sie weckt das *Monster* in mir, obwohl ich es so lange so gut unter Kontrolle hatte …

VIER

WILLOW

Sein kompletter Oberkörper ist von schwarzer Tinte bedeckt, aber besonders das Tattoo auf seiner Brust hat es mir angetan. Er trägt das Wort *Monster* unter seiner makellosen Haut, und ich frage mich, warum mich dieser Begriff so scharf macht, anstatt mich abzuschrecken. Ich werde ihn nach dieser Nacht nie wiedersehen. Vielleicht sollte ich ihn fragen, ob ich wenigstens ein Erinnerungsfoto von ihm schießen kann. Als Masturbationsvorlage oder so.

Und von seinem Schwanz ganz zu schweigen.

Er ist noch größer, als ich erwartet habe. Fühlt sich besser an, als sich ein Schwanz anfühlen sollte. Vor allem für eine Frau wie mich, die selten mehr als einmal mit einem Typen ins Bett geht.

Aber ohne Handy werde ich auch kein Foto bekommen.

Schade für mich.

»Mierda«, stöhnt er auf Spanisch. In San Diego machen die Hispanics knapp dreißig Prozent der Bevölkerung aus, und ich kann nicht leugnen, dass es mich noch mehr anturnt, ihn in seiner Muttersprache sprechen zu hören.

Meine Zunge umrandet das »R«, und ehe ich mich's versehe, hat James mich gepackt, umgedreht und gegen das schwarze Sideboard gestoßen. Er drängt meinen Körper gegen das teure Möbelstück, und als ich in den vergoldeten Spiegel über der Kommode sehe, beflügelt mich der Anblick auf eine Weise, die ich kaum in Worte fassen kann. Dieser Fremde küsst sanft meine nackte Schulter, während er den Reißverschluss meines Kleides in Zeitlupe öffnet. Will er sich einfach Zeit dabei lassen, weil er gern achtsam fickt, oder will er mich quälen? Der Stoff fällt nach einer gefühlten Ewigkeit zu Boden, sodass ich nur noch in Tanga und High Heels vor ihm stehe. Unsere Blicke treffen sich im Spiegel, und als ich ihm meinen Arsch etwas fester gegen den Schritt drücke und seinen steinharten Schwanz an meiner Pofalte spüre, durchfährt mich Ekstase in ihrer reinsten und schönsten Form.

Was Zoey denken würde, wenn sie mich so sehen könnte? Vermutlich würde sie mir wie ein Cheerleader zujubeln, weil ich mir endlich wieder ein bisschen Spaß gönne. Mein Leben bestand in den letzten zwei Jahren nur aus Arbeit, Rechnungen und finanziellen Sorgen, aber ich will nie wieder zu der Willow werden, die ihre Nächte auf der Straße verbracht hat. Vielleicht sollte ich doch darüber nachdenken, Zoeys Vorschlag anzunehmen. James badet sicherlich in Kohle und sein Geldbeutel würde es bestimmt nicht einmal bemerken.

»Worauf wartest du?«, frage ich ihn heiser und bin erstaunt, wie verrucht und sexy meine Stimme klingt. Ich kenne meine Reize und weiß, dass viele Männer auf meinen Teint in Kombination mit den naturroten Haaren stehen, doch gerade fühle ich mich attraktiver denn je.

»Ich genieße den Anblick«, erwidert James mit diesem wölfischen Grinsen, das umgehend meine Lust befeuert und einen Waldbrand in meinem Unterleib entfacht. Die Flammen strömen bis in meine Klit, die sehnsüchtig um Aufmerksamkeit bettelt.

James betrachtet meine freigelegten Brüste im Spiegel, während ich ihn ansehe und meinen Rücken leicht durchbiege. Meine Spitzen sind bereits hart, seit er am Tresen plötzlich hinter mir stand und ich seinen Atem an den Oberarmen spüren konnte. Seine Hände ruhen auf meinen Schultern, fahren über meine Schulterblätter und landen letztendlich auf meinen Arschbacken. Sein Schwanz pulsiert an meiner erhitzten Haut und ich beiße mir vor Aufregung die Unterlippe blutig.

James' Finger haken sich unter den schwarzen Tanga, und als er hinter mir in die Hocke geht, streift er mir dabei den letzten Stoff vom Körper. Ich steige aus der Unterwäsche, erwarte, dass er sich wieder aufstellt, aber James hat andere Pläne. Seine großen Hände packen erneut meinen Hintern, er schiebt meine Pobacken auseinander und leckt mit seiner Zunge über meine verbotene Stelle, woraufhin ich wimmernd die Augen schließe.

Ich hatte schon Analsex und wurde an dieser Stelle von mehr als einem Mann berührt, aber trotzdem fühlt es sich wie das erste Mal für mich an. Ich packe das Holz der Kommode, grabe meine Nägel hinein und öffne mich ihm noch mehr, indem ich die Beine weiter auseinanderschiebe. Seine Zunge umkreist meinen Ringmuskel, liebkost mich auf eine Art, die mich fliegen lässt. Und als ich spüre, dass etwas Nasses über meine Innenschenkel rinnt, entflieht mir ein Stöhnen. Ich war in meinem ganzen Leben noch nie so feucht wie in diesem Augenblick.

»Du läufst aus, Willow.« Wieder spricht er meinen Namen so heiß aus, dass ich erneut stöhnen muss. Seine Zunge gleitet über meinen Damm, und als er mit ihr in meinen anderen Gang eintaucht, baut sich der Orgasmus wie eine meterhohe Welle in mir auf. Doch kurz bevor sich die Welle in meinem Schritt entladen kann, stoppt er seine Liebkosungen.

»Ich will, dass du mit meinem Schwanz in deiner engen Pussy kommst.« Sein heißer Atem streichelt meine empfindliche Stelle, bevor er von meiner Mitte ablässt und aufsteht. Mein Unterleib feiert eine Party vor Vorfreude. Ich hatte noch nie einen so großen Schwanz in mir, weder in meiner Pussy noch in meinem Mund. Und in meinem Hintern erst recht nicht. Ich höre das Knistern einer Verpackung, und als James wieder dicht hinter mich tritt und ich seine pralle Länge zwischen meinen Beinen spüre, weiß ich, dass er sich ein Kondom übergestreift hat.

»Augen auf«, befiehlt er mir hart. Ich schlage meine Lider auf, treffe auf seinen intensiven Blick. Und als ich kaum noch damit rechne, dass er mich jemals erlöst, dringt er mit einem einzigen harten Stoß von hinten in meine Pussy ein.

Mein Oberkörper beugt sich weiter über das kühle Sideboard, und während James beginnt, mich mit schnellen, perfekten Stößen zu ficken, beschlägt das Spiegelglas durch meinen Atem. Ich rutsche federleicht auf seine Härte, gewöhne mich aber nur langsam an seine Größe. Scheiße. Das hier ist so viel besser als jeder One-Night-Stand in den letzten sieben Jahren. James gräbt seine Finger in das Fleisch meiner Hüfte, und ich bin mir sicher, dass er damit Abdrücke auf meiner hellen Haut hinterlässt. Mich muss man nur etwas gröber packen und schon bekomme ich blaue Flecken. *Diese hier werde ich mit Freude tragen.*

Mein Stöhnen wird lauter, je schneller er mich nimmt, und als ich plötzlich seine Hand an meiner Kehle spüre, stoppt es. Nicht weil es mir nicht gefällt, an dieser Stelle von ihm berührt zu werden, sondern weil es mich aus dem Konzept bringt. Ich habe schon immer auf harten Sex gestanden. Romantik liegt mir nicht, aber gerade überschreite ich eine gefährliche Grenze. Denn ich will, dass er zudrückt. Dass er meinen Atem stoppt und weiter in mich pumpt. Wir sehen uns im Spiegel an, ich lege meine Hand über seine und presse sie dadurch fester auf meine Kehle.

James' Augen, von denen ich jetzt weiß, dass sie stechend grün sind, blitzen vor dunkler Lust auf. Und dann drückt er zu. Ich versuche Luft zu holen, aber seine Hand schnürt meine Kehle ab. Ich sollte Panik verspüren, aber da ist nichts als Erregung in meinem System. Seine nackte Haut klatscht gegen meine, während er mich mit jedem Stoß etwas höher Richtung Himmel schickt und meinen Gang dehnt.

»Sieh mich gefälligst an, wenn du kommst, Willow!« James hat sich von hinten über mich gebeugt, und als mir sein Gesicht im Spiegelbild so nah ist, fixiere ich seine Augen mit meinen. Noch immer hat er mich nicht zu Atem kommen lassen und langsam setzt ein leichter Schwindel ein. Aber ich liebe ihn. Den Schwindel. Den Sex. Das Abenteuer. Er erhöht den Druck auf meinen Kehlkopf, bis die ersten Sterne vor meinen Augen tanzen und ich in andere Sphären katapultiert werde.

Sekunden später krächze ich ein letztes Mal, bettelnd nach Sauerstoff, und komme mit einem heftigen Zucken auf seinem Schwanz. Langsam lässt James meinen Hals los, und sobald sich meine Lunge mit Luft füllt, dehnt sich mein Orgasmus noch weiter aus. Wie ein Luftballon, der kurz vorm Platzen steht. Meine Wände ziehen sich um seinen Schwanz zusammen. Dann kommt auch er. James pumpt sich noch zweimal in meine Mitte, bevor ich das Zucken seiner Härte spüre. Mein ganzer Körper steht unter Strom. Mein Lippenstift ist verschmiert, genau wie meine Wimperntusche, weil ich in den letzten Minuten so stark geschwitzt habe. Ein heftiges Stechen zieht durch meinen Hintern, von dem ich mir sicher bin, dass ich es mir nur einbilde, weil mein Hirn gerade so lange ohne Sauerstoff war.

Mir fehlen die Worte, als ich mich zu James umdrehe. Sein Schwanz gleitet aus mir heraus, obwohl ich noch lange nicht genug von ihm habe. Verdammt, das hier muss eine einmalige Sache bleiben und das weiß ich. Aber die Vorstellung, nie wieder etwas Vergleichbares in der Nähe eines Mannes zu fühlen, gefällt mir nicht. Zum ersten Mal wünsche ich mir mehr. Eine zweite Runde? Vielleicht würde ich mich danach sogar mit ihm ins Bett legen und mich von ihm in den Arm nehmen lassen. *Jetzt drehst du völlig durch, Willow.*

»Das war …«, krächze ich.

»… leider ein Fehler«, murmelt James als Antwort. Perplex sehe ich zu ihm auf. Habe ich mich gerade verhört oder hat er den Fick mit mir als Fehler bezeichnet? Ich suche Halt an der Kommode, weil meine Beine plötzlich so wackelig sind. Mir ist glühend heiß, und ich befürchte, dass es nicht nur am geilen Sex mit diesem Fremden liegt. Vielleicht werde ich ja echt krank?

»Ein F-Fehler?« Meine Stimme klingt bleiern, ist genauso in Watte gehüllt, wie ich mich fühle. »Was ist mit mir los?«, frage ich und bekomme es langsam mit der Angst zu tun. War es zu viel für mich? Hat er mir zu lange die Luft abgeschnürt? Bin ich doch nicht so widerstandsfähig, wie ich dachte? Meine Beine kippen beinahe zur Seite. In letzter Sekunde schiebt James sein Bein zwischen meine nackten, nassen Schenkel, um mich zu stützen. Meine Sicht verschwimmt, als hätte ich anstatt einen zehn Tequila gekippt.

»Ich habe dich gewarnt, Willow.« Verdammt, wovon redet er? Diesen Satz hat er an der Bar schon zu mir gesagt und ich habe ihn schon dort nicht einordnen können. »Du hast mich gefragt, wieso du hättest wegrennen sollen«, murmelt er. »Weil ich ein Jäger bin, Willow. Und was ist die Aufgabe einer Beute?« Ich will mich von der Kommode wegdrücken und ihn von mir schieben, aber meine Gliedmaßen gehorchen mir nicht mehr. Sein dreckiges Lachen verdreifacht den Schwindel in mir und meine Sicht verschleiert von Wort zu Wort mehr. Sein heißer Atem streift mein Gesicht, weil wir einander so nah sind.

»Eine Beute sollte um ihr Leben rennen, bevor sie gerissen wird.« Hitze wandert durch jede Zelle meines geschwächten Körpers, und das Letzte, was ich einigermaßen scharf sehen kann, ist das Tattoo auf seiner nackten Brust.

Monster.

Noch ehe ich etwas erwidern kann, wird mir schwarz vor Augen. Ich sacke in seinen Armen zusammen und falle in die Dunkelheit.

FÜNF

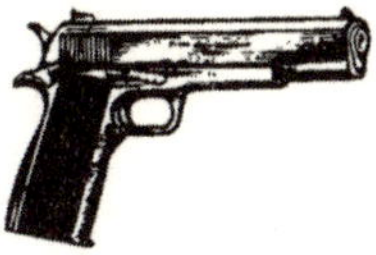

JAMES

Wie die Flügel eines sterbenden Schmetterlings flattern ihre vollen Wimpern, bevor sich ihre Augen endgültig schließen und sie in meinen Armen zusammenbricht. In letzter Sekunde fange ich Willow auf und lasse gleichzeitig die Betäubungsspritze, die ich bei jeder Schicht am Mann trage, auf den marmorierten Boden fallen.

»Das ging schneller als erwartet«, stelle ich erstaunt fest und überlege, ob ich sie einfach auf den blanken Boden legen oder ihrem angeschlagenen Körper wenigstens das Bett überlassen soll. Letztendlich entscheide ich mich, nachdem ich meine Hose geschlossen habe, für Letzteres. Als ich die Kleine gegen die Kommode gefickt habe, und sie wollte, dass ich meine Hand fester um ihre zierliche Kehle lege, dachte ich, dass ihr Körper stärker gegen die Betäubung ankämpfen würde, aber anscheinend hat der Alkohol heute Abend schon ziemliche Vorarbeit geleistet. Das Mittel, das ich Willow gespritzt habe, hat ihr nur noch den Rest gegeben.

Ich schlinge meine Arme unter ihre Kniekehlen, werfe sie über meine Schulter und trage sie zum Bett, um sie fast lächerlich sanft auf der Matratze abzulegen. *Du hast ihr gerade eine verdammte Spritze in den Knackarsch gerammt, während du noch in ihrer Pussy gesteckt hast.* Behutsamkeit ist hier vollkommen fehl am Platz, und doch setze ich dem Ganzen noch die Krone auf, indem ich mein Hemd vom Boden fische und es Willow überziehe.

Wie einer leblosen Puppe streife ich es über ihre dünnen Arme, werfe einen flüchtigen Blick auf ihre nackten Titten und knöpfe das Hemd schließlich zu. Und während ich mich auf den samtbezogenen Sessel neben dem Kopfende des Bettes fallen lasse, betrachte ich sie noch etwas genauer. Zum ersten Mal an diesem Abend kann ich sie ansehen, ohne dass mir dieser freche, herausfordernde Ausdruck in den Augen den Verstand raubt. Etwas, das ich ausnutzen muss, solange ich noch kann.

Willow liegt seelenruhig auf dem Bett und sieht aus, als würde sie nach unserem Fick lediglich friedlich schlafen. Auch wenn das, was gerade zwischen uns passiert ist, nichts Friedliches an sich hatte. Dass sie stark ist, habe ich ihr sofort angesehen, aber dass sie auf dreckigen Breathplay steht? Damit habe ich nicht gerechnet.

Ich entdecke ihre Handtasche am Boden neben dem Bett, beuge mich vor und schnappe sie mir, um einen Blick auf ihre Habseligkeiten zu werfen. Wie zu erwarten, befindet sich darin ein Revolver, der nach zierlichen Frauenhänden schreit. Ich betrachte grinsend das schwarze Modell, bevor ich es auf den Nachttisch schiebe und weiter in ihren Sachen wühle. Ein paar Make-up-Utensilien befinden sich ebenfalls in der Tasche, die sie nach den letzten Minuten definitiv gebrauchen könnte, immerhin ist ihr Lippenstift komplett verschmiert, weil sie meinen Schwanz so hingebungsvoll geblasen hat. Allein der schnell vorbeiziehende Gedanke an den Blowjob und ihre Tränen lassen mich umgehend wieder hart werden. Ich richte meine nervige Erektion, schnappe mir blind mein Jackett und taste darin nach meinen Kippen.

Sobald ich mir eine zwischen die Lippen geschoben habe, die immer noch nach ihrem süßen Pfirsicharsch und ihrer Pussy schmecken, zünde ich sie an. Anschließend inspiziere ich den restlichen Inhalt ihrer Tasche, der sich auf drei Dinge beschränkt. Ein frischer schwarzer Slip, den ich ihr vielleicht überziehen sollte, bevor ich sie aus dem Club in meinen Wagen bringe, ein Pfefferspray und ein schmales Lederportemonnaie in Gold.

Mit der Kippe zwischen den Zähnen öffne ich es und ziehe eine Karte nach der anderen heraus. Eine gehört zu ihrem Bankkonto, eine weitere sieht aus wie eine Mitarbeiterkarte irgendeines gammligen Cafés, das Starbucks Konkurrenz machen will. Als Letztes inspiziere ich ihren Ausweis und überfliege die Daten.

Willow Sullivan, zweiundzwanzig, wohnhaft in East Village. Ihr Foto interessiert mich nicht, immerhin liegt die ungefilterte Schönheit direkt vor mir in diesem Bett. Hilflos, bewusstlos und absolut ahnungslos, wo sie da hineingestolpert ist. Ob ihre Freundin sie schon sucht? Oder ist sie längst selbst zum Opfer geworden? Normalerweise würde ich dafür sorgen, dass die Frauen an denselben Mann verkauft werden, damit sie wenigstens einander haben, aber mein Schwanz hat mir heute Abend mehrere Striche durch die Rechnung gemacht. Vielleicht hat sie sich längst ein anderer Hunter geschnappt, vielleicht ist diese Barbie aber auch einfach zu »gewöhnlich« für meine Kollegen.

Je öfter ich an der Zigarette ziehe, desto mehr verfluche ich, dass ich mir überhaupt eine angesteckt habe. Der Rauch verteilt sich als Geschmack auf meiner Zunge und übertüncht den ihrer Pussy.

Ich ziehe so lange an der Kippe, dass meine Kehle heiß wird, weil ich den Filter erreicht habe, also lasse ich ihn auf den Boden fallen und trete die Glut mit meinem Schuh aus. Mein Schwanz ist immer noch hart, und wenn ich Mike wäre, würde ich mich einfach an Willows Körper bedienen, um mich zu erleichtern. Aber ich bin nicht wie Mike und ich stehe nicht sonderlich darauf, Frauen gegen ihren Willen zu vögeln.

Hörst du, Willow?

Du hättest mich einfach bitten sollen, aufzuhören.

Mein Handy vibriert in meiner Hosentasche, so dicht an meinem Steifen, dass ich fast gewillt bin, es einfach klingeln zu lassen. Stattdessen fische ich es aus meiner Tasche, und als ich Mikes Nummer sehe, stoße ich ein Knurren aus. Der Penner hat mir gerade noch gefehlt.

»Was gibt es?«, frage ich gelangweilt. Ich weiß ganz genau, was der Wichser will. Oder wollte. Und das hat rote Haare, himmelblaue Augen und eine göttliche Pussy.

»Was hast du mit der Fotze von der Bar gemacht?« Ich höre sein Schmatzen am anderen Ende der Leitung, vermutlich kaut er auf seinem widerwärtigen Tabak herum.

»Sie gefickt.«

Mike stößt einen Pfiff aus, der mir in den Ohren schmerzt. »So viel Skrupellosigkeit hätte ich dir gar nicht zugetraut. Erst klaust du mir meine Beute und dann vergehst du dich an ihr?« Ich kann sein schäbiges Lachen regelrecht vor mir sehen.

»Warum rufst du an, Mike?«

»Ich könnte dir jetzt den Arsch aufreißen, weil du eine Regel gebrochen und mir die Show gestohlen hast, aber dieses Mal lasse ich es dir durchgehen. War ihre Pussy wenigstens gut?«

Sie war unglaublich.

Perfekt eng, perfekt nass, perfekt weich. Wieder drängt sich mein penetranter Ständer gegen die Hose. Weil ich dem Pisser nicht antworte, ergreift er wieder das Wort.

»Du willst deine Freude nicht mit mir teilen? Kein Problem, ich werde es schon noch herausfinden, wenn Silva sie mir ausleiht.« Moment mal – Silva? Wovon redet er?

»Wie kommst du darauf, dass sie bei Silva landen wird?« Silva ist unser kolumbianischer Stammkunde, und ich untertreibe noch, wenn ich sage, dass er der Schlimmste von allen ist.

»Er hat sie vorhin auf den Überwachungskameras des Clubs gesehen. Und er wollte schon immer eine Rothaarige unter seinen Frauen haben, James.« Er singt meinen Namen fast und ich würde ihm gern Willows kleinen Handrevolver ins Maul schieben und abdrücken. Aber auch das wäre nicht sonderlich vorteilhaft für meinen Plan, also gebe ich mich mit der Vorstellung daran zufrieden. Vorerst. Sobald die Scheiße durch ist, werde ich ihm seine Eingeweide aus dem Leib prügeln.

»Ich hatte eher an Emilio gedacht«, antworte ich so gelassen wie möglich. Aber Mike macht es mir nicht leicht, die Fassung zu wahren und meine Maske an Ort und Stelle zu halten. Er will mich reizen, das weiß ich. Aber diese Genugtuung werde ich ihm sicher nicht geben.

»Du denkst immer zuerst an Emilio ...« Ist das eine Feststellung oder eine Frage?

»Weil er einer der loyalsten und großzügigsten Kunden ist«, erwidere ich neutral. Der wahre Grund ist natürlich ein anderer. Wenn ich diese unschuldigen Frauen, die zur falschen Zeit am falschen Ort sind, schon in ihr Unglück führe, kann ich wenigstens dafür sorgen, dass sie an den besten Käufer geraten. Emilio ist ein krimineller Wichser, der nicht viel von Gleichberechtigung und Freiheit hält, aber immerhin behandelt er seine Frauen wie Menschen und nicht wie Fickstuten.

»Glaub mir, das Angebot des Kolumbianers wird Emilios um Welten überschreiten. Er will diese Kratzbürste, James. Die paar Aufnahmen aus dem Club haben ihm gereicht, um eine Entscheidung zu treffen. Und deshalb ...« Er macht eine Theatralik erzeugende Pause. »... wirst du sie gleich ins *Oasis* bringen.«

»Warum ins *Oasis* und nicht direkt zu ihm? Ist er nicht in der Stadt?«

»Er hat ein paar besondere Pläne mit unserer kleinen Arielle.« *Mierda, es sollte mir verflucht egal sein, was Silva mit dir vorhat. Oder dass Mike dir einen dämlichen Spitznamen nach dem anderen gibt, die dir alle nicht gerecht werden.* Aber es ist mir nicht egal und das macht diese Schicht zur nervigsten Schicht in den letzten vierzehn Monaten. Ich sagte ja, ich hasse meinen Job.

»Also, bring die kleine Schlampe ins *Oasis* und dann sehen wir weiter. Ich weiß noch nicht, was genau dieser Mistkerl vorhat, aber ich freue mich schon darauf, es herauszufinden.« Ich wünschte, ich könnte dasselbe von mir behaupten. »Tob dich vorher noch mal mit ihr aus. Wenn wir mit ihr fertig sind, wird nicht mehr viel von der toughen Bitch übrig sein.« Damit legt er auf und ich zerquetsche das Smartphone beinahe mit der bloßen Hand. Keine Ahnung, wie lange ich hier sitze und Löcher in die nach Sex stinkende Luft starre, aber irgendwann schaffe ich es, mein Handy zur Seite zu legen. Stattdessen greife ich in die Innentasche meines Jacketts und hole ihr Handy heraus.

Ich habe es mir von Monica bringen lassen, noch

bevor ich mich dazu entschieden hatte, Willow zur Hilfe zu eilen und Mike meinen Drink über den Designeranzug zu schütten. Gerade wünschte ich, ich hätte ihn über seinem hässlichen Schädel entleert. Mit einem Tippen aufs Handy verdrehe ich die Augen.

»Du hast es nicht mal ausgeschaltet, bevor du es abgegeben hast?«, frage ich die Kleine genervt, weil ich so viel Fahrlässigkeit von anderen, aber nicht von ihr erwartet hätte. Sie kommt mit einer Knarre in den Club und denkt nicht mal daran, ihr fucking Smartphone auszuschalten, bevor sie es in völlig fremde Hände gibt? Nicht dass es sonderlich viel gebracht hätte. Unsere Hacker brauchen nur einen Wimpernschlag Zeit, um Passwörter und PIN-Nummern zu knacken, aber das hier ist eine Frage des *Prinzips*.

Ich packe Willows leblose Hand, führe ihren Finger auf den Sensor und mache es mir anschließend mit dem wohl persönlichsten Gegenstand eines jeden Menschen bequem. Eigentlich spielt es keine Rolle mehr, was sich auf dem Telefon befindet, weil ihr Schicksal längst besiegelt ist, aber ich bin neugierig. Wir nehmen den Frauen ihre Telefone ab, damit wir später ein paar Eckdaten über sie haben. Am besten sind die Frauen, die keine Familien haben, die nach ihnen suchen könnten. Erspart uns einiges an Komplikationen.

Als Erstes checke ich ihre Notizen, finde aber lediglich ein paar veraltete Einkaufslisten, Links zu längst gelöschten Stellenanzeigen und eine Menge Passwörter. Anschließend logge ich mich in ihrer Banking-App ein, überfliege ihre mageren Umsätze und bin mir ziemlich schnell sicher, dass die kleine Willow Sullivan Geldprobleme hat. Sie bekommt Lohn von drei verschiedenen Arbeitgebern, die sie allesamt miserabel bezahlen. Ansonsten finde ich nichts, was mir irgendetwas über sie als Person verraten würde, also mache ich mit Whatsapp weiter.

Ich hatte nicht erwartet, dass sie sonderlich viele Sozialkontakte hat, immerhin verteilt ein Igelmädchen wie sie seine Stacheln überall in der Gesellschaft. Aber dass sie *so wenig* soziale Interaktion hat, hätte ich nicht gedacht. Es befinden sich nur vier läppische Chats auf ihrem Handy. Ein Kerl namens Steven, der anscheinend mit ihr in diesem Café arbeitet und der sie behandelt wie eine dumme Schnepfe, die nur Botox im Hirn hat. Dann eine ältere Frau, deren Kind Willow hin und wieder sittet, und eine Namens Clarisse, die mit ihr gemeinsam kellnert. Prüfend werfe ich einen Blick auf die bewusstlose Willow und frage mich, warum man ihr die Erschöpfung, die dieses trostlose Leben in ihr hinterlassen muss, nicht ansieht. Ihren Chatverläufen nach zu urteilen kann die Kleine kaum zum Schlafen oder Verschnaufen kommen. Der letzte Chat ist der interessanteste. Zoey ist sicherlich ihre blonde Busenfreundin, die draußen die Tanzfläche unsicher macht.

Die beiden haben sich in letzter Zeit oft über Willows Geldprobleme unterhalten, und die letzte Nachricht von ihr war ein: *Freu mich auf heute Abend. Wir werfen uns richtig in Schale und suchen dir einen Sugardaddy.* Dahinter befindet sich ein alberner Lolli-Emoji. Hatte ich also recht mit meiner Vermutung. Sie kam heute Abend in den Club, um einen Kerl aufzureißen, der ihr aus der finanziellen Scheiße hilft.

Ich schließe Whatsapp und öffne stattdessen den wohl kostbarsten Schatz auf ihrem Handy: ihre Fotogalerie. Willow gehört scheinbar nicht zu der Sorte Frau, die sich bei jeder passenden – oder unpassenden – Gelegenheit selbst ablichtet, dafür befinden sich Hunderte Fotografien auf dem Handy. Fotos von San Diegos bunter und lebendiger Innenstadt, von den Wellen, die zig Surfer an unsere goldenen Strände locken. Sie hat sogar Fotos von der Mauer gemacht, die uns von Mexiko trennt. Eins muss man ihr lassen: Sie hat ein Händchen dafür, Dinge und Menschen in Szene zu setzen. Was in Anbetracht dessen, wie sie sich selbst in Szene setzen kann, kein Wunder ist.

Ich scrolle mich eine Stunde lang durch ihre Galerie, und jedes Mal, wenn ich ein Bild entdecke, auf dem sie zu sehen ist, öffne ich es. Mierda, ich bin wirklich am Arsch. Willow grinst auf den meisten Fotos breit in die Kamera, aber es ist nicht zu übersehen, dass sie nur eine perfekt einstudierte Show abzieht. Ihr Lachen ist nicht echt und diese tiefe Traurigkeit in ihren Augen ist mir schon an der Bar aufgefallen. Ich erkenne gebrochene Seelen schnell ... und sie könnte die Königin von ihnen sein. Was sie zu der perfekten Frau an meiner Seite machen würde, wäre ich ihr unter anderen Umständen begegnet.

Bei einer Schwarzweißaufnahme von ihr bleibe ich besonders lang hängen. Sie steht in ihrer Arbeitsschürze hinter dem Tresen des Cafés, hat die Arme auf ihm abgestützt und sieht gedankenverloren aus dem Fenster. Ich zoome ins Foto herein und will gerade weiterscrollen, als ich ein Detail entdecke, das mir nahezu in die Fresse springt.

Ich ziehe das Bild mit Daumen und Mittelfinger noch etwas größer, zoome auf ihren Handrücken und spüre, wie mir das Blut nicht nur aus dem Schwanz, sondern auch aus dem Gesicht weicht.

An ihrem rechten Handrücken befindet sich ein Muttermal, das ich schon einmal gesehen habe. *Nur* einmal. Aber dieses eine Mal hat gereicht, um sich für immer in meine Netzhaut zu brennen. Halluziniere ich langsam? Steigt mir dieser verfickte Job zu Kopf? Oder hat mir die kleine Willow etwas in den Drink gemischt, als ich damit beschäftigt war, sie anzusehen?

Doch je länger ich das Muttermal anstarre, desto klarer wird es. Ich springe vom Sessel auf, werfe das Handy auf den Platz, an dem ich gerade gesessen habe, und schnappe grob nach Willows rechter Hand. Und als mein Daumen über das Muttermal fährt, mahle ich mit dem Kiefer.

Das ist nicht ihr verdammter Ernst, oder?

Doch egal wie lange ich ihre Hand in meiner halte und das Muttermal in Sternform anstarre, es will einfach nicht verschwinden. Stattdessen lacht es mir mitten in die Visage.

Mein Blick schießt zu ihrem Gesicht, das noch immer so friedlich zur Seite gedreht ist. Ihre Haut schimmert wie edles Porzellan und ihre roten Haare haben sich wie ein gelockter Fächer auf dem Bett verteilt. Ihre Hand rutscht aus meiner, und am liebsten würde ich sie ohrfeigen, damit sie aufwacht und mir sagen kann, dass ich mich irre.

Dass es einfach viele Menschen auf der Welt mit diesem Muttermal gibt. Dass sie nicht die Frau ist, für die ich sie halte. Aber wem mache ich hier etwas vor? Sie hatte von Anfang an diese Wirkung auf mich. Willow hat das *Dark Diamond* betreten wie hundert Frauen vor ihr, aber ich konnte den Blick nicht von ihr lösen. Weil ich sie kenne, verdammt. Weil ich ihr schon einmal so nah war wie in diesem Moment. Schon einmal ihre Hand gehalten habe. Nur, dass diese Hand damals noch winzig war, genau wie sie.

»Lizzy«, knurre ich und schnappe mir ihr Kinn, um ihren Kopf zur Mitte zu drehen, damit ich sie besser ansehen kann. Und je länger ich sie ansehe, desto klarer wird meine Erinnerung. Damals war sie noch ein Mädchen, durch dessen Adern pure Unschuld floss. Ihre Lippen stehen leicht offen, und ich erinnere mich daran, wie sie bebten, als sie weinte. Diese Tränen waren anders als die, die ihr vorhin über das Gesicht flossen. Und als ich mir die Kette an ihrem Hals zum ersten Mal genauer ansehe, schließe ich fluchend die Augen, weil mich tausend Flashbacks überrennen. Wie konnte ich die ganzen Anzeichen übersehen?

Ich streichle mit dem Daumen über ihre warme Wange und schließe für einen Moment die Augen, um mich zu sammeln und mir einen Ersatzplan zu überlegen. Aber ich weiß, dass ich am Arsch bin. Wenn ich nicht will, dass die Arbeit der letzten Monate umsonst gewesen ist, muss ich sie wie jede andere bedeutungslose Frau behandeln. Sie darf nichts Besonderes sein. Sie darf nichts in mir auslösen.

Mikes Worte wiederholen sich wie eine kaputte Schallplatte in mir. Silva will sie und er hat besondere Pläne. Pläne, die sicher genauso abartig sind wie er als Person.

»Fuck, Lizzy«, raune ich und würde ihr am liebsten diesen seligen Ausdruck aus dem Gesicht schlagen. »Warum musstest du ausgerechnet hier aufkreuzen?«, frage ich sie und wünschte, sie könnte mir antworten. Wünschte, sie könnte mir sagen, warum sie ihren Namen geändert und wieso sie es nicht geschafft hat, etwas Besseres aus der zweiten Chance zu machen, die sie bekommen hat. Nach allem, was sie durchgemacht hat, soll es auf diese Weise enden? In den Händen eines skrupellosen Wichsers wie Silva? Wie in Trance schnappe ich mir mein Handy, öffne meine Nachrichten und schreibe meinem engsten Vertrauten eine Nachricht.

Wir haben ein Problem.

Ich will sie packen, über meine Schulter werfen und fortbringen, aber ich weiß, dass ich es nicht kann. Mein ganzer Körper steht unter eintausend Volt, als ich etwas tue, das ich unter keinen Umständen tun sollte. Ich lasse mich neben Willow aufs Bett gleiten, lege mich an ihre Seite und ziehe sie an meine nackte Brust. Eine Brust, die sie vorhin geküsst hat, ohne zu wissen, dass aus dem Beschützer ihrer Vergangenheit der Henker ihrer Gegenwart geworden ist.

SECHS

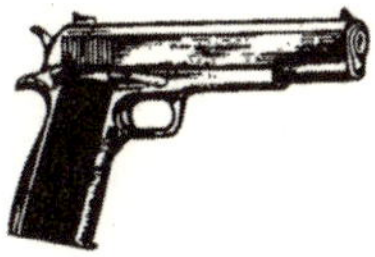

JAMES

Fünfzehn Jahre zuvor

»Bruderherz?« Meine kleine Schwester steckt ihren Kopf ins Zimmer. Sie klingt wie früher, immer wenn wir irgendeinen Mist zusammen ausgeheckt haben. Es ist dunkel im Raum und eigentlich könnte sie mich nicht sehen, wäre da nicht die glühende Spitze meiner Kippe, die mich verrät. Ich sitze auf der Fensterbank, lehne mich mit dem Rücken gegen den Erker und warte, bis sie mir endlich sagt, was sie hier so kurz vor Mitternacht will.

»Ich dachte, du schläfst schon«, flötet sie und tapst mit ihren nackten Füßen durch mein Zimmer.

»Ich bin fünfzehn, Yuliana. Eigentlich bist du diejenige, die schon im Bett liegen müsste«, erinnere ich sie an den Altersunterschied zwischen uns. Wäre ich ein verantwortungsbewusster Bruder, würde ich sie vermutlich einfach ins Bett schicken und ihr vielleicht noch eine Geschichte vorlesen. Wollen zehnjährige Mädchen noch Geschichten vorgelesen bekommen? In der Welt von Ottonormalverbrauchern vielleicht schon, aber bei uns? Yuliana ist kein normales Mädchen, so wie ich kein normaler Teenager bin. Zumindest das heimliche Rauchen auf meinem Zimmer in der Dunkelheit gibt mir das Gefühl davon, aber sonst ist unsere Familie verdammt weit von Normalität entfernt.

»Schon klar, aber ich bin nicht müde.« Yuliana schwingt sich ebenfalls auf die Fensterbank und zieht die dünnen Beine hinterher. Wir sitzen uns jetzt gegenüber und ich puste den Rauch nach links aus, damit er meiner kleinen Schwester nicht direkt ins Gesicht wabert. Reicht, wenn ich meine Lunge mit dem Scheiß zerstöre. Wundert mich, dass sie noch nicht gefragt hat, ob sie auch mal ziehen darf. Yuliana sieht zwar aus wie ein braver Engel, aber sie hat die große Klappe einer achtzehnjährigen Straßennutte. Wieder etwas, das wir unserem Vater zu verdanken haben und wofür ich ihn zutiefst verabscheue.

»Außerdem will Daddy uns heute mit zur Arbeit nehmen. Du sollst jetzt in sein Büro kommen, darum bin ich eigentlich hier.«

Ich verkrampfe am ganzen Körper und merke gar nicht, dass ich mir beinahe die Schnauze an der Kippe verbrenne, weil ich so heftig daran ziehe.

»Wir sollen ihn zur Arbeit begleiten? *Wir?*« Scheiße, das ist nicht sein Ernst, hoffe ich. Yuliana ist quasi noch ein Baby! Er sollte dafür kämpfen, sie vor der kriminellen Kacke zu beschützen, stattdessen zieht er sie mit sich ins Verderben.

»Ja, wir! Ist das nicht aufregend? Ich wollte schon immer mal mit auf Daddys Arbeit gehen!« Am liebsten würde ich meine Schwester bei den Schultern packen und heftig durchschütteln. Sie hat ja keine Ahnung, wovon sie spricht. Unser Bruder und ich haben schon

Dinge gesehen, die kein Mensch je zu Gesicht bekommen sollte. Erst recht keine Zehnjährige, die noch mit süßen Teddys kuschelt.

»Was will er von mir?«, weiche ich ihrer vollkommen deplatzierten Euphorie aus.

»Das weiß ich nicht.« Meine Schwester pustet sich eine Strähne aus dem Gesicht, das dem unserer Mutter so ähnlich sieht. Oft schmerzt es mich, sie anzugucken. Durch das Licht auf unserem Anwesen kann ich die Umrisse ihrer Stupsnase sehen. Sie beugt sich zu mir vor und boxt mir geschwisterlich gegen das Schienbein.

»Du weißt, dass Daddy es nicht mag, wenn wir ihn warten lassen.« *Und du weißt nicht, worauf du dich da eigentlich freust, kleine Schwester.* Unser Vater handelt nicht nur mit Drogen und Waffen, sondern auch mit Menschen. Ich wüsste nicht, zu welchem Job er seine heilige Princesa mitnehmen sollte.

»Ich gehe, du bleibst hier«, befehle ich in Großer-Bruder-Manier und drücke die Kippe am Fensterrahmen aus. Anschließend schnippe ich sie in den Mülleimer unter meinem Schreibtisch und springe von der Fensterbank.

»Darf ich mit deiner Playstation spielen, solange du bei Daddy bist?«

»Klar.«

»Jackpot!« Yuliana klatscht freudig in die Hände. Genau über solche lapidaren Dinge sollte sich ein Kind wie sie freuen, und nicht darüber, einen kriminellen Wichser bei seiner Arbeit begleiten zu dürfen. Merkt man, dass ich ihn hasse? Leider liebt Yuliana ihn mehr als alles auf dieser Welt, selbst mehr als sie Mom geliebt hat.

»Hab dich lieb, Bruderherz.« Sie schaltet die Stehlampe neben meinem Bett an und wirft sich auf meine Matratze, während ich mich auf den Weg in das Büro unseres Vaters mache.

Unser Anwesen ist nicht nur draußen gigantisch, sondern auch im Inneren. Wir wohnen in einem verdammten Schloss, und so brauche ich schon gefühlte zehn Minuten, um den Westflügel zu erreichen. Ich lege keinen Wert darauf, anzuklopfen, sondern trete einfach ein.

Unser Vater sitzt hinter seinem Schreibtisch, auf dem schon mehr als ein Mensch ausgeblutet ist. Vor meinen Augen versteht sich. Den ersten Mann habe ich im Alter von fünf sterben sehen. So gesehen hat unser Vater Yuliana etwas länger verschont.

»Da bist du ja, mi hijo.« Ich hasse es, wenn er mich seinen Sohn nennt, auch wenn es auf biologischer Ebene natürlich stimmt. Nichts wünsche ich mir mehr, als nicht sein Sohn sein zu müssen. Okay, eine Sache gäbe es: dass Mom wieder lebt. Die letzte familiäre Wärme hat sie bei ihrem Tod mit sich genommen. Oder sollte ich besser sagen *bei ihrer Ermordung*?

»Du willst wirklich Yuliana mit zu einem Job nehmen?«, falle ich mit der Tür ins Haus und balle meine Hände zu Fäusten. Ich bin fast genauso groß wie unser Vater, aber körperlich bin ich ihm um Welten unterlegen. Dennoch stelle ich mir allzu oft vor, wie ich ihm die Fresse poliere. Er hat die Hände zu einem Dreieck gefaltet und grinst mich mit schräg gelegtem Kopf an. Anschließend deutet er auf den leeren Platz ihm gegenüber. Nur widerwillig folge ich seiner Einladung, ziehe den Stuhl zurück und lasse mich darauf fallen.

»Meine kleine Prinzessin möchte sehen, was ihr Daddy macht, also ja. Ich werde euch heute mitnehmen und zeigen, wie das Geschäft läuft. Außerdem hat der heutige Auftrag auch für euch eine große Bedeutung, mi hijo. Wir werden nämlich der Schlampe einen Besuch abstatten, die für den Tod eurer Mutter verantwortlich ist.«

»Vergessen, dass du ihr den Schädel weggeblasen hast?« Ich springe von meinem Stuhl auf, beuge mich über seinen Schreibtisch und spucke in den Aschenbecher, der zwischen uns steht. Die dunklen Augen unseres Vaters blitzen wütend auf, und ehe ich Abstand aufbauen kann, hat er mich an den Haaren gepackt und mit dem Gesicht aufs Holz gedrückt. Sein Griff ist so fest, dass ich umgehend Kopfschmerzen bekomme.

»Du solltest deine freche Zunge hüten, mi hijo. Vergiss nicht, dass ich trotz allem dein Vater bin.« *Erzeuger* passt besser. Mit einem Vater hat dieses Monster herzlich wenig zu tun.

»Also?« Er zerrt meinen Kopf hoch und donnert ihn ein weiteres Mal auf den Schreibtisch. Meine Unterlippe platzt auf wie ein rohes Ei, das man zu grob anpackt, und Blut sickert in meinen Mund und auf den Tisch.

»Bist du jetzt bereit, dir deine heutige Aufgabe anzuhören?«

»Hm«, erwidere ich zähneknirschend. Er lässt von mir ab und gleitet wieder auf seinen Stuhl, während ich mich aufrapple und mir das Blut vom Kinn wische. Wie kann Yuliana nur so vernarrt in diesen Wichser sein? Sieht sie nur das, was sie in ihm sehen will? Ja, er überschüttet uns mit Geschenken und lässt uns im Luxus baden, aber dabei vergisst er, was Kinder wirklich brauchen, um glücklich zu sein. Kohle ist es nicht. Aufgeplatzte Unterlippen ebenso wenig.

»Was soll ich tun?«, frage ich gelangweilt und falle ebenfalls wieder auf meinen Stuhl. Mein Vater zieht eine Schublade auf, holt einen braunen Papierumschlag heraus und schiebt ihn über den Tisch und somit genau durch die kleine

Blut-Speichel-Pfütze, die ich darauf hinterlassen habe. Ich schnappe mir den Umschlag, öffne ihn und ziehe ein Foto heraus. Es ist auf DIN-A4 gedruckt und ist schrecklich verpixelt, aber was ich erkennen soll, erkenne ich.

»Was ist mit dem Mädchen?«

»Das ist ihre Tochter. Sie heißt Liz.«

Ich starre das Gör an, das sicher noch ein paar Jahre jünger als Yuliana ist. Sie hat ein rundes, kindliches Gesicht und lange kupferrote Haare. Sie trägt lumpige Klamotten, in die Yuliana nicht mal einen großen Zeh stecken würde und die ihr viel zu groß sind.

»Und?«, frage ich genervt, weil mein Vater endlich auf den Punkt kommen soll.

»Und ...« Er steht auf, richtet seine Krawatte und nimmt einen Schluck seines Drinks. Es gibt selten Tage, an denen er keinen Alkohol trinkt, und ich hasse es wie die Pest. »... erst hatte ich überlegt, sie ebenfalls zu beseitigen. Aber so ein kleines Mädchen wird auch irgendwann zu einer Frau. Wenn sie nach ihrer Schlampenmutter kommt, könnte sie wirklich ansehnlich werden.«

»Du willst sie verkaufen?«, knurre ich und stelle mir in Gedanken vor, wie ich ihm den Brieföffner durch die Kehle ziehe. Er will diesem unschuldigen Kind schaden. Habe ich ihn je – abgesehen von dem Tag, an dem er sich über den toten Körper unserer Mutter beugte – mehr gehasst?

»Noch nicht, dafür ist sie dann doch noch *zu* jung. Aber sobald ihr ein paar Titten wachsen und sie ein bisschen mehr auf den Rippen hat ... ja. Deine Aufgabe ist es, sie heute Nacht in Schach zu halten. Das Letzte, was wir gebrauchen können, ist, dass das Balg die ganze Straße zusammenschreit. Behalte sie im Auge, kneble sie, wenn es sein muss. Das ist alles.«

»Das ist alles«, wiederhole ich spottend. Weiß er überhaupt, was er da von mir verlangt? Oder hat er längst jeglichen Sinn für die Realität verloren?

»In einer Stunde fahren wir los.« Er scheucht mich mit einer Handbewegung vom Tisch weg, und als ich an der Tür bin, presse ich die Augen fest zusammen und versuche, nicht wie ein Schwächling zu heulen. Schwäche ist das Letzte, was ich diesem Mann zeigen darf, wenn ich nicht will, dass er mich bricht.

SIEBEN

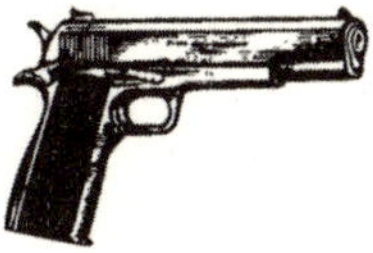

JAMES

Heute

»Komm her, Dornröschen.« Ich hebe Willow aus meinem Wagen, schlage die Tür hinter uns zu und steuere das *Oasis* an. Dass sie so lange lahmgelegt sein würde, hätte ich nicht gedacht, aber für mich ist es besser so. Nachdem ich herausgefunden habe, wer sie wirklich ist, habe ich drei Stunden lang neben ihr im Bett gelegen und überlegt, wie ich uns aus dieser verkappten Situation herausholen kann. Leider kam ich zu keinem Ergebnis, das ich wirklich in Betracht ziehen würde, also stolziere ich auf das Gebäude zu und erledige meinen Job. Das *Oasis* ragt elegant in den Nachthimmel. Palmen säumen die Zufahrtstraße zum Eingang des ehemaligen Hotels, das heutzutage für viele Dinge herhalten muss, aber sicher nicht für die Bespaßung von gestressten Touristen. Noch weiß ich nicht, wieso Mike wollte, dass ich sie herbringe, immerhin gehört das nicht zu unserem Standardverfahren. *Was hat er mit dir vor, Lizzy?*

Ich versuche, ihr nicht allzu viel Beachtung zu schenken, genauso wenig wie der Tatsache, dass sich ihr warmer, regloser Körper so gut in meinen Armen anfühlt, und betrete das Foyer. Mit einem knappen Nicken begrüße ich Madeleine, die süße Französin, die zumindest nach außen den Anschein einer Rezeptionistin wahrt. In Wirklichkeit ist sie eine skrupellose Bitch, die unsere Termine mit den Käufern managt, ohne mit den falschen Wimpern zu zucken. Es ist ihr schlicht und ergreifend egal, was mit den Frauen passiert, dessen Untergang sie täglich terminiert.

»Guten Abend, Hübscher.« Sie zwinkert mir zu und deutet mit ihrer perfekt manikürten Hand auf Willow. Sie trägt noch immer mein Hemd und den frischen Slip, den ich ihr vorhin übergezogen habe, bevor ich sie durch den Hinterausgang zu meinem Wagen brachte. »Ist das die Kleine, von der Mike gesprochen hat?«

Ich schenke ihr als Antwort lediglich ein Nicken, weil ich nicht in Plauderstimmung bin. Eigentlich bin ich das nie, aber heute Nacht ganz besonders nicht.

»Gut, dann bring sie erstmal in Mikes Suite. Er will euch sehen.«

Fuck, wenn er auf die dämliche Idee kommt, Willow in diesem Zustand zu vögeln, werde ich meine Tarnung heute wohl doch verlieren. Als ich vor vierzehn Monaten in dieses kaputte System eingedrungen bin, wusste ich bereits, dass ich ihn eines Tages besonders leiden lassen würde. Aber heute ist nicht der richtige Zeitpunkt. Nicht, solange ich meine kleine Schwester nicht gefunden habe.

Ich lasse Madeleine an ihrem Tresen zurück, nehme den Fahrstuhl in die letzte Etage und steuere Mikes Suite an. Sobald er mir die Tür geöffnet hat, flackert sein Blick vor Verlangen, weil Willow halb nackt ist und ihre Beine verdammt schön anzusehen sind. Verübeln kann ich ihm die Obsession für sie sicherlich nicht, aber sie nervt mich trotzdem.

»Da seid ihr ja.« Er streicht sich durch die geleckten Haare und schmunzelt dabei wie ein perverser Freak. Dann tritt er zur Seite und deutet auf den großen Besprechungstisch vor der Glasfront.

»Leg sie darauf ab.« Ich brauche ohnehin freie Hände, sollte ich kurzen Prozess mit ihm machen müssen, also führe ich den Befehl aus und lege sie auf den ovalen Tisch. Ich frage mich, wann sie endlich aufwacht. Die Dosis war nicht gerade stark und normalerweise müsste sie längst zu sich kommen. Aber in Anbetracht der Umstände ist es wohl besser, wenn sie noch eine Weile im Reich der Träume bleibt.

»Warum hat es so lange gedauert, James?«

Er umrundet den Tisch, auf dem Willow in meinem Hemd liegt, und betrachtet sie dabei wie seinen nächtlichen Snack. Ich spüre die Knarre im Bund meiner Hose, als würde sie glühen, und bin allzeit bereit, sie zu ziehen.

»Ich sollte doch noch meinen Spaß mit ihr haben«, erwidere ich süffisant, weil ich weiß, dass ich ihm auf Augenhöhe begegnen muss, um den Schein zu wahren. Dumm ist nur, dass ich mir erst ein Erdloch graben müsste, um auf einer Augenhöhe mit ihm zu sein, so tief wie der Wichser gesunken ist. Er leitet das *Dark Diamond* nur als zweite Hand vom Boss, spielt sich aber als Mafiakönig auf. *Ein König kann gestürzt werden, Mikey Boy. Und ich werde dir freudestrahlend beim Fallen zusehen.*

»Hätte echt nicht gedacht, dass du das Zeug dazu hast.« Er zerrt Willow das Hemd so weit hoch, dass er ihre Titten begaffen kann. Unwirsch betatscht er sie, als wäre sie ein Päckchen Koks und keine Frau aus Fleisch und Blut. Eine Frau, die mehr Eier in der Hose hat als er selbst. Mit dem Daumen umrundet er ihre Brustwarzen nacheinander und zwickt sie anschließend spielerisch.

»Süße Titten. Die Nippel sind mir etwas zu groß, aber sonst …« Er fährt mit den Fingern über ihren flachen Bauch, taucht unter den Bund ihres Slips und überschreitet damit die nächste Grenze. Er schiebt seine Finger in ihre Pussy, während sie sich nicht wehren kann. Fuck. Ich will sein Hirn in alle Himmelsrichtungen spritzen sehen, aber in letzter Sekunde halte ich mich davon ab, das Zimmer mit seinen Innereien zu schmücken.

Denk an deine Schwester. Denk daran, dass sie irgendwo da draußen ist und Angst hat. Dass ihr gerade irgendwo auf dieser Scheißwelt dasselbe angetan wird wie Willow vor deinen Augen.

Ich darf nicht fahrlässig werden, also lasse ich Mike sein perfides Machtspiel durchziehen. Er zieht seine feucht schimmernden Finger aus ihrem Slip und schiebt sie anschließend in sein hässliches Maul.

»Holy!« Er schließt genüsslich die Augen und kostet ihren Geschmack. Und auch wenn ich genau weiß, was er meint, weil ich sie ebenfalls schmecken konnte, will ich nicht, dass er so über sie redet. Dass er sie so berührt. »Sie schmeckt verdorben.«

Sie *ist* verdorben. Sie ist sogar die Verdorbenheit in Person, das hat sie mir vorhin auf nicht gerade subtile Weise gezeigt.

»Wie geht es jetzt weiter?«, frage ich Mike, damit er sich endlich von ihr abwendet und auf das Wesentliche zu sprechen kommt.

»Silva ist bald in der Stadt. Aber ich habe ein paar

Anweisungen bekommen, was wir mit ihr machen sollen, bis er Zeit findet.« Er verzieht seine Sonnyboy-Fresse zu einem diabolischen, hässlichen Grinsen. Wie wäre es, wenn ich ihm mit meinem Messer ein hübsches Jokerface verpasse? Wäre doch irgendwie poetisch.

»Und das wäre?« Ich lehne mich mit dem Rücken gegen eine der Dekosäulen, die jedes Zimmer im Hotel zieren. Mike setzt sich mit dem Arsch auf die Kante des Tisches und ist Willow dadurch wieder viel zu nah.

»Bring sie in Zimmer 512 und kette sie mit denen hier ans Bett.« Er greift in das Sakko, das er sich ersatzweise übergezogen hat, und wirft mir ein paar Handschellen mitsamt steckendem Schlüssel zu. »Über den Rest wird er uns sicher schon morgen in Kenntnis setzen. Jetzt trag die Schlampe in ihr Zimmer, James. Die nächsten Wochen werden sicher spannend.«

Die nächsten Wochen werden nicht spannend, sie werden verfickt hart für mich. Es gibt nur zwei Möglichkeiten: Entweder rette ich Willow, trenne mich von meiner Maske und jage diese Penner in die Luft ... oder ich finde meine kleine Schwester und rette sie. Mit langsamen Schritten gehe ich zum Tisch, schnappe mir Willow und werfe sie über meine Schulter. Ich weiß, dass Mike ihr ungeniert und vermutlich sabbernd auf den Arsch glotzt, der sich ihm so perfekt präsentiert.

Ich kann erst wieder atmen, als ich seine Suite verlassen habe.

Nachdem ich ins fünfte Stockwerk gefahren bin und Zimmer 512 betreten habe, lasse ich Willow auf das Bett fallen und lege ihr die Handschellen an. Eine rastet an ihrem rechten Handgelenk ein, die andere am Gestell des Bettes.

»Es tut mir leid, Lizzy.« Mit zusammengepressten

Zähnen sehe ich sie an, achte penibel darauf, leise genug zu sprechen. »Aber sie ist meine Schwester.« Meine kleine Schwester, die in ihrem Leben schon so viel Leid ertragen musste, dass es für zehn Seelen reicht.

Natürlich entscheide ich mich für sie.

Ich *muss*.

ACHT

WILLOW

»O mein Gooooott«, stöhne ich und traue mich nicht, meine Augen zu öffnen oder mich zu bewegen, weil ich weiß, was mich erwartet, sollte ich es tun: Schmerzen des Todes. Ich habe einen Kater, der jedem wilden Löwen Konkurrenz machen könnte. Einen so heftigen, dass ich mir Mühe geben muss, nicht auf dieses weiche Bett zu kotzen.

Normalerweise kenne ich meine Grenzen, wenn ich Alkohol trinke, aber gestern Abend sind so einige Dinge passiert, mit denen ich nicht gerechnet habe. Wäre ich nicht vom Katerzug höchstpersönlich überfahren worden, würde mein Unterleib bei der Erinnerung an letzte Nacht vielleicht kribbeln, aber alles, was ich in meinem Magen spüre, ist die Übelkeit. Ich will mir den Unterarm über die Augen schlagen, aber als ich ihn bewege, stoße ich auf einen harten Widerstand.

»Was zur ...?« Wieder versuche ich es, aber der Widerstand bleibt. Wohl oder übel schlage ich die Lider auf und bereue es umgehend. Die Sonne hat sich noch nie so widerwärtig auf meinem Gesicht angefühlt. Hatte das Zimmer von James überhaupt ein Fenster? Ich erinnere mich nicht daran, eins gesehen zu haben. Aber wenn ich ehrlich bin, war ich ohnehin zu stark von seiner Anwesenheit abgelenkt.

Sobald die hellen Lichtpunkte vor meinen Augen verblassen, schaue ich zu meinem Arm und spüre umgehend einen neuen Schwall Übelkeit über mich rollen. »Fuck, was?« Krampfhaft versuche ich mich daran zu erinnern, was nach unserem Sex an der Kommode passiert ist, aber da ist nichts. Keine Bilder, nicht der Hauch einer Ahnung. Habe ich einen Blackout? Haben wir im Bett weitergemacht und er hat mich gefesselt, weil er auf diesen Scheiß steht?

»J-James?«, krächze ich und merke, dass meinem Mundraum keinerlei Flüssigkeit mehr innewohnt. Ich brauche dringend etwas Wasser, um das pelzige Gefühl von meiner Zunge zu spülen und mich vor der Dehydration zu schützen. Meine Sicht ist immer noch leicht verschwommen, sodass ich meine Umgebung nur vage wahrnehme, aber es reicht, um zu verstehen, dass hier irgendetwas ganz und gar nicht stimmt. Scheiße, wie viel habe ich getrunken? Das Zimmer sah bei Nacht komplett anders aus. Es war kleiner und die Möbel waren dunkler.

Ich versuche mich aufzurappeln, aber die kleinste Regung jagt die größten Schmerzen in jeden Bereich meines Körpers. Sogar in Stellen, von denen ich nicht mal wusste, dass sie schmerzen können. Meine Zehen fühlen sich verkrampft an und mein Hals brennt wie Feuer. Nicht nur von innen, sondern auch von außen.

Sobald ich es geschafft habe, mich hinzusetzen, reibe ich mit der freien Hand über meine Augen, um den Schleier fortzuwischen, und als ich mich in diesem geräumigen und lichtdurchfluteten Zimmer umsehe, runzle ich die Stirn. Mist, so viel Alkohol kann ich gar nicht getrunken haben! Dieser Raum ist ganz sicher nicht derselbe wie letzte Nacht!

Die beigen Vorhänge mit den luxuriösen floralen Elementen wehen leicht im Wind, der durch die gekippte Balkontür ins Zimmer strömt und mein erhitztes Gesicht abkühlt. Der Boden besteht aus hellem Holz, die Wände sind in einem wohnlichen Beige gestrichen und die weiße Stuckleiste an der Decke verleiht dem Ganzen noch mehr Stil. Mein Blick landet auf dem weichsten Bett, in dem ich je gelegen habe, und anschließend zu meinen nackten Beinen, die unter dem viel zu großen Hemd hervorlugen, das mir ganz sicher nicht gehört.

Es ist von James. Ich erinnere mich daran, wie ich es ihm aufgeknöpft und ausgezogen habe, weil ich jeglichen Stoff zwischen uns verschwinden lassen wollte. Wenigstens ihn habe ich mir nicht eingebildet. Meine Finger tasten meinen Hals ab, doch dort, wo sich Moms Kette befinden sollte, ist nur meine glühende Haut.

Langsam wächst das ungute Gefühl in mir zu echter Panik heran. Was zur Hölle ist passiert, nachdem ich mit diesem mysteriösen Fremden geschlafen habe?

Ich zerre an der Handschelle, in der Hoffnung, dass es Spielzeughandschellen sind, die man im Bett benutzt und die schnell nachgeben, aber ich habe keine Chance.

»Das solltest du wohl lieber lassen.« Eine dunkle Stimme durchfährt mich wie ein Blitz. Meine Kehle schnürt sich selbst zu, als ich meinen Blick erneut durch das fremde Zimmer gleiten lasse und James entdecke. Er kommt aus einem angrenzenden Raum und lehnt sich anschließend mit der Schulter gegen eine Steinsäule, die sich rechts neben dem Bett befindet.

»Wo bin ich hier?«, fahre ich ihn an und zerre abermals am Bettgestell. Scheiß auf seine Worte! Doch als ein scharfer Schmerz durch mein Handgelenk fährt, bereue ich es umgehend, nicht auf ihn gehört zu haben. Ich muss mir meine Haut nicht einmal genauer ansehen, um zu wissen, dass ich mich bereits wundgescheuert habe.

»Ich sagte doch, du solltest das sein lassen, pequeña.«

Pequeña? *Der spinnt doch!* Da ich auf der Straße mehr als einen Spanisch sprechenden Freund hatte, verstehe ich einige Wortfetzen.

»Ich bin nicht deine Kleine! Wo hast du mich hingebracht?«, speie ich und wünschte, meine Kehle wäre nicht so verdammt trocken. James hat die Beine überkreuzt und seine Arme vor der Brust verschränkt. Im Gegensatz zu letzter Nacht trägt er keinen schicken Anzug mehr, sondern ein schwarzes Shirt mit V-Ausschnitt und eine ebenfalls schwarze Jeans, die an den Knien leicht zerrissen ist. Die schwarze Lederjacke komplettiert das Bild, genau wie der dunkle Bartschatten, der seinen hübschen Mund umgibt. Eins muss ich diesem Kerl lassen: Beide Outfits stehen ihm besser, als mir im Moment lieb ist.

»Wir sollten dich wohl abduschen«, erwidert er, ohne auf meine Frage einzugehen. Himmelherrgott, das hier ist so seltsam, dass ich mir nicht mal sicher bin, wach zu sein.

»Moment. Ist das hier ein Traum?«, frage ich mehr mich selbst, als dass ich von ihm eine ehrliche Antwort erwarte. James stößt sich von der Säule ab, tritt an das Bett heran und zieht einen Schlüssel aus der Tasche seiner Lederjacke. Anschließend schnappt er sich unsanft mein wundes Handgelenk und lässt das Metall aufklappen. Sofort reibe ich mit der gesunden Hand über die schmerzenden Stellen. Es ist sicher nicht das erste Mal, dass ich Spuren eines One-Night-Stands auf meinem Körper davontrage, aber hierauf könnte ich gerade wirklich verzichten.

»Ich weiß nicht.« James steht immer noch neben dem Bett und sieht grinsend auf mich herab. Mit diesem Ausdruck auf dem Gesicht wirkt er locker fünf Jahre jünger. »Träumst du von mir?«

Fuck, ich bin mir nicht sicher. Aber der Schmerz ist zu echt für einen Traum. Was bedeutet, dass dieser Wichser mich verschleppt hat. *Aber wohin?*

»Was hast du mit mir gemacht?« Ich knie mich aufs Bett und bereue es umgehend, weil mein Körper noch nicht auf der Höhe ist und mein Gleichgewichtssinn stark in Mitleidenschaft gezogen wurde. In letzter Sekunde kann ich mich vor dem Fall auf den Boden bewahren und sinke auf meine nackten Fersen.

»Was ich mit dir gemacht habe, ist jetzt nicht mehr wichtig. Wichtig ist, was ich jetzt mit dir machen werde. Schwing deinen süßen Arsch ins Badezimmer und geh duschen.« Seine grünen Augen wirken im Tageslicht noch viel schöner als bei Nacht, aber im selben Atemzug auch viel gefährlicher, als ich es in Erinnerung hatte.

»Ich gehe ganz sicher nicht duschen, bevor du mir nicht gesagt hast, wo ich hier bin und was du mit mir gemacht hast!« Wütend starre ich ihn an, doch James scheint davon nicht unbedingt beeindruckt zu sein.

»Na gut, dann eben auf die harte Tour.« Er umfasst mich so schnell, dass mein lahmer Körper nicht hinterherkommt, und wirft mich über seine Schulter.

»Spinnst du jetzt völlig? Lass mich runter, verdammt!« Wie eine Irre donnere ich meine Fäuste auf seinen Rücken, aber James lässt sich davon ebenfalls nicht beeindrucken und trägt mich einfach weiter durch dieses fremde Zimmer.

»Lass. Mich. Runter. Arschloch!« Meine Kraft verlässt mich, noch bevor wir das Badezimmer betreten. In diesem Raum gibt es zwar kein Fenster, aber eine Tageslichtlampe, die den Job der Sonne übernimmt. Die Fliesen strahlen im selben warmen Beige wie die Vorhänge im Schlafzimmer und zieren nicht nur den Boden, sondern auch die Wände in der mehr als geräumigen Dusche. Ich bin mir sicher, dass ich noch nie eine Dusche dieser Größe gesehen habe. In meiner Zeit auf der Straße blieb mir manchmal nichts anderes übrig, als mich mit einem Waschlappen und Tankstellenwasser zufriedenzugeben, dagegen ist dieses Bad ein befremdliches Upgrade.

»Du solltest deine Kräfte echt besser dosieren, pequeña.« Hat der Kerl mir nicht zugehört? Ich bin alles, aber nicht seine verdammte Kleine! Letzte Nacht kam mir die Idee, mit ihm zu schlafen, grandios vor. Und wo hat es mich hingebracht? Entweder in den seltsamsten Albtraum meines Lebens oder in die Hände eines …

»Monsters«, beende ich meinen Gedanken laut. Sein Tattoo hat mich vor ein paar Stunden noch angemacht, aber gerade fällt alles in sich zusammen. James stoppt vor der Dusche und stellt das Wasser an, aber ich werde einen Teufel tun und seiner dämlichen Anweisung folgen! Was ist nur in diesen Idioten gefahren? Erneut donnere ich meine Fäuste auf seinen breiten Rücken und denke kurz darüber nach, ihm das verfluchte Ohr abzubeißen, damit er mich runterlässt. Doch bevor ich meine Zähne in sein Fleisch jagen kann, trifft mich bereits eiskaltes Wasser, weil er mich einfach in die Dusche gestellt und mir den Fluchtweg versperrt hat. Ein Schrei dringt aus meiner schmerzenden Kehle. Der Wasserdruck ist so stark, dass ich die Augen nicht öffnen kann, und mein ganzer Körper erzittert innerhalb von Sekunden. Blind taste ich nach dem Regler, aber James stößt mich noch tiefer in die große Duschkabine hinein, sodass meine Finger an den Fliesen abrutschen, bevor ich das Wasser abdrehen kann.

»Mach das aus!«, brülle ich, aber ich bin mir nicht einmal sicher, ob die Worte wirklich über meine Lippen gekommen sind oder ob ich sie nicht nur in Gedanken geschrien habe. Das Eiswasser prasselt auf mich herab und ich schlage um mich, treffe aber leider nur die Luft und nicht wie geplant James' Gesicht. Meine Unterlippe bebt vor Kälte und ich kralle meine Nägel in den klitschnassen Stoff des Hemdes, das ich keine Sekunde länger auf mir spüren will. Sekunden fühlen sich wie Minuten an, und als James das Wasser endlich abstellt, entflieht mir ein heiseres Keuchen.

»Hast du dich jetzt beruhigt?«, fragt er mich mit einem Grinsen in der Stimme. Ich schlage die Lider auf und traue meinen Augen nicht. Der Kerl lacht mich wirklich aus! War er gestern auch schon so ein Arschgesicht? Sicher nicht, denn dann hätte ich die Finger von ihm gelassen.

»Warum tust du das?« Mehr als ein Flüstern schafft es nicht über meine rissigen Lippen, obwohl ich innerlich auf einhundertachtzig bin.

James lehnt mit der Schulter an der Wand und scannt meinen Körper. Sicher kann man durch den nassen Stoff alles sehen, weshalb ich die Arme vor meinen Brüsten verschränke.

»Ich habe dich schon nackt gesehen«, erinnert er mich mit erhobenen Mundwinkeln. Gestern habe ich ihm zweimal ein kleines Lachen entlockt, sonst wirkte er eher weniger wie eine Spaßkanone, aber das hier scheint ihn zu amüsieren. »Und ich mache das, weil du eine Dusche vertragen kannst. Vermutlich klebt der Sex nicht nur zwischen deinen Beinen, sondern überall an deinem Körper.«

»Du hast mich entführt«, entfährt es mir, als hätte ich erst jetzt den Ernst der Lage verstanden. Er hat mit mir geschlafen und mich dann hierhin verschleppt. Aber warum? Und habe ich deshalb einen Blackout? Weil er mich betäubt hat? Gott, ich brauche meine Handtasche! Aber ich bin mir sicher, dass er sie mir längst gestohlen hat, immerhin wusste er schon gestern Abend von meiner Waffe.

»Zieh das Hemd und den Slip aus.« James schält sich aus seiner Lederjacke, hängt sie über das Waschbecken und schlüpft anschließend aus dem Shirt. Wieder bleibt mein Blick an seinen Tattoos hängen, die ich gestern Abend unfassbar sexy fand und jetzt ... immer noch. Leider. Ich sollte nichts an diesem Mistkerl attraktiv finden, aber mein Körper ist ein verdammter Verräter und scheint vollkommen durch den Wind zu sein.

»Was wird das?«

»Hörst du schwer, oder was?«, fragt er, inzwischen sichtlich genervt. »Slip und Hemd aus, oder ich schneide dir beides vom Körper.«

Weil ich den Kopf schüttle und mir ein Blickduell mit ihm liefere, greift er erneut in die Dusche und stellt das Wasser an. Wieder entflieht mir ein Schrei, weil mich die Kälte wie eine Welle packt und unter sich begräbt. Dieses Mal lässt er das Wasser nur kurz laufen, und sobald der Eisregen gestoppt hat, stehlen sich die ersten Tränen der Wut aus meinen Augen.

»Überleg es dir, pequeña«, sagt James drohend und zückt ein Taschenmesser aus seiner Hosentasche, dessen Klinge Sekunden später herausspringt und mich regelrecht in die Ecke der Dusche treibt. Ich will nicht klein beigeben und mit dem Eiswasser komme ich schon klar, aber seine Messerdrohung soll er nicht wahrmachen. Also schließe ich die Augen, knöpfe das Hemd auf, das ich ohnehin nicht mehr tragen will, und lasse es auf den Boden fallen. Als Nächstes folgt der Slip. Meine Augen halte ich geschlossen, auch dann noch, als ich höre, wie James seinen Gürtel öffnet.

Sicherlich wird er mich gleich hier in der Dusche vergewaltigen, doch anstatt mir einen Plan zu überlegen, wie ich einen Muskelberg wie ihn überwältigen kann, wachsen meine nackten, schmerzenden Füße am Boden der Dusche fest.

Sekunden später tritt James hinter mich. Ich höre, wie er ein Duschgel öffnet, sich etwas davon auf die Hand gibt und mich anschließend damit einseift. Verflucht, was wird das hier eigentlich? Währenddessen halte ich die Augen geschlossen und wünsche mich von hier fort. Ob Zoey schon vor Sorge umkommt? Ich weiß längst, was mir passiert ist, immerhin bin ich kein dummes Gör, das glaubt, die Welt bestünde nur aus Zuckerwatte und süßem Wassereis.

Mir ist klar, dass es verdammt viele Dämonen auf dieser Erde gibt und dass gerade an der mexikanischen Grenze der Menschenhandel zum Alltag gehört. Dieser Club kam mir von Anfang an suspekt vor, und ich wünschte, ich hätte einfach auf mein Bauchgefühl gehört und Zoey zurück ins Taxi gedrückt. Dann würde ich jetzt bei meiner Sonntagsschicht im Café sein, unfreundliche Kunden bedienen und mir Stevens sexistische Sprüche anhören. Immer noch besser als das hier.

James verteilt das nach Pfirsich duftende Duschgel auf meinem Rücken und macht an meinen Armen weiter, die ich wieder vor der Brust verschränkt habe.

»Dreh dich um.«

Innerlich wehre ich mich mit Händen und Füßen, äußerlich gehorche ich. Nicht weil ich ein devotes Mädchen bin, sondern weil ich eine Gefahr erkenne, wenn sie vor mir steht. Zumindest dachte ich, dass ich sie erkennen würde, aber ich habe mich in diesem Mann mehr als nur ein bisschen getäuscht.

Sobald ich mit dem Gesicht zu ihm gewandt dastehe,

seift er auch den Rest meines Körpers ein. Beginnend mit meinen Brüsten, die er mit seinen großen Händen umschließt. Ich drehe mein Gesicht von ihm weg, weil ich es nicht ertrage, wenn sich unsere Lippen so nah sind. Meine Spitzen stellen sich umgehend auf und recken sich ihm entgegen, aber ich schiebe es lediglich auf die Kälte, die noch immer in meinen Knochen ihr Unwesen treibt.

Er widmet sich nun meinem Bauch und fährt mit meiner Hüfte fort. »Spreiz die Beine etwas mehr, pequeña«, raunt er. Doch anstatt zu gehorchen, presse ich meine Schenkel fester aneinander. James' Hände gleiten über die Außenseiten meiner Schenkel, was mir sagt, dass er inzwischen in die Hocke gegangen sein muss. Und als er seine Hand schließlich zwischen meine Beine schiebt und sie damit auseinanderdrückt, gibt mein Körper nach. Meine Muskeln entspannen sich, auch wenn sie absolut keinen guten Grund dafür haben, immerhin ist der Kerl mein Entführer!

Er verteilt den Schaum auf meinen Innenschenkeln, meinen Knien und meinen Waden, bevor er sich wieder aufrichtet. Ich bin heilfroh, dass er meinen Schritt ausgelassen hat, denn dann wüsste er, dass ich feucht bin. In diesem Moment verfluche ich diesen Reflex meines Körpers wie die Pest.

Sobald er fertig ist, dreht er das Wasser wieder auf, aber dieses Mal ist es angenehm warm, sodass mir ein erleichtertes Seufzen über die Lippen kommt. Umgehend entspannen sich meine schmerzenden Glieder noch mehr, auch wenn die Gefahr dadurch längst nicht vorüber ist. Schließlich steht sie gerade splitterfasernackt und muskulös vor mir.

James umgreift mein Kinn, dreht meinen Kopf in seine Richtung, und als ich meine Lider aufschlage, hasse ich, wie verräterisch mein Körper ist. Aber dieser Anblick ist einfach ... schön. Seine dunklen Haare hängen nass in seiner Stirn, kleine Flüsse aus Wasser ergießen sich über seine gebräunte Haut. Sein Bart verleiht ihm diesen Hauch Verwegenheit, der mich schon immer schwach gemacht hat.

»Ich hätte mich auch allein waschen können«, zische ich.

»Ich weiß«, erwidert er mit schmalen Augen. »Aber hier unter der Dusche können sie uns nicht hören«, flüstert er, und ich kann nicht aufhören, seine Lippen anzustarren, die meinen viel zu nah sind. Ich sollte den Moment nutzen und ihm mein Knie zwischen die Beine rammen. Er ist zwar körperlich wie der Donnergott höchstpersönlich gebaut, aber einen Tritt in die Kronjuwelen steckt er sicher nicht so locker weg. Doch ich kann nicht, weil seine Worte mich so aus dem Konzept bringen. *Sie können uns nicht hören?*

»Wir werden belauscht?«, frage ich atemlos und mit aufgerissenen Augen. Das warme Wasser der Regenwalddusche rinnt über meine geöffneten Lippen und ich sauge jeden Tropfen wie mein Lebenselixier auf. James' Kiefer mahlt, als er nickt.

»Von wem denn?« Ich lege meine Finger auf seine nackte Brust und tänzle über die Tinte. »Von der Regierung? Oder gibt es in diesem Schuppen vielleicht neugierige Kakerlaken?« Glaubt der Typ echt, dass ich ihm abkaufe, was er hier für eine Show spielt? Er hat mich betäubt und hergebracht, da bin ich mir inzwischen sicher.

James durchbohrt mich mit seinem Blick, so intensiv, dass es sich anfühlt, als würde er mich mit seinen Smaragdaugen erdolchen.

»Du glaubst mir nicht?«, fragt er und sieht zum ersten Mal, seit ich wach geworden bin, wirklich überrascht aus.

Ich ziehe meine Hand von seinem nassen Körper und

presse die Lippen fest zusammen. »Wieso sollte ich denn?« Die Luft scheint immer dünner zu werden und das heiße Duschwasser lässt einen feinen Nebel entstehen. »Ich bin nicht so naiv und kaufe dir jedes Wort ab, das du sagst!«

Alles dreht sich in mir, und je länger er so dicht vor mir steht, desto mehr dreht sich auch die Umgebung für mich. Wieso ist meine Libido nur so verdammt verräterisch? Ich habe noch keinen Blick auf sein bestes Stück geworfen, aber ich erinnere mich lebhaft daran, wie es letzte Nacht ausgesehen und wie es sich angefühlt hat.

»Und doch warst du dämlich genug, dich mir an den Hals zu werfen wie eine rollige Katze!«

»Du mieses Arschloch!«, schreie ich und will ihm gerade eine Ohrfeige verpassen, als er meine Hand in der Luft abfängt. Warum hat dieser Mistkerl so gute Reflexe? Er packt meine Finger so fest, dass ich von Glück sprechen kann, keine Knochen brechen zu hören.

»Du bist also nicht nur dämlich, sondern auch lebensmüde, pequeña.«

»Nenn mich nicht so!«, fahre ich ihn an, als meine Wut mit voller Wucht zurück in mein System findet. Ich bin mir nicht sicher, ob ich jemals so viel Hass für jemanden empfunden habe ... seit damals.

»Du bist wütend auf mich. Das ist gut.«

»Wütend?«, speie ich. »Ich hasse dich! Du hast mich entführt!« Ich schubse ihn von mir, springe aus der Dusche und nutze das Überraschungsmoment aus. So schnell ich kann, greife ich wieder in die Dusche, schnappe mir den Temperaturregler und drehe das Wasser genauso kalt, wie er es bei mir gemacht hat.

Doch James zuckt nicht einmal mit den verfluchten Wimpern, als die Kälte auf seine nackten Schultern trifft. Wäre meine Lage nicht absolut aussichtslos und säße ich nicht in der Falle, würde mich der Anblick vermutlich amüsieren, aber das Lachen vergeht mir, als er das Wasser abdreht und die Dusche mit entschlossenen Schritten verlässt. Anschließend wirbelt er mich herum, drückt mich mit dem Gesicht gegen die Wand und hält meine Hände hinter meinem Rücken gefangen, wie ein Cop, dem ich mich widersetzt habe.

»Hör mir jetzt ganz genau zu, pequeña. Es gibt eintausend Orte, an denen ich gerade lieber wäre, und eintausend Dinge, die ich gerade lieber tun würde. Also reiß dich verdammt noch mal zusammen und mach, was ich dir sage!« Noch etwas fester drückt er meinen nassen, nackten Körper gegen die Fliesen. Mit einer Hand umfasst er beide Handgelenke, mit der anderen schnappt er sich aus dem Regal neben uns ein Handtuch, das er jetzt um meine Schultern legt. »Und denk nicht mal daran, zu fliehen. Die Tür ist abgeschlossen und draußen würdest du ohnehin nicht weit kommen, ohne von Kugeln durchsiebt zu werden.« Ich versuche meine Tränen zurückzuhalten, damit er nicht sieht, wie es in mir aussieht, aber sie drängen sich viel zu mächtig an die Oberfläche.

Ich ziehe mir das Handtuch fest um den Oberkörper, sobald er mich freigegeben hat. In der Zwischenzeit zieht James sich wieder an. Als Erstes schlüpft er in seine Boxershorts, und in letzter Sekunde erhasche ich einen Blick auf seinen Schwanz. Doch wenn ich dachte, dass ihn das hier angemacht hat, habe ich mich getäuscht. Er ist nicht erregt, und irgendwie erleichtert mich diese Tatsache etwas. Sobald er in Jeans und Shirt geschlüpft ist, legt er sich ein schwarzes Lederarmband an und zieht sich die Jacke über. Seine Haare sind immer noch tropfend nass, genau wie meine.

»Ich hasse dich«, murmle ich zum zweiten Mal, und als James mich ansieht, kann ich seine Miene nicht deuten. Er ist so anders als letzte Nacht. Ist meine Menschenkenntnis so miserabel? Früher war ich wahnsinnig gut darin, Menschen zu durchschauen, aber bei ihm habe ich auf ganzer Linie versagt.

»Es ist leichter, wenn du mich hasst.« Mit diesen Worten verlässt er das Badezimmer, und ich nutze den Moment, um mich endlich zu erleichtern. Vor der Toilette falle ich auf die Knie, reiße den Deckel hoch und übergebe mich nicht gerade leise in die Schüssel. Meine Augen brennen wie Feuer, genau wie meine Speiseröhre, als der nächste Schwall über meine Lippen kommt. Ich fühle mich, als hätte ich fünf Nächte durchgefeiert.

Nachdem ich sicher bin, keinen Mageninhalt mehr zu haben, der sich den Weg nach draußen bahnen kann, betätige ich die Spülung und erfrische mein Gesicht am Waschbecken. Anschließend versuche ich den sauren Geschmack aus meinem Mund zu spülen, aber dafür bräuchte ich schon etwas anderes als Leitungswasser. Als ich meinem Spiegelbild gegenüberstehe, erkenne ich mich selbst kaum wieder. Meine Augen sind von tiefen Schatten gezeichnet, meine Haut fleckig und trocken. Die Haare kleben mir dunkel an der Kopfhaut und beginnen sich an den Enden zu kräuseln. Und dann sehe ich die Male an meinem Hals. Male, von denen ich wollte, dass er sie mir zufügt. Ich war es, die seine Hand fester auf meine Kehle gepresst hat, aber das war etwas völlig anderes. Das wollte ich und dafür schäme ich mich auch nicht. Aber ich schäme mich in Grund und Boden, weil ich überhaupt erst auf seine alberne Beschützer-Show reingefallen bin.

»Meine Kette«, flüstere ich, als ich die Leere an meinem Hals nicht nur spüre, sondern auch sehe. Ich schlinge das Handtuch fester um meinen Oberkörper und stürme ins angrenzende Zimmer. James sitzt auf dem

Bett und hält ein Handy in den tätowierten Händen, das ich durch die violette Hülle sofort als meines erkenne.

»Wo ist meine Kette?«, frage ich ihn harsch, aber er wendet den Blick nicht von dem Display ab.

»Glaub mir, diese Scheißkette ist im Moment dein geringstes Problem«, erwidert er monoton. »Sei lieber froh, dass du sie los bist.«

Ich will gerade nach meinem Handy greifen und es ihm entreißen, als er mir zuvorkommt. Plötzlich steht James vor mir, drückt mich bestimmend auf die Matratze und funkelt mich warnend an.

»Was würdest du deiner besten Freundin schreiben, um sie zu beruhigen?«

Beim Gedanken an Zoey füllen sich meine Augen wieder mit Tränen. Ob sie auch entführt wurde? Oder hatte sie mehr Glück als ich und konnte diesen Dreckschuppen heil verlassen?

»Ist sie auch hier?«

James schüttelt den Kopf. »Sie hat dir getextet, dass sie nach Hause gefahren ist. Vermutlich hatte sie Glück und keiner wollte sie.« Er hält mir den geöffneten Chat hin, und als ich die Nachricht meiner besten Freundin lese, sehne ich mich so sehr nach ihrer Stimme und ihren Umarmungen. Was, wenn ich sie nie wiedersehe?

Zoey hat mich in der Nachricht gefragt, ob alles in Ordnung bei mir ist, und dass ich mich so schnell wie möglich bei ihr melden soll. Außerdem will sie alle Details meines ONS wissen.

»Also? Was soll ich ihr schreiben?«, fragt James, und ich höre die Ungeduld in seiner Stimme, aber ich bin nicht in der Lage, etwas zu erwidern. Wieso habe ich ihm vorhin nicht in die Eier getreten? Vielleicht hätte ich dann die Chance gehabt, ihm zu entkommen, auch wenn ich keine Ahnung habe, wo ich überhaupt bin.

»Gut, dann improvisiere ich halt.« James tippt etwas in den Chat und lässt das Handy anschließend in seiner Jeanstasche verschwinden.

»Wie geht es jetzt weiter?«, wispere ich und fühle mich trotz des Handtuchs splitterfasernackt und entblößt. James streicht sich den Kragen der Lederjacke glatt, schenkt mir ein Lächeln, das ich nicht deuten kann, und dreht sich um, ohne noch etwas zu sagen. Ich springe hektisch vom Bett auf, stolpere beinahe über meine nackten, feuchten Füße, und sprinte ebenfalls zur Tür. Doch James ist schneller als ich, schlägt mir von außen die Tür vor der Nase zu und sperrt ab. Ich zerre am Türgriff, aber ich habe keine Chance.

»Lass mich hier raus!«, schreie ich mit der letzten Kraft, die ich noch habe. Aber auch die verlässt mich schneller als erwartet. So, wie jeder mich verlässt. Dad hat damals den Anfang gemacht, und seitdem zieht sich dieses Muster wie ein Bindfaden durch mein Leben.

»James!«, kreische ich, aber meine Stimme bricht in sich zusammen. Erschöpft gleite ich an der Tür zu Boden, ziehe die Knie an den Bauch und umschlinge meine Beine. Dann lasse ich alles raus und weine stärker als in den letzten zehn Jahren zusammengenommen. Als hätte ich meine Tränen all die Jahre zurückgehalten, damit sie sich hier, in diesem Moment, entladen können.

NEUN

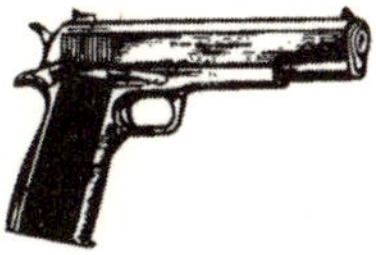

JAMES

»James, mein alter Freund!« Eliam Silva betritt unseren Überwachungsraum, an der Seite seines persönlichen Leibwächters und einer leicht bekleideten Dame, die den Blick nach unten gerichtet hat. Ich wusste, dass er uns noch diese Woche einen Besuch abstatten würde, aber allein bei seinem Anblick würde ich gern meine Beretta zücken und ihm die hässlichen Augen herausschießen. Eins nach dem anderen.

Seine dunkle Haut steht in starkem Kontrast zu dem strahlend weißen Hemd, das er trägt und das bis zur Mitte seines Oberkörpers aufgeknöpft ist. In dem Holster an seiner Hüfte präsentiert er provokant seine automatisierte Schwanzverlängerung. Auch wenn ich weiß, dass er die nicht wirklich nötig hat. Silva steht auf Zuschauer bei seinen Shows, und mehr als einmal musste ich mit ansehen, was er mit den Frauen zu seiner eigenen Belustigung getan hat.

Ich erhebe mich von meinem Stuhl, reiche unserem Stammkäufer die Hand und setze auf meine To-do-Liste, mir hiernach die Pfoten mit Bleiche zu waschen. Meine eigenen Hände sind ebenfalls kein Symbol der Unschuld, aber Silva spielt in einer ganz anderen kriminellen Liga als ich.

»Schön, dich zu sehen, amigo«, begrüße ich ihn überschwänglich und tue so, als würde ich mich tatsächlich über seinen Besuch freuen.

Sein Leibwächter hat sich neben der Tür positioniert, während die kleine Schwarzhaarige so still dasteht, dass sie glatt als Wachsfigur durchgehen könnte. Ihr weinrotes Kleid ist so knapp bemessen, dass ihre Titten beinahe herausspringen, genau wie ihre prallen Arschbacken.

»Dann zeig mir mal mein neuestes Mädchen.« Silva schenkt mir ein breites Grinsen, wobei mich eine vergoldete Zahnreihe anfunkelt, die zu der protzigen Uhr an seinem rechten Handgelenk passt. Anschließend klatscht er erwartungsvoll in die Hände.

Ich lasse mich wieder auf meinen Stuhl fallen, drehe mich zu den Bildschirmen um, die die gesamte Wand füllen, und muss nicht lange suchen, bis ich den richtigen finde.

»Kamera fünf«, sage ich möglichst gelassen, auch wenn ich nicht will, dass er Willow entdeckt. Vor drei Tagen habe ich sie ins *Oasis* gebracht, und gestern fing sie an, die ganze Einrichtung zu zerlegen.

»Da ist sie ja«, raunt Silva, zieht sich ebenfalls einen Stuhl heran und setzt sich neben mich. Seine riesigen Glubschaugen taxieren den Bildschirm, auf dem man Willows Zimmer aus jedem Winkel betrachten kann.

»Mach den Ton an, James.«

Ich nehme ein paar Einstellung vor, und Sekunden später hören wir Willows Stimme, die aus den Boxen dröhnt.

»Ihr verfluchten Wichser!« Sie steht vor der Tür von Zimmer 512 und holt mehrfach aus, um gegen das Holz zu treten. Willow hat nicht nur die Vorhänge von den Gardinenstangen gerissen, sondern auch die Dekovasen überall im Raum verteilt. Scherben bedecken den Boden, und das Zimmer sieht aus, als hätte ein Einbrecher darin gewütet. Madeleine hat ihr gestern ein paar frische Sachen gebracht, die ihr zwar viel zu groß sind, sie aber wenigstens bedecken. Mike hat sich sicher schon fünfmal einen auf die Duschszene gewichst.

»Lasst mich hier raus!«

»Tiene fuego, la pequeña«, raunt Silva und sieht schmunzelnd dabei zu, wie Willow erneut gegen die Tür tritt. Mit nackten Füßen, wohlbemerkt. Gleicht einem Wunder, dass sie in keine der Scherben getreten ist.

»Ja, Feuer hat sie«, stimme ich ihm säuselnd zu und drehe den Ton wieder ab.

Silva stellt seine Beine breit auf, lehnt sich lässig auf dem Stuhl zurück und winkt sein kleines Spielzeug zu sich heran. Sie gleitet auf seinen Schoß, hat den Blick aber immer noch nicht vom Boden genommen. Im Vergleich zu seinem massigen Körper wirkt sie wie ein menschlicher Zahnstocher.

»Vamos!«, knurrt er sie an, und als sie mit eiligen Fingern an seiner beigen Hose herumspielt und seinen Schwanz herausholt, steigt Galle in mir auf. Sie umfasst Silvas Erektion, beginnt ihn direkt vor meinen Augen zu wichsen und sieht dabei so leblos aus, dass ich sie am liebsten packen und von hier fortbringen würde. Aber weit würde ich sicher nicht kommen, ohne von Kugeln durchsiebt zu werden, also lasse ich Silva seinen dreckigen Spaß. Außerdem bin ich mir sicher, dass für die Kleine jede Hilfe zu spät kommt, dafür hat er sie schon zu stark gebrochen. Vermutlich würde sie in der heilen Welt gar nicht mehr klarkommen.

»Weißt du, mein Freund.« Er deutet mit der beringten Hand zu den Bildschirmen. »Die Kleine fehlt mir noch in meinem Haus. Eine wie sie hat mir bis jetzt noch nicht die Ehre erwiesen, aber ich bin mir sicher, dass ihre helle Pussy perfekt auf meinem schwarzen Schwanz aussehen würde. Die Sache ist nur ... Mierda!« Er lässt seine riesige Pranke auf das zarte Gesicht der Frau sausen. Fuck, das muss wehgetan haben. »Casi te duermes!«

Umgehend beschleunigt sie das Tempo ihres Handjobs. Ich balle meine Hand wiederholt zur Faust, grabe die Nägel in mein Fleisch und wiederhole innerlich mein Mantra.

Er wird dafür büßen. Mike wird dafür büßen. Sie alle werden dafür brennen, genau wie ich.

»Die kleine Ginger sieht sehr kratzbürstig aus. Ich mag es, wenn Frauen Feuer haben, aber noch mehr mag ich es, wenn dieses Feuer erlischt. Verstehst du, worauf ich hinauswill, James?«

Ich verstehe es besser, als mir lieb ist, also nicke ich.

»Ich werde eine beachtliche Stange Geld für sie zahlen, aber ihr müsst noch ein bisschen Vorarbeit leisten. Mein Zeitplan erlaubt mir leider keine Erziehungsmaßnahmen dieser Art. Das Letzte, was ich gebrauchen kann, ist ein Weib, das mir die komplette Einrichtung zerlegt.«

»Und was sollen wir für dich tun?«

Silva stößt seine Kleine von seinem Schoß, bis sie vor ihm am Boden kauert, und zerrt sie an den Haaren über seinen Schritt. Wie eine Aufziehpuppe gehorcht sie, nimmt seinen Schwanz in ihren Mund – zumindest die Spitze – und besorgt es ihm mit den Lippen. Seine Hand verharrt auf ihrem Hinterkopf.

»Spiel ein bisschen mit ihr.« Er grinst mich wieder mit seinen vergoldeten Zähnen an, und ich stelle mir vor, wie ich ihm die Gliedmaßen – eine nach der anderen –

abtrenne, und sie anschließend an seine Alligatoren verfüttere. »Wenn ich sie zu mir hole, sollte sie gehorchen. Und zwar ohne Ausnahmen. Ich habe keine Lust und keine Zeit, ein wildes Ding wie sie zu zähmen. Wenn ich sie ficken will, soll sie ihre Beine schon spreizen, wenn sie mich von Weitem sieht. Genauso wie bei meinen Brüdern. Wenn ich will, dass sie meine Geschäftspartner glücklich macht, soll sie keine Widerworte von sich geben. Sieh dir meine kleine Nadia an.« Er zerrt ihren Kopf von seinem Schwanz, woraufhin sie vor Schmerz das Gesicht verzieht, aber keinen Ton von sich gibt.

»Titten raus«, befiehlt er ihr scharf. Sekunden später hat sie ihre prallen Brüste aus dem engen Kleid geschält und wartet mucksmäuschenstill darauf, dass Silva seinen widerwärtigen Samen auf ihren Titten entlädt. Mit einem Raunen spritzt er ihr auf die dunklen Nippel. »Und jetzt mach mich sauber.« Sein Sperma tropft nicht nur ihren Schoß, sondern auch den Boden voll, als sie sich über ihn beugt und seinen Schwanz mit der Zunge säubert.

»Genau das will ich von der kleinen Willow. Und ich glaube, davon sind wir noch viel zu weit entfernt, meinst du nicht auch?«

Silva hat Recht. Willow ist nicht ansatzweise so devot und gebrochen, wie Nadia es ist.

Er packt seine Nutte am Hals, zerrt sie in den Stand und dreht sie in meine Richtung. »Und jetzt kümmere dich um meinen Freund aus San Diego, Baby.« Mit wackeligen Schritten kommt sie zu mir, geht vor mir auf die Knie und macht sich an meiner Hose zu schaffen. Mierda! Ich will weder, dass sie meinen Schwanz anfasst, noch will ich, dass Silva denkt, ich würde sein Geschenk nicht annehmen. Ihre Finger sind sehr ruhig und fokussiert, während sie meinen Reißverschluss öffnet und ihre Hand unter meine schwarze Calvin-Klein-Shorts schiebt. Noch ehe Nadia meinen Schwanz herausholen kann, klopft es an der Tür.

»Wer stört uns?«, knurre ich, auch wenn ich froh um die Unterbrechung bin, weil sich bestimmt noch Reste von Silvas Sperma auf ihrer Zunge befinden, die mich völlig abturnen. Ich schiebe Nadia von mir und fixiere die Tür, durch die Sekunden später einer unserer Sicherheitsmänner spaziert – und an seiner Seite eine fluchende Willow.

»Du verstehst sicherlich, dass es mir nicht reicht, meine Ware auf einem kleinen Bildschirm zu sehen, amigo«, richtet Silva das Wort an mich und erhebt sich in dem Augenblick, in dem mein Kollege Willow auf den Boden vor uns stößt.

»Fick dich!«, brüllt sie ihm entgegen und ich verdrehe innerlich die Augen über ihre große Schnauze. Sie befindet sich in einem Raum mit vier Kerlen unseres Kalibers und schafft es nicht einmal jetzt, den Mund zu halten. Ihre Todessehnsucht kennt echt keine Grenzen.

»Da ist sie ja«, säuselt Silva und kniet sich vor Willow. Sie rutscht auf dem Boden vor ihm weg, ohne zu bedenken, dass hinter ihr sein Leibwächter steht. Dieser holt aus und verpasst ihr einen Tritt in den Rücken, sodass sie keuchend in Silvas Armen landet. Fuck, der hat gesessen.

»Was wollt ihr von mir?«, faucht sie ihn unter Schmerzen an und will sich von ihm losreißen, aber ihr Versuch ist von Anfang an zum Scheitern verurteilt.

Silva grinst sie so breit an, dass man seine vergoldeten Backenzähne sehen kann. »Was ich von dir will?« Er sieht lachend zwischen mir und seiner männlichen Bitch hin und her, als hätte Willow einen Witz gerissen und als warte er auf unsere Reaktion auf die Pointe. »Ich will sehen, was mich erwartet, meine Liebste.« Mit diesen Worten zerrt er sie an den Haaren in den Stand und überstreckt ihren Kopf, um sich die Würgemale an ihrem Hals genauer anzusehen.

»Die verschwinden hoffentlich schnell«, sagt er prüfend, als würde er sich gerade einen verfickten Wagen in einem Autohaus ansehen. Am liebsten würde ich ihm sagen, dass sie die Lackschäden auf ihrem Körper mir zu verdanken hat. Und dass es einen Teil in mir gibt, der nicht zulassen will, dass er sie ebenfalls würgt. Ihr Hals gehört nur *mir*.

Als Nächstes reißt er ihr das Oberteil vom Körper und begutachtet ihre nackten Titten. Willow tritt um sich, fährt ihre Krallen aus und kratzt Silvas Arme beinahe blutig. So lange, bis er ihr mit der Rückseite seiner Hand hart ins Gesicht schlägt. Tränen fluten ihre Augen, und als sie mich zum ersten Mal, seit sie hier ist, ansieht, rinnen sie über ihre Wangen.

»Entschuldige ihr Verhalten«, werfe ich in den Raum und sehe sie tadelnd an. »Ihre Eltern haben ihr scheinbar keine Manieren beigebracht.« Meine Worte verpassen Willow absichtlich eine verbale Ohrfeige, immerhin weiß ich, wie sehr sie dieser Satz trifft.

»Das sehe ich«, erwidert Silva scharf. »Aber du weißt ja jetzt, was zu tun ist.« Er wendet sich wieder Willow zu, die zwischen Silva, seinem Leibwächter und unserem Security-Mann eingekesselt ist. »Und jetzt zeig mir den Rest von dir.«

»Einen Teufel werde ich tun!« Fuck, sie hat echt mehr Eier als die drei Wichser in diesem Raum zusammengenommen. Bevor Silva ein Exempel an ihr statuieren und Willow ihren neuen Platz im Leben zeigen kann, klinkt sich sein Leibwächter ein.

»Boss, ich will dich nur ungern unterbrechen, aber wir müssen jetzt los. Die Geschäfte rufen und Miller mag es nicht, zu warten.«

Silvas Schultern sind angespannt und lockern sich erst, nachdem er einen tiefen Atemzug genommen hat. »Glück für dich, Liebste. Du bekommst noch eine Schonfrist.« Er beugt sich zu ihr hinab und drückt ihr einen widerwärtigen Kuss auf die Wange, die er gerade noch geschlagen hat. »Und jetzt bring sie zurück.« Unser Security-Mann schnappt sich Willows Arm und zerrt sie aus dem Raum, während ich mich dazu zwinge, sie nicht mehr anzusehen.

Sobald wir wieder unter uns sind, sieht Silva mich an. »Keine Sorge, James. Du bekommst dein Geschenk beim nächsten Mal. Entschuldige, mein Freund, aber du weißt ja, wie das mit dem Business ist.« Er tritt hinter Nadia, umgreift von hinten ihr Gesicht, hebt ihren Kopf an und sieht auf sie hinab.

»Sieh in ihre Augen, James.«

Alles daran widerstrebt mir, aber ich tue es dennoch. Und als ich Nadia in die braunen Augen sehe, verabscheue ich den Anblick. Weil sie weder Angst noch Verzweiflung widerspiegeln, obwohl sie jeden Grund dazu hätte.

»Siehst du, was ich sehe?«

»Ich sehe Leere«, erwidere ich ehrlich.

Zufrieden nickt Silva. »Du glaubst nicht, wie befriedigend es ist, dabei zuzusehen, wie es passiert. Der Anblick, wenn das Herz einer Frau zersplittert, ist pure Ekstase, mein Freund. Und wenn du Willow bei mir ablieferst, will ich dieselbe Leere in ihren schönen Augen sehen.« Er zerrt Nadia wieder in den Stand und stößt sie zur Seite. In letzter Sekunde kann sie sich an einem Stuhl abfangen, bevor sie auf die Fresse fliegt. »Lass das Feuer in ihr verglühen, James.« Er legt seine Pranke auf meine Schulter und drückt fest zu. »Und vergiss nicht, ihre Krallen zu stutzen.«

ZEHN

WILLOW

In diesem Zimmer gibt es drei Kameras, die mich permanent beobachten. Eine befindet sich in der Ecke links neben der Tür, die andere neben der leeren Minibar. Nummer drei hängt sehr offensichtlich im Badezimmer über dem Waschbecken, weshalb ich mich anfangs stundenlang dagegen gewehrt habe, mich zu erleichtern. Aber irgendwann hat mich meine Blase doch in die Knie gezwungen und ich habe einfach das Licht ausgelassen. Ob diese Kameras auch Nachtaufnahmen machen können?

James habe ich seit dieser ekelhaften Aktion mit dem schwarzen Kerl nicht mehr gesehen, und ich kann diese Situation nach wie vor nicht richtig einschätzen.

Ein Blick aus dem Balkonfenster verrät mir nicht sonderlich viel darüber, wohin er mich gebracht hat. Das Zimmer befindet sich ziemlich weit oben, und unter mir breitet sich eine mir völlig unbekannte Landschaft aus. Der strahlend blaue Himmel verhöhnt mich jeden Morgen, wenn ich nach einer unruhigen Nacht die Augen aufschlage, und zeigt mir den ausgestreckten Mittelfinger, wenn er sich abends in ein romantisches Violett hüllt. Ich habe die Sonnenuntergänge in unserer Stadt immer geliebt, vor allem die an den Stränden, aber jetzt kann ich nicht mehr in den Himmel sehen, ohne wehmütig zu werden. Ob ich je wieder meine Zehen im warmen Sand vergraben werde, geschweige denn mich in die blauen Wellen stürzen kann? Oder werden diese vier luxuriösen Wände das Letzte sein, was ich zu Gesicht bekomme?

Jeden Morgen kommt eine wunderschöne Frau in mein Zimmer, die mir etwas zu Essen vor die Füße wirft – im wörtlichen Sinn. Gestern gab es eine Flasche Mineralwasser und dazu zwei Scheiben trockenes Brot, die sie auf den Boden fallen lassen hat, bevor ich danach greifen konnte. Sie spricht nie mit mir, aber die Waffe, die sie immer wie ein Accessoire bei sich trägt, sagt ohnehin genug aus. Das ist auch der Grund, wieso ich noch nie versucht habe, sie zu überwältigen – bis jetzt. Denn jetzt habe ich einen Plan, der zwar nicht sonderlich ausgereift ist, aber meine einzige Chance darstellt.

Wenn mich mein langsam schwindendes Zeitgefühl nicht gänzlich täuscht, müsste sie mir gleich etwas zu Essen bringen.

Ich habe inzwischen die Einrichtung des Zimmers auseinandergenommen. Die Gardinenstange liegt auf dem Boden und die Vorhänge haben sich um deren Holz gewickelt. Ich habe jeden Gegenstand, der zerbrechen kann, auf den Boden geschmissen, sodass ein Meer aus den unterschiedlichsten Scherbenfarben entstanden ist.

Natürlich besteht die Gefahr, dass meine Essenslieferantin die Kameras checkt und weiß, was ich gleich vorhabe, aber ich muss es einfach versuchen. Seit einer gefühlten Ewigkeit stehe ich neben der Tür und halte eine zehn Zentimeter große Scherbe in der Hand. Vorher habe ich sie in ein kleines Tuch aus dem Badezimmer gewickelt, damit ich mich nicht selbst verletze. Eine Wunde ist das Letzte, was ich gerade gebrauchen kann.

»Nun komm schon«, murmle ich und drücke mich fester gegen die Wand, als ich von draußen das Geräusch ihrer sich nähernden Pumps höre. Die Frau ist immer äußerst edel gekleidet, und ich bin mir sicher, dass sie in den Teilen nicht schnell genug sein wird, um mich aufzuhalten.

Das Piepen des aufspringenden Schlosses ertönt. Sobald die Tür aufgerissen wird, zähle ich bis drei und greife sie von hinten an. Der Teller in ihrer Hand fällt zu Boden, zerspringt lautstark in zwei Teile und verteilt die Spaghetti auf dem Holz. Fuck, hätte sie mir nicht schon gestern Nudeln bringen können? Es ist beinahe schade um das gute Essen, das nicht nur lecker aussieht, sondern auch köstlich riecht.

»Nicht bewegen«, zische ich von hinten in ihr Ohr. Die Frau ist ungefähr in meiner Größe, aber die Schuhe schummeln sie ein paar Zentimeter höher. Ein Duft nach Lavendel dringt in meine Nase und vermischt sich mit dem des Essens. Sie trägt ein schwarzes Kostüm, das sich eng an ihre Kurven schmiegt, und wie zu erwarten, krallt sie sich an ihrem Revolver fest, während ich die scharfe Kante der Scherbe gegen ihre Halsschlagader drücke.

»Das ist keine kluge Idee, ma chérie«, säuselt sie mit einem starken französischen Akzent, der sicher das ein oder andere schwanzgesteuerte Männerherz erwärmt.

»Gib mir die Waffe!« Sie steht seelenruhig da, und es sieht nicht aus, als hätte sie sonderlich große Angst vor mir, obwohl ich in dieser Sekunde über ihr Leben entscheiden könnte. Ich müsste nur fester zudrücken und schon würde das Blut ihre gebräunte Haut rot übergießen.

»Hörst du schwer? Her mit der Waffe!« Ich will ihr nicht wirklich wehtun, weil ich nicht weiß, ob sie zum Spaß hier ist oder dazu gezwungen wird. Außerdem sollten wir Frauen zusammenhalten, auch wenn wir auf unterschiedlichen Seiten spielen. Vielleicht gewähre ich ihr aber auch einen zu großen Vertrauensbonus und sie ist einfach eine verdammte Bitch, die gern für einen Entführer wie James die Drecksarbeit erledigt.

Als die Scherbenspitze ihre Haut minimal aufkratzt und ich von der Seite sehe, wie ein wenig Blut aus der frischen Wunde quillt, gibt sie schließlich nach und reicht mir die Waffe. Sobald ich sie in der freien Hand habe, stoße ich sie Richtung Bett und ziele mit dem Lauf direkt auf ihren hübschen Schädel.

»Und jetzt hinsetzen!«

Sie gehorcht und setzt sich auf mein ungemachtes Bett. Selbst dabei wahrt sie jegliche Eleganz und überschlägt die schlanken Beine. Scheiße, die Frau hat definitiv zu wenig Skrupel. Sie stützt ihre Hände links und rechts neben sich auf der Matratze ab und betrachtet mich mit schräg gelegtem Kopf.

»Wie sieht dein grandioser Plan aus, ma chérie?«

Was haben diese Leute nur alle mit ihren blöden Spitznamen? Ich bin weder James' Kleine noch ihr Schatz.

Ich lasse das Tuch mit der Scherbe zu Boden fallen, prüfe, ob die Knarre geladen ist, und halte anschließend meine Hand auf. »Und jetzt die Schlüsselkarte.«

Die Frau verdreht ihre hübschen Augen, greift in die Innentasche ihres Blazers und wirft mir das Gewünschte anschließend vor die nackten Füße. Bei jedem Schritt muss ich aufpassen, nicht in die Scherben zu treten. Wäre ziemlich unvorteilhaft, wenn ich eine Blutspur hinter mir herziehe, während ich die Flucht ergreife.

»Danke«, sage ich lieblich und behalte sie im Blick, während ich langsam zur Tür gehe.

»Die Waffe wird dich hier auch nicht rausholen, das

weißt du, oder? Du wirst vielleicht ein paar Meter weit kommen.«

»Halt deine verdammte Klappe!«, fahre ich sie an und halte den Lauf weiterhin auf sie gerichtet. Sobald ich bei der Tür bin, schlüpfe ich auf den Flur, schließe das Zimmer und benutze die Karte, um sie zu verriegeln. Umgehend bricht mir der kalte Schweiß aus, weil ich wirklich keine Ahnung habe, wie ich vorgehen soll. Ich weiß nicht, wie viele Leute sich in diesem Gebäude befinden und wo ich hier hineingeraten bin, aber ich kann auch nicht weiter tatenlos in diesem Zimmer versauern. Ich werfe einen Blick in beide Richtungen, in die dieser Flur führt.

Der Boden ist mit einem dunkelroten Teppich ausgelegt, die Wände sind im Vergleich zu denen in meinem Zimmer in einem dunklen Grau gestrichen. Große Kronleuchter befinden sich in regelmäßigen Abständen an den Decken und werfen ein schönes Lichtspiel auf den Boden, der sich flauschig gegen meine nackten Fersen drückt.

Wo zur Hölle soll ich hingehen? Ich weiß nicht, welche Richtung mich nur tiefer ins Gebäude führt und in welcher ich einen Fahrstuhl oder ein Treppenhaus finde, aber ich muss so schnell wie möglich ins Erdgeschoss, wenn ich auch nur den Hauch einer Chance haben will. Dicht an die Wand gepresst entscheide ich mich dazu, nach links zu gehen, und komme mir dabei vor wie ein weiblicher James Bond.

James.

Allein sein Name entfacht die unterschiedlichsten Empfindungen in mir. Auf der einen Seite würde ich ihm gerade gern meine Waffe ins schöne Gesicht halten und ihm heimzahlen, was er mir angetan hat, auf der anderen Seite wüsste ich nicht, ob ich auch den Mumm hätte, abzudrücken. Ich trage zwar seit Jahren eine Waffe bei mir, aber benutzen musste ich sie zum Glück noch nie. Meistens hat es ausgereicht, sie zu zücken.

Wie sehr meine Hand zittert, ignoriere ich, als ich eine Abzweigung erreiche, die mich wieder vor die Wahl stellt. Letztendlich bleibt mir nicht viel Zeit, bis jemand merkt, dass die Frau in meinem Zimmer eingesperrt ist, also vertraue ich meiner Intuition, auch wenn sie mich an jenem Abend im Stich gelassen hat. Es ist definitiv nicht der richtige Zeitpunkt, um mit ihr auf Kriegsfuß zu stehen.

Erleichtert stelle ich fest, dass sie mich richtig gelenkt hat, denn kurz darauf erreiche ich ein Treppenhaus. So schnell und leise wie möglich husche ich über die Stufen, achte dabei auf jedes Knacken, das ich wahrnehme und mir vermutlich nur einbilde. Pro Stockwerk sind es zwei zehnstufige Treppen, und als ich endlich im Erdgeschoss angekommen bin, würde ich am liebsten einen Jubelschrei ausstoßen, weil ich meine Freiheit beinahe riechen kann.

»Du hast es gleich geschafft«, spreche ich mir Mut zu und bilde mir ein, dass es die Stimme meiner besten Freundin ist, die zu mir spricht. Ich will Zoey wiedersehen. Ich will mit ihr in meiner kleinen Zweizimmerwohnung sitzen, ekeligen Wein aus dem Karton trinken und mit ihr Späße machen. Gerade kommt mir sogar der Gedanke an eine Schicht im Café wie ein Glücksgriff vor.

Ich erreiche schließlich ein geräumiges Foyer, in dem der Boden nicht mit Teppich ausgelegt ist, sondern aus edlem Marmor besteht. Ein gigantischer Tresen befindet sich in der Mitte, und als ich den leeren Platz hinter dem iMac sehe, frage ich mich, ob es vielleicht der Platz der Französin ist, die ich oben eingesperrt habe?

Was zur Hölle ist das hier? Ich war in meinem ganzen

Leben zwar nie in einem Hotel, aber alles hieran schreit genau danach. Die Rezeption, die Optik, die vielen Zimmer, an denen ich vorbeigegangen bin.

Als ich Schritte in der Ferne höre, springe ich hinter den Tresen und verstecke mich, in der albernen Hoffnung, dass ich es wirklich hier raus schaffen könnte, solange ich mich nur möglichst unauffällig verhalte.

»Wie lief der gestrige Abend?« Moment mal, diese Stimme kenne ich doch! Am liebsten würde ich über den Tresen schielen, um meine Vermutung zu bestätigen, aber das wäre absolut kopflos und dämlich, also lasse ich es. Ich weiß auch so, dass die Stimme dem Lackaffen aus dem *Dark Diamond* gehört. Dem geleckten Anzugträger, vor dem James mich so trügerisch beschützt hat, bevor er mich gefickt und anschließend betäubt hat.

»Gut, ich habe vier Frauen zum vereinbarten Treffpunkt gebracht. Die Details des Transfers regeln wir heute Nachmittag«, erwidert ein zweiter Typ, dessen Stimme mir fremd ist. Des Transfers? Himmelherrgott, wie gern würde ich aus meinem Versteck springen und diesen Idioten ihre widerwärtigen Worte aus dem Mund blasen.

»Sehr gut, Alexander. Das wird unseren Boss sicher milde stimmen. Übrigens ist Silva noch bis morgen in der Stadt und möchte ein Treffen mit allen Jägern abhalten.« Die Schritte werden erst lauter und kommen näher, bevor sie sich wieder entfernen. Als ich sicher bin, dass die Kerle verschwunden sind, schiele ich über den Tresen und checke, ob die Luft rein ist.

Doch bevor ich mir einen genauen Überblick über meine Lage verschaffen kann, werde ich bereits von hinten gepackt und auf die Füße gezogen. Es dauert nur wenige Millisekunden, bis ich weiß, wer mich erwischt hat. Sein herber und leckerer Duft hat sich in meine Erinnerungen gebrannt, obwohl ich ihn so gern vergessen würde.

James zerrt mich mit dem Rücken gegen seine Brust, und ich überlege, in welches seiner Körperteile ich die erste Kugel jagen soll. In seinen Schritt? Die Kniekehle? Oder besser direkt in seine Brust?

»Ich dachte wirklich, du wärst etwas schlauer, pequeña«, murmelt er in mein Haar. »Siehst du die zwei Kerle vor dem Eingang?« Er drückt mich so hart gegen den Tresen, dass ich ihm nicht entkommen kann. Ob er meine Waffe schon entdeckt hat? Wenn nicht, könnte ich sie nutzen, um ihn zu überraschen. Ich schiebe sie in den Bund meiner ohnehin viel zu großen Jogginghose, die mir die Französin vor ein paar Tagen gegeben hat, und halte die Hände ergebend hoch.

»Denkst du echt, dass du an ihnen vorbeigekommen wärst?«

»Einen Versuch wäre es wert gewesen«, antworte ich harsch und hasse, dass es einen dämlichen Teil in mir gibt, der sich zu ihm umdrehen und ihm in die Augen sehen will. Habe ich immer noch nicht verstanden, dass der Typ gefährlich ist? Sein dunkles Lachen ertönt und jagt mir ein Schaudern über die Wirbelsäule.

»Ich habe gesehen, was du mit Madeleine gemacht hast.« James packt mich an der Schulter, dreht mich in einer fließenden Bewegung um und beugt sich so bedrohlich über mich, dass ich automatisch meinen Rücken über den Tresen schiebe. »Und glaub mir, die kleine Bitch hat es verdient, aber es war trotzdem dumm.« Mit diesen Worten zerrt er mich mit sich und steuert einen Gang an, den ich noch nicht genauer unter die Lupe nehmen konnte. Wenn er dank der Kameras sehen konnte, was sich in meinem Zimmer abgespielt hat, weiß er auch, dass ich ihre Waffe habe. Wieso spricht er mich dann nicht darauf an? Wieso nimmt er sie mir nicht sofort ab oder fragt mich zumindest, wo ich sie habe?

»Du tust mir weh!«, fahre ich ihn an, weil sein Griff an meinem Oberarm so fest ist, während er den Fahrstuhl am Ende des Ganges ansteuert. Sobald die Türen offen sind, stößt er mich unsanft in die Kabine. Noch bevor sich die Türen wieder schließen, schlendert ein weiterer Anzugträger an uns vorbei, und als er einen Blick zu uns wirft, hält er inne und runzelt die Stirn.

»Alles okay hier, James?« Sein neugieriger Blick bleibt derweil an mir und meinem Dekolleté kleben. Im Anschluss gleitet er in mein Gesicht und seine Augen funkeln mich voller Interesse an. Der Kerl ist locker über fünfzig und somit mehr als doppelt so alt wie ich. Trotzdem starrt er mich wie eine potenzielle Bumspartnerin an.

»Alles in bester Ordnung. Wir sehen uns nachher beim Meeting.« James drückt auf die Nummer 5 und Sekunden später gleiten die Türen zu. Fuck, fuck, fuck. Ich kann auf keinen Fall wieder zurück in dieses dämliche Zimmer. Also tue ich das einzig Logische, ziehe die Knarre der Französin aus dem Bund meiner Jogginghose und richte sie auf James, der vollkommen unbeeindruckt mir gegenübersteht und sich gegen die Kabinenwand lehnt.

»Süß«, kommentiert er das Bild, das ich ihm im Augenblick biete.

»Süß?«, zische ich und straffe meine Schultern. »Glaubst du, dass ich nicht den Arsch dazu in der Hose habe?«

»Ich weiß nur, dass du selbst in dieser Jogginghose einen heißen Arsch hast.«

James trägt wie beim letzten Mal diese verruchte Lederjacke, das Shirt darunter ist dieses Mal weiß und bringt seine karamellfarbene Haut noch besser zur Geltung. Seine Haare hängen ihm lässig in der Stirn, und generell trägt er gerade diesen sexy Out-of-bed-Look, der mir viel zu gut gefällt. Er stößt sich von der Wand ab, überbrückt die Distanz zwischen uns und steht dann so nah vor mir, dass der Lauf meiner Waffe seine Brust trifft. Genau an der Stelle, unter der sein Herz schlagen würde, besäße er eins. Ich schiele zu dem Bedienfeld des Fahrstuhls und taste blind nach dem Stopp-Knopf. Sekunden später kommt der Aufzug ruckelnd zum Stehen.

»Und was wird das jetzt, pequeña?« Schmunzelnd sieht James auf mich herab, während ich wieder beide Hände an die Waffe lege und mir innerlich den nötigen Mut zuspreche.

»Ich will wissen, wo wir hier sind«, erwidere ich so gelassen wie möglich, obwohl in mir ein absoluter Ausnahmezustand herrscht. Immerhin hat James recht – die beiden bulligen Kerle vor dem Eingang dieses Gebäudes sind mir bis dato nicht aufgefallen und ich hätte sie unmöglich allein überwältigen können.

»In einem Hotel«, sagt James.

»Ein Hotel, schon klar!« Mir entflieht ein Lachen. »Ein Hotel, in dem alle eine Knarre bei sich tragen und Frauen gegen ihren Willen in die Zimmer gesperrt werden? Erzähl mir doch keinen Mist! Ich glaube nicht mehr an den Weihnachtsmann!«

Noch immer ruht der Waffenlauf auf seiner Brust, und ich müsste nur den Abzug drücken, um die Kabine blutrot zu färben. Aber was dann? Ich muss erst wissen, wo ich bin und womit ich es zu tun habe, bevor ich wie eine rothaarige Tomb Raider um mich schieße.

»Komm schon, Willow ... du weißt doch längst, was hier vor sich geht. Warum sprichst du es nicht aus?« James' grüne Augen tackern mich an der kühlen Wand in meinem Rücken fest, und als er noch dichter an mich rückt, bohrt sich die Waffe fester in sein Shirt.

»Ihr handelt mit Mädchen, nicht wahr?«, frage ich und versuche mir nicht anmerken zu lassen, wie es in mir aussieht. Wie auf einem Trümmerfeld. Eigentlich herrschen diese Zustände schon seit meiner Kindheit in mir, aber gerade werde ich wieder schmerzlich damit konfrontiert.

James nickt als Antwort. »Das Ganze kann jetzt auf zwei Arten laufen. Entweder nimmst du die Waffe runter und ich bringe dich ohne weitere Zwischenfälle zurück auf dein Zimmer, oder du bist so dumm und glaubst, dass du wirklich abdrücken könntest.«

»Du unterschätzt mich«, flüstere ich und lege den Zeigefinger fester um den Abzug. James betrachtet meine Hände amüsiert. Wo zur Hölle bleibt das Funkeln der Todesangst in seinen Augen? Hat er gar keinen Respekt vor mir?

»Deine Hand zittert, pequeña«, raunt er. Ehe ich ihm beweisen kann, dass ich sehr wohl dazu in der Lage bin, hat er mir die Waffe aus den Fingern geschlagen. Mit einem lauten Klong fliegt sie erst gegen die geschlossenen Türen und landet anschließend außer Reichweite auf dem Boden.

»Habe ich dir nicht gesagt, dass du tun sollst, was ich sage?« Er schiebt mir eine verirrte Locke aus dem Gesicht, steckt sie hinter mein Ohr und tritt noch näher an mich heran. Der Fahrstuhl ist locker für fünfzehn Personen ausgelegt, aber im Augenblick fühlt er sich unsagbar eng und winzig an.

»Du hast mich in diesem Zimmer versauern lassen, schon vergessen?«, erwidere ich harsch und halte den Atem an, als er sich über mich beugt. Sein Körper ist meinem so nah, dass ich an nichts anderes als an ihn denken kann. James infiltriert alles. Meine Gedanken, meinen Körper, diesen Aufzug, der noch immer stillsteht.

»Hat mich da etwa jemand vermisst?« Mit erhobenem Mundwinkel taxiert er mich, und als sein Knie zwischen meine Beine gleitet, schlucke ich schwer. Verdammt, ich sitze nicht nur in der Falle, nein. Als würde das nicht ausreichen, fällt mir mein Körper erneut in den Rücken und drängt sich ihm dichter entgegen. Seine Arme hat er inzwischen rechts und links von mir abgestützt, sodass ich vollkommen von ihm eingekesselt bin. Fast ist es, als wäre dieser Mann meine Zwangsjacke. Und bei den Gedanken, die ich habe, sollte ich wohl wirklich eine tragen.

Er hat mir gerade bestätigt, dass er mit Frauen handelt, und dennoch glaube ich nicht, dass er mir wehtun will. Was stimmt nur nicht mit mir? Haben ein paar Tage der Isolation schon gereicht, um meine Psyche derart kaputt zu machen? Oder war ich einfach schon zu zerbrochen, als er mich aufgegabelt hat? Ich darf nicht genauer darüber nachdenken, wie viele Frauen sich gerade in diesem Gebäude befinden und gegen ihren Willen hier gefangen gehalten werden.

»Du bildest dir eindeutig zu viel ein«, erwidere ich auf seine Frage, ob ich ihn vermisst habe. Seine Arme scheinen immer dichter zu kommen, sodass mein Bewegungsradius enorm eingeschränkt wird, und als sein Knie mehr Druck auf meine Mitte ausübt, schürze ich die Lippen.

»Ich bilde mir also nur ein, dass du dir gerade vorstellst, wie ich dich in diesem Fahrstuhl ficke?«, fragt er herausfordernd. »Wie ich dir diese hässliche Jogginghose von den Beinen zerre und vor dir auf die Knie gehe, um dich zu schmecken?«

Ich habe die Augen inzwischen geschlossen, weil ich

nicht will, dass er sieht, wie sich meine Pupillen bei der Vorstellung weiten. Denn er hat recht. Die Vorstellung, er könnte mich hier und jetzt nehmen, klingt viel zu verlockend, wenn man bedenkt, wer er ist und was er mit mir vorhat.

Sekunden später spüre ich etwas Warmes, Feuchtes an meinem Hals, und als ich realisiere, dass es seine Zunge ist, die seitlich über meine Hauptschlagader fährt, halte ich ein Wimmern in meinem Mund gefangen. Er soll nicht wissen, wie sehr mich das hier anmacht, so verwerflich es auch ist. Normalerweise habe ich meine Triebe gut im Griff, aber seit ich diesem Mann begegnet bin, hat sich mein Lustzentrum gegen mich gestellt. Und es gibt nicht viele Dinge, die ich mehr hasse.

»Warum tust du das?«, hauche ich und merke erst, dass ich mich fester gegen sein Knie drücke, als ein Ziehen durch meine Mitte jagt. Der Druck auf meiner Klit ist genau richtig und unter anderen Umständen wäre das hier der perfekte Ort für ein sexuelles Abenteuer. Aber mein letztes Abenteuer hat mich überhaupt erst in diese Scheiße geritten und deshalb sollte ich aufhören, mir ständig die Finger an diesem Mann zu verbrennen.

»Du wirst mir sowieso nicht glauben, wenn ich dir die Wahrheit sage«, erwidert James dicht an meiner Ohrmuschel, und als er sanft hineinbeißt, entflieht mir ein Stöhnen, das ich um jeden Preis zurückhalten wollte. Aber er weiß ganz genau, wie er mich berühren muss, um meinen rationalen Verstand komplett auszuschalten.

»Versuch es doch mal mit der Wahrheit?« Ich lege meine Hände auf seine Schultern, lasse meine Finger unter seine Lederjacke gleiten und fahre über seine definierten Brustmuskeln. Vielleicht sollte ich die Situation ausnutzen, immerhin kann ich allzu deutlich spüren, wie sich sein Schwanz hart gegen mein Becken drückt. Das hier macht ihn genauso an wie mich – und vor allem macht es ihn angreifbar. Meine Finger fahren ihre Erkundungstour fort, und als ich sein Sixpack passiert habe und über der Jeans die heftige Ausbeulung streichle, stößt James ein Knurren aus, das an Sexappeal kaum zu überbieten ist. Verflucht, es ist fast zu schade, die aufgeheizte Situation jetzt herunterzukühlen, aber mein Leben ist mir wichtiger als das hier.

Noch bevor ich einen Rückzieher machen kann, donnere ich ihm mein Knie mitten in den Schritt. Umgehend lässt James von mir ab, und ich nutze den Moment, um mich auf die Waffe am Boden zu stürzen. Doch wenn ich dachte, dass mein Tritt in seine Eier fest genug gewesen ist, habe ich mich getäuscht. James kommt mir zuvor, zerrt mich ruppig von der Waffe weg und angelt sie sich selbst.

»Das war keine gute Idee«, züngelt er mir von hinten ins Ohr. »Und dabei hätten wir so viel Spaß hier drin haben können.« Er schleudert mich hart gegen die Kabinenwand, wobei ein heftiger Schmerz durch meinen Schädel zuckt und in meinem Nacken mündet. Dann betätigt er die Stopptaste ein zweites Mal, und als sich der Fahrstuhl wieder in Bewegung setzt, erhöht sich der Druck hinter meinen Augen. *Jetzt bloß nicht heulen, Willow!* Aber der Stoß war schmerzhaft, und ich verfluche mich dafür, meinen Plan derart in den Sand gesetzt zu haben.

Die Fahrstuhltüren gleiten mit einem Ping auf, und ich nehme den Weg bis in mein persönliches Gefängnis nur noch verschwommen wahr. James zieht die Schlüsselkarte aus der Tasche meiner Hose, öffnet das Zimmer und schiebt mich vorwärts, ohne darauf zu achten, dass ich barfuß bin und der Boden voller Scherben ist.

»Das hat aber lange gedauert«, sagt Madeleine und

entreißt James ihre Knarre. Mit einem abschätzigen Blick starrt sie mich an, während sie ein Handtuch auf die kleine Wunde an ihrem Hals drückt, die ich ihr verpasst habe. »Merk dir eins, ma chérie: Probier das noch einmal aus und ich bringe dich eigenhändig zur Strecke«, zischt sie und verschwindet mit wiegenden Hüften aus dem Zimmer.

Sobald die Tür ins Schloss gefallen ist, dirigiert James mich weiter durch den Raum. Selbst als mir ein scharfes Keuchen entflieht, weil sich eine Scherbe in meine nackte Fußsohle gebohrt hat, stoppt er nicht. Humpelnd lasse ich mich von ihm zur Balkontür ziehen, die er Sekunden später mit einem Code öffnet und mich nach draußen bugsiert. Bis jetzt habe ich den schmalen Balkon nur von innen gesehen, und als James mich gegen das Geländer drängt, seine Hand in mein Haar schiebt und meinen Kopf nach unten Richtung Boden drückt, bekomme ich es mit der Höhenangst zu tun. Ich wusste, dass ich mich weit oben befinde, aber es mit eigenen Augen zu sehen, ist eine ganz andere Hausnummer. Will er mich etwa in die Tiefe stürzen? Ich zapple wie ein Fisch an Land, der um sein Leben kämpft, während James mich noch immer fest packt.

»Siehst du das?« Er hält meinen Kopf so starr fest, dass ich ihn keinen Millimeter bewegen kann. James beugt sich von hinten über mich, und in diesem Augenblick möchte ich jede Stelle Haut, an der sich unsere Körper berühren, gern von mir schälen.

»Ich sehe auf Anhieb fünf bewaffnete Kerle, die nur darauf warten, dass jemand wie du in ihre Arme läuft. Diese süße Knarre hätte dir rein gar nichts gebracht!« Ich kämpfe mit den Tränen, überfliege das gepflasterte Grundstück vor dem Hotel und entdecke tatsächlich drei bewaffnete Typen. Die anderen zwei sehe ich nicht.

»Glaub mir, wenn sie dich in ihre dreckigen Finger kriegen, werden sie weitaus brutaler mit dir umgehen, als ich es tue. Sie würden dich reihenweise vergewaltigen, bevor sie dich zurück auf dein Zimmer schleifen. Du willst die Wahrheit wissen, pequeña?« Seine Stimme ist immer noch kalt wie Stahl und jagt mir eine Gänsehaut über den Körper, obwohl es heute sogar für kalifornische Verhältnisse utopisch heiß ist. »Die Wahrheit ist, dass du niemals ins *Dark Diamond* hättest kommen sollen. Die Wahrheit ist, dass du mit erhobenem Haupt in die verdammte Hölle spaziert bist, ohne es zu wissen. Ich will dir nicht wehtun, aber das glaubst du mir ohnehin nicht, hm?« Er hält mich weiterhin über dem Geländer gefangen, während ich versuche, seinen Worten irgendeine Art von Sinn zu verleihen, aber nichts davon ergibt einen.

»Du willst mir nicht wehtun?«, keuche ich, und als ich mich zu ihm umdrehe, sieht er zum ersten Mal Tränen in meinen Augen glitzern. »Warum tust du es dann?«

»Weil es mein Job ist«, sagt er leise. Mit diesem Statement lässt er mich los, und auch wenn ich darüber erleichtert sein sollte, fühle ich mich plötzlich so leer wie erst einmal zuvor in meinem Leben. Als Mom starb. James kehrt mir den Rücken zu, verschwindet im Inneren des Hotels und schließt die Tür hinter sich. Schluckend taumle ich ihm hinterher, aber als ich gegen das Glas drücke und es nicht nachgibt, werden mir die Konsequenzen meiner Taten erst richtig bewusst. Er hat mich in der prallen Hitze ausgesperrt.

ELF

WILLOW

Wie lange dauert es, bis man an einem Hitzschlag stirbt? James hat mich vor einer Ewigkeit hier draußen auf dem Balkon stehen lassen und seitdem brutzle ich in der Sonne vor mich hin. Normalerweise bin ich die warmen Temperaturen gewöhnt, aber heute scheint sich Kalifornien von der besonders heißen Seite zu zeigen, denn es herrschen sicher über vierzig Grad. Oder sind wir vielleicht gar nicht mehr in Kalifornien, sondern in Texas? New Mexico? Arizona?

Anfangs habe ich wie eine Irre geschrien, damit mich endlich wieder jemand reinlässt, doch als eine Kugel haarscharf an meinem Kopf vorbeiflog und in der Hausfassade landete, bin ich verstummt. Einen Scharfschützen habe ich nirgendwo entdecken können, aber ich bin mir dennoch sicher, dass mich jemand im Visier hat. Entweder das oder ich beginne langsam zu halluzinieren.

In den letzten Tagen ist mein Körper schon genug geschwächt worden, immerhin habe ich außer trockenem Brot nichts zu essen bekommen. Dazu das wenige Wasser, das zudem auch noch ungenießbar ist ... Ich bin am Arsch. Und wenn ich mich nicht wie Tarzan zu einem der benachbarten Balkone schwingen will – ganz ohne Liane – werde ich vermutlich hier draußen sterben.

Vor einer ganzen Weile haben sich heftige Kopfschmerzen zu meiner Schwäche dazugesellt, von meinem Fuß darf ich gar nicht erst anfangen. Da James mich ohne Rücksicht durch die Scherben geschleift hat, habe ich mir eine direkt in den Ballen gejagt. Das Ergebnis? Eine handgroße Blutpfütze hat sich unter meinem rechten Fuß gebildet, den ich provisorisch mit meinem Shirt umwickelt habe, um den Blutfluss zu stoppen. Seitdem sitze ich nur noch in BH und der Jogginghose auf dem Boden des Balkons und versuche, meine Hände als Sonnenschirm für mein Gesicht zu nutzen, damit ich wenigstens meinen Kopf schützen kann. Meine Arme und Schultern haben sich bereits rötlich verfärbt.

Gott, hatte ich jemals so viel Durst in meinem Leben? Meine Haut war schnell von einem leichten Schweißfilm bedeckt, aber langsam produziert mein Körper keinen neuen mehr. Und ich muss kein Doc sein, um zu wissen, dass das gar kein gutes Zeichen ist.

Krächzend stemme ich mich auf, humple auf das dunkle Geländer zu und merke, dass ich ziemlich wackelig auf dem linken Bein bin. In letzter Sekunde kann ich die Metallstreben packen, um mich vor dem Fall zu bewahren. Ich schirme die Augen vor der noch immer hochstehenden Sonne ab und lasse meinen Blick über das umliegende Land gleiten. Das Grundstück, das zu diesem Hotel führt, ist unglaublich weitläufig und wird überall von Palmen gesäumt. Weiter rechts entdecke ich einen rechteckigen Pool, der eine ziemlich starke Sehnsucht in mir weckt. Wie gern würde ich mich kopfüber in das Wasser stürzen und meinen viel zu warmen Körper darin kühlen. Ich würde im Augenblick auch vor Zuschauern nackt da reinspringen, so verzweifelt bin ich.

Meine Finger umklammern das Geländer, und ehe ich einen weiteren Blick in die Tiefe unter mir werfen kann, ertönt ein zweiter Schuss. Mit einem spitzen Schrei falle ich zu Boden, um Schutz hinter dem Geländer zu finden, und robbe mich elendig zurück an den einzigen Platz auf diesem Balkon, der zumindest etwas Schatten spendet. Ich weiß nicht, vor wie vielen Stunden James mich hier zum Schmoren zurückgelassen hat, aber Fakt ist, dass ich für solche Spielchen nicht in der richtigen Verfassung bin.

Meine Haare kleben an meiner Kopfhaut und in meinem Nacken, als hätte ich einen Marathon in der Hitze hinter mir. Ich schiebe das blutdurchtränkte Shirt ein paar Millimeter höher über die Ferse, um den Schnitt zu betrachten, und plötzlich wird mir schlecht.

»O Gott, bitte nicht«, krächze ich und schiebe das Shirt eilig wieder über die Wunde. Sonst habe ich kein Problem damit, Blut zu sehen, aber gerade gerate ich in allen Bereichen an meine körperlichen und seelischen Grenzen. Dem Stand der Sonne nach zu urteilen, müsste sie in wenigen Stunden untergehen, und trotzdem ist es noch bullenheiß. Es fühlt sich an, als säße ich in einem verdammten Hochofen.

Ich lehne mich gegen die Balkontür, bereue es aber umgehend, weil auch das Glas unglaublich heiß ist. Erschöpft kippe ich um, rolle mich auf die Seite und ziehe die Beine an den Bauch. In Embryonalstellung kauere ich wie ein Häufchen Elend auf dem Boden und will mich einfach nur in Luft auflösen. Als Kind habe ich angefangen, mich in Situationen, die mich überfordern, woanders hinzuwünschen. In den ersten Nächten auf der Straße waren diese Gedankenreisen mein einziger Halt und die einzige Möglichkeit, nicht den Verstand zu verlieren.

Ich war an den schönsten Orten dieser Welt. Orte,

die ich wohl niemals mit eigenen Augen würde sehen können. Außer in meiner Fantasie. »Träum dich einfach woanders hin, Willow«, flüstere ich und schließe die Augen. Mein Körper kämpft immer noch gegen die Tortur der letzten Tage an, aber in meinem Geist drifte ich immer weiter ab. Es dauert nicht lange, bis ich meinen Traumort gefunden habe. Den Ort, der mir in meiner Kindheit immer Sicherheit gegeben hat, vor allem in der Zeit bei meiner Pflegefamilie.

Ich träume mich ans Meer.

Zu dem weißen Sand, der zwischen meinen nackten Zehen kitzelt.

Zu den Wellen, die langsam und in stetigem Rhythmus ans Ufer schlagen und die Sonne auf den feuchten Flächen spiegeln lassen. Ich spüre den Wind in meinem heißen Gesicht, wie er meine Nasenspitze kitzelt und meine Haare durchkämmt. In meiner Fantasie renne ich mit voller Energie auf das blaue Meer zu, stürze mich in die Wellen und werde eins mit ihnen. Die Sonne verwandelt das Wasser in einen Ozean aus Glitzer und kann mir hier in meiner friedlichen Blase nichts anhaben.

ZWÖLF

JAMES

Es ist bereits kurz vor Mitternacht, als ich Willows Zimmer ansteuere. Da die Automatik des Schlosses unter den derzeitigen Umständen nicht funktionieren wird, habe ich mir vorher einen manuellen Schlüssel von der Rezeption besorgt. Ich weiß nicht, wie viel Zeit mir bleiben wird, bevor der Strom im *Oasis* wieder funktioniert, aber ein paar Stunden sollte ich geschenkt bekommen haben. Bis die Ursache für den Stromausfall gefunden wird, dauert es sicher nicht allzu lang, aber dieses Problem zu beheben wird keine Arbeit von Minuten sein, also bin ich relativ entspannt, als ich Willows Zimmer aufschließe.

Auch wenn die letzten Stunden alles andere als entspannend waren. Silva wollte sich im Club mit allen Jägern treffen, und jede weitere Sekunde in der Gegenwart dieses Penners hat mich sämtliche Selbstbeherrschung gekostet. Als er gesehen hat, wie Willow ihren Tag verbracht hat, hat er nur vergnügt an seiner Zigarre gezogen und mir ganz stolz seine Hand auf die Schultern gelegt, als wäre ich sein fucking Sohn. Um Haaresbreite hätte ich ihm ein paar Finger gebrochen, aber die Umstände waren miserabel, also muss ich mir das für später aufheben. Ihm gefiel es viel zu gut, dass sie Stunden ohne Wasser oder Schutz in der Hitze verbracht hat.

Als ich die Zimmertür hinter mir geschlossen habe und zum Balkon hinübergehe, knirschen die Scherben unter meinen Schuhen. Auf dem Weg schäle ich mich aus meinem Jackett und werfe es über die Bettkante.

Sobald ich die Balkontür geöffnet habe und Willow zusammengekauert auf dem Boden in der lediglich vom Mond beleuchteten Nacht liegen sehe, mahle ich mit dem Kiefer. Mierda, es gab in meinem Leben viele Dinge, die ich lieber nicht hätte sehen wollen. Aber es gibt nicht viele Anblicke, die ich so verabscheue wie diesen. Sie hat ihr Oberteil als Verband um ihren verletzten Fuß gewickelt, und als ich dichter an sie herantrete, sehe ich, dass sie am ganzen Körper zittert. Vermutlich hat sie nicht nur Fieber, sondern auch Schüttelfrost.

Ohne lange zu überlegen, greife ich unter ihren bebenden Körper und hebe sie hoch. Willow glüht wie ein Ofen von innen, und langsam mache ich mir ernsthaft Sorgen, dass es zu viel für sie gewesen ist. Ich hatte sie die ganze Zeit über im Blick, aber selbst, wenn ich gewollt hätte, hätte ich sie nicht früher reinholen können. Das Meeting mit Silva hat länger als geplant gedauert, und ich musste erst dafür sorgen, dass der Strom die Biege macht, bevor ich zu ihr gehe. Diese Vorsicht, die ich jeden Tag walten lassen muss, ist eines der größten Probleme meines Doppellebens.

»Hey«, flüstere ich und presse sie dichter an meine Brust. Willow zittert immer noch wie Laub im Wind und murmelt etwas vor sich hin, das ich nicht verstehen kann. Ich halte mein Ohr etwas näher an ihren Mund.

»Der Sand ist so warm«, singt sie schwammig und vergräbt ihr Gesicht tiefer in meinem Hemd. Ich weiß nicht, wovon sie spricht, aber eins steht fest: Sie scheint zu halluzinieren. Umgehend trage ich sie ins Zimmer, schließe die Tür mit dem Fuß hinter uns und bringe sie ins Bad. Da der Strom nirgendwo im Gebäude funktioniert, ist es hier drin stockfinster.

Gerade als ich Willow in die Dusche setzen will, nutzt sie ihre letzten Kraftreserven, um sich in meinen Hemdkragen zu krallen. »Bitte keine Eisdusche«, murmelt sie. »Keine Eisdusche.« Anscheinend habe ich meinen Job viel zu gut gemacht, wenn sie glaubt, dass ich sie jetzt noch dieser Tortur aussetzen würde.

»Die Kameras sind aus, Willow. Also werde ich dir auch nicht wehtun.«

»Gut«, sagt sie und fast klingt es, als würde sie lächeln. Mierda, sie ist vollkommen hinüber! Eigentlich sollte sie mich schlagen, mit Flüchen um sich werfen und mir drohen, mich zu kastrieren. Stattdessen lässt sie zu, dass ich sie behutsam in die geräumige Dusche setze.

»Ich hole schnell Kerzen. Renn nicht weg«, versuche ich die Stimmung aufzulockern.

»Haha.« Willow klingt so leise und ihre Stimme ist so dünn, dass ich mir dieses Lachen auch nur eingebildet haben könnte. Während ich aus dem Schlafzimmer zwei Blockkerzen und eine Wasserflasche von ihrem Nachttisch hole, höre ich plötzlich ein dumpfes Geräusch aus dem Badezimmer. Ich kehre zurück zu Willow, zünde eilig die beiden Kerzen an und warte, bis der Raum schwach beleuchtet wird. Sie ist wie ein Sack Reis zur Seite gekippt und liegt jetzt in der Dusche.

Automatisiert schnappe ich mir ein Handtuch, reiße den Wasserhahn im Waschbecken auf und halte es unter den Strahl. Sobald ich es ausgewrungen habe, steige ich zu Willow in die Dusche, setze mich hinter sie und ziehe sie zwischen meine Beine.

»Warum funktioniert das Licht nicht?«, fragt Willow

bleiern, während ich beginne, ihre nackten Arme mit dem nassen Handtuch zu kühlen. Sie lehnt schwer an meiner Brust, und ich wünschte, sie könnte sich gegen das hier wehren. Weil es bedeuten würde, dass sie noch im Besitz ihrer geistigen Kräfte ist. Stattdessen lässt sie die Prozedur ohne Protest über sich ergehen. Ich kühle ihre Schultern, während ich ihr antworte.

»Es gab einen Stromausfall.« Ich wandere mit dem Handtuch über ihr Dekolleté und anschließend über ihren Hals. »Wir haben ein paar Stunden Zeit, bevor die Kameras wieder angehen.«

»Warst du das?«, fragt sie heiser.

»Ja.« Ich stelle die Füße auf, damit meine Oberschenkel ihrem Körper etwas mehr Halt geben und sie nicht mehr zur Seite kippen kann. Anschließend streiche ich ihr mit der rechten Hand die verschwitzten Haare aus dem Gesicht und beginne, ihre Wangen und ihre Stirn zu kühlen. Sie kommentiert das Ganze mit einem wohligen Seufzen.

»Erklärst du mir auch, warum?«

»Das geht nicht«, erwidere ich stirnrunzelnd. »Noch nicht.«

Willow will protestieren, gibt jedoch auf, bevor das erste Wort ihre Lippen verlässt. Mein Kinn lege ich auf ihrer Schulter ab, während ich weiter dafür sorge, dass ihr Körper von außen abkühlt.

»Du musst etwas trinken.« Ich schnappe mir die Wasserflasche, drehe den Deckel auf und führe sie an Willows Lippen. Langsam lasse ich die Flüssigkeit in ihren Mund sickern, und als sie sich verschluckt, setze ich die Flasche wieder ab. Das Ganze wiederhole ich so lange, bis ich mir sicher bin, dass ihr Wasserspeicher einigermaßen aufgefüllt ist.

»Warum bist du jetzt so nett zu mir?«, fragt sie nach

einer Weile, in der es vollkommen still im Raum war. Die Kerzen werfen ein Lichtflackern auf die Fliesen, und ich kann im Augenwinkel sehen, dass sie ihre Lider vor Schwäche geschlossen hält.

»Warum lässt du dir von mir helfen? Nach allem, was ich getan habe?«

Meine Gegenfrage kommentiert sie mit einem schwachen Schulterzucken. »Wenn ich das wüsste …«

Ich würde ihr gern glauben, aber da muss mehr dahinterstecken. Ob sie mich vielleicht längst erkannt hat? Ob sie sich doch an mich erinnert? Aber wieso hat sie dann noch nichts gesagt?

»Du bist stark, Willow. Das wusste ich schon immer.« Innerlich fluchend beiße ich mir auf die Unterlippe, damit ich nicht noch mehr Stuss von mir gebe. Das hier könnte alles, was ich mir aufgebaut habe, ruinieren. Wenn Willow weiß, wer ich bin, wird sie auch wissen … Kopfschüttelnd ersticke ich den Rest des Gedankens und kümmere mich lieber wieder um das, was ich wirklich beeinflussen kann: ihre derzeitige Gesundheit.

»Wie meinst du das?« Sie versucht sich hochzustemmen, um mich anzusehen, aber ihr Körper ist immer noch viel zu schwach, also sinkt sie wieder erschöpft gegen meine Brust.

»Ich sollte mir deinen Fuß ansehen. Meinst du, du kannst dich oben halten, wenn ich dich in die Ecke setze?«

Wortlos nickt sie, und als ich sie so hingesetzt habe, dass sie eigentlich nicht umfallen kann, steige ich aus der Dusche und hole Verbandmaterial aus dem Erste-Hilfe-Kasten. Mit einer Mullbinde, Wundkleber und Desinfektionstüchern bewaffnet knie ich mich vor Willows verletzten Fuß, der aus der Dusche hinausragt. Erst wickle ich ihren provisorischen Verband ab, dann schleudere ich das blutdurchtränkte Shirt ins Waschbecken. Anschließend lege ich ihren Fuß auf meinem Knie ab und nehme den Schnitt unter die Lupe. Er scheint zwar tief, aber nicht allzu dramatisch zu sein.

»Ich werde den Schnitt erst säubern und dann kleben. Wenn die Schmerzen zu stark werden, krall dich in meinen Arm, okay? Du darfst auf keinen Fall schreien.« Das Letzte, was wir gebrauchen können, ist, dass jemand ins Zimmer kommt. Allein die Vorstellung, Mike könnte uns so vertraut zusammen sehen, lässt meinen Magen rumoren. Der Kerl hat mich ohnehin schon auf seinem Radar und wartet nur darauf, mich zu stürzen.

»Okay«, erwidert Willow, und ich versuche, ihr nicht ins Gesicht zu sehen.

Ich schnappe mir das eingepackte Desinfektionstuch, reiße es mit den Zähnen auf und hole es heraus. Anschließend säubere ich den Schnitt. Ein Zischen entfährt ihren Lippen und Sekunden später packt sie meinen Arm so fest, dass ich mich frage, wie sie nach den letzten Tagen überhaupt noch so viel Kraft mobilisieren kann. Ich wusste von Anfang an, dass Willow stark ist – das war sie schon als kleines Mädchen – aber irgendwann wird es selbst den Stärksten zu viel.

Sobald ich die verletzte Stelle gesäubert habe, benutze ich den Wundkleber, um den Schnitt zu verschließen. Es wird einige Tage dauern, bis sie wieder ordentlich laufen kann, aber so wird sich hoffentlich nichts entzünden. Und auch als ich mit dem schmerzhaften Part fertig bin, lässt Willow meinen Arm nicht los. Im Gegenteil: Ihre Hand rutscht in meine. *Wieso fühlt es sich so richtig an, ihre zierliche Hand zu halten?*

Als Letztes nehme ich die Mullbinde und wickle sie stramm, aber nicht zu fest um ihren verletzten Fuß. Sobald ich sie fixiert habe, mache ich etwas, wofür ich mir gleich hier einen fucking Kopfschuss verpassen könnte. Ich hebe ihren Fuß zaghaft an und küsse ihren Knöchel. *Mierda, James! Hör auf mit dieser unpassenden Scheiße!*

Doch als ich den Blick hebe und sehe, dass Willow mich genauestens beobachtet, reite ich mich nur tiefer hinein. Ihre Lippen stehen leicht offen, ihre Haut ist noch feucht vom nassen Handtuch. Ihr Blick verharrt auf meinem Gesicht, und ich könnte schwören, dass sie mir in diesem Moment mitten ins verkorkste Herz sehen kann. Ob sie erkennt, wieso ich diesen Scheiß hier überhaupt mache? Dass ich all die schrecklichen Dinge nur aus Liebe tue?

»Ich sollte dich ins Bett bringen. Dein Körper braucht jetzt Schlaf.« Ich feuere den Müll der Verbandmaterialen zur Seite und helfe Willow, sich hinzustellen. Es widerstrebt mir, sie wieder auf den Arm zu nehmen, aber sie ist noch so schwach auf den Beinen, dass sie es vermutlich nicht mal aus dem Bad schaffen würde. Also greife ich unter ihre Kniekehle, hebe sie hoch und bringe sie ins Schlafzimmer, nachdem ich die Kerzen ausgemacht habe. Dabei achte ich penibel darauf, sie nicht zu stark an meine Brust zu drücken.

»Anzüge stehen dir am allerbesten«, seufzt sie erschöpft.

»Hm?«

»Anzüge.« Sie zupft an meinem Hemd. »Die Lederjacke steht dir auch, aber in Anzügen finde ich dich noch schöner.« Augenblicklich verkrampfe ich mich am ganzen Körper. Könnte sie bitte aufhören, mir Komplimente zu machen? Mierda, sie hat wirklich zu lange in der Sonne gesessen, anders kann ich mir nicht erklären, dass sie mir nach einem Tag wie diesem ihre handzahme Seite zeigt.

»Du redest wirres Zeug«, antworte ich und spiele ihre Worte damit herunter.

Unter meinen Schuhen knirschen wieder die Scherben, und als ich sie aufs Bett gelegt habe, will ich mich daran machen, das Chaos hier drin zu beseitigen, damit sie sich kein zweites Mal wehtut. Doch bevor ich mich von Willow abwenden kann, schnappt sie nach meiner Hand und hält mich vom Gehen ab.

»Bitte lass mich nicht allein«, wispert sie. In den letzten Tagen klang sie kein einziges Mal so versöhnlich. Fuck, nach der Aktion heute sollte sie nichts als Hass und Wut empfinden. Stattdessen will sie, dass ich bleibe? Haben wir sie schon so kaputt gemacht, dass sie anfängt, Gefühle für ihren Entführer zu entwickeln?

»Bitte, James.« Sie rutscht auf dem Bett etwas nach hinten und klopft auf die leere Seite neben sich.

Ich sollte meine verdammten Beine in die Hand nehmen und sie schlafen lassen, damit ich nicht riskiere, hier mit ihr gesehen zu werden. Wer weiß, wie viel Zeit uns noch bleibt, bis die Kameras wieder angehen. Doch anstatt mich für den einzig richtigen Weg zu entscheiden, knöpfe ich mein Hemd auf und lasse es zu Boden fallen. Anschließend schlüpfe ich aus meinen Schuhen und tue das wohl Dümmste, was ich je getan habe.

Ich lege mich zum zweiten Mal neben die Frau, deren Herz ich brechen soll. Hebe meinen Arm an und warte darauf, dass sie dichter an mich heranrutscht. Willow bettet ihr immer noch erhitztes Gesicht an meine Schulter und umschlingt meinen Oberkörper wie einen menschgewordenen Teddybären. Sofort blitzen Erinnerungen vor mir auf, die ich gerade wirklich nicht gebrauchen kann. Bilder von der kleinen Lizzy, die sich in ihren Teddy gekrallt hat, während mein Vater mit ihrer Mutter kurzen Prozess gemacht hat.

Und ehe ich mich davon abhalten kann, lege ich meinen Arm um sie und drücke sie so fest es geht an mich. Ich vergrabe mein Gesicht in ihrem Haar, das auch nach einem Horrortag wie diesem viel zu gut und süß duftet. Willows Körper wird ganz weich in meinen Armen, und ich kann fühlen, wie ihre Wimpern meine Brust streifen, während sie gegen die Müdigkeit ankämpft. Als ihre Augen geschlossen bleiben, drücke ich ihr einen Kuss auf den Scheitel.

»Du erinnerst dich wirklich nicht an mich, hm?«

Willow erwidert nichts. Stattdessen dringt Sekunden später ein süßes Schnarchen aus ihrem Mund.

Mierda, habe ich ihr Schnarchen gerade ernsthaft als süß bezeichnet?

Ich. Bin. Am. Arsch.

DREIZEHN

WILLOW

Fünfzehn Jahre zuvor

Ich kralle mich in Mr. Pebbles und will mich sofort bei ihm entschuldigen, weil ich ihm bestimmt wehtue. Meine Finger graben sich in sein braunes Fell, während ich mein Ohr noch immer gegen die Tür unserer Vorratskammer presse. Mommy wühlt weiterhin in der Schublade unserer Küche, während das Klopfen des Besuchs immer lauter und drängender wird.

Sie hat mir gesagt, dass ich unter keinen Umständen die Kammer verlassen soll, aber ich halte es hier drin kaum noch aus! »Alles wird gut«, wispere ich Mr. Pebbles zu, aber so stark wie meine Stimme zittert, glaubt er mir sicher kein Wort. Ich glaube mir ja selbst nicht.

Sekunden später kracht es so laut im Flur, dass ich mir die Ohren zuhalte. Mein Teddy fällt auf den Boden, und weil ich nicht will, dass er denkt, ich lasse ihn im Stich, gehe ich in die Hocke. Mit einer Hand halte ich mir weiterhin das Ohr zu, mit der anderen taste ich im Dunkeln nach seinem Fell.

Schwere Schritte ertönen im Flur. Unser nächtlicher Besuch hat anscheinend keine gute Laune.

Ich schnappe mir Mr. Pebbles, kauere mich in die Ecke der Kammer und stoße mit dem Rücken gegen eines der zwei Regale, die hier stehen und aus denen ich Mommy immer Konserven bringe, wenn ich ihr beim Kochen helfen darf.

»Ich hatte etwas mehr Gastfreundschaft erwartet.« Eine dunkle Männerstimme durchschneidet die Luft, und auch wenn ich sie durch die Tür nur gedämpft höre, kommt es mir vor, als wäre ich hier drin ohne jeglichen Schutz. Als wäre ich ihr ausgeliefert.

»Bitte, Rafael.« Mommy weint. Sie weint so sehr, dass man sie kaum verstehen kann. Und auch über meine Wangen rollen jetzt dicke Tränen, die in Mr. Pebbles Fell landen. Ich kenne keinen Mann namens Rafael, und am liebsten würde ich nach draußen stürmen und Mommy vor ihm beschützen. Aber sie hat mir eine Aufgabe gegeben und die werde ich erfüllen! Ich will sie nicht enttäuschen.

»Bitte was?« Seine Antwort klingt wie das Zischen einer Schlange. »Weißt du, Angelica ...« Die Schritte nähern sich und auf einmal verstummen sie, als stünde er direkt vor der Kammer. »Ich habe lange überlegt, wie wir unser kleines Problem aus der Welt schaffen sollen.«

»Ich tue alles, was Sie von mir verlangen. Aber bitte, bitte bringen Sie mich nicht um!«

»Ts, ts, ts«, erwidert der Mann, den ich jetzt schon hasse, obwohl ich ihn nicht kenne. Daddy hat immer gesagt, dass jeder Mensch etwas Gutes in sich trägt, aber ich glaube nicht, dass es auch auf diesen Rafael zutrifft. Nicht, wenn Mommy seinetwegen so viel Angst hat und weint.

»Das, was du getan hast, kann nicht ohne Konsequenzen bleiben. Das weißt du doch sicher, oder, meine Liebe?«

»Das weiß ich«, antwortet Mommy hektisch. »Und ich mache alles, was Sie von mir verlangen.«

»Alles?« Die Stimmen werden etwas leiser und die Schritte entfernen sich. Ob sie jetzt ins Wohnzimmer gehen? Ich krabble über den Boden zur anderen Seite der Kammer und presse mein Ohr gegen die kühle Wand.

»Wo ist deine süße Tochter, Angelica?«

»Sie ... sie ist nicht da«, antwortet Mommy schluchzend. »Bitte, tun Sie ihr nichts. Meine kleine Blume kann nichts dafür!« Aber wofür? Hat Mommy etwas Böses getan? Ist der Mann deshalb hier?

»Und das soll ich dir glauben?« Ich wünschte, ich könnte sehen, was im Wohnzimmer passiert. Und dass ich bereits größer und stärker wäre. Dann könnte ich Mommy irgendwie helfen, anstatt hier in der Kammer zu sitzen und mich zu verstecken. Meine Hand wandert an die Kette, die sie mir vorhin gegeben hat und dank der ich mich wenigstens für ein paar Minuten wie eine Prinzessin fühlen durfte. Jetzt fühle ich mich einfach nur hilflos.

»Sie übernachtet heute bei einer Freundin!«

Mommy lügt. Nicht nur, weil ich hier bin, sondern auch, weil ich keine Freundinnen habe. Ich habe nur Mommy und Mr. Pebbles.

»Dann hast du ja nichts dagegen, wenn mein Sohn deine Aussage überprüft, oder?«

Mommy antwortet nicht, und dann höre ich, wie die Tür zu meinem Kinderzimmer auf der anderen Seite des Flurs geöffnet wird. Ich denke an die wenigen Spielzeuge, die ich habe und die mich jedes Mal so glücklich machen, wenn ich mit ihnen spiele. Ob sie mir weggenommen werden? Aber am wichtigsten ist, dass es Mommy gut geht und Mr. Pebbles bei mir ist.

»Da ist niemand, Vater.« Die Stimme einer weiteren Person ertönt. Sie klingt wesentlich jünger als die von diesem Rafael, aber auch wesentlich älter als meine.

»Dann sieh im Rest der Wohnung nach!«, donnert er seinen Sohn an. Ich verkrieche mich noch weiter in die Ecke und wiege sanft vor und zurück. Mit geschlossenen Augen vergrabe ich mein Gesicht in meinen Knien und singe lautlos mein Lieblingslied aus dem Dschungelbuch.

»Prob-biers m-mal m-mit Gem-mütlichk-keit«, flüstere ich, und als die Tür der Kammer schließlich geöffnet wird, würde ich am liebsten schreien. Stattdessen versuche ich, mich hinter dem Regal zu tarnen. Schritte kommen näher, und dann steht die Zeit still. Ich halte meinen Atem an, umarme mich selbst noch fester und versuche, unsichtbar zu sein.

Ich traue mich nicht, den Kopf zu heben, um zu sehen, wer hier in der Kammer steht und nach mir sucht, aber als sich die Schritte wieder entfernen, entflieht mir vor Erleichterung ein Schluchzen. Umgehend verharrt die Person an Ort und Stelle. Sekunden später wird die Tür von innen geschlossen. Im Hintergrund höre ich, wie Rafael Mommy anschreit und ihr wehtut, aber ich kann nichts dagegen tun.

Die Schritte kommen näher, und als mir eine Taschenlampe direkt ins Gesicht leuchtet, drehe ich mich zur Wand. In der Hoffnung, dass wenigstens sie mich beschützen kann.

»Fuck!« Der Besucher flucht, und als nichts passiert, schiele ich zu ihm hoch. Direkt in den Lichtkegel seiner Taschenlampe.

»Ich hatte gehofft, dass deine Mutter die Wahrheit

sagt und du nicht zu Hause bist«, knurrt der Junge, den ich jetzt zum ersten Mal erkenne. Er ist viel älter als ich, aber noch lange nicht erwachsen. Dieses Monster da draußen, das Mommy wehtut, ist sein Vater. Also wird auch er mir wehtun, da bin ich mir sicher.

Der Junge geht vor mir in die Hocke, leuchtet mit der Taschenlampe auf meinen Teddybären und betrachtet mich aus schmalen Augen. Er hat dunkle Haare, die ihm in die Stirn hängen, und ein kantiges Gesicht. Seine Unterlippe ist aufgeplatzt.

Ich will etwas sagen, aber ich bekomme kein Wort heraus.

»Du heißt Liz, richtig?«, fragt er mich.

»Lizzy«, korrigiere ich ihn.

»Hör mir jetzt ganz genau zu, Lizzy.« Er fährt sich mit der freien Hand über das Gesicht. Dasselbe hat Daddy immer gemacht, wenn er überfordert mit seiner Arbeit war. »Du wirst hier drinbleiben, verstanden?«

Atemlos nicke ich und drücke Mr. Pebbles dichter an meine Brust.

»Du wirst keinen Ton von dir geben, bis wir wieder weg sind. Und dann verschwindest du von hier, so schnell du kannst. Du wirst nicht – unter keinen Umständen – ins Wohnzimmer gehen. Du gehst direkt nach draußen und wirst bei einem Nachbarn, dem du vertraust, Hilfe holen, okay?«

Wieder nicke ich.

»Gut.« Er atmet tief durch.

»Was ist, mein Junge? Hast du das kleine Biest gefunden?«, höre ich seinen Vater aus dem Wohnzimmer fragen. Mit großen, tränengefluteten Augen sehe ich zu dem Jungen auf. Er blinzelt nicht einmal, während er auf mich herabsieht und blind die Tür öffnet.

»Nein, sie ist wirklich nicht hier!«, erwidert er laut.

Dann hält er sich einen Finger vor die Lippen, als Zeichen dafür, dass ich leise sein soll, und verschwindet aus der Kammer.

VIERZEHN

WILLOW

Die friedliche Blase, in die mich meine Gedankenreise gebracht hat, ist immer noch nicht geplatzt. Stattdessen ist sie umso schöner geworden und noch höher geflogen, denn als ich die Augen öffne, spüre ich pure Geborgenheit. Normalerweise bin ich es nicht gewohnt, so behütet von jemandem gehalten zu werden, weil ich bis auf Zoey niemanden nah genug an mich heranlasse. Seit Moms Tod fällt es mir schwer, Menschen in mein Herz zu lassen, weil ich Angst davor habe, erneut verlassen zu werden. Müde kuschle ich mich enger an den warmen Körper, der mich so fest umschlossen hält.

Ich blinzle einige Male, stelle aber schnell fest, dass es noch Nacht sein muss. Kühles Mondlicht dringt über die Balkontür ins Zimmer, und sobald ich realisiere, wo ich bin und was in den vergangenen Stunden passiert ist, fällt meine Seifenblase einige Etagen in die Tiefe. James hat mich auf den Balkon gesperrt, bis mir die Sonne so stark zugesetzt hat, dass ich kaum noch klar denken konnte. Und dann ... hat er mich so liebevoll behandelt, als wäre er ein vollkommen anderer Mensch.

Er hat mir geholfen, meine Temperatur herunterzukühlen, und hat sich um meinen Fuß gekümmert. Jetzt liegt er dicht hinter mir, kesselt mich mit seinen durchtrainierten Armen ein und hat sein Gesicht in meinem Haar vergraben.

Ein psychisch klar denkender Mensch würde die Chance nutzen, um einen neuen Fluchtversuch zu wagen. Ich bin mir nicht ganz sicher, was von all den Dingen wirklich passiert ist und was ich mir nur eingebildet habe, aber ich erinnere mich daran, dass James von einem Stromausfall gesprochen hat. Ich schiele zu einer der beiden Kameras in diesem Zimmer und stelle fest, dass sie noch immer nicht funktionieren. Ich weiß nach wie vor nicht, wer mich beobachtet, aber Fakt ist, dass James ein vollkommen anderer Mensch ist, wenn die Kameras laufen. Wieso sonst sollte er mich überhaupt erst in Gefahr bringen und sich anschließend zu mir ins Bett legen, nur weil ich ihn lieb darum bitte?

Scheiße – ich wünschte wirklich, ich könnte meine Entscheidung lediglich auf meine geistige und körperliche Verfassung schieben, aber da ist noch etwas, das ich nicht in Worte fassen kann. Etwas, das mich vollkommen kopflos handeln lässt. Die paar Stunden Schlaf, die ich gerade hatte, waren pure Medizin für mich. Ich fühle mich zwar immer noch leicht fiebrig, aber die Übelkeit und der Schwindel sind vollkommen verschwunden. Und mich lässt das dämliche Gefühl nicht los, dass James' feste Umarmung ihren Teil zu meiner schnellen Genesung beigetragen hat. Nicht ohne Grund ist Liebe das, wonach sich insgeheim alle Menschen auf dieser Erde sehnen. Einige zeigen es offensichtlich, andere kompensieren das Fehlen der Liebe mit schrecklichen Entscheidungen. Bei Gott – ich habe selbst oft genug falsch entschieden. Gerade bin ich dabei, die schlechteste von allen zu treffen ... oder ist es vielleicht sogar die klügste?

James scheint nicht nur dieser skrupellose Mistkerl zu sein, sondern auch eine andere, weiche Seite zu haben. Und diese weiche Seite kann ich mir zu Nutzen machen, um ihn erst um meinen Finger zu wickeln und anschließend von hier wegzukommen.

Er scheint zu bemerken, dass ich nicht mehr schlafe, denn er beginnt sich zu regen, und als ich seinen heißen Atem an meinem Nacken spüre, prickelt mein ganzer Rücken. Egal wie flüchtig seine Berührungen auch sind, sie entfachen eindeutig zu viel in mir.

»Hast du schlecht geträumt?«, fragt er mich verschlafen, und ich würde am liebsten die Augen verdrehen, weil er dabei so sexy klingt. Wären die Umstände anders, könnte das hier der Inbegriff von Perfektion sein. Ich liege in den Armen eines attraktiven Mannes, der meine Sehnsüchte stillt und mir mit einer Umarmung mehr Sicherheit vermitteln kann, als ich je in meinem jungen Leben verspürt habe. Die Ironie meiner Gedanken ist mir allzu deutlich bewusst.

»Nein«, erwidere ich und rutsche provokant etwas dichter an ihn heran. James trägt immer noch seine Anzughose, sein definierter Oberkörper hingegen ist nackt. Haut an Haut liegen wir beieinander – und das ist für mich eine absolute Premiere mit einem Mann. Nicht nur, weil ich selten ein Date mehr als einmal getroffen habe, sondern auch, weil ich nach dem Sex immer sofort das Weite suche. Sex gibt mir das Gefühl von Nähe – zumindest temporär. Doch sobald es tiefer geht, bekomme ich Panik und ziehe mich in mein über Jahre errichtetes Schneckenhaus zurück. Was zur Hölle denkt sich mein Herz dabei, ausgerechnet bei einem Kerl wie James meine Regeln zu brechen? Diese Regeln sind es, die mich in den letzten Jahren vor Schmerz und Enttäuschung beschützt haben. Und jetzt liege ich in den Armen meines

Kidnappers und habe das Gefühl, dass mir in seiner Nähe nichts zustoßen kann. Man kann mir endgültig einen Freak-Stempel auf die Stirn drücken.

»Wenn du weiter deinen Arsch an meinen Schritt drückst, kann ich für nichts garantieren«, grummelt James, doch anstatt von ihm wegzurutschen, schiebe ich ihm mein Becken noch dichter entgegen. Wie auf Knopfdruck beginnt sein Schwanz anzuschwellen, was ich durch seine Anzughose nur gedämpft spüre. In kleinen Kreisen bewege ich meinen Hintern an seiner Erektion, und je härter er für mich wird, desto mehr sehne ich mich nach einer Dosis menschlicher Nähe. Nach Verbundenheit. Auch wenn er der absolut falsche Mensch ist, um mir das zu geben. Aber so kann ich zwei Fliegen mit einer Klappe schlagen, mir eine Portion Geborgenheit schnappen und gleichzeitig James mit den Waffen einer Frau besiegen.

»Mierda!«, flucht er in mein Haar und packt meine Hüfte fester. Seine Finger bohren sich in meine nackte Haut, weil ich immer noch kein Shirt trage. »Du solltest schlafen, Willow.«

»Ich kann aber nicht schlafen, wenn sich dein Schwanz an meinen Hintern drückt«, murmle ich und drehe mich zu ihm um.

Im Mondlicht kann ich die Farbe seiner Smaragdaugen nicht sehen, aber ich weiß auch so, wie wunderschön sie sind. Und mit welcher Intensität das Grün darin funkeln würde, wäre es nicht so dunkel hier drin. James' Blick wandert über meine Brüste, und jede Stelle, die er ansieht, geht umgehend in Flammen auf, genau wie mein Herz. Kein Mann sollte eine solche Macht über eine Frau innehaben, doch bin ich nicht in der Lage, etwas an diesen intensiven Gefühlen zu ändern, die mich durchspülen. Ich beuge mich ihm entgegen, und als meine Hand über seine Hose streichelt und ich das Zucken seiner Härte hervorlocke, weiß ich, dass es ohnehin zu spät ist. Für uns beide. James stößt ein Knurren aus, das mich nur noch mehr in meinen Taten beflügelt. Ich schäle mich aus der Jogginghose, trete sie mit meinem gesunden Fuß vom Bett und setze mich rittlings auf ihn. Nur noch in Slip und BH gekleidet presse ich meine Mitte auf seinen harten Schritt.

»Ich glaube, du unterschätzt, wie angeschlagen dein Körper ist.«

»Es ist ein bisschen zu spät, um jetzt den heiligen Samariter zu spielen, meinst du nicht?«, frage ich ihn herausfordernd und bewege mich sanft vor und zurück. James hat recht: Mein Körper ist definitiv noch viel zu schwach, aber ich will das hier, so verwerflich es auch ist. Zoey würde mich köpfen, wenn sie wüsste, wie sehr mir mein verräterisches Herz gerade in den Rücken fällt. Mit einem verdammten Säbel in der Hand.

»Soll ich aufhören?« Ich lasse meine Stimme extra unschuldig klingen, auch wenn James längst weiß, dass ich kein Engel in Menschengestalt bin. Meine pochende Mitte reibt über seinen Ständer, und je mehr Druck ich ausübe, desto mehr spüre ich seine Fassade bröckeln. Seine Hände sind inzwischen auf meinen Arsch gewandert und seine Finger graben sich in das weiche Fleisch meines Hinterns. Als ich das Tempo erhöhe, mit dem ich mich auf ihm bewege, wird sein Griff fester.

»Öffne meinen Gürtel«, raunt James, hebt mich ein Stück an, sodass ich über ihm schwebe, und schiebt mich weiter nach hinten, damit ich mehr Platz habe, um seinen Schwanz herauszuholen. Und das tue ich. Mit flinken Fingern habe ich seinen Gürtel geöffnet, der Reißverschluss folgt innerhalb von Sekunden. Sobald ich in seine

Shorts greife, kann ich es kaum erwarten, ihn in mir zu spüren.

»Dios!« James beobachtet jede meiner Regungen, während ich seinen Schwanz aus seinem viel zu engen Gefängnis befreie.

»Der Anzug ist unpraktisch«, murmle ich und ziehe die Hose mitsamt Shorts so weit hinunter, dass ich genug Spielraum habe. Sein harter Schaft springt mir regelrecht in die Hände, und als ich ihn umschließe, huscht ein Grinsen über sein Gesicht. Eines, das viel zu ehrlich und wundervoll aussieht, als dass er es spielen könnte. Auch wenn ich inzwischen keine Ahnung mehr habe, was ich noch glauben soll. Mal lässt er den skrupellosen Wichser heraus, und dann kümmert er sich so liebevoll um mich, dass ich mich glatt in ihn verlieben könnte.

Du beschreibst gerade einen kriminellen Narzissten, Willow!

»Warum grinst du so?«

»Du hast mir vorhin noch gesagt, dass du mich in Anzügen schöner findest.« O mein Gott. Die Erinnerungen an die Stunden vor dem Schlafengehen sind an manchen Stellen anscheinend etwas unscharf. Anstatt auf seine Worte einzugehen, lasse ich meine Hand ganz langsam über seine adrige Länge wandern, halte an seiner Eichel besonders lange inne, um ihn sanft zu quälen. Und als ich sie wieder nach unten gleiten lasse, stößt James einen weiteren spanischen Fluch aus. Wieso ist dieser Mistkerl nur so sexy in allem, was er tut? Ich gebe ihm den wohl unschuldigsten Handjob, den je ein Mann von mir bekommen hat, bevor ich noch weiter nach hinten rutsche, mich über ihn beuge und mit seiner samtigen Spitze meine Lippen nachzeichne.

Ich bin wirklich vollkommen verdorben.

Nach allem, was mir in diesen vier Wänden bereits

passiert ist, sollte mein Körper nicht zu so einer Ekstase fähig sein, aber die Wahrheit ist, dass ich selten so erregt war wie in diesem Augenblick. James greift sanft in mein Haar, dirigiert meinen Kopf auf seinen Schwanz und dringt mit einem Stoß in meinen Mund ein. Der Blowjob im *Dark Diamond* war hart und versaut, aber dieses Mal ist es um Welten anders. Seine Berührungen sind zärtlich, so als hätte er Angst, mich zu zerbrechen, sollte er zu grob vorgehen.

Immer wieder dringt seine Härte in meinen Mund ein, und jedes Mal, wenn ich mit der Zunge seine Eichel umkreise, spüre ich, wie scharf ich ihn mache. Nicht nur ihn, sondern auch mich. Meine Klit bettelt um Aufmerksamkeit, und nach allem, was ich gestern schon mitmachen musste, habe ich mir das hier auch verdient. Ich lasse James' Schwanz ein letztes Mal tief in meinen Mund eintauchen, bevor ich mich zum Nachttisch hinüberbeuge und die Schublade öffne. Da ich bereits jeden Winkel dieses Zimmers durchsucht habe, weiß ich, dass sich darin ein ganzes Arsenal an Kondomen befindet.

Ich reiße die Packung mit den Zähnen auf, positioniere es über seinem zuckenden Schwanz und streife es ihm in einem Zug über.

»Fuck, jetzt setz dich endlich auf mich!« James' Geduldsfaden scheint genauso dünn gespannt zu sein wie meiner, und als ich mich wieder auf ihn setze und mit meiner Mitte über ihm schwebe, koste ich den Spielraum noch etwas länger aus. Genau wie gestern, als er im Aufzug vor mir stand und ich ihm den Waffenlauf gegen die Brust hielt. Seine Hände finden prompt meine Taille, dann schiebt James mich in einer fließenden Bewegung auf sich.

»O Gott!« Mein Herz pumpt das Blut augenblicklich schneller durch meinen Körper, und als ich bis zum Anschlag auf ihm sitze und seine Eichel gegen meinen Muttermund stößt, beiße ich mir auf die Unterlippe. Selten hat mich ein Mann so tief ausgefüllt wie James in diesem Moment. Wir finden umgehend den perfekten Rhythmus, als hätten unsere Körper schon immer im Einklang miteinander gestanden. Ich bewege mich auf ihm so selbstsicher, wie ich mich noch nie in meinem Leben gefühlt habe, genieße jede Dehnung, jedes Zucken. Und ich weiß, dass es ihm genauso geht.

»Zieh den BH aus«, raunt er und die Erregung trieft beinahe aus seinen Worten heraus. Ich schnappe mir den Verschluss des BHs, lasse ihn aufspringen und werfe auch ihn auf den Boden. Meine Brüste sacken augenblicklich ein Stück hinunter, und als James seinen Oberkörper aufrichtet und meinen Nippel mit seinen Lippen umschließt, stöhne ich leise in die silbrige Nacht. Seine Zunge umkreist meine steifen Spitzen nacheinander, und als er meine Brust mit seiner Hand umschließt, ficke ich ihn schneller. James' Becken kommt meinem entgegen. Jedes Mal, wenn er mich wieder bis in den letzten Winkel ausfüllt, steigt meine Seifenblase wieder höher. Höher und höher und höher. Bis ich in Sphären bin, in denen ich noch nie mit einem Mann war.

»Du bist perfekt für mich, weißt du das?« Seine Worte streicheln die empfindsame Haut zwischen meinen Brüsten, und als mir langsam die Kraft ausgeht, bemerkt James es sofort. Er hebt mich mit Leichtigkeit hoch, legt mich auf den Rücken und schiebt sich zwischen meine Schenkel. Umgehend schlinge ich mein Bein um seine Hüfte und biege meinen Rücken durch, als er mit einem intensiven, aber schnellen Stoß in mich eindringt.

»Deine Haut ist perfekt weich. Deine Pussy perfekt eng. Und ...«

»Und was?«, frage ich ihn atemlos, schlinge meine Hände um seinen Nacken und ziehe ihn zu mir herab. »Und was, James?« Wir sehen einander in die Augen, während er mich mit kontrollierten Stößen in die Matratze fickt. Der Sex ist nicht wild und hemmungslos, sondern leidenschaftlich und nahezu romantisch. Ich fahre mit dem Finger über seinen Hals, zeichne seine Kieferlinie nach und streife seinen Mundwinkel. »Sag mir, was du denkst.«

Er ringt mit sich, aber ich werde nicht lockerlassen. Auch auf die Gefahr hin, dass er keinen Bock auf tiefgründige Gespräche hat, während er mich fickt.

»Ich wünschte, das mit uns hätte eine Zukunft, die nicht so abgefuckt ist«, sagt er und in seiner Stimme schwingt so viel Leid mit. Ein Schmerz, der mir allzu vertraut ist. Ich kenne James nicht, und ich weiß nicht, was ihn dazu gebracht hat, solche schrecklichen Dinge zu tun, aber ich bin mir sicher, dass eben dieser Schmerz der Auslöser ist. Der Wegweiser, dem er folgt, auch wenn es falsch ist. Manchmal muss ein Mensch erst die Orientierung verlieren, um sie wiederzufinden.

Anstatt etwas zu erwidern, beuge ich mich vor und küsse ihn. Ich küsse ihn, als wäre er ein ganz normaler Mann und ich eine ganz normale Frau. Als wären wir einfach zwei Seelen, die sich in diesem unendlichen Universum gefunden haben. Heute Nacht will ich nicht darüber nachdenken, wie falsch das hier ist. Heute Nacht will ich kein Richter über Gut und Böse sein.

Sein Schwanz gleitet so federleicht in mich, als wäre er nur für mich geschaffen, und als seine Zunge ihren Weg in meinen Mund findet, stöhne ich gegen seine weichen Lippen. Lippen, die mich schon auf mehreren Ebenen um den Verstand gebracht haben.

Sobald er einen Punkt in mir trifft, der meine Ekstase

auf ein neues Level hebt, löse ich mich von seinem Mund und stöhne alles heraus. Doch meine Stimme wird Sekunden später von James' Hand aufgefangen. Ich reiße die Augen auf, und als ich ihn ansehe, weiß ich, was er mir sagen will. Auch wenn die Kameras nicht funktionieren, ist das, was wir hier tun, gefährlich. Eigentlich sollte es mir scheißegal sein, was mit ihm passiert, wenn herauskommt, dass er mir geholfen hat, aber das ist es nicht. Weil ich mich mitten in der Hölle befinde und ich das Gefühl habe, er könnte der Einzige sein, der mir eines Tages den Ausweg zeigt. James fickt mich jetzt schneller, stößt sich unnachgiebig in meine Nässe und steuert gemeinsam mit mir seinem Höhepunkt entgegen. Und dann kommen wir. Gemeinsam. Meine Mitte zieht sich heftig um seinen Schaft zusammen, während er pulsierend ins Kondom spritzt. Erst als James sicher ist, dass ich ruhig bin, nimmt er seine Hand von meinem Mund.

Als hätte mir der Sex auf Anhieb wieder all meine neu gewonnene Kraft entzogen, kriecht die Müdigkeit mit einem Schlag zurück in meine Knochen. James verharrt noch einen Moment in mir, und während er meine Nasenspitze küsst, will ich das hier wieder und wieder tun.

»Doch nicht so fit, was?«, fragt er mich nahezu liebevoll.

Erschöpft, aber glücklich schüttle ich den Kopf. James gleitet aus mir heraus, streift sich das Kondom ab und zieht sich wieder an.

»Wirst du gehen?«

Ich sollte es wollen, aber ich will es nicht. Die Vorstellung, gleich allein in diesem Gefängnis zu liegen, fühlt sich schrecklich an.

»Ich muss. Der Strom wird nicht mehr ewig ausbleiben und es wäre zu riskant.« Entgegen seinen Worten legt James sich trotzdem neben mich und zieht mich erneut an sich. »Aber ich kann warten, bis du eingeschlafen bist.«

»Das wäre schön«, wispere ich gegen seine ebenfalls erhitzte Haut. Seine Hand gleitet zu meinem Rücken und er zeichnet meine einzelnen Wirbel nach.

»Wirst du wieder ein Arschloch sein, wenn die Sonne aufgegangen ist?« Ich schiele zu ihm hoch und kann die Antwort bereits an seiner versteinerten Miene ablesen.

»Ja.« Mein Herz krampft bei dieser knappen Antwort, auch wenn ich sie mir hätte denken können. »Glaub mir, es gibt im Augenblick keine andere Möglichkeit. Aber ich arbeite daran.« Er haucht mir einen Kuss auf die Stirn, der mich etwas besänftigt, mir die Angst aber nicht nehmen kann.

»Wirst du mir jemals sagen, wieso du das hier tust?«

James fährt sich mit der Hand über das Gesicht und plötzlich überkommt mich ein seltsames Gefühl. Das Gefühl eines Déjà-vus. Als hätte ich dieselbe Verzweiflung schon einmal in seinen Augen gesehen. Als hätte ich ihm schon einmal mein Vertrauen geschenkt, obwohl er der Böse in diesem Spiel ist.

»Ich tue die falschen Dinge aus den richtigen Gründen, mi cielo. Irgendwann wirst du es verstehen.«

Mi cielo.

Mein Himmel.

Ich halte den Atem an und befehle meinem Herzen, auf diesen Kosenamen nicht anzuspringen. Aber ich war schon immer viel schwächer als mein Herz ...

FÜNFZEHN

JAMES

Mich neben Willow zu legen und zu warten, bis sie eingeschlafen ist, war von Anfang an eine beschissene Idee. Das wird mir spätestens dann klar, als ich die Augen öffne und merke, dass es draußen bereits dämmert und Willow nicht mehr neben mir liegt.

Ich bin tatsächlich eingeschlafen wie ein liebeskranker Trottel, der nichts zu verlieren hat. Die Wahrheit ist: Ich habe absolut *alles* zu verlieren, wenn mich jemand hier erwischt. Ich bin ein Hunter – die Frauen sind unsere Beute. Und auch wenn ich dieses System verabscheue, ist es im Augenblick meine einzige Realität.

Vermutlich ist Willow im Badezimmer, also nutze ich den Moment, setze mich an die Bettkante und ziehe mein Handy aus der Hosentasche. Doch noch bevor ich einen genaueren Blick auf meine Nachrichten werfen kann, ertönt ein Klicken hinter mir. Da ich weiß, wie sich das Entsichern einer Waffe anhört, erstarre ich.

»Mach jetzt nichts Unüberlegtes, James.«

Mike.

Knurrend lasse ich mein Handy auf das Bett fallen und stehe langsam auf.

»Was hast du hier zu suchen, Mike?«

»Was ich hier zu suchen habe?«, sagt er und lacht. »Die wichtigere Frage ist doch, was du hier zu suchen hast.« Ich werfe einen prüfenden Blick zu den im Zimmer installierten Kameras. Sie sind nach wie vor aus, was bedeutet, dass mein Ablenkungsmanöver deutlich länger Früchte getragen hat als erwartet. Leider hat es nicht gereicht, um diese kleine Made von uns fernzuhalten. In aller Ruhe drehe ich mich zu ihm um, und als ich den hässlichen beigen Anzug sehe, den er trägt, könnte ich kotzen. Er hat seine blonden Haare schmierig nach hinten gegelt, und auf seiner Visage ruht ein Ausdruck, den ich nicht richtig deuten kann. Fakt ist, dass seine Anwesenheit und die Tatsache, dass er seine Knarre streichelt wie der Pate seine Katze, nichts Gutes bedeuten kann.

»Du warst mir schon immer ein Dorn im Auge, James.« Er spuckt meinen Namen aus, als wäre er schimmeliges Essen. Anschließend läuft er vor mir auf und ab wie ein Tiger im Käfig. Mit dem Unterschied, dass ich vor jedem Köter dieser Welt mehr Respekt hätte als vor ihm. Selbst vor einem Chihuahua.

»Aber unser Boss wollte, dass ich dich in unsere Welt mitnehme. Dass ich dir zeige, wie unerschöpflich der Topf aus Gold ist, der zwischen den Beinen einer Frau auf uns wartet. Aber du?« Er tippt sich mit dem Lauf der Glock gegen die Stirn. »Du hattest von Anfang an zu viel Skrupel und eindeutig zu viel Gewissen.«

»Kannst du zum Punkt kommen, Mike? Ich habe nicht den ganzen Tag Zeit«, unterbreche ich diesen lächerlichen Vortrag. Wenn der Wichser wüsste, aus welcher Familie ich stamme, wüsste er, dass mein Geldhahn auch ohne den Frauenhandel *unerschöpflich* ist. Am liebsten würde ich Willow zurufen, dass sie unter keinen

Umständen das Badezimmer verlassen soll, aber das würde ihr auch nicht helfen.

»Der Punkt ist, dass ich dir vergeben habe, dass du mir die Nummer mit der Rothaarigen streitig gemacht hast. Ich wollte dir ein bisschen Spaß während der Arbeit gönnen, aber irgendwie hat mich dieses Gefühl nicht losgelassen. Das Gefühl, dass du an der Kleinen hängst, als wäre sie nicht nur irgendeine heiße Bitch, die gut darin ist, ihre Beine breit zu machen.«

Ich mahle mit dem Kiefer und überlege, was ich mit ihm anstelle, sollte er seine zugekokste Nase zu tief in Angelegenheiten stecken, in denen sie nichts zu suchen hat.

»Ich weiß, dass du für den Stromausfall verantwortlich bist. Erst dachte ich mir nichts dabei, aber dann habe ich das hier gesehen.« Er tippt auf sein Handy, hält es mir vors Gesicht und wartet meine Reaktion ab. Ich versuche mir nicht anmerken zu lassen, dass er gerade meinen kompletten Plan zerfickt. Auf dem Handy ist eine schwarz-weiße Aufnahme zu sehen. Davon, wie ich Willow vom Balkon fische und durchs Zimmer trage. Mike spult etwas vor, bis zu dem Punkt, an dem Willow auf meinem Schwanz sitzt und ihn genüsslich reitet.

»Ich muss sagen, die Show war schön anzusehen. Aber sie hat auch einige Fragen aufgeworfen.«

»Was sind das für Aufnahmen?«, frage ich ihn so ruhig wie möglich. Er soll nicht merken, dass er gerade gefährlich nah an der Wahrheit kratzt.

»Ich habe Madeleine eine weitere Kamera platzieren lassen.« Er legt den Kopf schief und grinst mich an. »Batteriebetrieben, falls du dich gerade wunderst, wieso sie trotz fehlendem Strom funktioniert hat.«

»Und warum?«

»Ach, nenn es die Intuition eines Jägers. Ich habe es gewittert, James. Ich habe Madeleine in Willows Zimmer geschickt, um ihr etwas zu Essen zu bringen. Uns war beiden klar, dass sie irgendwann das Überraschungsmoment nutzen würde, um einen Fluchtversuch zu wagen. In der Zwischenzeit hat Madeleine die Kamera platziert. Zum Glück hast du unsere Kleine wieder eingefangen, und als du sie auf den Balkon gesperrt hast, war ich tatsächlich stolz auf dich. Aber dann das.« Er sieht abschätzig auf das Handy. »Sag mir, besteht ihre Pussy wirklich aus Gold? Oder wieso riskierst du wegen einer kleinen rothaarigen Fotze, dass ich dich auffliegen lasse?«

Wie viel weiß dieser Pisser wirklich? Und was sagt er nur, um mich aus der Reserve zu locken? Die Antworten auf meine Fragen bleiben mir verwehrt, denn als Willow aus dem Bad tritt, geht alles fucking schnell. Im selben Augenblick, in dem ich meine Glock vom Nachttisch fische, packt Mike Willow am Arm und zerrt ihren nackten Körper gegen seine Brust. Ihr entflieht ein Schrei, der mir in den Ohren wehtut. Und ein Blick, der meine Scheißbrust öffnet und mir das wichtigste Organ herausreißt.

»James«, wispert sie und windet sich, gibt aber jeglichen Widerstand auf, als Mike die Waffe gegen ihre Schläfe drückt. Meine eigene hat seinen hässlichen Schädel anvisiert, aber die Gefahr, er könnte im selben Augenblick abdrücken wie ich, ist zu groß.

»Ich hätte mich von Anfang an selbst um sie kümmern müssen. Silva hat dir klare Anweisungen über deinen Job gegeben, aber anstatt der Fotze die Seele aus dem Leib zu prügeln, kuschelst du mit ihr?« Mike steckt seine Nase in Willows Locken und inhaliert ihren Duft. »Obwohl – sagt man nicht, Rothaarige haben keine Seele?«

»Du widerwärtiges Schwein!«, faucht Willow, aber er reagiert gar nicht auf sie.

»Bist du jetzt fertig mit deiner Show?«, frage ich gelangweilt, obwohl in mir alles in den Kampfmodus schaltet. Ich darf Willow nicht ansehen, denn ich kann mir keine Fahrlässigkeit dieser Art erlauben. Und sie macht mich fahrlässig. Wieder und wieder und wieder.

»Fertig bin ich erst, wenn ich in jeder Öffnung deiner Kleinen war. So oft, bis sie von nichts anderem als von meinem Schwanz träumen wird. Und dann, wenn sie so richtig schön am Boden und wundgevögelt ist, werde ich ihr noch –« Bevor er den Satz beenden kann, hat Willow ihm ihren Ellbogen in die Rippen gedonnert.

»Keine kluge Idee, du Fotze!« Mike verpasst ihr einen Schlag mit der Waffe – direkt gegen die Schläfe. Ihre Lider flattern und ihre Beine geben unter ihr nach, aber in letzter Sekunde schlingt er seinen freien Arm um sie, damit sie nicht fällt. Anschließend wandert er mit dem Lauf der Waffe über ihre nackte Taille, passiert ihr Becken und streichelt mit dem Lauf der Knarre ihren Venushügel.

»Spreiz die Beine für mich«, befiehlt er ihr, aber alles, was sie herausbringt, ist ein Kopfschütteln. »Du hast von Anfang an mir gehört, du Fotze. James hatte nicht das Recht, dazwischenzugehen. Das gehört zu unserem Kodex.« Die Waffe gleitet tiefer, zwingt ihre Beine auseinander und mich dazu, eine Entscheidung zu treffen. Entweder lasse ich zu, dass Willow vor meinen Augen von Mikes Waffe vergewaltigt wird, oder ich riskiere ihr Leben und schalte zeitgleich diesen Wichser aus. Wimmernd öffnet Willow die Augen, und als ich ihr zum ersten Mal richtig ins Gesicht sehe, steht die Antwort fest. Ich werde weder zulassen, dass sie vergewaltigt wird, noch, dass Mike ihr die Lichter auspustet.

Er vergräbt erneut seine Nase in ihrem Haar und ich nutze den unachtsamen Moment, um abzudrücken. Meine Kugel streift seine Schulter, und ich bin froh, dass wir uns alle angewöhnt haben, immer einen Schalldämpfer zu benutzen. Sekunden später drückt auch er ab, trifft jedoch nur den Boden. In der Zwischenzeit habe ich mich auf ihn gestürzt und ihm meine Faust so hart in die Fresse gerammt, dass ein befriedigendes Knacken ertönt. Die Melodie einer Prügelei ist echt unvergleichlich.

Mike taumelt ein paar Schritte zurück, fängt sich aber schnell wieder. Aus seiner Nase fließt Blut, das seine Lippen und Zähne komplett übergießt. Er richtet die Glock auf mich und drückt erneut ab. Dumm für ihn, dass meine Reaktionszeit deutlich über seiner liegt. Der Schuss verliert sich irgendwo in der Wand hinter mir und ich kann nur beten, dass die benachbarten Zimmer leer sind.

»Geh zurück ins Bad, Willow!«

»Aber ... ich ...«, stammelt sie.

»GEH INS BAD!«, herrsche ich sie an und bin froh, dass sie den Ernst der Lage erkennt. Schluchzend rennt sie ins Badezimmer und schlägt die Tür hinter sich zu. Derweil fixiere ich Mike mit einem breiten Grinsen.

»Ach komm schon, guck mich nicht so überrascht an«, spucke ich aus und stürze mich erneut auf ihn. Mike lässt einen weiteren Schuss los, aber auch dieser landet irgendwo, nur nicht in der Nähe meiner Körperteile. Der Penner segelt zu Boden und ich poliere ihm so richtig schön die hässliche Fresse. Blut spritzt aus seiner Nase, verteilt sich über meiner Hand und seinem weißen Rüschenhemd.

»War doch nur eine Frage der Zeit, bis das hier passieren würde«, sage ich grinsend und donnere meine Faust ein weiteres Mal in seine Visage. Ein zweites Knacken ertönt und befriedigt mich zutiefst.

»Du glaubst echt, dass du mich beseitigen kannst?«

Mike ist zwar nicht gerade ein Zahnstocher, aber körperlich ist er mir um einiges unterlegen.

Das kommt davon, wenn man zu viel Zeit damit verbringt, ein frauenvergewaltigender Pisser zu sein. Ich nutze jede freie Minute, um zu trainieren – auch wenn mein Training in den letzten Wochen ziemlich gelitten hat.

»Weißt du, wie lange ich mir das hier schon vorstelle?«, frage ich ihn grinsend. Mike versucht einen Gegenangriff, und dieses Mal schafft er es sogar fast. Aber eben nur fast. Bevor seine Knarre in meinem Gesicht landen kann, weiche ich aus und verpasse ihm einen weiteren Kinnhaken. Seine Fresse schleudert zur Seite, und als ein jämmerliches Röcheln aus seinem Maul dringt, nehme ich ihm die Waffe ab. Wo hat dieser Schlappschwanz eigentlich kämpfen gelernt? Ich schleudere seine Glock außer Reichweite, halte seinen geschwächten Körper mit meinem auf dem Boden und führe den Lauf meiner Waffe an seine blutbenetzten Lippen.

»Und jetzt schön aufmachen, Mikey Boy«, sage ich in singendem Tonfall. Seine Augen sind zu schmalen Schlitzen verengt und seine Nase sieht auch nicht gerade gesund aus. Zum Glück sind dem Teufel Schönheitsideale egal, er wird den Wichser mit offenen Armen empfangen.

»Komm schon, du kleine Fotze. Dann weißt du vielleicht mal, wie sich all die Frauen gefühlt haben, die du in den letzten Jahren gegen ihren Willen gefickt hast.« Sein linkes Auge schwillt langsam zu, das andere hingegen funkelt vor Panik. Zum ersten Mal zollt mir der Penner einen gesunden Respekt. Ich bin vielleicht kein Mafiaboss, der tausend Leichen im Keller hat, aber ich bin der Sohn von fucking Rafael Avalos. Und dass sein Blut durch meine Adern fließt, reicht, um mich zehnmal gefährlicher zu machen als diese mickrige Made.

»Du spielst dich als den Helden dieser kleinen Göre auf?«, spottet er. »Wusstest du, dass Silva sie haben will? Früher als gedacht?«

Eigentlich will ich dem Wichser keine weitere Bühne geben, aber seine Worte zwingen mich dazu. Er scheint sofort zu sehen, was sie mit mir machen.

»Er hat mir gestern gesagt, dass er sie heute in der Stadt treffen will, um zu sehen, wie weit du inzwischen mit deiner Mission gekommen bist. Von mir aus puste mir das Hirn raus, aber gegen Silva wirst du nicht ankommen. Und dann wird deine Bitch doppelt und dreifach leiden.«

Ich dränge seine aufgeplatzten Lippen mit dem Lauf meiner Waffe auseinander, weil ich nichts mehr hören will, und sobald der Spalt groß genug ist, schiebe ich ihn quälend langsam in seinen Mund.

»Na, das müssen wir aber noch üben«, ziehe ich ihn auf und stoppe erst, als der Waffenlauf gegen seinen Rachen stößt. »Ich dachte, du hättest einen besseren Blowjob drauf.«

»James, wovon spricht er?« Willows Stimme lässt mich innehalten, und als ich sehe, dass sie das Bad wieder verlassen hat, würde ich sie am liebsten durchschütteln, bis sie wieder zur Vernunft kommt. Wieso kann sie nicht einmal auf einen Befehl hören?

Mike nutzt meinen Moment der Schwäche aus und schafft es, mir eine der Scherben vom Boden in den Oberarm zu jagen. Anschließend stößt er mich zur Seite und springt auf. Doch meine Schläge haben gesessen und so kann er sich kaum auf den Beinen halten. Bevor er nach seiner Glock greifen kann, komme ich ihm zuvor. Wortlos schnappe ich sie mir, stecke sie in den Bund meiner Hose und visiere weiterhin Mike an, der immer noch durchs Zimmer taumelt.

»Vielleicht solltest du ein bisschen frische Luft schnappen«, sage ich nachdenklich und dränge ihn auf den Balkon, auf dem Willow den gestrigen Tag verbracht hat. Er stolpert über die Schwelle und kann sich in letzter Sekunde am Geländer festhalten.

»Du wirst nicht weit mit deinem Spiel kommen, James!«, sagt er lachend. Ich versuche, die Scherbe in meinem Bizeps zu ignorieren, genau wie das Blut, das über meinen Arm fließt und auf den Boden tropft. Alles, was jetzt zählt, ist die Beseitigung dieses Penners.

»Ach weißt du was, Mike? Ich habe mir deine Scheiße schon viel zu lange angehört.« Und dann drücke ich ein letztes Mal ab. Willow stößt einen Schrei hinter mir aus, während die Kugel in Mikes Schädel eindringt und ihn über das Geländer in die Tiefe befördert. *Ich sagte ja, ich werde dir beim Fallen zusehen.*

Mit achtsamen Schritten betrete ich den Balkon, blicke nach unten und verziehe das Gesicht, als ich Mikes Körper in der Dämmerung im Gebüsch landen sehe. Ich kann nur dafür beten, dass keiner unserer Wächter den Aufprall gehört hat, aber um diese Uhrzeit pennen die meisten Wichser auf ihren Posten.

»O mein Gott!« Willow betritt ebenfalls den Balkon, stellt sich neben mich und starrt nach unten. Sie wird kreidebleich und wendet den Blick wieder ab.

»James, dein Arm!« Sie will mich anfassen, aber ich stampfe zurück ins Zimmer und warte, bis sie ebenfalls wieder drin ist. Dann schließe ich die Tür.

»Wenn ich dir sage, dass du im Bad bleiben sollst, was bedeutet es dann, hm?«, fahre ich sie an und bin außer mir vor Zorn.

»Ich habe gehört, worüber ihr geredet habt. Es ging um mich!«

»Scheiße, Willow, das spielt keine Rolle!« Ich greife nach der Scherbe, ziehe sie mit einem Ruck heraus und wickle mir anschließend mein Hemd um den Oberarm.

Das hier lief alles andere als planmäßig, so viel steht fest. Ich werde mir einen verdammt guten Grund für Mikes permanentes Verschwinden ausdenken müssen.

»Es tut mir leid«, wispert Willow. Sie hat sich inzwischen etwas übergezogen, wofür ich enorm dankbar bin. Ich habe keine Zeit mehr für Ablenkungen jeglicher Art, und ihr nackter Körper ist die Königin unter den Ablenkungen.

Ich schnappe mir mein Handy und schreibe blind eine Nachricht.

Wie lange brauchen wir, um eine Leiche verschwinden zu lassen?

Nachdem ich sie abgesendet habe, greife ich mein Jackett und steuere die Tür an.

»Du lässt mich jetzt nicht einfach hier zurück, James!« Willow packt mich am unversehrten Arm, aber ich stoße sie von mir. Ich habe ihr gerade das Leben gerettet, und sie hat keine Ahnung, in was für Schwierigkeiten wir deswegen stecken!

»Ich muss die Leiche beseitigen.« Ohne ein weiteres Wort, ohne einen Kuss oder ein Lächeln, verschwinde ich und sperre sie wieder in diesem Zimmer ein. Und während ich ein paar Besorgungen später Mikes Körper in eine Plane wickle, kommen mir wieder seine Worte in den Sinn.

Silva will dich, mi cielo.

Und er will dich früher als geplant.

SECHZEHN

WILLOW

Ich weiß nicht, wie lange ich schon unter der Dusche stehe und meinen Tränen freien Lauf lasse, aber Fakt ist, dass sich meine Haut schon in die einer Rosine verwandelt hat. Noch immer höre ich Mikes Worte in Dauerschleife durch meinen Geist jagen, genau wie diesen Namen, den ich noch nie gehört habe.

Silva.

Irgendetwas stimmt nicht, und ich hasse es, im Dunkeln zu tappen. James war angepisst, weil ich das Badezimmer verlassen habe, schon klar. Aber ich habe ein Recht, zu erfahren, was diese Wichser mit mir vorhaben!

Nachdem er gegangen ist, habe ich das Schlafzimmer aufgeräumt, weil ich erstens keine Lust habe, mich erneut an den Scherben zu verletzen, und weil ich zweitens das Blut dieses Widerlings nicht mehr sehen konnte. Außerdem hätten die Nudeln meines gestrigen Essens sicher bald angefangen zu müffeln.

Ich trete aus der ebenerdigen Dusche, schnappe mir ein Handtuch, das ich mir um die nassen Haare wickle, und benutze ein zweites, um mich abzutrocknen. Wie Gott mich schuf, stehe ich vor dem Spiegel, und als ich im Augenwinkel sehe, dass die rote Lampe der Überwachungskamera wieder leuchtet, präsentiere ich ihr meinen Mittelfinger. Dass hinter dieser Kamera irgendein Perverser stecken könnte, der sich in diesem Augenblick an meinen Titten aufgeilt?

S-c-h-e-i-ß-e-g-a-l.

Von mir aus soll sich doch eine ganze Fußballmannschaft an Männern darauf einen runterholen. Das zeugt nicht von meiner Armut, sondern von ihrer.

Ich wische mit dem Handtuch über den beschlagenen Spiegel und betrachte mich. Die Würgemale an meinem Hals haben sich in schwache Verfärbungen verwandelt, die man kaum noch sehen kann. Meine Wangen glühen von der heißen Dusche und meine Lippen sind immer noch runzelig wie ein vertrockneter Apfel.

Ich befeuchte sie mit meiner Zunge, bevor ich die Zahnbürste aus dem Schrank fische, die ich an meinem ersten Tag hier verpackt gefunden habe, und putze mir die Zähne. Ich will nicht nur den Geschmack der Nacht von meiner Zunge bekommen, sondern auch *seinen*. Ich habe den Blowjob viel zu sehr genossen, aber gerade widere ich mich selbst an, weil ich es überhaupt so weit habe kommen lassen. James soll nicht denken, dass ich ein dummes Püppchen bin, das vergisst, wer er ist und was er getan hat.

Seine kryptischen Antworten kann er sich in den sexy Allerwertesten schieben.

Gerade als ich den Zahnpastaschaum ausgespuckt habe, klopft es an der Badezimmertür. Mit dem Handrücken wische ich mir über den Mund, und als ich sehe, dass meine Essenslieferantin im Türrahmen steht, verenge ich die Augen zu Schlitzen. Ich erinnere mich daran, dass James sie Madeleine genannt hat. Und dieser Name passt besser zu ihr, als mir lieb ist. Sie sieht aus wie eine französische Göttin.

Die dunklen Haare fallen ihr in Wellen über den Rücken, ihr zierlicher, sportlicher Körper steckt in einem weinroten Hosenanzug, der an ihr unglaublich feminin aussieht. Unter dem Blazer sieht man ihre gepushten Titten, die beinahe aus dem BH springen. Wäre ich ein Kerl, würde es mir schwerfallen, ihr ins Gesicht zu sehen.

»Du warst schon duschen. Das ist gut, ma chérie«, begrüßt sie mich und betrachtet meinen splitterfasernackten Körper für meinen Geschmack etwas zu interessiert. Ob sie auf Frauen steht? Wenn ja, muss ich sie enttäuschen. So hübsch ich sie auch finde, solange ihr kein Penis wächst, ist sie bei mir an der falschen Adresse. Mein Blick huscht zu ihrem Hals, und als ich sehe, dass sie den Schnitt, den ich ihr verpasst habe, mit einem Tuch versteckt, sehe ich das als Triumph an. Sie wird in den nächsten Tagen immer an mich denken, so wie ich an James denken muss, wenn ich meinen Hals ansehe.

»Willst du dich jetzt an mir rächen?«, frage ich sie und wende mich wieder dem Waschbecken zu. Ich will die Trulla nicht länger als nötig ansehen, aber diese Rechnung habe ich eindeutig ohne sie gemacht. Sie betritt in ihren Mörder-High-Heels das Bad und stellt sich so dicht hinter mich, dass ihr liebliches Parfüm in meine Nase dringt. Durch die Pumps ist sie größer als ich, sodass ich sie im Spiegelbild beobachten kann.

»Ehrlich gesagt mag ich deine Krallen.« Mit ihren langen Fingernägeln fährt sie über meinen entblößten Nacken, und auch wenn mich das hier zu null Prozent anmacht, hüllt sich mein Körper in ein Kleid aus Gänsehaut.

»Es ist fast schon schade, dass du bald keine mehr haben wirst.« Sie legt den Kopf schief und deutet mit einem Nicken Richtung Schlafzimmer. »Geh zum Bett.

Ich habe dir Sachen gebracht, die du zu deinem Ausflug anziehen wirst.«

»Ausflug?« Ich klammere mich am Waschbecken fest. Heißt das, ich werde dieses verdammte Gebäude gleich verlassen? Die Aussicht auf einen erneuten Fluchtversuch beflügelt mich beinahe, auch wenn ich mir sicher bin, dass mir das Ziel nicht gefallen wird.

»Ich habe nicht den ganzen Tag Zeit, ma chérie.« Sekunden später spüre ich den kalten Lauf ihrer Waffe, die ich gestern in meinen eigenen Händen hielt, an meiner Wirbelsäule. Weil ich sicher nicht von dieser Tussi erschossen werden will und sie noch eine Rechnung mit mir offen hat, folge ich ihrem Befehl. Auf dem Bett liegen schwarze Dessous neben einem ebenfalls schwarzen Mantel.

»Das soll ich anziehen?«, spotte ich. »Wohin gehen wir? Auf den Strich?«

»So ähnlich«, erwidert Madeleine lakonisch. »Und jetzt anziehen.« Da sie die Waffe immer noch auf mich gerichtet hält, gehe ich aufs Bett zu und sehe mir die Sachen genauer an. Die Dessous bestehen aus einem BH, der kaum als solcher durchgeht. Er hält die Brüste zwar sicherlich gut in Form, aber die Stellen, an denen er die Brustwarzen verdecken sollte, bestehen aus so dünnem Stoff, dass man dadurch alles sehen kann. Passend dazu gibt es einen ebenfalls fast durchsichtigen Tanga und Strapse.

»Hör mal, Willow.« Durch ihren französischen Akzent klingt mein Name unfassbar melodiös. »Ich könnte dir auch den ganzen Tag auf den nackten Hintern starren, aber dein Käufer wartet auf dich. Und er ist nicht der geduldigste Mann auf unserer Kundenliste.«

»Mein Käufer?« Ohne den Dessous weitere Beachtung zu schenken, wirble ich zu ihr herum und stehe kurz davor, ihr die Fakelashes herauszureißen wie einem Schmetterling seine Flügel.

»Was dachtest du denn? Dass du zum Spaß hier bist?« Sie lacht aus voller Kehle, und als sie die Distanz zu mir überbrückt, kommt sie mir viel zu nah. »Hat James dir etwa das Gefühl gegeben, dass du mehr bist als Ware? Dass du eine realistische Chance hast, hier wieder rauszukommen und in dein altes Leben zurückzukehren? Oh, chérie. Für so naiv hätte ich dich gar nicht gehalten.« Sie platziert den Waffenlauf direkt über meinem Herzen.

James hat mir nicht gesagt, dass es bereits einen Käufer für mich gibt. Er hat mir nicht gesagt, dass mein Schicksal längst entschieden ist. Und trotzdem hat er es sich nicht nehmen lassen, seinen verdammten Schwanz in meinen Mund und anschließend in meine Pussy zu rammen.

Gott, der Selbsthass nimmt ganz neue Dimensionen an.

»Nicht weinen«, haucht Madeleine und macht mich somit erst auf die Tränen aufmerksam, die über meine Wangen rollen. »Du sollst doch schön für deinen neuen Besitzer aussehen und nicht wie eine verquollene Junkienutte.« Sie beugt sich über mich, und als ihre Lippen sanft über meine Ohrmuschel gleiten, versuche ich, ihr die Waffe abzunehmen. Ohne Erfolg. Dieses Mal ist die Bitch besser vorbereitet und verpasst mir eine schallende Ohrfeige.

»Netter Versuch. Und jetzt zieh dir die Sachen an, die ich dir gebracht habe. Außer du willst lieber nackt rausgehen. Mir soll es recht sein.« Mit einem Zwinkern unterstreicht sie ihre Obsession für mich.

»Fick dich«, zische ich sie an.

»Oh, chérie. Das werde ich. Und ich werde dabei nur an dich denken.« Mit einem siegessicheren Lächeln lässt sie von mir ab und stößt mich anschließend Richtung Bett. Und auch wenn ich diesen Fummel unter keinen Umständen anziehen will, bleibt mir nichts anderes übrig. Ich ziehe das Handtuch von meinen mittlerweile leicht getrockneten Haaren und schnappe mir diesen Hauch von Nichts.

Nachdem Madeleine mich gezwungen hat, meine Haare zu föhnen und Make-up aufzulegen, verlassen wir gemeinsam dieses Zimmer. Ich fühle mich wie ein Clown, weil ich es normalerweise dezenter mag, aber mein Outfit ist das komplette Gegenteil von dezenter Eleganz. Ich trage viel zu hohe Schuhe, die mit ihrem dunklen Rotton den einzigen farblichen Akzent darstellen. Die Dessous sitzen wie angegossen, so als hätte man sie extra für mich gemacht. Über ihnen trage ich den schwarzen Lackmantel, der mir bis zu den Knien reicht.

Meine Haare fallen mir in ihren natürlichen Locken über den Rücken und das Make-up auf meinem Gesicht fühlt sich wie eine viel zu dicke Maske an. Madeleine hat mir nicht nur ihre Kosmetikartikel gegeben, sie hat auch entschieden, *wie* ich mich schminke. So ziert nun ein dunkles, sinnliches Rot meine Lippen, und meine Smokey Eyes bringen meine blauen Augen perfekt zur Geltung.

Madeleine hat ihre Waffe in keiner Sekunde losgelassen, sodass ich nichts anderes tun kann, als ihr durch dieses Hotel zu folgen, wenn ich nicht wie ein Schweizer Käse durchsiebt werden will. Außerdem laufen uns mehrere Männer über den Weg, die ebenfalls alle bewaffnet sind, also stehen meine Chancen für eine Flucht nicht sonderlich gut. Noch nicht. Ich bin kein Mensch, der so schnell aufgibt, ich muss nur einen besseren Zeitpunkt abwarten.

Madeleine dirigiert mich zum Fahrstuhl. Demselben, in dem James mich gegen die Wand gedrückt und mir Bilder in den Kopf gesetzt hat, die mich seitdem nicht loslassen. Bilder davon, wie ich mich von ihm hart gegen die Wand ficken lasse, obwohl es fernab jeglicher Vernunft ist. Wir fahren ins Erdgeschoss, und als wir das Foyer durchqueren und kurze Zeit später an die frische Luft treten, kann ich es noch nicht ganz begreifen. Tagelang war ich in diesem Gebäude eingesperrt, und jetzt sind da zum ersten Mal keine Mauern, keine Geländer und keine meterweiten Tiefen um mich herum. Wir steuern einen schwarzen Porsche an, der auf der rechten Seite der palmengesäumten Auffahrt steht. Als sich die Fahrertür öffnet, James wie ein verdammtes Männermodel aussteigt und den Knopf seines Jacketts schließt, muss ich mich zusammenreißen, mir nicht meine Schuhe auszuziehen und ihn mit deren Mörderabsätzen zu erstechen.

»Die Verzögerung tut mir leid.« Madeleine schnurrt regelrecht bei ihren Worten. Die Art und Weise, wie sie James ansieht, zeigt eindeutig, dass sie nicht nur auf Frauen steht. »Aber die Kleine macht es einem echt nicht so leicht.«

»Wem sagst du das«, murmelt James als Antwort und sieht mich nicht einmal an. Es ist, als wäre ich Luft für ihn! *Nachdem er mich letzte Nacht in der Dusche wie einen kostbaren Besitz gehalten hat.* In mir brodelt es schon, und ich kann es kaum erwarten, ihm dieses Feuer mitten ins Gesicht zu spucken.

»Steig in den Wagen, ma chérie. Und wenn ich dir einen Tipp geben darf …«

Darfst du nicht!

»Verärgere deinen Käufer nicht. Sonst landest du viel

schneller im Dreck, als du glaubst.« Sie schubst mich Richtung Wagen und wendet sich James zu, der mich noch immer nicht angesehen hat. Wieso verletzt es mich nur so? Es gab eintausend schlimmere Dinge, die er mir angetan hat.

»Lass sie dir nicht entwischen, James.« Mit diesen Worten macht sie auf den Absätzen ihrer Schuhe kehrt und dackelt mit wiegenden Hüften davon. Ich stehe weiterhin neben der Beifahrertür, starre James über das Dach dieses Wagens hinweg an und überlege, ob ich gleich hier einen Aufstand machen sollte. Letztendlich entscheide ich mich dagegen, weil auf diesem Grundstück viel zu viele bewaffnete Männer herumlungern. Also steige ich in den Wagen, ziehe die Tür lautstark hinter mir zu und verschränke die Arme vor der Brust wie ein bockiges Kind.

James steigt ebenfalls in den Wagen, und sobald er den Motor gestartet hat, verriegelt er von innen die Türen. Denkt er, dass ich während der Fahrt aus dem verdammten Auto springe?

Mir liegen so viele Worte auf der Zunge – und so viele Beleidigungen –, die ich ihm gern um die Ohren hauen würde. Mein Zorn wird mit jeder Minute, in denen dieser Bastard kein Wort von sich gibt, nur befeuert. Wir haben das Gelände inzwischen hinter uns gelassen, und ich muss feststellen, dass wir uns irgendwo am Arsch der Welt befinden. Weit und breit ist hier nur karge, sandige Landschaft zu sehen. Sind wir wirklich so weit von meinem Zuhause entfernt oder kenne ich den Bundesstaat, in dem ich lebe, einfach so wenig?

»Hast du wirklich gar nichts zu sagen?«, zische ich durch meine zusammengepressten Zähne. »Erde an James!« Ich winke wie eine Idiotin, aber er fokussiert sich nach wie vor auf die Straße, als wäre er ein äußerst gewissenhafter Autofahrer. Alles, was er ist, ist ein verdammter Wichser!

»Du solltest dir deine Kräfte aufsparen«, ist alles, was er erwidert, und mir entflieht ein Keuchen, weil er etwas Ähnliches schon einmal zu mir gesagt hat. Ich würde ihn am liebsten mit dem hübschen Kopf ins Klo tauchen, einfach, damit er weiß, wie wütend ich auf ihn bin!

»Ich fasse es nicht! Letzte Nacht warst du so …«

»War ich was?«, bellt er. Er umgreift das Lenkrad mit beiden Händen so fest, dass die Knöchel weiß hervortreten. Seine Wut tropft aus jeder Faser seines Körpers und füllt das Wageninnere. »Du solltest langsam wirklich verstehen, dass die schlimmen Dinge, die ich dir angetan habe, schwerer wiegen als die guten.«

»Glaub mir, ich wünsche mir nichts sehnlicher!«, gebe ich scharf zurück und bemerke wieder Tränen, die in meinen Augenwinkeln kitzeln. Sollte ich bei diesem Make-up zu heulen anfangen, werde ich gleich aussehen wie ein trotteliger Panda. Vielleicht will mich mein Käufer dann gar nicht erst haben. Wäre doch möglich.

»Du hast mir nicht gesagt, dass es bereits einen Käufer für mich gibt. Meinst du nicht, dass das eine Info ist, die ich wissen sollte?«

James stellt das Radio lauter, als wäre er meiner Stimme und meinen Worten überdrüssig. Umgehend stelle ich es wieder leiser, einfach, weil ich nicht klein beigeben will und ich wenigstens etwas Respekt von ihm verlange.

»Gott, Willow!«, knurrt er und reißt den Regler wieder auf. Irgendeine Dark-Elektro-Scheiße dröhnt aus den Boxen, bei der ich mir gern die Ohren zuhalten würde. James brettert so heftig über den Highway, dass ich mir sicher bin, noch nie in so einem schnellen Wagen gesessen zu haben.

Als ich das Radio gänzlich abstellen will, kommt James mir zuvor. Seine Hand packt meine so fest, dass meine Knochen beinahe brechen, und auf einmal drückt er so heftig auf die Bremse, dass ich nach vorn in den Sicherheitsgurt geschleudert werde. Ein stechender Schmerz fährt durch meinen Rücken und meine Brust.

»Spinnst du jetzt völlig?« Er hat mitten auf der Straße angehalten. »Wäre ein Wagen hinter uns gewesen, hätte er uns jetzt volle Kanne erwischt!«

»Wenn du glaubst, dass ein Tod in diesem Wagen das schlimmste Übel für dich wäre, hast du wirklich keine Ahnung, wohin ich dich gleich bringe«, grollt er und donnert seine freie Faust aufs Lenkrad.

»Habe ich ja auch nicht!«, brülle ich. »Weil du mich lieber fickst, anstatt mir zu sagen, was das alles soll. Wieso du in einer Sekunde dieses Riesenarschloch bist, um mir in der nächsten Honig ums Maul zu schmieren. *Ich tue das alles aus den richtigen Gründen, Willow. Ich will dir eigentlich nicht wehtun, Willow. Ich bin ein verdammter Scheißkerl, Willow!*« Ich äffe ihn nach und bereue es umgehend, als James aus dem Auto springt, um die Motorhaube herumkommt und meine Tür aufreißt. Innerhalb von Sekunden hat er mich abgeschnallt, aus dem Wagen gezerrt und gegen die heiße Karosserie gedrückt.

»Du hast keine Ahnung, was ich schon alles riskiert habe, damit du nicht dasselbe Schicksal erleidest wie all die Frauen vor dir«, schreit er mich an. Ich habe ihn bis jetzt noch nie so aus der Haut fahren sehen. Bis jetzt war er immer der kontrollierte Typ Mann, aber gerade scheint seine Kontrolle irgendwo Urlaub zu machen, genau wie mein Überlebensinstinkt. Vermutlich sitzt er mit einem Cocktail in der Hand an einem Strand auf Maui oder so. Seine Hand ruht auf meinem Hals, an derselben Stelle, die er bereits gepackt hat, als er mich im *Dark Diamond* gefickt hat.

»Du hast keine Ahnung, wie beschissen die letzten Monate waren. Also verschone mich mit deinem Drama!«

»Ich soll dich mit *meinem Drama* verschonen?«, krächze ich. »Du willst mich verkaufen, ist es nicht so? Bringst du mich nicht gerade zu dem Mann, der mich als Nächstes besitzen will, als wäre ich nur eine dumme Gummipuppe?«

»Ich bringe dich zu deinem Käufer, weil ich keine andere Wahl habe!« Sein Griff an meinem Hals ist nicht fest, aber er reicht, dass ich mich nicht rühren kann, auch wenn es inzwischen wirklich schmerzt, wie heiß der Wagen ist. Es ist dem Stand der Sonne nach irgendwann am Nachmittag und die Temperaturen klettern schon wieder in gefährliche Höhen.

»Und wieso hast du keine Wahl? Wieso lässt du mich nicht einfach hier und jetzt gehen? Wieso setzt du mich nicht einfach hier aus und überlässt mich meinem Schicksal, wenn du angeblich kein frauenverachtender Scheißkerl bist?«

»Weil ich deinetwegen ohnehin schon knietief in der Scheiße stecke! Weil ich heute Morgen der rechten Hand des Bosses den Scheißschädel weggeblasen habe, damit er nicht auf die dumme Idee kommt, dich noch einmal anzufassen. Weil ich anscheinend meinen Verstand irgendwo zwischen deinen verfickten Schenkeln verloren habe! Und weil ich meine Schwester niemals zurückbekomme, wenn meine Tarnung auffliegt! Deshalb!«

»Deine Schwester?«, filtere ich seine Worte. Wovon zum Teufel spricht er? James' Nasenlöcher beben vor Wut, und ich weiß nicht, ob sie mir oder sich selbst gilt, weil er mir zu viel verraten hat.

Sein Körper kesselt mich ein, und als das laute Hupen eines Wagens ertönt, dessen Fahrer uns beim Vorbeifahren einen Vogel zeigt, weil wir mitten auf dem Highway stehen und streiten wie ein altes Ehepaar, ebbt meine Wut langsam ab.

»Yuliana«, sagt James leise. »Ihr Name ist Yuliana und sie ist letztes Jahr im *Dark Diamond* verschwunden.«

Mein Herz schlägt augenblicklich schneller und mein Atem stockt. Zum ersten Mal, seit ich in dieser Scheiße gefangen bin, habe ich das Gefühl, dem echten James gegenüberzustehen. Zum ersten Mal erhalte ich keine kryptischen Antworten, mit denen ich nichts anfangen kann.

»Sie wurde auch entführt?«, wispere ich und versuche, die neue Information einzuordnen. Im Grunde sollte mir egal sein, aus welchem Grund James all die schlimmen Dinge tut, weil es sie nicht automatisch richtig macht. Aber es ist mir nicht egal und ich kann auch nicht so tun, als wäre es so.

»Vor vierzehn Monaten«, bejaht er meine Frage und schließt die Augen. Reine Qual zeichnet sich auf seinem schönen Gesicht ab.

»Und du arbeitest nur für diese Monster, um sie zu finden?«, schlussfolgere ich leise.

Er nickt stoisch. »Wenn ich dich jetzt nicht zu deinem Käufer bringe, war der ganze Scheiß umsonst.« Auch James' Körper scheint die Wut langsam zu verlassen, stattdessen bevölkert Sorge seinen Blick.

»Was wird er mit mir tun?«, frage ich heiser.

»Er will sehen, ob du schon bereit für die Übergabe bist.« Die Übergabe, wie das schon klingt! Als wäre ich ein Päckchen Koks!

»Das soll es also sein, ja? Du bringst mich zu ihm, präsentierst mich irgendeinem wildfremden Kerl wie eine ach-so-coole-Tupperdose, die er bald vollwichsen kann, und dann nimmst du mich einfach wieder mit?«

James nickt. »Vorausgesetzt, du hältst dich an meine Regel.«

»Und die wäre?«, frage ich und schürze meine Lippen.

»Du wirst nicht tun, was er von dir verlangt.«

»Hä?« Ich runzle die Stirn. »Ich soll *nicht* tun, was er von mir verlangt? Warum? Damit er mir gleich gegen meinen Willen seinen Schwanz in den Rachen schiebt?«

»Silva will keine starken Frauen, Willow«, erwidert er in ruhigem Ton. »Er will Frauen, die gehorchen. Er will Frauen, die schon auf die Knie gehen, wenn er nur den Raum betritt. Wenn du dich in seiner Gegenwart wie ein devotes Püppchen verhältst, gibst du ihm genau das, was er will. Dann wird er dich vermutlich direkt mit zu sich nehmen und dir den letzten Rest Seele aus dem Leib vögeln.«

Verdammt, seine Worte sind so abstrus, dass sie einfach keinen Sinn ergeben!

»Also soll ich lieber mein Leben riskieren und mich ihm widersetzen?«

»Nur ein wenig. Er muss mir noch mehr Zeit geben.«

»Könntest du aufhören, in Rätseln zu sprechen?« Ich raufe mir die Haare und merke erst jetzt, dass James meine Kehle inzwischen losgelassen hat. Und dass sich mein Körper schon jetzt nach dieser Berührung sehnt.

»Ich weiß, dass du keinen Grund hast, mir zu vertrauen, aber mehr kann ich dir nicht sagen. Dass ich dir von meiner Schwester erzählt habe, war fahrlässig genug. Ich kann es nicht riskieren, aufzufliegen, weil es bedeutet, dass ich sie nie wiedersehen werde.« Erneut rauscht ein Auto an uns vorbei und bedenkt uns mit einem Hupkonzert. Wieso nur glaube ich ihm jedes Wort, das er sagt? Er könnte mich auch genauso gut anlügen, damit ich endlich Ruhe gebe. Aber die tiefe Traurigkeit in seinem Blick ist nicht gespielt, sie ist echt. Und es gibt einen dämlichen Teil in mir, der ihm helfen will. Der ihm helfen will, seine Tarnung zu wahren und seine Schwester zu finden. Also schlucke ich jeden weiteren Protest herunter. Vorerst.

James schiebt den Ärmel seines schwarzen Jacketts hoch und wirft einen Blick auf die Uhr. »Wir müssen weiter.« Er greift neben mir nach der Tür, reißt sie auf und schiebt mich zurück auf den Sitz.

Dann beugt er sich ins Innere des Wagens und schnallt mich an. Dabei ist meine Nase viel zu nah an seinem Hals. An seinem Haar. An seinem unverwechselbaren Duft, der mich schon so oft in die Knie gezwungen hat. James lässt den Gurt einrasten, und als sein Gesicht dicht vor meinem schwebt, widerstehe ich nur schwer dem Drang, meine Lippen auf seine zu pressen.

»Eine Sache noch«, murmelt er und sein Minzatem benebelt mich.

»Hm?«

»Nicht ich habe dich letzte Nacht gefickt, Willow. *Du* hast *mich* gefickt. Und meinen Kopf fickst du schon viel länger, als du ahnst.« Nach diesem absurden Statement knallt er die Tür zu.

Anschließend steigt er auf der Fahrerseite ein, startet den Motor und bringt mich geradewegs in die Arme eines Mannes, der mich gebrochen sehen will ...

SIEBZEHN

WILLOW

Während der restlichen Fahrt schweigen wir. Statt mich zu beruhigen, hat James diese schrecklich intensive Musik wieder voll aufgedreht, und so fahren wir durch die Einöde, bis wir uns der Stadt nähern, in der ich mein gesamtes, verkorkstes Leben verbracht habe. San Diego empfängt uns mit perfektem Wetter und einem frischen Wind, der durch die geöffneten Fenster in den Porsche dringt und meine Nase streichelt. Die *Finest City of America* präsentiert sich von der schönsten Seite, als wir durch die palmengesäumten Straßen fahren und all die Hipster sehen, die auf ihren Fahrrädern zum Strand unterwegs sind.

Ich halte an jeder Ecke nach Zoey Ausschau – oder nach irgendeinem anderen Menschen, den ich kenne – aber die Wahrscheinlichkeit geht gegen null, immerhin ist San Diego keine überschaubare Kleinstadt.

»Wo treffen wir diesen Käufer?«, frage ich James widerwillig. Eigentlich will ich nicht mehr als nötig mit ihm reden, aber ich muss wissen, was mich gleich erwartet. Er setzt den Blinker nach rechts und biegt ab. Inzwischen trägt er eine Pilotensonnenbrille, die ihm hervorragend steht und in der sich die Straße blau spiegelt.

»In einem Schuppen namens *Delicate.*«

»Klingt nach einem mittelklassigen Restaurant oder einem billigen Puff«, kommentiere ich diesen einfallslosen Namen.

»Es ist Letzteres.«

Ich jage meine Nägel in den Ledersitz des Porsches und merke, wie ich zu schwitzen beginne. Ich will weder meine Füße in einen Puff setzen noch will ich meinem Käufer gegenübertreten, aber was bleibt mir jetzt noch für eine Wahl?

»Wir sind da.« James parkt am Straßenrand, setzt seine Sonnenbrille ab und deutet mit ihr zu dem heruntergewirtschafteten Laden rechts von uns. Dass wir uns nicht mehr im Sonnenviertel San Diegos befinden, sieht man hier an jeder Stelle. Der Bürgersteig ist zugemüllt, die Gebäude mit Graffitis übersät und keine Menschenseele treibt sich hier herum. Das Gebäude, in dem sich dieser Puff befindet, jagt mir schon äußerlich einen Schauder über den Nacken. In diesem Augenblick bin ich unfassbar dankbar für den Mantel, auch wenn ich darunter quasi nackt bin.

»Bringen wir es hinter uns.« James schaltet den Motor ab und steigt aus.

»Wir«, spotte ich, wohl wissend, dass er mich nicht mehr hören kann. »Ich bin hier das Opfer.« Murrend steige ich aus dem Porsche, ziehe den Gürtel des Lackmantels fester um meine Taille und folge James widerwillig zu der braunen Tür.

Sobald wir im Inneren dieses Schuppens stehen, schlägt mir bereits der Geruch nach ungewaschenen Pimmeln, Latex und Moschus entgegen. Instinktiv will ich mir die Nase zuhalten. Als James mich am Unterarm packt und durch den rot beleuchteten Flur zieht, versuche ich, möglichst wenig auf die eindeutigen Geräusche zu achten, die hier aus jeder Gebäudeecke zu uns dringen.

Wir gehen an mehreren Zimmern vorbei, von denen eine aufschwingt und eine halb nackte Frau mittleren Alters zu Tage befördert. Ihr Blick wandert sofort hungrig über James. Verübeln kann ich es ihr sicher nicht, er sieht genauso umwerfend aus wie an dem Abend, an dem er mich in seine Falle gelockt hat. Die schwarzen Haare trägt er leicht zur Seite gegelt, sein Bart ist frisch getrimmt und dieser Anzug sitzt wie eine zweite Haut an seinen Muskeln.

»Na, mein Süßer. Wohin verschlägt es euch?« Die Frau mit den toupierten, blond gefärbten Haaren tritt auf James zu und wickelt ihm ihre rote Federboa um den Hals. Er beugt sich leicht zu ihr hinunter, und allein diese Annäherung macht mich innerlich fuchsteufelswild.

»Wir wollen zu Silva«, erwidert er anzüglich. Die alte Schabracke nickt wissend, während ich den Namen meines Käufers wie ein schweres Gewicht auf meiner Zunge spüre.

»Dann kommt mal mit.« Sie nimmt die Federboa wieder an sich, wickelt sie um ihren dürren Hals und stolziert in ihrem Nachthemd vor uns her. James wirft mir einen eindringlichen Blick zu.

»Denk an die Regel«, erinnert er mich wortlos.

Ich recke mein Kinn leicht in die Höhe und stolziere an seiner Seite hinter der Penisschluckerin auf zwei Beinen hinterher. Wir erreichen einen schwarzen Vorhang am Ende des Ganges, und als die Frau ihn aufzieht und uns durchlässt, taxiert sie James dabei lüstern.

»Wenn ihr etwas braucht, fragt einfach nach Electra.« Am liebsten würde ich der Hure vor Eifersucht die Augen auskratzen, dabei kann sie sicherlich nichts für ihre beschissene Lage. Die wenigsten Frauen schaffen an, weil es ihr Traumjob ist, den ganzen Tag ungewaschene Schwänze zu lutschen.

»Na, sieh mal einer an.« Eine dunkle, stark akzentreiche Stimme lässt mich erschaudern und stößt mich augenblicklich in ein hässliches Déjà-vu, weil ich sie schon einmal gehört habe. Während ich mich in dem Raum umsehe, der sich hinter dem Samtvorhang aufgetan hat wie der Höllenschlund persönlich, zittern meine Knie.

In diesem separaten Bereich stehen drei voll besetzte Sofas, in deren Mitte sich ein rundes, beleuchtetes Podest befindet, auf dem sich zwei Frauen ihre Zungen in die Münder schieben. Sie sind bis auf die High Heels komplett nackt.

»Das nenne ich Pünktlichkeit.« Wieder diese Stimme, die mir zum zweiten Mal in kurzer Zeit ein mehr als ungutes Gefühl beschert. Sekunden später erhebt sich ein dunkler Schatten vom Sofa, und als ich dem Mann entgegenblicke, dem die Stimme gehört, weiß ich sofort wieder, wer der Kerl ist. Vor wenigen Tagen wurde ich aus meinem Zimmer geholt und zu ihm gebracht. Noch immer spüre ich seine ekelhaften Pranken auf meinem Körper und seine breiten Lippen auf meiner Wange. Dieser Fremde hat mich geschlagen und wollte, dass ich mich vor ihm ausziehe.

Er trägt ein weißes flatterndes Hemd, das er vollständig aufgeknöpft hat. Darunter kommen seine breiten Muskeln zum Vorschein, die sich stark von seinem Outfit abzeichnen. Er hat eine Glatze, und Augen, die ihm beinahe aus dem Schädel ploppen, weil sie so groß sind. Um seinen Hals baumelt eine Kette mit einem Anhänger, der aussieht, als wäre es der Zahn eines wilden Tieres. Dieser Typ macht dem Aussehen eines kolumbianischen Koksbarons alle Ehre.

Ich balle meine Hände zu Fäusten und schlucke schwer. Dieser Kerl ist gigantisch. Gefährlich. Skrupellos. Das alles sehe ich, ohne dass ich ihn dafür richtig kennen muss.

»Ich habe dich schon vermisst, Liebste.« Er tritt auf James und mich zu. Sobald er sich vor mir aufgebaut hat, würde ich mich gern in Luft auflösen oder zu einer Kugel zusammenrollen. So, wie Igel es tun, um sich vor Gefahren da draußen zu schützen. Aber dann denke ich wieder an James' Worte und daran, dass dieser Mistkerl genau das will. Dass eine Frau Angst vor ihm hat. Also bleibe ich erhobenen Hauptes vor ihm stehen und blende alles andere in diesem Raum aus. Die Schmatzgeräusche dieser kleinen Lesbenshow auf dem Podest, die raunenden Kommentare der anderen Männer im Raum.

Neben diesem Silva befinden sich locker zehn weitere Kerle hier drin. Ob sie alle zu ihm gehören? Rechts und links neben den Sofas stehen zwei menschliche Schränke, die mit ihren Maschinenpistolen den Ernst der Lage verdeutlichen. Hier drin habe ich keine Chance auf eine Flucht, und doch kann ich nicht einfach tatenlos hier stehen bleiben und auf ein Wunder hoffen. Also reiße ich mich von James los und stürme zu dem Vorhang, durch den wir eben gekommen sind. In letzter Sekunde packt mich jemand von hinten und reißt mich so hart zurück, dass mir ein Wimmern entflieht. Ich stolpere in Silvas Arme und schlage um mich, aber meine Schläge prallen einfach an ihm ab, als bestünde sein Körper aus Gummi.

»Süße, kleine Willow«, singt der Kerl und umfasst mein Kinn fest. Seine Finger fühlen sich wie Schlangen an, die mich erwürgen. »Dachtest du echt, dass ich dich so leicht entkommen lasse? Hast du eine Ahnung, wie viel Geld ich für dich und deine porzellanweiße Haut zahle?« Gaffend wandert sein Blick über meinen Körper.

»Du bist heute hier, damit ich dich meinen Leuten präsentieren kann. Also solltest du dich nicht unter einem Mantel verstecken.« Ich reagiere nicht, starre ihm nur trotzig entgegen. Als er einen Pfiff ausstößt, taumeln die beiden Frauen augenblicklich vom Podest. Anscheinend hat er die Damen wie Hunde dressiert. Er macht eine einladende Handbewegung Richtung Erhöhung.

»Zeig mir und meinen Freunden deinen schönen Körper – und dieses Mal will ich *alles* von dir sehen.«

Ich werfe James einen Blick zu, den er nicht erwidert. Er steht nur wie eine Statue neben uns und beachtet mich gar nicht. Soll ich mich diesem Mann vor mir wirklich widersetzen? *Ja, verdammt!* Ich rühre mich nicht vom Fleck und wachse am Boden fest, um ihm zu zeigen, dass ich anders bin als diese Frauen, die er so im Griff hat.

»Ich dachte, sie wäre schon weiter, James«, sagt er und lacht. »Aber das kriegen wir schon hin.« Silva packt mich an den Oberarmen und schubst mich auf das Podest. Dabei knicke ich mit dem Knöchel so schmerzhaft um, dass mir ein Schrei entfährt. Wie ein Häufchen Elend klebe ich am Boden, versuche aber, meine Würde zu wahren. Ich stemme mich hoch, bis ich in der Mitte des Podests stehe und unzählige gierige Augenpaare auf mir spüre.

Alle Männer haben ihre Handlungen eingestellt und warten darauf, dass ich mich entblöße. Silva packt von hinten grob in mein Haar und zieht meinen Kopf gegen seine vom Schweiß feuchte Brust. Er riecht nach Qualm, Alkohol und Widerwärtigkeit.

Ich schlucke schwer, als er eine sichelartige Klinge zückt und sie gegen meinen Hals drückt. Er müsste nur den Druck erhöhen und schon wäre all der Horror vorbei. Fast spendet mir der Gedanke Trost.

»Zieh deinen verdammten Mantel aus oder ich überlasse den Job meinen Leuten. Aber dann schneiden sie ihn dir vom Körper. Und das wäre zu schade, will ich doch der Einzige sein, der ihn zeichnet.« Abrupt gibt er mich frei, verlässt das Podest und setzt sich wieder auf seinen Platz in der Mitte des Sofas. Die Arme breitet er über der Lehne aus, während ich überlege, *wie* widerspenstig ich sein soll. Am liebsten würde ich James um Rat bitten, aber dann verlassen wir dieses Zimmer vermutlich beide im Leichensack. Also greife ich nach dem Gürtel des Mantels und öffne ihn. Das Kleidungsstück, das mir bis eben noch Schutz geboten hat, segelt zu Boden.

Ein paar Kerle pfeifen, als sie mich in diesem Outfit sehen, und als ich bemerke, dass einer von ihnen bereits seinen mickrigen Schwanz herausgeholt hat und sich auf meinen Anblick selbst befriedigt, würde ich ihm gern auf den Schritt kotzen. Oder Silva die Sichel abnehmen und ihm den Pimmel abschneiden.

»Dreh dich, Ginger«, befiehlt Silva mit scharfem Unterton. Allein dieser dämliche Spitzname aufgrund meiner Haarfarbe macht mich rasend. Dennoch gehorche ich. Sobald ich den Wichsern meine Hinteransicht präsentiere, wird das Gemurmel nur noch penetranter.

»Seht ihr diese makellose weiße Haut?« Silvas Stimme trieft nahezu vor Stolz. Und während sie mich begaffen, hefte ich meinen Blick auf James, der nach wie vor beim Vorhang steht und mich zum ersten Mal, seit wir hier drin sind, ebenfalls ansieht.

Seine Miene ist undurchdringlich, aber ich könnte schwören, dass ich seinen Kiefer zucken sehe. Ihm missfällt das hier mehr, als er zugeben will. Und doch ist er derjenige, der mich überhaupt erst in diese Lage gebracht hat. *Um seine Schwester zu retten.* Mir geht die Traurigkeit in seinem Blick nicht mehr aus dem Kopf, und tausend Fragen fluten meinen Geist, die ich ihm noch nicht stellen konnte.

»Wir wollen mehr von ihr sehen, oder, Männer?«, unterbricht Silva meine Gedanken. Umgehend jubeln diese Wichser, als wären sie gerade erst in die Pubertät gekommen und stünden vor der ersten halb nackten Frau ihres erbärmlichen Lebens.

»Dreh dich um und zeig uns deine Pussy, kleine Willow.«

Ich schließe für einen Moment die Augen, bevor ich mich umdrehe und Silva anfunkle. Seine Glubschaugen erwidern dieses Funkeln belustigt.

»Deine Pussy«, wiederholt er, als wäre ich schwer von Begriff. »Zieh diesen billigen Tanga aus und spreiz deine Beine für mich und meine Jungs.« Doch anstatt auch nur in Erwägung zu ziehen, seinem Befehl Folge zu leisten, stolziere ich mit geballten Fäusten vom Podest hinunter, trete vor ihn und tue etwas, das James sicher nicht meinte, als er sagte, dass ich mich an seine Regel halten soll.

Ich sammle den Speichel in meinem Mund, beuge mich über Silva und spucke ihm mitten ins Gesicht.

ACHTZEHN

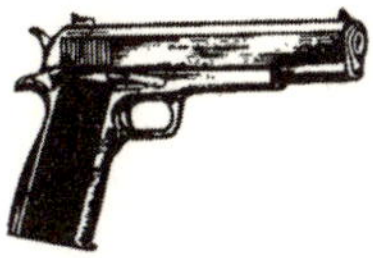

JAMES

Mierda, das hat sie nicht wirklich gemacht, oder? Innerhalb von Sekunden stehe ich neben Willow und überlege, was ich tun soll, damit ich sie vor dem, was jetzt kommt, beschützen kann – und im gleichen Zug nicht mein eigener Kopf auf das Podest hinter uns rollt. Über Silvas Wange läuft ihr Speichel, und bevor er auf seine nackte Brust tropfen kann, wischt er sich mit dem Daumen über die nasse Spur und schiebt ihn sich anschließend in den Mund. *Der Mistkerl ist noch viel gestörter, als ich dachte.*

Silva leckt sich Willows Speichel vom Finger, als wäre es Erdnussbutter. Im nächsten Moment verziehen sich seine breiten Lippen zu einem fetten Grinsen, sodass sich seine Mundwinkel fast an seinem Hinterkopf treffen.

»Wenn dein Speichel schon so gut schmeckt, will ich gar nicht wissen, wie köstlich erst der Rest von dir ist.« Er lässt seine Augen über ihren entblößten Körper wandern, und instinktiv will ich sie hinter mich schieben, damit sie seinen gaffenden Blicken entkommt, aber dann könnte ich mich auch gleich als menschliche Schießtafel anbieten.

Die beiden Typen im Hintergrund haben ihre Maschinengewehre bereits erhoben, und wenn ich mich falsch verhalte, könnte das hier schnell zu einer Katastrophe heranwachsen. Eine Katastrophe, an der ich selbst schuld bin, immerhin habe ich ihr gesagt, dass sie nicht gehorchen soll.

»Ich werde weder meine Beine für dich spreizen noch werde ich jemals dir gehören!«, schreit Willow ihm mitten ins Gesicht und setzt dem Ganzen damit die Krone auf. Ich packe sie fester am Oberarm, drehe sie in meine Richtung und verpasse ihr eine Ohrfeige. Ihr Kopf fliegt zur Seite, und auch wenn ich nicht viel Kraft in den Schlag gelegt habe, weiß ich, dass sie mich dafür noch mehr hassen wird als ohnehin schon. Die Alternative wäre gewesen, dass Silva den Job selbst übernimmt, und dann würde sie diesen Drecksschuppen mit weitaus schlimmeren Erinnerungen und Verletzungen verlassen. Sollten wir hier überhaupt atmend rauskommen.

Willows Augen sind von einem feuchten Tränenfilm überzogen, als sie zu mir aufsieht. In den blauen Kristallen liegt so viel Enttäuschung, dass ich mir gern selbst die Fresse polieren würde. Stattdessen bleibe ich in meiner Rolle und verstärke den Druck auf ihrem Handgelenk, als ich sehe, dass sie mit einer Ohrfeige kontern will.

»Denk nicht mal dran«, warne ich sie und höre das dreckige Lachen von Silva und seinen Leuten im Hintergrund. Das Blut rauscht in meinen Ohren und mein Magen dreht sich einmal um die eigene Achse.

»Anscheinend warst du in den letzten Tagen noch zu nachlässig mit ihr, James.« Silva erhebt sich von seinem Platz. Den Speichel hat er inzwischen gänzlich von seinem Gesicht gewischt. Er stellt sich so dicht vor Willow, dass ihre Nase beinahe seine Brust berührt. »Ich habe dir doch eine klare Anweisung gegeben, nicht wahr?« Er wirft mir einen tadelnden Seitenblick zu. »Brich die kleine Schlampe für mich. Ich habe keine Zeit für solche Spielchen, so sehr sie mir auch gefallen.«

»Ich dachte, wir wären schon weiter«, erwidere ich genervt. »Dass die Bitch solche Todessehnsucht hat, war mir nicht klar.« Alles in mir sträubt sich dagegen, so abwertend über Willow zu sprechen.

Aber ich muss in meiner Rolle bleiben.

Im Grunde genommen bin ich stolz darauf, dass sie sich ihm widersetzt und ihr Schicksal nicht einfach hinnimmt, wie es viele andere Frauen vor ihr getan haben. Doch das muss ich mir für später aufheben, sollte es ein »Später« für uns beide geben. Die Chancen, dass wir hier drin noch draufgehen, sind gerade enorm gestiegen.

»Du solltest ihr die Todessehnsucht vielleicht öfter aus dem Leib prügeln. Sie sieht dich an, als hättest du gerade ihr süßes Herz gebrochen«, spottet Silva und scheint sich an der Situation wahnsinnig aufzugeilen. Ein Blick auf seinen Schritt zeigt mir, dass ihn das hier auch körperlich anmacht.

»Ihr das Herz zu brechen, ist mein Job, schon vergessen?« Ich habe Willow in keiner Sekunde losgelassen. Zum einen, weil ich hoffe, sie so schneller aus der Schusslinie ziehen zu können, sollte das hier eskalieren, zum anderen, weil ich sie nicht loslassen kann. Ich verabscheue es, sie geschlagen zu haben. Und doch weiß ich, dass ich es wieder tun werde.

»Ich stehe genau neben euch!«, faucht Willow und will sich aus meinem Griff befreien, aber meine Hand ist wie eine Schelle aus Stahl, die nicht nachgibt.

»Oh, das sehe ich, Ginger.« Silva packt ihren Hals und hebt sie aus der Kraft seines Armes ein paar Zentimeter hoch, sodass ihre Füße in der Luft baumeln. In diesem Augenblick lasse ich ihre Hand los.

Willow krächzt, und es dauert nicht lange, bis ihr Kopf rot anläuft, weil er ihr die Luft abdrückt. *Fuck, denk nach, James!* Aber es gibt kein mögliches Szenario, das uns unbeschadet hier rausbringt, außerdem weiß ich, dass er sie nicht töten will. Immerhin stehen ihm ganz andere Dinge im Sinn. Dinge, die vermutlich viel schlimmer als der Tod sind. Gedanklich stelle ich mir vor, wie ich ihm die Fresse aufschlitze und ihn kopfüber ausbluten lasse, in Wahrheit verhalte ich mich wie Luft. Ich bin da. Ich bin überall. Aber ich tue nichts.

Willow zappelt in der Hoffnung, dass Silva sie wieder am Boden absetzt, aber er denkt nicht daran, ihren Hals loszulassen.

»Wenn du mir noch einmal ins Gesicht spuckst, werde ich dir deine Zunge herausschneiden und sie an meine Alligatoren verfüttern. Und da du deine Zunge noch brauchen wirst, um die Schwänze meiner Männer reihenweise zu lutschen, wäre das kontraproduktiv, meinst du nicht?« Ihre Schläge werden immer schwächer, weil ihr der Sauerstoff fehlt, und eine Ader pocht auf ihrer Stirn, als bettle sie um Erlösung.

Silva hebt Willow auf das Podest hinauf, stößt sie gegen die Poledance-Stange und weist wortlos zwei seiner menschlichen Köter an, sie zu fesseln. Die Kerle packen Willows Arme, wickeln sie um die Stange und binden sie daran fest, sodass sie in der Falle sitzt. Ihr Blick rauscht immer wieder zu mir, und die Tränen, die über ihre Wangen laufen, killen mich auf so vielen Ebenen. Sie wird mir das, was heute passiert, niemals verzeihen. Und das, was noch kommt, erst recht nicht.

»Ich will, dass du sie für mich bestrafst, wenn ihr im *Oasis* seid, mein Freund. Und zwar *richtig*. Hör auf, sie mit Samthandschuhen anzufassen, und zeig der Schlampe endlich, wo ihr Platz in der Rangordnung ist.« Silva setzt sich wieder auf seinen Platz und legt den Knöchel auf seinem Knie ab. »Wenn du es nicht zu meiner Zufriedenheit schaffst, dann werde ich jemand anderes finden, der deinen Job übernimmt. Ich bin nicht der geduldigste Mann, aber ich bin einer eurer besten Käufer. Vergiss das nicht!«

»Ich werde mich darum kümmern«, sage ich schnell, um Schadensbegrenzung zu betreiben. Wenn Silva Willow jemand anderem anvertraut, wird sie elendig zugrunde gehen, und das werde ich nicht zulassen. Lieber werde ich von ihr gehasst, als die Chance auf ihre Freiheit zu verspielen.

»Das will ich hoffen.« Silva grinst, holt ein Etui heraus und öffnet es. Darin befinden sich mehrere Zigarren, von denen er sich eine zwischen die Lippen schiebt und mit einem Zippo anzündet. Dichter, stinkender Rauch dringt in die Luft. »Die Kleine sieht dich nämlich an, als wäre sie Hals über Kopf in dich verschossen, mein Freund. Und das kannst du optimal für dich nutzen.«

»Ich hasse euch!« Willow rüttelt an ihren Fesseln, aber sie sind so stramm gezogen, dass sie sich niemals befreien kann. Alles in mir schreit danach, sie anzusehen, aber dann würde ich mich verraten. Keine Ahnung, ob ich sie so ansehen kann, wie ich sie ansehen sollte. Wie irgendeine Bitch, die mir egal ist. Denn das ist sie nicht. War sie nie, auch wenn ich mich dagegen wehren wollte.

»Ich bin dir noch ein Geschenk schuldig, James.« Silva winkt jemanden zu sich heran. Als ich die Frau erkenne, die er letztens als Accessoire an seiner Seite hatte, mahle ich mit dem Kiefer. Ist das sein fucking Ernst? Nadia hat den Blick wie beim letzten Mal auf den Boden geheftet, während sie an ihren Besitzer herantritt.

»Mach da weiter, wo du letztes Mal unterbrochen wurdest, meine Liebe. James sieht so verspannt aus, ich denke, er könnte einen Blowjob vertragen.« Mierda, nein! Weder will ich, dass die Frau meinem Schwanz zu nahe kommt, noch will ich, dass Willow dabei zusehen muss. Aber ich weiß genau, was Silva vorhat. Er möchte seine Theorie prüfen und im selben Atemzug sichergehen, dass Willows Gefühle auf Einseitigkeit beruhen.

»Setz dich, James. Nadia wird dir ein bisschen Entspannung verschaffen.« Er deutet auf das leere Sofa neben seinem. Erst jetzt fällt mir auf, dass seine ganzen Köter verschwunden sind. Nur noch die zwei bewaffneten Kerle befinden sich mit uns in diesem Raum.

Ich versuche, mein schlechtes Gewissen auszuschalten, als ich mich auf das Sofa setze und meine Beine spreize, damit Nadia ihren Job machen kann. Am liebsten würde ich sie gemeinsam mit Willow über meine Schulter werfen und weit wegbringen. Irgendwohin, wo dieser Wichser sie niemals finden kann. Aber Eliam Silva besitzt nicht nur einen großen Teil der kolumbianischen Koksplantagen, er hat auch noch mehr Kontakte in den Staaten, als mir lieb ist.

Nadia gleitet vor mir auf die Knie, schiebt sich zwischen meine Beine und beginnt, an meiner Hose zu spielen. Ihre Finger greifen unter meine Shorts. Sobald sie meinen schlaffen Schwanz herausgeholt hat, beugt sie sich über meinen Schritt. Es gibt nichts, was mich mehr abturnt als dieses Szenario, aber eine wirkliche Wahl habe ich nicht. Wenn ich nicht in diesem dreckigen Loch verenden und damit riskieren will, dass meine Schwester für immer verloren ist, muss ich mitspielen.

»Entspann dich, James.« Silva bläst den Rauch in Kreisen aus. »Nadia ist gut in ihrem Job. Sicher zehnmal besser, als Ginger es je sein könnte.« Feixend sieht er

Willow an, die den Blick gesenkt hält. Sie will nicht sehen, was diese Frau mit meinem Schwanz anstellt. Fuck, ich will es ja selbst nicht sehen! Und auch wenn ich alles hieran hasse, ist mein Körper keine verdammte Maschine. Nadia schafft es tatsächlich, mich hart zu machen, obwohl ich alles andere als scharf bin. Sie wirft sich die dunkle Mähne hinter den Rücken, führt meinen Schwanz an ihre Lippen und schiebt ihn so tief in ihren Rachen, dass ich mich frage, ob ihr der Würgreflex operativ entfernt wurde.

Ich balle meine Hände zu Fäusten, würde am liebsten auf Silvas Glatzkopf einschlagen, bis er genauso zermatscht aussieht wie Mike heute Morgen. Stattdessen lasse ich diesen Scheiß über mich ergehen und ramme Willow im selben Augenblick einen Dolch mitten ins Herz. Nadias Kopf gleitet jetzt schneller auf und ab, ihre Zunge umspielt meine Eichel, und ich hasse es, dass mein Schwanz überhaupt auf diesen Blowjob reagiert.

Silva erhebt sich von seinem Platz, tritt auf das Podest zu und hockt sich neben Willow. Anschließend packt er ihr Haar grob und zerrt ihren Kopf in meine Richtung. »Augen auf, Ginger. Du willst doch sicher dabei zusehen.« Widerwillig öffnet sie die Augen, und ich tue etwas, das ich nicht tun sollte. Ich sehe sie ebenfalls an.

Ihr Blick ruht auf dieser fremden, armen Frau, die mich wie ein gut programmierter Roboter mit dem Mund befriedigt. Noch mehr Tränen laufen über Willows Wangen, die dieses Mal rein gar nichts mit Silva oder meiner Ohrfeige zu tun haben. Sie ist eifersüchtig. Sie verabscheut mich. Und doch bin ich mir sicher, dass die Abscheu, die ich mir selbst entgegenbringe, noch größer ist.

Willow sollte nicht so empfinden. Es sollte ihr nichts ausmachen, wenn eine andere Frau meinen Schwanz in ihrem Hals hat. Weil es bedeutet, dass Silva recht hat und sie viel stärkere Gefühle für mich hegt, als ich angenommen hatte. *Für mich! Den Kerl, der sie überhaupt erst in diese Scheiße geritten hat!*

Nadias Mund gibt ein lautes Schmatzen von sich, je mehr sie sich ins Zeug legt, und ich spüre, wie sich meine Eier aus reinem Automatismus zusammenziehen. Aber ich komme nicht. Ich kann nicht. Nicht, wenn die einzige Frau, die so zwischen meinen Schenkeln knien soll, mit gebrochenem Herzen auf diesem Podest sitzt und alles mitansieht. Ich sehe im Augenwinkel, wie Willows Schultern beben, aber sie weint weiterhin lautlos.

Nadia hebt ebenfalls den Blick und sieht mir zum ersten Mal, seit sie dahockt, in die Augen. Ich weiß, dass Silva sie bestrafen wird, wenn sie es nicht schafft, mich zum Kommen zu bringen. Also gibt es nur eine Möglichkeit.

Ich packe ihre Haare im Nacken, presse ihren Kopf dichter auf meinen Schoß und stoße ein Keuchen aus, das von vorn bis hinten Fake ist. Kein einziger Tropfen Sperma verlässt meinen Schwanz, aber von außen betrachtet sieht es aus, als würde ich ihr gerade hart in den Mund spritzen.

Nadia zappelt auf meinem Schritt, und als ich sie eindringlich ansehe, hoffe ich, dass sie gleich den Mund halten wird. Ich löse den Griff in ihrem Haar, ziehe meinen immer noch steifen Schwanz aus ihr heraus und verstaue ihn schnell in meiner Hose.

»Jetzt schluck«, befehle ich ihr, die mich erst irritiert, dann wissend ansieht. Devot nickt sie, bevor sie ein Schlucken andeutet. Dabei ist alles, was sie schluckt, meine Lüge.

Sie wischt sich über den Mund, und als Silva – der sich inzwischen wieder gesetzt hat – Nadia zu sich bittet, krabbelt sie zwischen seine Beine.

»Braves Mädchen.« Seine Pranke streichelt über ihre Haare, als wäre sie ein Hund. Fehlt nur noch, dass er ihr eine Leine anlegt. »Siehst du deine Zukunft bereits vor dir, Ginger?« Er lächelt dieses schmierige Lächeln, das ich gern aussterben sehen würde.

»Ihr könnt jetzt gehen, James.« Wir werfen uns einen knappen Blick zu. Sobald ich meine Hose geschlossen habe, stehe ich auf und gehe zum Podest hinüber. Willow windet sich, weil sie nicht von mir angefasst werden will, und vielleicht ist es auch besser so. Ich löse die Fesseln, ziehe sie auf die Beine und schnappe mir ihren Mantel vom Boden. Eilig schlüpft sie in die Ärmel und verkriecht sich beinahe darin.

»Und denk dran, sie zu bestrafen, James. Ich habe ein Auge auf deine Arbeit!«, grollt Silva drohend.

»Ich werde dich nicht enttäuschen«, erwidere ich einstudiert, ziehe Willow hinter mir her und verlasse dieses Drecksloch.

NEUNZEHN

WILLOW

Vielleicht bin ich doch nicht so stark, wie ich dachte. Als ich diesem Widerling ins Gesicht gespuckt habe, fühlte ich mich wie die Königin der Welt. Und was bin ich jetzt? Ein Häufchen Elend, das es nicht erträgt zu sehen, wie James den Mund einer anderen Frau vögelt.

Gott, wie sehr ich mich hasse!

»Komm weiter«, knurrt James und zieht mich eilig durch den Gang dieses widerwärtigen Puffs. Sobald wir an der frischen Luft sind, will ich mich noch tiefer in dem Mantel vergraben, weil ich mich so sehr schäme. Ich schäme mich dafür, dass meine Gefühle mir derart in den Rücken fallen. Die Sonne ist inzwischen tiefer gewandert und hinter den Häuserspitzen verschwunden, aber noch immer befindet sich keine Menschenseele hier draußen. Und somit auch niemand, den ich um Hilfe bitten kann.

James zerrt mich zu seinem Wagen, öffnet die Tür und schiebt mich auf den Beifahrersitz. Als ich den Porsche vorhin verlassen habe, dachte ich, dass ich das hier irgendwie hinkriege, aber zwischen dieser Version von mir und der jetzigen befinden sich Welten.

Liegt es wirklich nur daran, dass James dieser Frau

seinen Schwanz in den Rachen geschoben hat? In diesem Puff sind weitaus schlimmere Dinge passiert, aber alles, woran ich denken kann, sind die rhythmischen Bewegungen ihres Kopfes. Er hat sie wie eine Puppe benutzt, wohl wissend, dass ich alles mitansehen kann.

Mitansehen muss.

James steigt neben mir ein, feuert die Tür zu und fährt mit quietschenden Reifen los. Als wäre jemand hinter ihm her, brettert er durch die abendlichen Straßen dieses verkorksten Viertels, während ich mich einfach nur in Luft auflösen will.

Meine Tränendrüsen haben ihr Eigenleben entwickelt und machen, was sie wollen, ohne dass ich darauf den Hauch eines Einflusses habe. James rast so schnell durch die Straßen, dass ich mir kurz wünsche, wir würden einfach frontal mit einem anderen Wagen zusammenstoßen. Dann wäre nicht nur dieser Albtraum endlich vorbei, sondern auch dieses Gefühl in meiner Brust.

Ob dieser Silva recht hat? Bin ich so tief gesunken, dass ich mich in meinen Entführer verknallt habe? Alles deutet darauf hin, aber ich will es nicht wahrhaben. Ich weiß nicht, wohin James mich bringt, aber Fakt ist, dass wir nicht denselben Weg nehmen, auf dem wir hergekommen sind.

»Hör zu, Willow ...«, bricht er nach ein paar Minuten, in denen er sich abreagiert hat, die Stille zwischen uns.

»Nein!«, unterbreche ich ihn. »Komm nicht auf die dumme Idee, dich zu entschuldigen. Ich gebe einen Scheiß auf deine Entschuldigung!« Das Make-up brennt in meinen Augen und ich traue mich gar nicht erst, einen Blick in den Spiegel zu werfen.

»Du hast ihm ins Gesicht gespuckt, verdammt!«, donnert er und nimmt eine scharfe Rechtkurve, bei der wir tatsächlich fast mit einem anderen Wagen zusammenstoßen. In letzter Sekunde kann James das Unausweichliche verhindern und bringt das Auto wieder in die Spur.

»Du hast gesagt, dass ich mich ihm widersetzen soll!«, brülle ich zurück und wundere mich, dass ich überhaupt noch so viel Kraft besitze.

»Damit meinte ich aber nicht, dass du direkt dein Todesurteil unterschreiben sollst«, sagt er scharf und wirft mir einen Blick zu, den ich nicht lesen kann. Ist er auf sich oder mich wütend? »Du solltest ein bisschen kratzbürstig, aber nicht lebensmüde sein! Wo ist dein verdammter Überlebensinstinkt?«

»Ich weiß nicht«, sage ich hysterisch und mache eine wilde Geste mit den Händen. »Vielleicht habe ich ihn ja zwischen deinen verfickten Schenkeln verloren, hm?«, wiederhole ich seine Worte von vorhin, als wir mitten auf dem Highway standen. Ich zittere am ganzen Leib und ich hasse, dass man mir meinen seelischen Zustand an der Nasenspitze ablesen kann. Nur deshalb hat Silva erkannt, dass ich Gefühle für James habe, die vollkommen irre sind.

»Du machst mich krank, mi cielo.«

»Warum zum Teufel nennst du mich so? Ich bin weder dein Himmel noch deine Kleine noch irgendwas! Ich bin einfach nur ein armes Gör, das von dir entführt wurde und mit dem du jetzt spielst, wie es dir gefällt!«

James schließt die Augen, um durchzuatmen, obwohl wir mit mehr als achtzig Sachen durch die Straßen San Diegos donnern. Na wunderbar, dieser Tag könnte wirklich mein letzter auf dieser Erde sein.

»Wenn du immer noch denkst, dass es mir gefällt, dann hast du mir vorhin nicht zugehört«, erwidert James schließlich erschöpft, als er die Augen wieder öffnet.

Wir sind inzwischen nah an meinen heißgeliebten

Stränden angekommen, das erkenne ich am Himmel. Über dem Wasser sieht er immer etwas anders als über der menschenverseuchten Stadt aus.

»Meinst du etwa unser ach so ausführliches Gespräch mitten auf dem Highway? Du hast mir einfach diese Brocken vor die Füße geworfen, ohne dass ich etwas davon verarbeiten konnte!«, speie ich und kralle meine Nägel in den Sicherheitsgurt. »Und jetzt glaubst du, dass ich dir deshalb blind vertraue!«

James biegt auf eine private Zufahrtsstraße ab, die sich schlängelnd Richtung Meer bewegt und an einem schicken Haus endet, das hier relativ einsam und verlassen steht. Es hat eine weiße Fassade und einige Glasfronten, die den Bewohnern des Hauses einen perfekten Blick auf den Black's Beach gewähren. Ohne ein weiteres Wort steigt James aus und ich will ihm nicht folgen, aber mein Körper handelt automatisch. Ich öffne die Tür, und sobald ich den Meereswind auf meinem Gesicht spüre, keimt bittersüße Hoffnung in mir auf. Bringt er mich doch nicht zurück in dieses gruselige Hotel?

»Wo sind wir hier?«, frage ich James genervt.

Er deutet Richtung Haus. »Hier wohne ich.« Er geht über die Auffahrt zur Haustür, und als ich mich umsehe, weiß ich, dass ich auch hier niemanden erwarten kann, der mir hilft. Zum Wegrennen ist mein Körper zu schwach, also folge ich James und betrete Sekunden später ein Haus, das meinen fantasievollsten Träumen entsprungen sein könnte. Der Boden besteht aus Marmor, die Wände sind allesamt schneeweiß. Nur die wenigen Kunstwerke, die sicher ein Vermögen gekostet haben, bilden farbliche Akzente. James wirft seinen Autoschlüssel auf die Kommode im Flur, zieht sich das Jackett aus und betritt einen offenen Wohn- und Essbereich mit integrierter High-End-Küche. Warum zum Teufel bringt er mich zu sich nach Hause? Es interessiert mich einen Scheiß, wo er lebt! Zumindest rede ich mir genau das ein, als ich ihm folge.

James öffnet den gigantischen zweitürigen Kühlschrank und holt eine Flasche Wein heraus. Anschließend folgen zwei Weingläser, die er beide bis zur Hälfte füllt und mir eines davon über den im Raum freistehenden Tresen schiebt.

»Trink.«

»Warum? Ist da irgendein Mittel drin, das mich wieder in die Knie zwingt?« Doch auch, wenn ich nichts mehr von ihm annehmen will, greife ich danach, weil ich mich nach so etwas Banalem wie einem Glas Wein sehne. James nimmt selbst einen großen Schluck des beerenfarbenen Alkohols und stellt das Glas zurück an seinen Platz. Derweil nippe ich an meinem und versuche ein Stöhnen zu unterdrücken, weil ich noch nie einen so guten Wein getrunken habe. Da kommt mein Latschenwein aus dem Karton nicht hinterher. Zoey würde ihn lieben. Ich nehme noch zwei weitere Schlucke und sehe mich anschließend in diesem Raum um. Durch die Glasfront hat man einen wundervollen Blick auf die Bucht und das raue Wasser, das gegen den Strand schlägt. In wenigen Stunden wird genau dort die Sonne untergehen und alles in pure Perfektion verwandeln. Wie sehr ich das Meer vermisst habe ...

»Warum sind wir hier, James? Ich habe gehört, was deine Aufgabe ist. Und dass du mich zurückbringen wirst«, sage ich und lecke mir die Reste des Weins von den Lippen. Er leert sein Glas ebenfalls, geht um den Tresen herum und steuert die Glasfront an.

Anschließend schiebt er eine Seite davon auf und geht nach draußen auf eine Art Veranda, die sich um das komplette Haus zieht. Ich habe sie von draußen bereits gesehen und in mir kochte Neid hoch. Das hier ist der Traum aller Träume. Man kann jeden Morgen mit dem Meeresrauschen aufwachen und zum Sonnenuntergang einschlafen.

Ich folge James nach draußen. Er steht an dem hölzernen Geländer und blickt auf das Wasser, das sich bereits langsam in das sanfte Violett des Abends hüllt. Sein offen stehendes Hemd weht im Wind, und ich kann sehen, dass er am ganzen Körper verkrampft.

»Ich habe dir gesagt, dass ich das alles aus den richtigen Gründen mache, Willow.« Ich erinnere mich an seine Worte nur verschwommen, aber sie sind da.

»Du redest von deiner Schwester«, sage ich erschöpft. Inzwischen weine ich nicht mehr, aber meine Seele hat nie aufgehört. Genau genommen weint sie schon, seit Dad gestorben ist. Ich habe nur versucht, den Schmerz hinter einer Maske zu verstecken, damit ich keine Schwäche zeige. Jahr um Jahr habe ich eine Mauer um mein Herz gezogen, die immer dicker wurde. Und dann kommt ein Mann wie James und reißt einfach alles mit bloßen Händen nieder. Ich stelle mich mit gesundem Abstand neben ihn und sehe ebenfalls aufs Meer, während ich darauf warte, dass er weiterspricht.

»Vor vierzehn Monaten hat Yuliana eine Einladung ins *Dark Diamond* bekommen.« Ich schlucke schwer, sage aber nichts. »Sie wollte unbedingt zu dieser Party gehen. Meine kleine Schwester hat seit Jahren psychische Probleme und stürzt sich von einem Extrem ins andere. Letztes Jahr hatte sie eine Phase, in der sie einem Abenteuer nach dem anderen hinterhergejagt ist, also ist sie zu dieser Party gegangen. Ich habe mir nichts dabei gedacht, immerhin war sie längst alt genug, um auszugehen. Aber ...«

»Aber sie kam nie wieder«, beende ich seinen Satz. Er

nickt mit geschürzten Lippen, sieht mich aber nicht an. Schon vorhin habe ich gesehen, was dieses Thema mit ihm macht, aber gerade zeigt er mir seine Gefühle zum ersten Mal roh und ungefiltert.

»Am nächsten Tag dachte ich nur, dass sie bei irgendeinem Kerl im Bett gelandet ist und bald wieder zu Hause sein würde, aber mehrere Tage vergingen, in denen ich nichts von ihr gehört habe. Sie war wie vom Erdboden verschluckt und ihr Handy war ausgeschaltet. Da wusste ich, dass irgendetwas nicht stimmt.«

»Was hast du dann gemacht?«, frage ich ihn und wünschte, ich hätte mehr Wein getrunken, denn dann könnte ich im Nebel des Alkohols Trost suchen.

»Ich habe ihr Verschwinden bei der Polizei gemeldet, aber die Cops, an die ich geraten bin, waren inkompetente Wichser. Sie haben den Fall aufgenommen, aber ich hatte nicht das Gefühl, dass sie sich wirklich ins Zeug legten, um Yuliana zu finden.« Die Art und Weise, wie er den Namen seiner kleinen Schwester ausspricht, lässt mein Herz schwer werden.

»Also habe ich irgendwann angefangen, selbst nach ihr zu suchen. Anfangs ohne Erfolg, doch dann ist mir wieder diese Einladung eingefallen ... und so bin ich auf das *Dark Diamond* gestoßen. Für Ottonormalverbraucher ist es vermutlich schwer, den Laden überhaupt zu finden, für mich war es ein Kinderspiel. Ich habe so viele Informationen über diesen Club gesammelt, wie ich nur konnte, und mir war schnell klar, dass das Verschwinden meiner Schwester mit dem *Dark Diamond* in Verbindung steht. Dass viele Frauen diese Halle betreten, aber nie wieder in Freiheit verlassen.«

Ich schließe die Augen, und als meine Finger am Holzgeländer seine Hand berühren, tue ich etwas, das ich nach den Geschehnissen dieses Tages unter keinen Umständen machen sollte. Ich lege meine Hand auf seine und zeige ihm, dass ich für ihn da bin. *Aber wer ist für mich da?*

»Es war nicht leicht, in den inneren Kreis zu kommen, aber ich habe es geschafft. Und seitdem arbeite ich im *Dark Diamond*, in der Hoffnung, eine Spur zu meiner Schwester zu finden und den Laden anschließend hochgehen zu lassen.« Bei seinen Worten reiße ich die Augen auf und sehe ihn an. Zum ersten Mal, seit wir hier draußen sind, nimmt er den Blick vom Wasser und schaut in meine Richtung. Verflucht, sein Anblick ist einfach zu viel. Dieses perfekt markante Gesicht, die leicht verwuschelten Haare. Das offen stehende Hemd, das sanft im Wind weht ...

»Du willst den Laden hochnehmen?«

Wieder nickt er. »Aber solange ich noch nicht weiß, an welchen Kunden meine Schwester verkauft wurde, kann ich es nicht durchziehen. Ich habe mich ins System gehackt, aber du ahnst nicht, wie viele Frauen im *Dark Diamond* bereits verschwunden sind und verkauft wurden.« Er fährt sich mit der freien Hand über den Nacken. »Sobald ich Yuliana gefunden habe, wird dieser Laden in die Luft gehen. Und mit ihm all die kriminellen Wichser, die sich ihre Taschen mit dem Menschenhandel vollhauen.«

»Und trotzdem entführst du ebenfalls Frauen«, murmle ich, nehme meine Hand aber nicht von seiner. Sein Daumen streichelt sanft über die Außenseite meines kleinen Fingers.

»Ich muss dafür sorgen, dass meine Tarnung nicht auffliegt, sonst war alles umsonst. Irgendwann habe ich den Auftrag bekommen, selbst als Hunter zu arbeiten.«

»Wie viele?«, entflieht es mir, und ich habe Angst vor der Antwort. »Wie viele Frauen hast du verkauft?«

»Zu viele«, antwortet er und senkt den Blick auf unsere ineinander verwobenen Hände. »Ich habe die meisten an einen Mann aus Sizilien verkauft. Und auch wenn er ein verdammtes Mafiaschwein ist, weiß ich, dass die Frauen bei ihm ein einigermaßen anständiges Leben führen können. Es ist immer noch schrecklich, aber kein Vergleich zu dem, was den Frauen bei Silva blüht. Das mit dir ...« Er atmet rasselnd ein und aus. »... war nicht so geplant. Aber Silva hat dich auf den Aufnahmen im *Dark Diamond* gesehen und sofort einen Narren an dir gefressen. Seitdem will er dich um jeden Preis.«

Die ganzen Informationen überrollen mich, und ich weiß nicht, ob ich weinen, schreien oder schweigen soll. Nichts davon würde mich aus dieser prekären Lage befreien.

»Glaub mir, Willow. Wenn ich könnte, würde ich dich in meinen Wagen setzen und ans andere Ende dieser Welt bringen. Ich würde dafür sorgen, dass du ein gutes Leben hast, aber wenn ich dich nicht zurück ins Hotel bringe, wird Silva es in ein paar Stunden erfahren. Und dann werde ich auffliegen und meine Schwester nie wiedersehen.« James' Stimme bricht, und als er verzweifelt die Augen schließt, handle ich intuitiv. Ich rutsche dichter an ihn heran, ziehe ihn am Hemdkragen in meine Richtung und lege meine Hände auf seine Wangen.

»Was ist dein Plan?«, wispere ich und erkenne so viel Schmerz und Schönheit in seinem Blick.

»Ich brauche noch etwas mehr Zeit. Vielleicht wenige Tage, vielleicht zwei Wochen. Ich bin an einer Spur dran, die mich zu Yuliana führen könnte. So lange müssen wir Silva noch hinhalten ... und dann hole ich dich da raus. Das verspreche ich dir.« Wieso glaube ich ihm? Wieso ist da keine Stimme der Warnung in mir, die mich davor bewahrt, denselben Fehler wieder und wieder zu tun?

»Ich glaube dir«, flüstere ich und könnte mich im selben Augenblick dafür ohrfeigen. Als könnte James meine Gedanken lesen, lehnt er seine Stirn gegen meine und legt seine warme Hand schützend auf meine Wange. Dieselbe, die er vorhin geschlagen hat.

»Es tut mir so leid«, murmelt er. »Ich werde mir nie verzeihen, dass ich dich geschlagen habe.«

»Schon gut.« Ich schließe die Augen und lasse mich in den sanften Streicheleinheiten seines Daumens fallen. Und auch wenn mein Herz immer noch angeknackst ist, besteht noch Hoffnung für mich. Vermutlich sollte es mir egal sein, aus welchen Gründen James im *Dark Diamond* arbeitet, aber ich bin selbst ein Mensch, der alles für seine Familie getan hätte. Und ich weiß, wie es ist, zu versagen und alles zu verlieren.

»Ich helfe dir, deine Schwester zu finden«, versichere ich James und küsse seinen Mundwinkel. Anfangs spüre ich noch den inneren Widerstand in ihm, aber als ich beginne, seine Kieferlinie zu küssen, bröckelt dieser Widerstand. Genau wie die Mauer in mir. Wieder und wieder schafft es dieser Mann, dass ich all meine Prinzipien über den Haufen werfe und mich kopfüber in eine Welt stürze, in der nichts Gutes auf mich wartet.

»Willow ...« Sein Atem geht hektisch. »Ich will nicht, dass Silva recht hat. Ich will nicht, dass du dich in mich verliebst. Das habe ich nicht verdient.«

Langsam löse ich mich von ihm und sehe zu ihm auf. Sein Blick ist gefüllt von Aufrichtigkeit und Verlangen.

»Ich will auch nicht, dass er recht hat.« Weil es mich verletzlich macht. Angreifbar. Aber was ich will und was ich bekomme waren in meinem Leben schon immer zwei unterschiedliche Dinge.

»Aber dich mit dieser Frau zu sehen, war …«, flüstere ich.

»… nicht echt.« James legt seine Hand in meinen Nacken. »Ich musste mitspielen, damit er keinen Verdacht schöpft. Aber ich wollte nichts davon. Ich konnte an nichts anderes denken als daran, was ich dir damit antue. Und daran, dass ich nur eine Frau so vor mir sehen will … und das bist du.«

»Aber es sah aus, als hätte es dir gefallen.«

»Hat es nicht. Ich bin nicht mal gekommen, Willow.« Sein Blick verdunkelt sich, und auch ich kann nicht verhindern, dass mein Unterleib zu kribbeln beginnt.

Gern würde ich es auf den Wein schieben, aber davon hatte ich eindeutig zu wenig, als dass er mein Alibi sein könnte. Ich sinke gegen James' Brust, fahre unter den Stoff seines Hemdes und gleite mit meinen Fingern über seine definierten Seiten. Seine Worte sollten mich nicht derart beruhigen, aber zu wissen, dass er seinen Orgasmus nur gespielt hat … ist zu viel. Zu viel für mein angeschlagenes Herz, das sich seit dem ersten Schlag nach Liebe gesehnt und sie immer wieder abgewiesen hat. Immer wenn ein Mann in mein Leben gekommen ist, der mich wirklich kennenlernen wollte, habe ich die Mauer höher und höher gezogen. Nur bei James fehlt mir die Kraft dazu. Und so kommen die nächsten Worte federleicht und unkontrolliert über meine Lippen.

»Schlaf mit mir, James.«

ZWANZIG

JAMES

Willow sieht mir so entschlossen in die Augen, dass ich die Stimme der Vernunft wieder einmal auf stumm stelle. Ich sollte sie nach dem Besuch bei Silva nicht vögeln, immerhin klebt noch der Speichel seines kleinen Spielzeuges an meinem Schwanz, aber die Art und Weise, wie Willow mich ansieht, ist das reinste Aphrodisiakum.

Außerdem werde ich sie gleich zurück ins *Oasis* bringen, und ich habe keine Ahnung, wann wir das nächste Mal die Gelegenheit haben, uns so nah zu sein oder miteinander zu sprechen, ohne dabei von Kameras aufgezeichnet zu werden. Hier auf meiner Veranda, mit dem Meeresrauschen und dem sich rosa färbenden Himmel, könnte ich ihr wenigstens den Hauch von Romantik schenken. Als Wiedergutmachung für alles, was in den letzten Tagen passiert ist.

»Willst du mich weiterhin wie einen getretenen Hundewelpen anstarren oder wirst du mich endlich ficken?«, fragt Willow lasziv. Sie hat ihre Finger in mein Hemd gekrallt, und als sie den Stoff loslässt, um ihn in Zeitlupe über meine Schultern zu schieben, fordert mich ihr Blick noch stärker heraus. Als das kleine Biest ihre Lippen auf meine Brust senkt und beginnt, sich über meine Tattoos zu küssen, gebe ich nach. Mit einem Satz habe ich sie gepackt und auf das Holzgeländer vor mir gesetzt.

»Na geht doch«, murmelt sie anzüglich und krallt sich augenblicklich in mein Haar, als ich vor ihr auf die Knie gehe. Das Geländer hat die perfekte Höhe, damit ich sie mit meiner Zunge von all der Scheiße ablenken kann, die sie seit Tagen gefangen hält.

Sie trägt immer noch diesen Mantel als Schutzschild vor neugierigen Blicken, obwohl er hier vollkommen überflüssig ist. Wir sind allein und vor mir soll sie sich garantiert nicht verstecken.

»Zieh den Mantel aus«, sage ich rau und beginne, ihre Waden in den Seidenstrümpfen zu küssen. Sobald meine Lippen ansetzen, stößt sie ein Seufzen aus, das mich umgehend hart werden lässt. Und dieses Mal ist es echt. Dieses Mal ist es kein reiner Automatismus meines Körpers, den ich nicht steuern kann.

Entschlossen packt Willow die Gürtelenden des Mantels, öffnet den Knoten und lässt ihn über ihre Schultern gleiten. Nur noch in diesen wahnsinnig scharfen Dessous sitzt sie vor mir auf dem Geländer und bietet mir gemeinsam mit dem Meer im Hintergrund den wohl spektakulärsten Ausblick, den ich je hatte. Früher habe ich meine Zeit gern auf dieser Veranda verbracht, aber als Yuliana verschwand, habe ich es vermieden, häufiger als nötig hier draußen zu sein, weil das immer ihr Lieblingsort war.

»Eins muss man Madeleine lassen …« Ich bin inzwischen an den Innenseiten ihrer straffen Schenkel angekommen, und je höher ich wandere, desto weicher wird Willows Körper. »Sie hat einen ausgezeichneten Geschmack, was Dessous anbelangt.« Mit einem Schmunzeln sehe ich zu Willow auf, deren Brust sich so heftig hebt und senkt, dass man meinen könnte, sie hätte gerade eine filmreife Flucht hinter sich. Und eins steht fest: Sollte ich jemals meine Sachen packen und untertauchen müssen, werde ich sie mitnehmen.

»Hast du mit ihr geschlafen?« Ihre Frage müsste mich eigentlich abturnen, weil ich gerade herzlich wenig Lust habe, mit ihr die Liste meiner ehemaligen Sexualpartnerinnen durchzugehen. Die Betonung liegt auf eigentlich. Denn es gibt rein gar nichts, das mich in diesem Moment davon abhalten könnte, sie gleich tief und innig zu vögeln. Anstatt ihr zu antworten, fahre ich meine Reise fort, und als ich ihren fast durchsichtigen Slip erreiche und dabei die empfindliche, weiche Haut zwischen ihrem Schenkel und ihrer Pussy berühre, umfasst sie das Geländer fester.

»James ...« Sie keucht meinen Namen, als ich durch den hauchdünnen Stoff ihre Perle küsse. Ihre Oberschenkel spannen sich umgehend an. Nachdem ich sie auf meinen nackten Schultern platziert habe, blicke ich zu ihr auf. Willows naturrote, engelsgleiche Locken ergießen sich über ihre hellen Schultern, und das sinnliche Rot ihrer verführerischen Lippen wirkt im Licht der untergehenden Sonne noch schärfer. Dieses Bild werde ich wohl nie wieder aus meinem fucking Schädel bekommen.

»Du hast meine Frage nicht beantwortet!«, herrscht sie mich an und rutscht nervös mit dem Hintern über das Geländer. Doch anstatt ihr zu antworten – es macht einfach zu viel Spaß, sie zappeln zu lassen –, fahre ich mit der Zunge den Bund ihres Slips nach und quäle sie noch etwas länger. Sie beäugt mich mit einem bitterbösen Blick, den ich nicht wirklich ernst nehmen kann, der aber dafür sorgt, dass sich ihre Stirn süß kräuselt. Herrgott, ich bin wirklich hinüber, aber alles, was diese Frau macht, ist entweder *süß* oder *scharf*.

Weil ich es nicht erwarten kann, sie endlich zu

schmecken, greife ich nach dem lächerlich dünnen Stoff und zerreiße ihn unter minimaler Kraftaufwendung zwischen den Fingern. Ihre Pussy offenbart sich mir in all ihrer Schönheit, und als ich die ersten Küsse auf ihrem Venushügel verteile, scheint Willow ihre Frage an mich einfach zu vergessen. Es spielt keine Rolle, ob ich Madeleine gefickt habe, weil es im Augenblick nur sie und mich gibt. Und ich bin mir sicher, dass sie mich in den letzten Tagen für die restliche Frauenwelt ohnehin verdorben hat.

»Sei nicht so zurückhaltend, mi cielo«, murmle ich dicht an ihrer glühenden Haut. Willow antwortet, indem sie ihre Schenkel für mich spreizt und mir einen ungehinderten Blick auf ihre Pussy verschafft.

»Mierda«, fluche ich, als ich sehe, wie sehr ihre Schamlippen bereits vor Lust glänzen. Ich zeichne sie mit dem Daumen nach, treibe sie noch etwas dichter an die Geduldsgrenze und koste jede Sekunde davon aus. Scheiße, ich könnte auch stundenlang zwischen ihren Beinen hocken und mir einfach nur ihre verdammt perfekte Pussy aus der Nähe ansehen.

»Nun mach schon, James!«, herrscht Willow mich an und wieder fallen mir nur zwei beschissene Adjektive für diese Frau ein.

Süß und scharf.

Es ist süß, wie ihre Geduld bröckelt, und scharf, dass sie kein Problem damit hat, mich in dieser Position anzuschreien. Unter ihr geht es über drei Meter in die Tiefe. Wenn sie weiter so zappelt, könnte sie vielleicht noch nach unten ins stachlige Gebüsch segeln und sich die hübschen Knochen brechen. Damit das nicht passiert, lege ich meine Hände stützend auf ihr Becken und nagle sie damit auf dem Geländer fest. Dann erlöse ich nicht nur sie, sondern auch mich, indem ich endlich von ihr koste. Genussvoll gleitet meine Zunge durch ihren nassen Spalt, und ich bin mir sicher, dass keine Frau vor ihr je so gut geschmeckt hat.

Willow stößt ein haltloses Keuchen aus, als ich beginne, sie mit meiner Zunge zu ficken. Erst dringe ich nur mit der Spitze in sie ein und koste jedes Zucken ihrer Muskeln aus, und als ich keine Lust mehr auf Zurückhaltung habe, werden meine Bewegungen schneller. Meine Finger graben sich in das süße Fleisch ihres Beckens, und ich bin mir sicher, dass sie Spuren davontragen wird, die sie noch in ein paar Tagen hieran erinnern werden.

Mir soll es recht sein.

Willow drückt mir ihr Becken dichter entgegen, und als ich erneut mit der Zunge ihre Schamlippen teile und ihren pochenden Kitzler umkreise, wird mein Schwanz fast schmerzhaft härter. Am liebsten würde ich mich umgehend bis zum Anschlag in sie schieben, aber ich will wenigstens ein einziges Mal spüren, wie sie dank meiner Zunge kommt. Dem Zucken ihrer Oberschenkel und ihrem Stöhnen nach zu urteilen, dauert es ohnehin nicht mehr lange. Da ich keine direkten Nachbarn habe und das Haus abgeschottet auf einer Dünenerhöhung steht, kann sie von mir aus so laut schreien, dass sich selbst die Fische im Wasser vor Schreck verpissen. Ich will nicht, dass sie sich in meiner Gegenwart jemals zurückhält. Denn auch wenn es mein Job ist, ihre Krallen zu stutzen, liebe ich es viel mehr, sie auf meinem Rücken zu spüren.

»O mein Gott!«, keucht Willow scharf, als ich beginne, an ihrer Klit zu saugen. In rhythmischen Abständen lasse ich sie wieder los, nur, um beim nächsten Mal noch fester an dem empfindlichsten Punkt ihres Körpers zu ziehen. Dass Willow auf einen gewissen Schmerz beim Ficken steht, ist nichts Neues für mich, dennoch fühlt es sich wie eine Premiere an, ihr Laute zu entlocken, die einer Mischung aus Schmerz und Erregung entspringen.

Sie schiebt ihre Hände wieder in mein Haar, und ihr Griff ist so fest, dass ich mich ernsthaft frage, woher zum Teufel sie immer diese Kraftreserven nimmt. Jedes Mal, wenn ich denke, dass sie am Ende ist, überrascht sie mich wieder von Neuem.

Um ihrem Kitzler etwas Erholung zu verschaffen, streichle ich ihn mit meiner Zungenspitze und dringe parallel dazu mit zwei Fingern in sie ein. Ihre Nägel graben sich als Antwort tiefer in mein Haar und kratzen über meine Kopfhaut. Nach wenigen Stößen in ihre triefend nasse Pussy kommt Willow schließlich. Ein kleiner Schwall an Feuchtigkeit ergießt sich über meinen Fingern, und ich lasse es mir nicht nehmen, davon zu kosten. Ich schiebe die Finger in meinen Mund, lecke ihre Geilheit von meiner Haut und richte mich auf. Ihre blauen Augen stehen in Flammen, genau wie ihr ganzer Körper, der in den letzten Minuten unglaublich heiß geworden ist.

»Das war …«

»… erst der Anfang«, beende ich ihren Satz, weil das ja anscheinend *unser Ding* ist. Ich hebe sie vom Geländer und setze sie am Boden ab.

»Sind deine Beine noch stark genug oder muss ich dich stützen?«, frage ich raunend. Als Willow erschöpft gegen meine Brust sinkt, wäre es mir sogar egal, wenn wir an dieser Stelle aufhören müssten. Aber das kesse Grinsen, das sie mir zuwirft, ist Antwort genug. Ich wirble sie herum, platziere ihre Hände auf dem Geländer und positioniere mich hinter ihr. Sobald ich meinen Schwanz aus seinem viel zu engen Gefängnis befreit habe und Willow meine Spitze an ihrer Pofalte spürt, schiebt sie mir ihren Arsch noch dichter gegen den Schritt. Ich streichle über ihre Arschbacken, auf denen sich das Muster des Holzgeländers abgezeichnet hat, und weiß nicht, ob ich jemals genug von dem Anblick ihres nackten Körpers bekommen kann. Ihre porzellanweiße Haut, die Holzmaserung und der zerrissene String bilden zusammen ein fucking schönes Kunstwerk.

»Ich habe kein Kondom bei mir«, sage ich leise, als ich die Faust um meinen Schaft lege und meinen Schwanz durch ihre Arschbacken gleiten lasse. Dass ich in diesem Haus seit Ewigkeiten keine Frau mehr gevögelt und deshalb auch keine Kondome im Schlafzimmer habe, verrate ich Willow vorerst nicht. »Also muss wohl dein Arsch herhalten.«

Mit einem lasziven Grinsen blickt sie mich über die Schulter hinweg an, aber in ihren Augen ist nicht ein Funken Ekel oder Angst zu erkennen. Sie ist definitiv keine Jungfrau auf diesem Gebiet. Sekunden später öffnet sie ihre Beine ein Stück mehr für mich, damit ich besseren Zugang zu ihrem Hintern habe. Ich fahre mit meiner Eichel über ihren Anus, pumpe gleichzeitig meine Faust auf und ab und kann es kaum erwarten, mich tief in ihr zu ergießen. Aber ohne Vorbereitung werde ich mich ganz sicher nicht in ihre Enge stoßen, also befeuchte ich meine Finger, indem ich sie gezielt in ihre Pussy stecke, und verteile anschließend ihre Feuchtigkeit auf ihrem verbotenen Punkt. Sanft massiere ich die empfindliche Stelle und dringe mit dem Daumen in sie ein. Willow ist die Entspannung auf zwei Beinen, weshalb es nicht schwer ist, sie für mich zu weiten.

»Herr im Himmel«, keucht sie, als ich mit dem Daumen ihren Ringmuskel lockere, um sie auf meinen Schwanz vorzubereiten. Und als ich damit fertig bin, schiebe ich meine Latte zwischen ihre Beine und dringe mit einem Stoß in ihre Pussy ein, um mich selbst zu befeuchten. Wer braucht schon Gleitgel, wenn man eine Frau wie Willow an seiner Seite hat, die schon ausläuft, wenn man sie nur ansieht?

Anschließend fahre ich über ihren Damm, verharre über ihrem Ausgang und spreize mit den Händen ihre Arschbacken, bevor ich langsam in sie eindringe. Sie kippt leicht nach vorn, als ich mich in sie schiebe, und zieht sich bestimmt ein paar Splitter in die Fingerkuppen, weil sie sich so ekstatisch ins Holz krallt.

»Mierda, du bist so verdammt eng!«, raune ich, als ich bis zum Anschlag in ihrem Arsch stecke. Und bevor ich selbst das Ruder übernehmen kann, beginnt Willow, sich auf meinem Schwanz zu bewegen. Ihr Becken gleitet vor und zurück, fickt mich so intensiv, dass ich schon allein bei dem Anblick kommen könnte. Dieses Bild ist einfach göttlich. Zu sehen, wie mein Schwanz rhythmisch in ihrem blassen Arsch verschwindet ... Meine von Natur gebräunte Haut steht mit all ihren Tattoos in starkem Kontrast zu ihrem hellen Körper, und zusammen ergeben wir vermutlich ein Bild, für das viele Menschen eine Menge Kohle hinblättern würden.

Willow drückt sich kreisend auf meinen Schaft, vögelt sich selbst, indem sie mich im Stehen reitet, und ich genieße einfach die Show, die sie mir bietet. So lange, bis ich wieder selbst die Kontrolle brauche. Ich grabe meine Finger noch fester in ihr Becken und finde mein eigenes Tempo, das deutlich über ihrem liegt. Ich ficke sie jetzt härter gegen das Geländer, genieße das Geräusch, das unsere Körper komponieren, während sie gegeneinanderschlagen, und stehe so kurz davor, mich heftig in ihr zu entladen.

Wir werden zu einer Symbiose, während ich jeden Stoß bis aufs Letzte auskoste. Ihre engen Wände massieren meinen Schaft, während ich sie so fest gegen das

Geländer drücke, dass ich aufpassen muss, ihr nicht doch noch aus Versehen einen Knochen zu brechen oder sie nach unten segeln zu lassen. Sekunden später spüre ich, wie meine Eier vor Verlangen ziehen, und dann presse ich ihren Prachtarsch ein letztes Mal fest auf meinen Schritt. Tief in ihrem Hintern spritze ich ab, werfe den Kopf leicht zurück und koste den Orgasmus bis auf den letzten Tropfen aus. Ihr hektischer Atem beruhigt sich nur langsam, und als ich aus ihr hinausgleite und dabei zusehe, wie mein Samen aus ihr heraustropft, zucken meine Mundwinkel.

»Du solltest wohl dringend unter die Dusche.«

Eigentlich hätte ich Willow längst zurück ins Hotel bringen müssen, immerhin erwartet Silva eine Show von mir. Ich weiß, dass die Aktion im *Delicate* nicht ohne Konsequenzen bleiben kann, aber gerade fallen mir eintausend Dinge ein, die ich lieber tun würde. Aus diesem Grund habe ich Willow eine ausgiebige Dusche gewährt und warte jetzt auf der Veranda darauf, dass sie fertig wird. Ich sitze auf der Hollywoodschaukel, auf der ich mit Yuliana immer gesessen habe, wenn sie eine Schulter zum Anlehnen brauchte. *Meine* Schulter.

Beim Gedanken an meine Schwester umfasse ich das Bier in meiner Hand fester. Ich setze die Flasche an meine Lippen, blicke auf das ruhige Meer hinaus und werde erst aus meinen Gedanken an Yuliana gerissen, als Willow barfuß auf die Veranda tritt. Lediglich in ein Handtuch gewickelt kommt sie zu mir und setzt sich neben mich auf die Schaukel. So dicht, dass mir der Duft ihres frisch gewaschenen Körpers in die Nase dringt, aber nicht nah genug, dass sie mich berührt.

»Müssen wir wirklich zurück in dieses Hotel?«, fragt sie und klingt – logischerweise – wenig begeistert von unserer weiteren Abendplanung. Wenn es nach mir ginge, würde ich die Nacht auch lieber mit ihr nackt am Strand oder in meinem Bett verbringen, aber inzwischen sollte sie wissen, wie der Hase läuft.

»Schon gut, du musst nicht antworten«, meckert sie in ihren nicht vorhandenen Bart. »Aber kann ich vielleicht noch hier sitzen bleiben, bis die Sonne untergegangen ist? Ich vermisse die Sonnenuntergänge am Strand.« Wieder widerspricht sich das, was ich antworten sollte, mit dem, was ich tatsächlich sage.

»Klar. Komm her.« Ich stelle das Bier neben der Schaukel auf dem Boden ab und klopfe auf meinen Schoß. Willow klettert ohne ein Wort des Widerstandes auf mich, schlägt ihre Beine über meine und kuschelt sich an mich. Und so sitzen wir gemeinsam auf meiner Veranda und ich halte sie, wie ich seit Jahren keine Frau mehr gehalten habe – vielleicht sogar nie. Immerhin kann ich meine Beziehungen an zwei Fingern abzählen, und die waren reine Katastrophen. Ich schiebe ihre nasse Mähne zur linken Seite und lege mein Kinn auf ihrer nun nackten Schulter ab.

»Wie war sie?«, fragt Willow in die abendliche Stille hinein. »Deine Schwester, meine ich.«

Kurz denke ich darüber nach, wie viel ich ihr über Yuliana erzählen sollte, komme aber schnell zu dem Entschluss, dass ich wenigstens in Bezug auf dieses Mitglied meiner Familie ehrlich zu ihr sein kann.

»Du erinnerst mich ein bisschen an sie«, sage ich schließlich. »Sie ist genauso kratzbürstig und stur.« In Gedanken mache ich aus dem *ist* ein *war*, weil ich mit jedem Monat, der verstreicht, mehr und mehr davon ausgehe, dass es schon zu spät sein könnte. Vielleicht kann ich meine Schwester nicht mehr retten und vielleicht verliere ich bloß kostbare Zeit, die diese Penner damit füllen können, noch mehr Frauen ins Verderben zu stürzen. Aber solange auch nur die kleinste Hoffnung besteht, dass ich sie finden und nach Hause bringen kann, werde ich nicht aufgeben. Dafür hat Yuliana schon zu viel in ihrem jungen Leben durchmachen müssen. Auch in diesem Punkt ähnelt Willow ihr viel zu sehr.

»Und was noch?«, hakt sie nach und zieht meine Hände vor ihren schmalen Bauch.

»Als sie ein Teenager war, wurde bei ihr eine manische Störung festgestellt.« Ich beiße mir auf die Zunge und frage mich, warum ich den Drang verspüre, ihr davon zu erzählen. Im Augenblick würde ich ihr gern *alles* erzählen. Alles über meine Familie, und darüber, dass ich sie kenne und sie mich nur vergessen hat. Aber diese Dinge gehören in eine Kategorie, die für mich gefährlich werden könnte, also muss das warten. Solange ich auf das *Dark Diamond* angewiesen bin, kann ich es ihr nicht sagen, auch wenn es mich wurmt, dass sie gar keine Erinnerung an mich hat, während mir dieses kleine verängstigte Mädchen, das sie damals war, nie aus dem Kopf ging.

»Gab es einen Auslöser für die Störung?«

»Ihr ganzes Leben war der Auslöser. Glaub mir, bei Yulianas Vergangenheit ist es kein Wunder, dass ihre Psyche irgendwann kapituliert hat. Nach dem Tod unseres Erzeugers fingen die Symptome an.« Während meinem Bruder und mir mit seinem Ableben endlich die Ketten abgenommen wurden, die uns seit der Geburt an diesen Mann gebunden haben, brach für Yuliana eine Welt zusammen. Sie hat das Bett monatelang nicht verlassen, bevor die manischen Schübe anfingen und sie gar nicht mehr schlafen wollte.

»Wie zeigt sich eine Manie denn?« Willow streichelt behutsam über meine Finger und sieht dabei zu, wie die Sonne immer tiefer Richtung Horizont wandert. Es wird nicht mehr lange dauern, bis sie verschwunden ist und ich sie zurück ins Hotel bringen muss. *Habe ich schon erwähnt, dass ich meinen Job hasse?*

»Sie war innerlich schon immer unruhig, aber diese Unruhe hat sich verzehnfacht, als die Schübe losgingen. Yuliana war in diesen Phasen wie ein Duracell-Häschen auf Kokain – und nein, das ist nicht übertrieben. Ihr Selbstbewusstsein war durch nichts und niemanden kleinzukriegen«, sage ich lachend.

»Aber das klingt nicht nach etwas Schlechtem. Viele Menschen könnten eine Portion Selbstbewusstsein vertragen«, wendet Willow ein.

»Wenn es gesundes Selbstbewusstsein ist, ja. Aber sie war vollkommen kopflos, hat sich von einer Gefahr in die nächste gestürzt, ohne sie überhaupt zu erkennen. Ihr Verhalten war nicht mehr rational zu erklären. Am schlimmsten waren die Phasen danach. Wenn die Symptome abebbten, fiel sie in ein tiefschwarzes Loch.«

»Oh.« Im Augenwinkel sehe ich, dass Willow die Lippen schürzt. »Konnte ihr kein Arzt helfen?« Sie dreht sich leicht in meine Richtung und sieht mich mit ernstem Interesse an. Wie kaputt habe ich sie schon gemacht, dass sie sich für mein Familiendrama interessiert? Mehr als für ihre eigene Sicherheit? Immerhin weiß sie, dass ich sie zurück in ihre Hölle bringen werde, doch anstatt sich einen Plan zu überlegen, wie sie mich vorher loswerden kann, sieht sie sich gemeinsam mit mir den Sonnenuntergang an. Wir sind wohl beide ziemlich kaputt.

»Sie hat Tabletten bekommen, und solange sie die Pillen regelmäßig genommen hat, ging es ihr besser. Aber Yuliana war nicht sehr begeistert davon und hat sie immer wieder auf eigene Faust abgesetzt. Irgendwann haben wir sie einweisen lassen.«

»Wir?«, wiederholt sie mit erhobenen Brauen.

»Mein Bruder und ich«, erwidere ich knapp. Ich sollte dringend die Reißleine ziehen, bevor ich doch noch Dinge über meine Lippen bringe, die ich für mich behalten muss, wenn das hier irgendwie aufgehen soll.

»Dreh dich um.«

Willow schluckt mein Ablenkungsmanöver brav und positioniert ihre Schenkel rechts und links neben mir auf den Kissen der Hollywoodschaukel. Ich wiege uns leicht vor und zurück, während ich überlege, wie ich sie auf das vorbereiten soll, was gleich passieren wird.

»Du weißt, dass dein Verhalten Silva gegenüber Konsequenzen haben muss?«, frage ich sie und streiche ihr eine verirrte Locke aus der Stirn. Es ist süß, wie sich ihre nassen Haare kräuseln, sobald sie an der frischen Luft sind. Schon wieder dieses alberne Wort mit den drei Buchstaben, das mir viel zu oft durch den Kopf geistert. Und damit meine ich ausnahmsweise nicht Sex.

Mit geschürzten Lippen nickt sie. »Ich wollte uns nicht in Gefahr bringen, aber ich konnte nicht tun, was er von mir verlangt hat.« Sie wendet den Blick nicht von mir ab, und ich bin froh darüber, weil ich den Anblick ihrer Stärke allzu sehr genieße, solange sie noch da ist.

»Fühl dich niemals schlecht, weil du für dich einstehst, Willow«, sage ich eindringlich. »Und wenn ich ehrlich bin, war ich verdammt stolz auf dich, als du ihm in die hässliche Visage gespuckt hast. Aber es war ... ungünstig.«

»Ich weiß. Was passiert, wenn ich wieder im Hotel bin? Wirst du mich wieder unter die eiskalte Dusche stellen oder mich morgen in der Hitze aussperren?«

»Ich befürchte, es wird schlimmer.« Ich furche meine

Stirn und merke, wie sengende Wut durch meinen Körper rauscht. Das, was ich tun muss, will ich nicht mal denken. Aber ich habe früh lernen müssen, Dinge zu akzeptieren, die ich nicht ändern kann.

»Das dachte ich mir.« Willow schluckt ihr Unbehagen herunter und zupft an meinem Hemd, das ich mir nach dem Sex wieder angezogen habe.

»Ich kann dir sagen, was ich tun werde, wenn es dir hilft«, schlage ich vor, auch wenn ich nicht glaube, dass es wirklich etwas bringt. Oder dass es die Dinge, die ich tun werde, weniger schlimm macht. Willow schließt kurz die Augen und scheint abzuwägen, wie viel sie wissen will. Als sie die Lider wieder öffnet, kenne ich die Antwort bereits.

»Du willst es wirklich nicht wissen?«, hake ich nach.

Sie schüttelt den Kopf, wobei ihre feuchten Locken von links nach rechts fliegen. »Wenn du es nicht machst, wird jemand anderes kommen, um diesen Job zu übernehmen, das habe ich inzwischen verstanden. Und allein bei dem Gedanken daran, dass Silva selbst Hand an mich legen könnte, will ich im Strahl kotzen«, knurrt sie. »Außerdem muss es realistisch aussehen, richtig?«

Ich nicke.

»Das geht am besten, wenn ich nicht darauf vorbereitet bin. Also nein, ich will es nicht wissen. Denn auch wenn es kopflos und selten dämlich ist, vertraue ich dir. Und dass ich das einem Mann sage, ist lächerlich, glaub mir.«

Gern würde ich ihr sagen, *wie* lächerlich es wirklich ist. Aber sie hat mir einen Vertrauensvorschuss gewährt und ich werde ihn akzeptieren, auch wenn ich wünschte, sie würde die Beine in die Hand nehmen und wenigstens versuchen zu fliehen. Die Sonne ist inzwischen hinter dem Meer verschwunden, und nicht nur die Veranda, sondern die ganze Stadt wird von der blauen Stunde verschluckt. Ich werfe einen Blick auf meine Armbanduhr und verdränge das miese Gefühl, das in meiner Brust aufkeimt.

»Wir sollten jetzt losfahren.«

Willow schlingt ihre Arme um meinen Nacken, rutscht etwas dichter an mich heran und drückt ihre Lippen auf meine. Ihre warme Zunge taucht in meinen Mund ein, und als sie mit ihrer nackten Mitte unter dem Handtuch über meinem Schritt reibt, knurre ich gegen ihre zart geöffneten Lippen.

»Willow«, warne ich sie rau, weil ich genau weiß, was sie vorhat.

»Was denn?« Sie löst sich von mir und sieht mich gespielt unschuldig an, aber das Unschuldslamm kauft ihr kein Schwein ab. »Nur noch fünf Minuten.«

Ihre Lippen streifen meine erneut, und ich hasse es, dass ich ihr den Wunsch nach ein paar weiteren Minuten Freiheit nicht abschlagen kann. Also lege ich meine Hände auf ihren Rücken, drücke sie so fest es geht an mich und küsse sie, als wäre sie nicht Willow und ich nicht James. Als wäre sie nicht die Beute und ich nicht ihr Jäger.

Ich küsse sie wie ein Mann, der eine Frau auf Händen trägt, anstatt ihr mit ebendiesen wehzutun. Noch fünf läppische Minuten ...

EINUNDZWANZIG

WILLOW

James hat mir meinen Wunsch nach fünf weiteren Minuten Freiheit nicht nur erfüllt, sondern mir sogar etwas mehr Zeit gegeben. Ich weiß nicht, ob es daran lag, dass er ein schlechtes Gewissen hatte, oder daran, dass er mich nicht loslassen wollte. Alles, was ich weiß, ist, dass ich auch die ganze Nacht mit ihm auf der Hollywoodschaukel hätte verbringen können. Noch nie hat sich die Umarmung eines Menschen so behütet und schön für mich angefühlt, und ich hätte dieses Gefühl gern ein wenig länger ausgekostet, bevor es mir wieder entrissen wird.

Inzwischen hat die Sonne auch das letzte Licht des Tages mit sich genommen und alles versinkt in trister Dunkelheit. Nicht nur der Strand und die Stadt, sondern auch meine tosenden Gedanken. Während der gesamten Fahrt zum Hotel starre ich aus dem Fenster seines Wagens und versuche mich emotional auf das vorzubereiten, was mich erwartet, wenn wir wieder in meinem Gefängnis angekommen sind. Aber tief in mir weiß ich längst, dass man sich auf so etwas nicht vorbereiten kann. Hätte mir jemand gesagt, dass dieser attraktive Fremde an der Bar im *Dark Diamond* mein Untergang sein würde, hätte ich ihm den Vogel gezeigt und wäre trotzdem lächelnd in den Abgrund gesprungen. Und das bin ich. Der Aufprall auf dem Boden war also nur eine Frage der Zeit. Eine Zeit, die jetzt scheinbar gekommen ist, denn die Luft im Wagen ist bis zum Zerreißen gespannt.

James bewegt den schnurrenden Porsche geschmeidig durch die karge Landschaft, und als wir auf das Gelände des ehemaligen Luxusresorts fahren, kitzelt bereits Galle an meiner Speiseröhre, die sich ihren Weg nach draußen bahnen möchte. Ich will nicht zurück in dieses Hotel, aber ich weiß auch nicht, wohin ich sonst gehen sollte. Jetzt, da Silva mich auf seiner *Wunschliste* hat, würde er mich sicherlich jagen, bis ich ihm gehöre. Und um ein Leben am anderen Ende der Welt anzufangen, fehlt mir etwas ganz Existentielles: Geld. Es ist fast witzig, wie albern mir die Probleme, die mich in den Club geführt haben, jetzt vorkommen. Vermutlich hat mein Vermieter schon einen Räumungsbescheid an meine Tür gepinnt – und es gibt nichts, das mir gerade egaler sein könnte.

Silvas Gesicht drängt sich alle paar Sekunden in meinen Fokus, obwohl ich das Treffen mit ihm einfach nur vergessen möchte.

Wenige Minuten in seiner Gegenwart haben gereicht, um den Unterschied zwischen ihm und James klar und deutlich herauszukristallisieren. Beide Männer haben verdammt viele Minuspunkte auf ihren Karmakonten, aber es gibt einen gravierenden Punkt, in dem sich die Männer unterscheiden. Silva *liebt* seine Macht, er *liebt* es, sie auszunutzen, und er steht darauf, wenn man ihn fürchtet. Er genießt jede Sekunde seines kriminellen Lebens. Und James? James *hasst* alles daran. Er hat mir von seiner Schwester erzählt, und auch wenn ihr Verschwinden keine Rechtfertigung für all die katastrophal falschen Entscheidungen ist, kann ich ihn irgendwie verstehen. Gäbe es eine Möglichkeit, Mom und Dad zurückzuholen, würde ich alles tun, was in meiner Macht steht.

»Bist du bereit?« Er hat den Wagen inzwischen vor dem Eingang geparkt, aber erst als seine Hand meine berührt, nehme ich den Blick von der Fensterscheibe. Ich sehe zu ihm hinüber und schüttle den Kopf. Seine Frage ist absolut lächerlich, und doch bin ich froh, dass er sie gestellt hat. Weil es so den Anschein erweckt, dass ihn mein Befinden ehrlich interessiert.

»Nicht wirklich.«

»Ich auch nicht.« Er wendet den Blick von mir ab, und sobald ich das Klackern von Absätzen höre, verdrehe ich die Augen. Madeleine ist wie ein anhänglicher Hund, der den Knochen sofort wittert. Und in diesem speziellen Fall ist James der Knochen ... oder ich bin es. Wie man es nimmt. Ihren gierigen Blicken nach zu urteilen hätte sie sicher nichts gegen eine kleine Einlage zu dritt.

James' Hand gleitet aus meiner und umgehend fühlt sich meine eigene kühl und verlassen an. Dieses Gefühl sollte nichts Neues für mich sein, immerhin kenne ich es bereits mein gesamtes Leben, aber dieses Mal ist es anders. Als Kind dachte ich immer, dass ich es nicht wert bin, von jemandem wirklich geliebt zu werden. Ich dachte, dass es an mir liegt, dass mich jeder Mensch, der mir etwas bedeutet, verlässt.

Aber ich habe es nicht verdient, fallen gelassen zu werden! Trotzdem weiß ich, dass es sein muss. Und allein für das Leben all der unschuldigen Frauen, die James retten kann, wenn er den Schuppen im Anschluss hochnimmt, muss ich das hier mit erhobenem Haupt durchstehen. So zumindest die Theorie. Wie die Praxis aussieht, wird sich im Laufe der nächsten Stunden zeigen.

»Da bist du ja endlich! Silva hat schon mit den Hufen gescharrt und dachte, du wärst mit der Kleinen durchgebrannt«, ruft Madeleine uns zur Begrüßung zu. Sie trägt noch immer ihren maßgeschneiderten Hosenanzug und macht damit einfach jeden Ort zu ihrem Laufsteg. James kommt um den Wagen herum, reißt die Tür auf und zerrt mich ruppig aus dem Auto. Anschließend zieht er mir den Mantel aus, was ich mit einem Zischen kommentiere, weil ich nicht sonderlich scharf darauf bin, so entblößt vor dem Eingang des Hotels zu stehen. Vor allem, da ich weiß, dass dieses Gebäude überall seine Augen und Ohren hat.

»Die Kleine dachte, dass sie fliehen könnte. Deine heiligen Dessous haben ein wenig gelitten, als ich sie wieder eingefangen habe«, kommentiert er kühl und deutet auf den zerrissenen Stoff an meiner Haut. Madeleine tritt aus dem Schatten, direkt ins Licht des Eingangsbereichs, und taxiert meinen halb nackten Körper genüsslich.

»Schlecht für die Dessous, umso besser für mich.« Sie leckt sich kess über die Lippen und bleibt mit ihrem Blick an meiner entblößten Mitte hängen. Am liebsten würde ich James anschreien, dass er mir den gottverdammten Mantel wiedergeben soll, aber er hat ihn bereits ins Auto geschmissen. Es ist zwar nicht kalt, aber dennoch friere ich am ganzen Körper, als würden Minusgrade herrschen. Etwas, das in unseren Breitengraden fast nie vorkommt.

»Was hast du jetzt mit ihr vor? Silva wirkte am Telefon wenig erfreut über die Fortschritte.« Madeleine umrundet mich und betrachtet meinen Körper von allen Seiten, als wäre sie auf der Suche nach Kampfspuren. Sie hat mich bereits vollkommen nackt gesehen, aber dieses Mal stört es mich. Weil ich das Gefühl habe, man kann mir den Sex mit James ansehen, obwohl ich ausgiebig und heiß duschen war.

In diesem Augenblick bin ich froh, dass ich mein ruiniertes Make-up in der Dusche nicht von mir gewaschen habe ... In diesem Look kauft sie uns die Tour mit der fehlgeschlagenen Flucht vielleicht eher ab. Meine Mascara hängt inzwischen nicht mehr in meinen Wimpern, sondern unter meinen Augen, und auch mein Lidschatten hat sich in alle Richtungen verabschiedet. Von meinem Lippenstift ist sicher auch nichts mehr übrig, so wild, wie James mich auf der Hollywoodschaukel geküsst hat, nachdem ich ihn angefleht habe, mir mehr Zeit zu geben. Man könnte sagen, ich habe meine letzten Minuten in Freiheit vollends ausgekostet.

»Sie hat Silva ins Gesicht gespuckt«, sagt James harsch.

»Wow!« Madeleine stößt ein Lachen aus, das mir durch Mark und Bein geht. »Du gefällst mir immer besser, ma chérie.« Sie steht jetzt vor mir, legt ihre manikürte Hand unter mein Kinn und hebt es an. Sie taxiert mich mit ihren hübschen Augen, und ich widerstehe nur schwer dem Drang, dasselbe mit ihr zu machen wie mit Silva. Aber bevor ich mich dauerhaft in ein spuckendes Lama verwandle, beiße ich mir auf die Zunge und schlucke den Zorn wie eine Königin herunter.

»Ich bringe sie in den Keller«, unterbricht James genervt die Situation, packt mich am Oberarm und zerrt mich ins Foyer des Hotels. Madeleine folgt uns wie ein Wiesel, das keine Sekunde der Show verpassen will. Die Bitch würde sich bestimmt sogar Popcorn reinpfeifen, während ich bestraft werde.

»Sorg dafür, dass die Kameras angeschaltet sind, Madeleine. Und sag Silva, dass er einschalten soll, wenn er sie leiden sehen will.«

Die Trulla bedenkt mich mit einem kaltherzigen Blick, geht um ihren Tresen herum und setzt sich elegant auf ihren Platz. »Wird erledigt. Ich würde dir ja viel Spaß wünschen, ma chérie. Aber ich denke nicht, dass die nächsten Stunden sonderlich schön sein werden. Es ist schade um deine schöne Haut, aber Wunden verheilen ja wieder, nicht wahr? Und wer weiß – vielleicht darf ich ja im Anschluss deine Krankenschwester spielen.« Sie wirft mir einen Luftkuss zu und widmet sich anschließend den drei Bildschirmen vor ihrer gepuderten Nase. Wie gern würde ich ihr hübsches Gesicht auf die Tischkante knallen und ihrer makellosen Schönheit einen ordentlichen Hieb verpassen.

Derweil packt James mich fester und dirigiert mich zu dem Treppenhaus, in dem ich vor wenigen Tagen unterwegs war, als ich noch dachte, dass eine Flucht aus diesem Gebäude möglich ist. Sobald wir außer Sichtweite sind, wird sein Griff umgehend sanfter, ganz los lässt James mich allerdings nicht. Und in diesem Moment verfluche ich mich, weil ich nicht wissen wollte, was er mit mir vorhat. Ich wünschte, er hätte mich auf das, was kommt, vorbereitet, aber jetzt ist es zu spät.

Inzwischen habe ich den halben Tag in diesen unbequemen Schuhen verbracht, und bei dem Tempo, mit dem James mich tiefer unter die Erde Richtung Keller zieht, gleicht es einem Wunder, dass ich noch nicht auf die Schnauze geflogen bin. Ich lasse mich wie ein armes Tier zur Schlachtbank führen, und als wir den unterirdischen Bereich des Hotels betreten, erschaudere ich umgehend.

Es riecht hier unten nicht nur nach Dreck und modrigem Schimmel, sondern auch nach geronnenem Blut. Der metallische Geruch dringt in meine Nase und beschert mir umgehend eine heftige Übelkeit.

James hat einen Tunnelblick aufgesetzt, und ich bin mir sicher, dass er mich nicht einmal hören würde, sollte ich auf die dumme Idee kommen, ihn anzusprechen. Mein Herz rast, weil er mich so schnell durch die dunklen Gänge zieht, bis er schließlich eine Tür auf der rechten Seite öffnet und mich in den Raum hineinstößt. Mein ohnehin angeknackster Knöchel gibt mir den Rest und so lande ich wie ein Häufchen Elend auf dem Boden.

Mit einem lauten Knall wird die schwere Tür hinter uns geschlossen, und als ich zu James aufsehe, ist es, als stünde ein vollkommen Fremder vor mir. Die Wut in seinen Augen ist so präsent und einnehmend, dass ich kurzzeitig vergesse, wieso er das hier macht. Und dass er – in gewisser Hinsicht – keine Wahl hat. Auch wenn ich natürlich weiß, dass es nicht stimmt. Jeder Mensch hat die Wahl, ob er auf der Lichtseite bleibt oder in die Schatten wechselt. In diesem Augenblick sickert die Dunkelheit aus jeder seiner Poren, und ich bin so kaputt, dass mir dieses Bild viel zu sehr gefällt. James steht die Finsternis wie keinem Zweiten.

»Du machst jetzt schon schlapp?«, verhöhnt er mich und baut sich wie ein dunkler Berg aus Muskeln über mir auf. »Und dabei habe ich noch gar nicht angefangen!« Mit diesen Worten packt er mich erneut am Oberarm, zerrt mich auf die Beine und stößt mich auf einen Stuhl, der hier mitten im Raum steht. Ein Ziehen schießt durch meinen Rücken, weil die Landung auf dem hölzernen Möbelstück nicht unbedingt sanft ist. Im Raum befindet sich lediglich eine Glühbirne, die über meinem Kopf baumelt und den Kellerraum beleuchtet. Die Wände sind genauso kahl und kühl wie der Boden unter mir, auf dem sich rostrote Flecken gesammelt haben. Wie viele Menschen wurden hier unten schon gefoltert und festgehalten?

»Fick dich«, schnaube ich und fordere James mit einem Blickduell heraus. Vermutlich sollte ich das hier einfach wie ein zahmes Kätzchen über mich ergehen lassen, aber das bin ich nicht. Und ich will, dass Silva schnallt, wer ich bin. Dass ich mich nicht kleinkriegen lasse, weder von ihm noch von James.

Die Männerwelt glaubt ohnehin schon viel zu oft, dass sie die Zügel in der Hand hält. Dass sie nur mit den Fingern schnipsen muss, um uns springen zu lassen. Zoey wäre stolz auf mich, wenn sie mich in den letzten Tagen hätte sehen können. Beim Gedanken an sie richte ich meine Schultern etwas auf und schiebe meinen Scheitel Richtung Decke.

»Glaub mir, so eine wie dich würde ich nicht einmal mit einer Zange anfassen wollen«, kontert James und schlüpft aus seinem Jackett. »Aber das hier ist irgendwie mein Job.« Anschließend krempelt er die Ärmel seines Hemdes in aller Seelenruhe nach oben. Allein diese Geste sollte mir eine Heidenangst einjagen. *Er wird mich schlagen.* Und dieses Mal wird es stärker sein als vorhin. Die Ohrfeige in diesem ranzigen Puff hat mich eiskalt erwischt, aber im Grunde genommen hat sie kaum wehgetan. Seine Worte sollen mich verletzen, aber ich ignoriere sein dämliches Geschwätz einfach.

»Und was hast du jetzt vor?«, frage ich ihn und schenke ihm ein zuckersüßes Lächeln. »Willst du mich zu Tode prügeln?« Da ich nicht gefesselt bin, könnte ich jederzeit vom Stuhl aufspringen und ihm ausweichen, aber als er wie ein Wolf auf mich zukommt und mich mit seinen grünen Augen taxiert, fungieren seine Blicke wie Fesseln. Ich könnte aufstehen, aber ich will es nicht. Und das ist das Schlimmste an der ganzen Situation.

Ich sollte Angst haben. Ich sollte nicht von ihm geschlagen werden wollen. Aber irgendwie reizt mich der Gedanke, vor den zwei Kameras, die rechts und links neben der Tür angebracht sind und die ich sofort entdeckt habe, eine filmreife Show abzuliefern.

James steht jetzt über mir, und als mich der erste Schlag trifft, ist er weitaus schmerzhafter als vorhin. Die Stelle, an der seine flache Hand auf meine Wange trifft, beginnt umgehend zu kribbeln. Ich richte meinen Kiefer, sehe zu ihm auf und recke mein Kinn trotzig in die Höhe. Sekunden später erreicht mich der zweite Schlag, dieses Mal auf der anderen Wange. Mein Kopf schleudert zur Seite, während ich mir auf die Zunge beiße, um nicht zu schreien. Auch wenn es höllisch schmerzt, will ich Silva nicht die Genugtuung geben. Allein bei der Vorstellung, wie er sich hinter der Kamera gerade an diesen Bildern aufgeilt, macht mich nur noch stärker.

»Das war es schon?«, säusle ich und treibe das Spiel damit weiter an. Die Adern an James' tätowierten Unterarmen stehen deutlich hervor, und ich wünschte, er würde dabei nicht so unglaublich attraktiv aussehen. »Da habe ich ja härtere Schläge drauf.«

Schlag Nummer drei erreicht mich mit einer solchen Wucht, dass ich Sekunden später Blut in meinen Mund sickern spüre. Der metallische Geschmack breitet sich auf meiner Zunge aus, und als ich nach meinen Lippen taste und meine Fingerkuppen vom Blut benetzt werden, schenke ich James ein teuflisches Grinsen.

Seine Miene ist unergründlich. Ich kann weder sagen, ob ihn das hier anmacht, noch, ob es ihn viel Überwindung kostet. Vorhin hat er gesagt, dass er es sich niemals verzeihen wird, mich geschlagen zu haben. Und doch steht er jetzt vor mir und tut es wieder. Und wieder. Und wieder. Eine Ohrfeige nach der anderen rast auf mein Gesicht nieder, und irgendwann brennt mein ganzes Gesicht vor Schmerz, genau wie meine Augen, weil mein Körper eben doch nicht aus Stahl ist. Aber ich weine nicht. Diese Genugtuung werde ich Silva sicher nicht geben, vorher verrecke ich lieber in diesem Keller.

»Dir sollte wirklich jemand das freche Mundwerk stopfen.« James greift in mein Haar und zieht meinen Kopf so weit zurück, dass mir der erste Schrei über die Lippen kommt. Mein Hintern hebt vom Stuhl ab, weil er mich so hart nach hinten zieht, und meine Füße zappeln über den blutbefleckten Boden. »Wie gut, dass ich da eine effektive Methode kenne.« Mit der linken Hand fixiert er meinen Kopf weiterhin, während er mit der anderen seine Hose öffnet.

Moment Mal … er will das wirklich durchziehen? Ich schiele zu ihm, und als er seinen Schwanz herausgeholt hat, beschleunigt sich mein Puls um ein Vielfaches. In meiner Lage sollte ich seinen Schwanz definitiv nicht wie den Heiligen Gral anstarren, aber bei der Erinnerung daran, wie er mich vor weniger als drei Stunden auf seiner Veranda gevögelt hat, prickelt es zwischen meinen entblößten Beinen. Ich trage immer noch die Strapse und den durchsichtigen BH, gegen dessen dünnen Stoff sich meine Spitzen drücken. Ich will das hier, auch wenn ich es nicht wollen sollte.

Weil ich absolut kaputt bin.

Weil die Schmerzen, die er mir zufügt, nicht nur bitter sind.

Sie sind bittersüß.

Und sie sind alles, was ich im Augenblick will.

Damit die Show weitergeht und Silva keinen Verdacht schöpft, sammle ich meinen blutdurchzogenen Speichel und spucke James vor die Füße.

»Bevor ich dir den Schwanz lutsche, sterbe ich lieber«, fauche ich ihn an und erhalte die Antwort in Form eines elektrisierenden Lachens, das mir eine Gänsehaut über den Körper jagt.

»Du wünscht dir wirklich die falschen Dinge, Ginger.« Als James diesen widerwärtigen Spitznamen in den Mund nimmt, funkle ich ihn wutentbrannt an. Scheiße, er hat mich geschlagen und will mich vor der Kamera dazu zwingen, ihm den Schwanz zu lutschen, aber an einem dämlichen Namen soll es scheitern? Sicher nicht!

Er zerrt meinen Kopf nach vorn und zieht mich im selben Moment vom Stuhl herunter. Meine Knie schlagen auf dem betonierten Boden auf und ein scharfer Schmerz jagt durch meine Schenkel, der sich zwischen meinen Beinen in etwas anderes verwandelt. Die Vorstellung, von ihm zu einem Blowjob gezwungen zu werden, ist bei Weitem nicht so schrecklich, wie sie sein sollte. Sein Schwanz ist steinhart, und zu wissen, dass er vorhin noch in meinem Hintern steckte, macht mich nur noch mehr an.

»Mund auf, Ginger«, grollt er. Als ich mit geschlossenen Lippen den Kopf schüttle, schnappt James nach meiner Kehle und drückt mir die Luft ab. Das Blut rauscht so laut wie nie zuvor in meinen Ohren, und je länger mir der Sauerstoff wegbleibt, desto seliger werde ich. Wären wir unbeobachtet, würde ich meine Hand auf seiner platzieren und ihn dazu bringen, stärker zuzupacken, stattdessen bleibe ich in meiner widerspenstigen Rolle.

»Vorher. Sterbe. Ich!« Krächzend kommen diese Worte über meine Lippen. James nutzt den Moment, um meinen Hals loszulassen und mit seiner Spitze gegen sie zu stoßen. Mit seiner seidigen Eichel schiebt er meine Lippen auseinander. Gespielt widerwillig lasse ich ihn in meinen Mund gleiten, und als er beginnt, meinen Kopf mit harten Stößen zu vögeln, verziehe ich schmerzverzerrt das Gesicht.

Eine aufgeplatzte Lippe in Kombination mit einem rauen Blowjob? Nicht unbedingt die beste Kombination, wie ich jetzt weiß. James stößt sich wie ein Tier in meinen Mund, achtet nicht auf mein Röcheln oder meine Hände, mit denen ich mich von ihm wegschieben will. Stattdessen spießt er meinen Rachen nur schneller und härter auf, bis mir die Tränen kommen. Ich schmecke nicht nur ihn auf meiner Zunge, sondern auch die Erinnerung an die letzten Stunden, die wir gemeinsam verbracht haben. Mittlerweile rinnt mir der Speichel über das Kinn und tropft auf meinen Schoß, während James mich mit geschlossenen Augen vögelt.

Er sieht mich nicht einmal an.

Er behandelt mich, wie Silva seine Frauen behandelt.

Wie einen Gegenstand, den man gebrauchen kann.

Immer wieder versuche ich, ihn von mir zu stoßen. Für die perversen Wichser hinter den Kameras sieht es sicherlich aus wie eine astreine Vergewaltigung, dabei gibt es im Augenblick nichts, das ich lieber spüren will als ihn in mir. Egal in welcher gottverdammten Öffnung meines Körpers. James pumpt sich noch wenige Male in meinen Rachen, und als er meinen Kopf hart auf seinen Steifen drückt, muss ich heftig würgen. Er spritzt tief in mir ab; sein Samen läuft in meinen Rachen, und er wartet darauf, dass ich den Rest schlucke. Was ich nicht tue. Sobald James mich freigegeben hat, spucke ich die Reste seines Spermas an dieselbe Stelle wie zuvor mein Blut.

Die Antwort erhalte ich in Form eines weiteren Schlages. Dieses Mal schaffe ich es nicht, meinen Schrei zurückzuhalten, weil er mich so unerwartet erwischt.

»Das müssen wir noch üben, bevor du zu Silva gehst«,

seufzt James herablassend. »Die kleine Nadia ist um Klassen besser als du.«

Ich schlucke einen Konter herunter, auch wenn mich seine Worte härter treffen als gedacht. Unweigerlich muss ich daran denken, wie es sich angefühlt hat, dabei zusehen zu müssen, wie er den Mund einer anderen Frau vögelt. Noch mehr Tränen kitzeln sich an die Oberfläche, und als ich zu James aufsehe, versuche ich ihm anhand meines Blickes zu sagen, dass er mich gerade zum ersten Mal wirklich verletzt hat, seitdem er mich hier runtergebracht hat. Aber er sieht nicht hin, stattdessen zerrt er mich auf die Beine, dreht mich in einer fließenden Bewegung um und stößt mich mit der Frontansicht Richtung Wand. In letzter Sekunde kann ich mich mit den Handflächen abstützen, damit mein Gesicht nicht gegen sie donnert. Ich höre ein Klirren und traue mich nicht, nachzusehen, woher das Geräusch kommt.

Meine Kehle brennt, weil James so stark zugedrückt hat, und meine Wangen glühen, als hätten seine Hände auf ihnen Feuer geschlagen.

»Ich will, dass du dich bei deinem Besitzer für dein ungehobeltes Benehmen entschuldigst, Ginger.« Seine Stimme klingt so gehässig, dass ich mich langsam frage, ob ihm das hier wirklich Spaß macht oder ob er einfach nur ein verdammt guter Schauspieler ist. Aber das, was er von mir verlangt, ist absolut lächerlich. Ich soll mich bei Silva entschuldigen? Nachdem er mir auf der Veranda sagte, dass es mir niemals leidtun soll, wenn ich für mich einstehe?

»Sag es!«, grollt er in meinem Rücken und ich schüttle den Kopf. Mich bei diesem menschenverachtenden Wichser zu entschuldigen ist das Allerletzte, was ich tun will. Und ich bereue es sofort, als ein scharfer Schmerz in meinem Rücken explodiert. James hat mich mit einer Kette geschlagen, ich kann sie beinahe in meinen Ohren klingeln hören. Ein Schrei ruht auf meinen noch feuchten Lippen, aber ich weigere mich, ihn freizulassen.

»Sag: *Es tut mir leid, dass ich so eine dreckige, kleine Schlampe bin, die keinen Respekt vor ihrem Besitzer hat*«, knurrt James und steht so dicht hinter mir, dass ich sein Aftershave riechen kann, wie es sich mit dem Geruch nach meinem Blut vermischt, der mir unaufhörlich in die Nase dringt. Sein massiger, warmer Körper kesselt mich ein, drückt mich härter gegen die Wand und lässt mir keine Chance zur Flucht.

»Sag, dass du deine Lektion gelernt hast und beim nächsten Mal deine willigen Beine spreizen wirst, wenn er es von dir verlangt!« Aber alles, was ich hervorbringe, ist ein weiteres Kopfschütteln. So aufregend ich diese Show vorhin noch fand, inzwischen hasse ich alles hieran. Ich hasse es, dass James so ehrlich und abgrundtief böse klingt, auch wenn ich weiß, wieso er mir diese Dinge antut. Ich hasse es, dass er mich mit einer verdammten Eisenkette geschlagen hat. Und ich hasse es, dass ich ihn trotzdem nicht hassen kann.

James vergräbt sein Gesicht in meinem Haar, und als ich seinen warmen Atem an meinem Ohr spüre, will ich mich umdrehen und in seine Arme werfen. Vor allem, als er die nächsten Worte in mein Ohr flüstert.

»Bitte, mi cielo. Sag es einfach.«

Aber ich kann nicht. Meine Würde steht mir wie ein Türsteher im Weg und hindert mich daran, diese absurden Worte über die aufgesprungenen Lippen zu bringen.

Wäre Zoey jetzt immer noch stolz auf mich? Oder würde sie mich nur noch bemitleiden, weil ich nicht weiß, wann es genug ist?

»Lass mich einfach in Ruhe!«, fahre ich ihn an und versuche, mich von der Wand zu stemmen, aber James' Körper ist wie Granit, der sich nicht rührt. Mein Herz schlägt mir bis in den Hals, als hätte es seine eigentliche Position längst verlassen. Selbst meine Organe versuchen zu fliehen, während ich meine Chancen allesamt auf ganzer Linie vergeigt habe. Ich hätte meine Beine in die Hand nehmen müssen, als ich noch konnte. Ich hätte auf meinen Verstand hören sollen und nicht auf mein kaputtes Herz, das Schutz in den Armen meines Entführers gesucht hat.

James tritt einen Schritt zurück. Sekunden später trifft mich die Kette erneut, dieses Mal auf meiner rechten Arschbacke. Die Arschbacke, die er vor wenigen Stunden noch so liebevoll gestreichelt hat, während er bis zum Anschlag in mir war. Weitere Tränen sammeln sich in meinen Wimpern, die anschließend ihren Weg über meine geschundenen und erhitzten Wangen finden.

»Ich kann die ganze Nacht so weitermachen«, warnt James mich, und ich habe Angst davor, dass er seine Worte wahrmachen und mich noch stundenlang quälen könnte.

Die Antwort erhalte ich in Form eines nächsten Schlages. Dieses Mal ist mein rechter Oberschenkel dran. Meine Knie knicken ein und ich gehe an der Wand zu Boden, weil mich langsam, aber sicher die Kraft verlässt. Wie lange will er mich noch foltern?

»Bitte, hör auf damit«, krächze ich, weil ich am Ende bin. Aber sein dunkles, herablassendes Lachen ist Antwort genug. Er wird nicht aufhören, auch wenn ich ihn auf den Knien anbetteln sollte. Das Gesicht habe ich von James abgewandt, weil ich ihn nicht ansehen kann. Ich kann ihm nicht in die grünen Augen sehen, wenn es einen Teil in mir gibt, der Angst davor hat, wie sehr ihm das hier gefallen könnte. Denn obwohl ich das Spiel mit dem Feuer und den Schmerzen bis eben noch aufregend und heiß fand, habe ich mich überschätzt. Ich dachte, ich könnte mitspielen, aber das kann ich nicht länger.

Als sie mich ein weiteres Mal trifft, klingelt es so laut in meinen Ohren, dass mir schwarz vor Augen wird. Ich bilde mir ein, Silvas dreckiges Lachen im Hintergrund zu hören. Wie er sich hieran aufgeilt und sich bereits ausmalt, was er alles mit mir anstellen wird, wenn ich endlich in seinem *Besitz* bin. James zieht mich wieder auf die Beine, schleift mich zurück zu dem Stuhl und lässt mich wie einen nassen Sack darauf fallen. Die Stellen, die von der Kette malträtiert wurden, brennen wie die Hölle persönlich. Ich winde mich auf dem Stuhl, und als James auf mich hinabblickt und ich es wage, den Blick zu heben, bereue ich es sofort. *Weil ich ihm verzeihen will. Jeden Schlag, jedes widerwärtige Wort, jede Wunde, die er mir gerade körperlich und seelisch zugefügt hat.*

Ich sehe in seinen Augen, wie sehr er das hier hasst. Wie sehr er sich selbst hasst. Und wie sehr er mit sich und seinem Gewissen kämpft, weil er sich entscheiden muss. Für mich oder das Leben seiner Schwester und das Hunderter Frauen, denen er diese Zukunft ersparen könnte, wenn sein Plan aufgeht.

Mein Kopf wird mit jeder verstreichenden Sekunde schwerer, sodass ich ihn kaum noch oben halten kann. Immer wieder sackt er ein Stück nach unten, und mir läuft weiterhin eine Mischung aus Blut, Speichel und Sperma über das Kinn. Ich gebe sicher ein erbärmliches Bild ab. Eines, das ich Silva bieten muss, wenn ich nicht will, dass er derjenige ist, der die Kette in der Hand hält oder mir seinen Schwanz zwischen die Lippen schiebt.

James hat sie einmal um seine Faust geschlungen,

und sobald ich die Glieder der Kette sehe, an der mein Blut klebt, bebe ich am ganzen Körper.

Er hat mich blutig geschlagen.

»Sagst du es jetzt oder wollen wir mit dem Gürtel weitermachen?« Meine Augen flattern, weil ich gegen das Gefühl der Ohnmacht kaum noch ankomme. James klopft mir gegen die Wange, damit ich nicht einschlafe, und ich bilde mir ein, dass seine Hand etwas zu lang und etwas zu sanft auf ihr ruhen bleibt. Seine Fingerspitzen sollten sich nach allem, was er getan hat, nicht so heilsam auf meiner Haut anfühlen. Meine Lippen sollten sich nach diesem Blowjob nicht nach seinen Küssen sehnen. Sollten, sollten, sollten ... die Realität sieht jedoch anders aus. Ich würde in dieser Sekunde alles für einen tröstenden Kuss geben. Oder für ein paar simple Worte, die mir versichern, dass alles wieder gut wird.

Vernebelt blicke ich zu ihm auf, und als ich den flehenden Funken in seinen stechend grünen Augen sehe, gebe ich schließlich nach. Ich ertrage keinen weiteren Schlag, keine weitere Demütigung. Ich ertrage es nicht länger, ihn so zu sehen und nicht zu wissen, welche Seite in ihm gewinnen wird.

Die gute oder die abgrundtief böse ...

»Es tut mir leid«, flüstere ich und merke, wie gebrochen ich bereits klinge. Sekunden später schlägt James mich erneut, dieses Mal wieder mit der flachen Hand. Mein Kopf schleudert zur Seite und ich schmecke das Salz meiner Tränen, die plötzlich überall sind. Sie rinnen wie Bäche über mein geschundenes Gesicht und nehmen alles von mir ein.

»Ich verstehe dich nicht, Ginger. Du musst schon lauter sprechen.« James umschlingt die Kette etwas fester mit seiner Faust, während ich mich auf dem Stuhl immer kleiner mache. Ich will nicht mehr, ich kann nicht mehr und ich verabscheue, dass ich dieses Spiel anfangs so sehr genossen habe. Wann war der Punkt erreicht, als meine Lust in Angst umschlug? Ich erinnere mich nicht.

»Es tut mir leid«, wiederhole ich, immer noch leise wie ein Mäuschen, obwohl ich in den letzten Tagen so stark war. Vermutlich war es nur eine Frage der Zeit, bis das Kartenhaus in sich zusammenfallen würde. Der nächste Schlag gibt mir den Rest. Die Kette saust auf meine Brüste hinab und entfacht einen Schmerz, der überdimensional ist. Warum hört er nicht auf, mich zu schlagen, obwohl ich mich entschuldigt habe? Warum quält er mich so? Erneut jagt er die Kette auf meine Brust, dieses Mal direkt über mein Herz. Mein Herz, das er gerade regelrecht entzweibricht. Ich blicke vernebelt zu ihm auf und versuche die Antwort in seinen Augen abzulesen, aber dafür sehe ich nicht mehr scharf genug. Sterne tanzen in meinem Sichtfeld, die mich tiefer in die Schwärze der Nacht ziehen wollen. Dann packt James meinen Hals und drückt so fest zu, dass ich meinen Tod bereits vor mir sehen kann. Ich sehe, wie er die Arme für mich öffnet, bereit dazu, seinen schwarzen Umhang über mich zu legen.

»Lauter!«, befiehlt James harsch und lockert den Griff um meine Kehle wieder. Seine warmen Finger ruhen jetzt wie ein schützender Schal auf meinem Hals, und als sein Daumen kleine Kreise über meine brennende Haut zeichnet, sammle ich meine letzte Stärke, sehe zu ihm auf und schreie ihm die vier Worte mitten ins Gesicht. »ES TUT MIR LEID!«

»Warum nicht gleich so?«, fragt er mit erhobenem Mundwinkel, aber ich kann hinter die Fassade blicken. Hinter seiner perfektionierten und wunderschönen Maske brodeln die Schuldgefühle bereits. Und zu wissen, dass er sich hierfür sein Leben lang geißeln wird, befriedigt mich auf viel zu düstere Weise.

Langsam löst er seine Hand von meiner Kehle, als er sich von mir entfernt und einen Blick Richtung Kamera wirft. »Ich glaube, sie hat ihre Lektion gelernt.« Ohne mich ein weiteres Mal anzusehen, verlässt James den Raum. Und somit auch mich, obwohl ich es nicht ertrage, jetzt allein zu sein. Das Déjà-vu meines Lebens übermannt mich mit voller Wucht. Dieses Gefühl der Einsamkeit steigt in meinem Körper rasend schnell auf und flutet mein Herz, das immer noch im Galopp schlägt. Die Tür fällt lautstark ins Schloss, und als ich höre, dass James mich hier drin einschließt, springe ich vom Stuhl auf, schnappe mir mit zitternden Fingern sein Jackett, das er hier vergessen hat, und ziehe es mir über.

Zum einen, weil ich nicht will, dass mich die Leute hinter der Kamera weiterhin halb nackt sehen können, zum anderen, weil ich in dem Stück Stoff die Zuneigung suche, die James mir verwehrt hat. Sein Duft dringt in meine Nase und hüllt mich in diese friedliche Blase, in der mir niemand etwas anhaben kann. Ich träume mich fort. Weg von diesem dreckigen Keller, weg von diesen dreckigen Menschen. Ich streife mir die Schuhe ab, torkle zum Stuhl und ziehe die nackten Füße auf die Sitzfläche. Dann umschlinge ich meine Knie, vergrabe das Gesicht in meinem Schoß und wünsche mich weit weg.

Und ohne dass ich einen Einfluss darauf habe, befinde ich mich plötzlich wieder auf dieser wunderschönen Veranda am Black's Beach. Ich spüre James' warmen schützenden Körper und die Meeresbrise auf meinem Gesicht, während wir gemeinsam in den Sonnenuntergang blicken, als wäre dieser Ort nur für uns bestimmt. Je länger ich in meiner Gedankenwelt verweile, desto ruhiger wird mein Körper und desto stärker verblassen meine Schmerzen. Sowohl die inneren als auch die äußeren.

Als ich meine Finger in den Stoff seines Jacketts grabe und Trost in diesem leblosen Kleidungsstück finde, weiß ich, dass es zu spät für mich ist. Weil es einen albernen, naiven Teil in mir gibt, der glaubt, dass er das Jackett absichtlich hiergelassen hat. Damit ich etwas von ihm bei mir habe, wenn ich zusammenbreche.

Silva hatte recht.

Ich habe mein Herz längst an meinen Entführer verloren ... und er hat es soeben mit bloßen Händen zerquetscht.

ZWEIUNDZWANZIG

JAMES

Meine Gedanken stehen auf Stand-by, als ich den Keller und somit auch Willow hinter mir lasse. Ich steuere mit schnellen Schritten den Fahrstuhl an, weil ich einen Ort brauche, an dem ich meinem Frust freien Lauf lassen kann, ohne dabei von einer Kamera aufgezeichnet zu werden. Und unsere Aufzüge sind dafür am besten geeignet.

Sobald ich ihn erreicht habe, betätige ich die Taste wieder und wieder, bis die Türen endlich aufgleiten. Und als sie sich schließen und ich mein erbärmliches Erscheinungsbild im Spiegel der Kabine sehe, brechen die Gedanken wie eine Lawine aus Schuld über mir ein. Ich sehe die Kette in meiner Hand, die ich immer noch um meine Faust geschlungen habe, erkenne die dunklen Schatten unter meinen Augen und das Blut an meinen Fingern. Ihr Blut.

»Fuck!« Ich lasse die Kette auf den Boden fallen, als hätte sie sich in den letzten Sekunden in Stacheldraht verwandelt, und donnere meine Faust so hart gegen die Wand der Kabine, dass meine Haut an den Fingerknöcheln umgehend aufplatzt. *Genau wie ihre Haut, als du sie geschlagen hast wie Vieh.* Mit geschlossenen Augen dresche ich auf den verdammten Fahrstuhl ein. Am liebsten würde ich den Spiegel verprügeln, weil ich etwas kaputt machen muss, das nicht mein eigener Körper ist, aber ich darf nicht noch mehr Fragen aufwerfen.

Reicht schon, dass sich mein Blut auf den Stahlwänden verteilt.

Ich habe Willow geschlagen.

Nein, ich habe sie verprügelt.

Ich habe nicht aufgehört, obwohl sie die Worte längst ausgesprochen und mich angefleht hat, aufzuhören.

Ich habe es zu weit getrieben. Zu weit und gleichzeitig war es genau die richtige Dosis, um Silva zu beruhigen. Hätte ich ihr lediglich ein paar Ohrfeigen verpasst, hätte er sicher noch heute Nacht einen anderen Hunter auf Willow angesetzt. Und dann würde sie jetzt auch an anderen Stellen ihres Körpers bluten. *Vielleicht habe ich ihr das Herz gebrochen, aber wenigstens schlägt es noch.*

Meine Faust kracht ein weiteres Mal gegen die Wand des Aufzuges. Letztendlich sinke ich mit der Stirn gegen den Spiegel und versuche, mich unter Kontrolle zu bringen. Wenn ich in diesem Zustand einem meiner Kollegen begegne, wäre das verdammt kontraproduktiv. Niemand darf wissen, wie viel Überwindung es mich kostet, nicht sofort zurück in den Kellerraum zu gehen, in dem Willow jetzt allein und verängstigt sitzt. Mit nichts außer meinem Jackett bei sich. Ich weiß nicht, ob es ihr hilft, sich nicht ganz so beschissen und hintergangen zu fühlen, aber wenigstens kann sie damit ihren geschundenen Körper bedecken.

Habe ich mich jemals mehr gehasst?

Keine Ahnung, sicher nicht.

Ich verharre noch einen Moment mit der Schläfe an dem Spiegel, bevor ich mich weitestgehend gesammelt habe. Ich muss endlich meine Schwester finden, sonst wird dieser Albtraum nie ein Ende nehmen!

Mit blutverschmierten Fingern wähle ich das Foyer aus, und als sich der Fahrstuhl in Bewegung setzt, atme ich tief durch. Sobald die Türen aufgleiten, erhebt Madeleine sich von ihrem Platz hinter dem Tresen, als hätte sie schon auf meine Ankunft gewartet. Ihr forscher Blick gleitet über meine angespannten Schultern in dem hochgekrempelten Hemd und mündet an meinen geschundenen Händen. Ich kann nur hoffen, dass sie nicht nachfragt, wieso ich so beschissen aussehe.

»Das war eine astreine Show, James«, schnurrt sie und beugt sich provokant über den Tresen, wobei sie mir ihre prallen Titten entgegendrückt. »Ich glaube, Silva ist fürs Erste zufrieden. Und wenn ich mir das Kätzchen so ansehe, haben deine Schläge sie etwas gezähmt.« Sie greift nach dem Bildschirm vor ihrer Nase und dreht ihn in meine Richtung, sodass ich die Kameraaufnahme sehen kann.

Sie trägt mein Jackett.

Das ist das Erste, was mir auffällt, und das Einzige, was mich irgendwie beruhigt. Sie ist nicht allein. Ich hoffe, sie spürt es. Hoffe, sie weiß es. Willow hat sich auf dem Stuhl zu einem kleinen Paket zusammengerollt und vergräbt ihr Gesicht in ihrem Schoß. Sie so zu sehen, killt mich.

»Und trotzdem glaube ich nicht, dass diese Ruhe lange halten wird«, murmle ich und wende den Blick vom Bildschirm ab. Das Ergebnis meiner Taten ist einfach zu abartig, als dass ich es länger ansehen kann.

»Ich auch nicht«, flötet Madeleine. »Aber eins muss ich dir lassen: Kurz dachte ich ja, du hättest Gefühle für die Kleine entwickelt, aber diese Show gerade? Das war grandios.« Sie beugt sich noch etwas weiter über den Tresen, legt ihre Hand auf meine Brust und tänzelt mit den Fingern über meinen Hemdkragen. »Wollen wir zur Feier des Tages auf mein Zimmer gehen?«

Ja, ich habe Madeleine mehr als einmal gefickt. Aber nicht weil ich auf kranke Schlampen wie sie stehe, sondern weil sie den Laden hier am Laufen hält und ich mich mit ihr gutstellen muss.

»Ich würde dich wirklich gern direkt auf diesem Tresen ficken«, erwidere ich nonchalant, obwohl ich allein beim Gedanken daran kotzen könnte. »Aber ich habe noch einen Außentermin.«

»Schade, vielleicht ein anderes Mal. Aber apropos Außentermin ...« Sie legt den Kopf schief und stützt ihr Kinn auf der Hand ab. »Mike hat mir eine seltsame Mail geschrieben, in der er sagte, dass er für ein paar Tage die Stadt verlassen muss. Weißt du, wieso? Das ist ehrlich gesagt etwas untypisch für ihn.«

Untypisch für ihn ist es sicher auch, von Säure zerfressen irgendwo unter der Erde zu vergammeln. Aber was weiß ich schon, also zucke ich mit den Schultern.

»Ich habe ihn seit dem Meeting mit Silva nicht mehr gesehen. Vielleicht bekommen wir bald neue Ware.« Und mit Ware meine ich leider keinen Stoff.

»Ja, vielleicht.« Madeleine leckt sich über die Lippen, bevor sie sich eine Zigarette aus der Handtasche holt und sie direkt vor meiner Nase anzündet. Sie bläst mir den Rauch mitten in die Fresse. »Dann viel Spaß bei deinem Außentermin. Ich behalte derweil unser Kätzchen im Blick.«

Wie befriedigend wäre es, Madeleine die Zigarettenglut im Augapfel auszudrücken? Heute Nacht werde ich es nicht mehr erfahren, aber wenn ich mit diesem Laden abrechne, wird sie sicher nicht ungeschoren davonkommen.

»Schönen Abend noch, Madeleine.« Ich klopfe auf den Tresen und wende mich zum Gehen. Und mit jedem Schritt, der mich weiter von Willow entfernt, fühle ich mich leerer.

Aber ich muss Yuliana finden.

So. Schnell. Wie. Möglich.

~

Jedes Mal, wenn ich einen Fuß in San Diegos Zwillingsstadt setze, begrüßt mich Tijuana mit einer ganzen Wagenladung an giftigen Erinnerungen. Ich bin hier auf den Straßen aufgewachsen, und es ist nahezu lächerlich, wie sich die Luft ändert, sobald man die mexikanische Grenze übertritt. Während San Diego normalerweise recht sicher für die Bürger ist, steht man auf der anderen Seite der Mauer plötzlich in einer der gefährlichsten Städte dieser Welt.

Ich habe die Fahrt in Tijuanas Innenstadt wie in Trance hinter mich gebracht. Weder habe ich auf die anderen Autos noch auf irgendwelche Beschränkungen geachtet. Jetzt ist es bereits weit nach Mitternacht, während ich den Porsche in einer Seitengasse abstelle – was ich sicherlich in ein paar Stunden bereuen werde. Ein Wagen wie meiner wird eine Nacht in dieser Stadt nicht unbeschadet überstehen, aber ich habe noch nie sonderlich viel Wert auf materielle Dinge gelegt.

Ich werfe einen Blick in die Seitengasse, in der ich den Wichser beim letzten Mal getroffen habe. Wie zu erwarten, steht er wieder an exakt derselben Stelle, um seinen dreckigen Stoff zu verticken. Sein Gesicht hat er unter der Kapuze seines Hoodies vergraben, und so wie er zappelt, ist mir klar, dass er selbst schon viel zu lange keinen Kick mehr hatte.

Ich öffne das Handschuhfach, ziehe meine handlichere Glock heraus und steige aus. Da wir uns im wohl schlimmsten Viertel dieser Stadt befinden, mache ich mir nicht einmal die Mühe, die Waffe bedeckt zu halten. Hier gibt es kaum jemanden, der seine Knarre nicht offen zur Schau trägt. Mit schnellen Schritten bin ich bei dem Dealer angelangt, und als er mich erkennt, rennt er los. Ich lasse ihn noch kurz in dem Glauben, dass er eine Chance hat, bevor ich ebenfalls an Tempo zulege, ihn an der Kapuze seines Hoodies schnappe und ihn gegen die Wand dieser engen Gasse drücke, in der jeder Stein nach Pisse und Kotze stinkt.

»Bitte, lass mich los! Ich habe dir doch schon alles gesagt, was ich weiß!«, winselt er wie ein Hund, dem ich aus Versehen auf die zierliche Pfote getreten bin. Mit dem Unterschied, dass nichts, was ich tue, aus Versehen geschieht.

»Du hast mir rein gar nichts gesagt«, spucke ich ihm entgegen und führe meinen Waffenlauf an sein Kinn. Der Dealer starrt meine Armverlängerung mit aufgerissenen Augen an und innerhalb von Sekunden bricht ihm der Schweiß aus.

»I-ich weiß n-nichts Genaueres über diese Frau!«

»Aber du hast sie gesehen«, zische ich ihn an und verpasse ihm mit dem Ellbogen einen Kinnhaken. »Und bevor du nicht etwas tiefer in deinen Erinnerungen gräbst, um mir zu sagen, wo genau du sie gesehen hast, kann ich dich nicht gehen lassen. Die Dinge haben sich leider in eine ziemlich beschissene Richtung entwickelt und mir läuft die Zeit davon. Das verstehst du Junkie doch sicherlich.«

»Jaja ... ja, verstehe«, stammelt er und sein Blick jagt hektisch von einem Ende der Gasse zum anderen, aber wir sind allein. Selbst wenn jemand vorbeikommen würde, würde ihm sicher niemand helfen. In dieser Stadt mischt man sich nicht in die Angelegenheiten anderer ein. Nicht mal die Cops.

»Also. Schließ die Augen und denk nach, wenn du nicht willst, dass ich mit einem Messer in deinem Hippocampus herumstochere, um deine Erinnerungen wachzukitzeln. Wo hast du sie gesehen?« Mit der freien Hand hole ich Yulianas Foto aus der Tasche meiner Jeans. Ich trage es nahezu jeden Tag bei mir und dementsprechend ist das Bild nicht mehr in einem sonderlich guten Zustand. Aber es reicht aus, um meine Schwester zu erkennen. Ihre dunkle glänzende Mähne. Ihre ebenmäßige karamellfarbene Haut. Die treuen, etwas gewitzten braunen Augen, die sie von unserer Mutter geerbt hat. Der Dealer starrt schluckend auf das Foto meiner Schwester hinab, und als mir die Geduld flöten geht, drücke ich sein Kinn mit der Waffe hoch.

»Wird's bald?«

»Ich ... ich ...« Er schließt die Augen und scheint sich wirklich mühsam erinnern zu wollen. Leider kann ich mir davon auch nichts kaufen. Ich brauche Informationen, eine nächste Spur. Denn sollte ich nicht langsam zu einem Ergebnis kommen, wird das, was Willow gerade passiert ist, erst der Anfang vom Ende gewesen sein.

»Ticktack, deine Zeit läuft ab«, drohe ich der Ratte.

Im selben Moment reißt er seine Augen auf. »Ich ... ich glaube, ich habe sie in der Zona Norte gesehen«, sagt er gehetzt.

»Und wo genau?«, frage ich genervt. Die Zona Norte ist das größte Rotlichtviertel Nordamerikas, da brauche ich schon etwas mehr Anhaltspunkte. Damals hat unser Vater die Coahuila oft mit mir an der Seite besucht – die wohl berüchtigtste Straße der Welt, auf der ich schon alles gesehen habe. Morde, Schießereien, Vergewaltigungen mit Zuschauern ... Meistens hat unser Erzeuger sich in den dreckigen Bordellen mit Kunden getroffen und sich nebenbei den Schwanz blasen lassen, während unsere Mutter zu Hause die brave Hausfrau gespielt hat.

Allein die Vorstellung, Yuliana könnte inzwischen in einem dieser Bordelle selbst anschaffen, kitzelt die Mordlust in mir wach. Ich würde dem Kerl vor mir gern den Schädel wegblasen, aber im Grunde genommen ist er ein Opfer unserer kaputten Gesellschaft, und ich stehe nicht sonderlich aufs Töten. Mikes Leiche wegzuschaffen war mir schon ein Dorn im Auge.

»Wird's bald? Wo genau hast du sie gesehen?«

»I-ich glaube, d-das war in einem L-Laden namens *Anhelo Rojo*«, stottert er und hat noch immer den Blick auf meine Glock gerichtet. Würde mich nicht wundern, wenn der Typ sich schon eingepisst hat. Da es hier ohnehin überall nach frischem Urin riecht, kann ich die Lage schlecht einschätzen.

»*Anhelo Rojo*«, wiederhole ich den Namen des Schuppens, den ich schon einmal irgendwo aufgeschnappt habe. Vielleicht war ich sogar mal mit unserem Vater da, wer weiß.

»Das ging doch einfacher als gedacht, nicht wahr?«, frage ich die Ratte und überlege, was ich jetzt mit diesem Typen tun soll. Ihn wieder gehen lassen, damit er fröhlich weiter miesen Stoff an arme Addicts vertickt? Aber ich weiß, auch wenn ich ihm die Lichter auspuste, würden einfach zehn neue Kanalratten nachwachsen, die um seine Kundschaft buhlen.

»Du solltest mit dem Dreck aufhören«, sage ich ernst und nehme die Waffe von seinem Kinn. Umgehend legt er seine Hand schützend auf seine Kehle und tastet sie ab, als könnte er nicht glauben, dass sein Kopf noch auf seinem Hals sitzt. In einem mehr oder weniger gesunden Stück.

»Jaja, werde ich«, antwortet er gehetzt, doch mir ist klar, dass er nicht aufhören wird. Um sich aus dieser Scheiße zu ziehen, braucht es einen verdammt starken Willen, und den sehe ich in seinen Augen einfach nicht.

»Gut.« Ich klopfe ihm fast brüderlich auf die Schulter, bevor ich ihm zum Abschied noch einen Kinnhaken verpasse. »Beim nächsten Mal strengst du deine abgestorbenen Gehirnzellen besser gleich an.« Mit diesen Worten lasse ich den Dealer in der Gasse zurück, höre, wie er keuchend davonrennt und sich in Sicherheit bringt. Obwohl Sicherheit ein Fremdwort für einen Kerl wie ihn ist. Ich steuere meinen Porsche an und mache mich anschließend auf den Weg zur Zona Norte.

~

Schon vor dem dreckigen Puff haben mich vier Frauen angesprochen, alle sahen mehr als abgewrackt aus. Es war nicht zu übersehen, dass ihr Freier sie längst angefixt hat und sie für einen nächsten Schuss alles tun würden. Aber ich bin sicher nicht hier, um mir Aids oder irgendeinen anderen Scheiß einzufangen, ich will einfach nur meine Schwester finden.

Ich betrete das heruntergewirtschaftete Bordell mit gerümpfter Nase, und als mir eine Wand aus Fickgeräuschen und dem Geruch nach Körpersekreten entgegenschlägt, will ich sofort wieder umdrehen.

Weil es mich viel zu sehr an meine verkorkste Kindheit erinnert. An unseren Vater. An all die Nutten, die mich geldgeil angestarrt haben, sobald ich in ein Alter kam, das sie für fickbar hielten. Damals war ich zwölf.

Das *Anhelo Rojo* – die rote Sehnsucht – steht also

sinnbildlich für all das, was ich verabscheue. Und im selben Atemzug könnte das hier inzwischen Yulianas Leben sein. Manche unserer Kunden wollen die Frauen direkt für sich beanspruchen, so wie Silva es mit Willow vorhat, andere verkaufen sie weiter oder schicken sie gleich auf den Strich. Je nach Marktlage.

Ich sehe mich in diesem Schuppen um. Der Laden versinkt im klischeehaften Rotlicht, hinter der Bar steht eine halb nackte Bedienung, die drei Kerlen in billigen Anzügen Shots einschüttet. Links befinden sich mehrere geschlossene Räume, und an jeder Ecke stehen irgendwelche Huren, die versuchen, die männlichen Kunden für sich und ihre Fotzen zu gewinnen. Weil ich wenig Lust habe, die Frauen einzeln nach Yuliana zu befragen, fange ich mit der Bar-Tussi an, weil ich mir bei ihr die größten Chancen erhoffe. Sie hat gebleichte hellblonde Haare, die in großen Locken über ihre gemachten Titten fallen und mehr von ihrer Haut bedecken als das Jeans-Outfit, das sie trägt.

»Hola, chico guapo«, begrüßt sie mich auf Spanisch und mit einem süffisanten Grinsen auf den dunkel geschminkten Lippen.

»Kennst du diese Frau?«, frage ich auf Englisch und schiebe ihr das Foto meiner Schwester entgegen. Die Blondine kaut auffällig auf ihrem Kaugummi herum und lässt ihn anschließend in einer fetten Blase zerknallen.

»Informationen kosten, mein Hübscher.« Ihr gebrochenes Englisch ist kaum zu verstehen, obwohl wir uns nur einen Katzensprung von den Staaten entfernt befinden. Als Antwort platziere ich meine Glock auf dem Tresen und spiele mit dem Abzug.

»Ist ja gut!« Sie hebt abwehrend die Hände in die Luft. »Ich kenne die kleine Bonita nicht«, sagt sie gereizt. »Aber ich arbeite auch noch nicht lange hier. Kenne sicher nicht alle Huren.« Schulterzuckend beginnt sie, den Tresen zu putzen, und auch wenn ich nicht gutgläubig bin, spüre ich, dass sie die Wahrheit sagt.

Ich lasse die Kellnerin an der Bar zurück und überfliege die Frauen, die sich in diesem Raum verteilt haben, aber keine davon hat auch nur die geringste Ähnlichkeit mit dem Mädchen, das sich nachts oft in mein Bett gelegt hat, wenn die Geschäftspartner unseres Vaters mal wieder im Haus waren und ihr Angst einjagten. Denn auch wenn sie unseren Erzeuger vergöttert und nie ein schlechtes Haar an ihm gelassen hat, wusste sie sehr wohl, wie gefährlich wir lebten.

Weil ich die Suche nicht so schnell aufgeben kann und ich den Weg hierhin sicher nicht umsonst hinter mich gebracht habe, schiebe ich meinen Stolz beiseite und ändere den Plan. Einer Frau nach der anderen zeige ich Yulianas Foto, aber keine rückt mit einer Info heraus, die mich weiterbringt. Und auch wenn ich keine Lust habe, irgendwelchen Leuten beim bezahlten Ficken zuzusehen, bleibt mir keine andere Wahl. Systematisch arbeite ich mich durch die Zimmer, zerre dabei ein paar ekelhafte Kerle von den Frauen herunter und muss nur mit der Glock winken, damit ihre grunzenden Proteste verstummen.

»Hast du diese Frau hier mal gesehen?«, frage ich die letzte Hure, die ich noch nicht befragt habe. Sie hat feuerrotes Haar, das auffällig unecht aussieht. Sie ist splitterfasernackt und war gerade dabei, den mickrigen Schwanz dieses älteren Herren für ein paar Scheine zu lutschen. Die Bezahlung der Frauen ist miserabel. Inzwischen hat der Kerl seine Mini-Penne wieder eingepackt.

»Unsere Frauen wechseln fast täglich, mein Süßer. Aber deine Kleine habe ich hier noch nie gesehen.« Die Frau steht mit verschränkten Armen vor mir und wartet darauf, dass ich sie ihren Job weitermachen lasse. Innerlich koche ich, weil sich alle Spuren im Sand verlaufen.

»Solltest du deine Meinung ändern oder solltest du sie doch sehen, melde dich bei mir. Ich bezahle dich sicher besser als dieser perverse Sack.« Ich reiche ihr, genau wie allen anderen Frauen, eine Karte mit meiner Nummer. »Weitermachen.« Damit verlasse ich den letzten Raum und anschließend diesen widerwärtigen Puff. Und als ich mitten auf der wohl schlimmsten Straße Mexikos stehe und mich umsehe, zieht sich meine verkackte Brust zusammen, als hätte mir jemand heftig gegen den Solarplexus geschlagen.

Yuliana, wo zur Hölle steckst du?

DREIUNDZWANZIG

WILLOW

Ich habe das Gefühl für die Zeit endgültig verloren, seitdem James mich in diesem Keller zurückgelassen hat wie einen alten, benutzten Waschlappen. Da hier die einzige Lichtquelle von der verdreckten Glühbirne kommt und es kein Fenster gibt, weiß ich weder wann Tag noch wann Nacht ist.

Die einzigen zwei Dinge, die sich im Vergleich zu meiner Gefangenschaft in dem schicken Hotelzimmer nicht geändert haben, sind folgende: Ich werde immer noch dauerüberwacht, was mir die kleinen roten Leuchten an den Kameras verdeutlichen. Und Madeleine bringt mir immer noch regelmäßig Essen vorbei, das ich jedoch nie anrühre.

Vermutlich sollte ich über meinem Stolz stehen und das Essen annehmen, um nicht noch mehr Kraft zu verlieren, aber allein der Gedanke an einen Bissen von den Gerichten lässt meinen Magen rebellieren.

Und so liege ich auf dem kalten Boden, noch immer in James' Jackett gewickelt, und starre den Teller mit dem inzwischen kalten Reis an. Dass ich Besuch bekomme, höre ich schon von Weitem, und ich weiß auch sofort, von wem. Ich kann Madeleines Gesicht bereits sehen, bevor sie den Kellerraum betritt. Heute trägt sie wieder eines dieser spießigen Kostüme, die eigentlich eher zu einer Büroangestellten in einer Kanzlei passen würden. Ihre Mähne hat sie zu einem strengen Dutt gebunden, wodurch ihr markantes Gesicht noch stärker zur Geltung kommt.

»Du hast ja wieder nichts angerührt, ma chérie«, seufzt sie und stemmt die Hände in die Hüften. Sie ist die Einzige, die mich noch besucht. Die Einzige, die mit mir redet. Und auch wenn ich froh bin, James nicht mehr gesehen zu haben, seitdem er mir das angetan hat, vermisse ich ihn. Wer weiß – vielleicht würde ich mich auch sofort in seine Arme stürzen, sollte er hier runterkommen. Weil ich eben ziemlich hinüber bin.

Und da Silva ohnehin schon weiß, dass ich etwas für ihn empfinde, müsste ich es nicht einmal verstecken. Aber er taucht nie hier auf. Sieht nie nach mir. Hat mich sicherlich einfach schon vergessen.

»Keinen Hunger«, murre ich und schiebe den Reisteller mit den nackten Zehen in ihre Richtung, damit sie ihn wieder mitnimmt. Meinem körperlichen Zustand nach zu urteilen, halte ich nicht mehr lange ohne Nahrung aus, aber das ist mir gerade herzlich egal. Die Aussichten in meine Zukunft sind nicht gerade rosig und erstrebenswert.

»Du musst aber etwas essen!«, maßregelt sie mich mit der Stimme einer Lehrerin, passend zu dem strengen Outfit. »Wenn du weiter abmagerst, kann Silva dich nicht mal richtig anpacken, ohne dir die Knochen zu brechen.« Madeleine hebt den Teller auf, geht vor mir in die Hocke und stochert in dem Reis herum. »Und bei dem, was er mit dir vorhat, solltest du wirklich ein bisschen was auf den Rippen haben.« Sie schiebt eine Portion Reis auf den Löffel und führt ihn an meine Lippen, aber statt den

Mund zu öffnen, schlage ich ihr das Besteck aus der Hand. Die Reis-Gemüse-Pampe landet auf ihrem schicken Kostüm. Als Antwort packt Madeleine mein Kinn, und weil sie inzwischen stärker ist als ich – weil sie nicht wie ein armes Tier im Dreck schlafen und pissen muss –, kann ich mich nicht richtig wehren. Sie sieht mir tief und fest in die Augen.

»Ich mag deine kratzbürstige Art ja, aber langsam verlässt mich wirklich die Geduld mit dir! Soll ich dir deinen süßen James herbestellen, damit er dich zwangsernährt? Von mir aus!« Sie feuert den Teller neben mir auf den Boden, erhebt sich und wischt sich mit gerümpfter Nase das Essen vom Rock.

»Ich will ihn nicht sehen!«, fahre ich sie an und trete nach ihr, aber in letzter Sekunde springt sie auf ihren Heels zur Seite, was selten dämlich aussieht.

»Ach nicht? Und deshalb kuschelst du seit fünf Nächten mit seinem Jackett? Erzähl deine Märchen den Ratten in den Wänden, ma chérie.«

Fünf Nächte ist es also her, seitdem er mich aufs Übelste gedemütigt hat. Auf der einen Seite fühlt es sich viel länger an, auf der anderen spüre ich die Kette immer noch auf meiner Haut, als hätte er gerade erst zugeschlagen.

»Vielleicht schafft er es ja, deinen Überlebensinstinkt wieder wachzuküssen.« Sie spitzt ihre Lippen und verlässt mit wiegenden Hüften den Raum. Im selben Moment, in dem die Tür ins Schloss fällt, gleite ich wieder ins Liegen und schlinge die Arme um meine angewinkelten Knie.

~

Als ich das nächste Mal wach werde, schieben sich schwarze Boots in mein Sichtfeld. Ich blinzle den Schleier des Schlafs von meinen Augen, traue mich aber nicht, an den Beinen in der dunklen Jeans hochzusehen. Ich weiß längst, wer mich hier erwartet und wer mir beim (Alb)träumen zugesehen hat.

»Du sabberst im Schlaf, pequeña.« Ernsthaft? Nicht nur dass wir anscheinend wieder bei diesem lächerlichen »Kleine« angekommen sind, nein. Das sollen die ersten Worte sein, die er zu mir sagt, nachdem er mich eine Woche lang hier hat vergammeln lassen wie eine menschliche Mülltüte?

Ich schlinge das Jackett enger um meinen nackten Körper, weil ich nicht will, dass er meine schreckliche Verfassung sieht. Diese Genugtuung will ich ihm nicht geben. Wie konnte ich nur so dumm sein und ihm glauben? Er hat mir versprochen, dass er mich hier rausholen wird. Dass er das alles aus den richtigen Gründen macht. Aber von diesen richtigen Gründen lasse ich mich sicher nicht mehr einlullen. Ich bin schon einmal wie eine Maus in seine Falle getappt, aber es reicht mir.

»Was willst du?«, frage ich ihn abweisend, rutsche an die Wand und wende das Gesicht ab, als er vor mir in die Hocke geht.

»Madeleine sagt, dass du nichts isst. Außerdem sollte sich jemand deine Wunden ansehen, bevor sie sich noch entzünden«, erwidert er und klingt dabei recht neutral. Nicht mitfühlend, aber auch nicht herablassend. Nicht so widerlich wie in jener Nacht. Ich wage es nicht, ihm ins Gesicht zu sehen. Ich wage es ja nicht einmal, dieselbe Luft einzuatmen wie er, weshalb ich meine Atmung eingestellt habe. Aber langsam lechzen meine Lungenflügel nach einer Portion Sauerstoff. Ich halte den Atem noch ein paar Sekunden an, bis ich es nicht mehr aushalte.

»Komm, pequeña. Essenszeit.« Er setzt sich neben mich und lehnt sich gegen die Wand. In letzter Sekunde kann ich die Augen schließen. Nach den Tagen hier unten wäre es eine willkommene Abwechslung, etwas so Schönes wie sein Gesicht zu sehen. Aber ich kann nicht.

»Ich. Habe. Keinen. Hunger.«

Was gelogen ist. Schon als ich wach wurde, habe ich gemerkt, dass mein Magen knurrt. Liegt vermutlich daran, dass der Reis auch kalt köstlich riecht und mein Hungergefühl langsam stärker wird als mein Wille.

»Ich habe deinen Magen bis auf den Flur knurren gehört«, erwidert James. »Also sag mir den wahren Grund, wieso du nichts essen willst.«

Ist das sein Ernst? Will er jetzt meinen Therapeuten spielen? Das ist lächerlich! Und erbärmlich gleich dazu. Mir fallen haufenweise Beleidigungen ein, aber über meine Lippen schafft es keine davon, weil ihm keine gerecht werden würde.

»Ich esse nichts«, bringe ich scharf hervor und öffne im selben Moment die Augen, »weil ich lieber hier unten verrecke, als an diesen Wichser verkauft zu werden!« Diese Aussage trifft es ziemlich auf den Punkt.

Zum ersten Mal seit Tagen bin ich James wieder so nah. Ein Blick in seine Smaragdaugen und ich weiß wieder, wieso ich ihn hier unten nicht sehen wollte. Da er das Gesicht von den Kameras abgewandt hat, muss er keine Maske tragen. In seinen Augen liegt fast ätzend schöne Wärme, die mich wie eine Kuscheldecke umgibt. Bevor ich mich von ihm wegdrehen kann, knurrt mein Magen so laut, dass man es vermutlich wirklich bis auf den Flur hören kann. James zieht die Brauen in die Stirn, und das Lächeln, das an seinen Mundwinkeln zupft, würde ich ihm gern mit einem Messer herausschneiden. Aber ohne Waffe – natürlich haben sie mir nur einen

Löffel gegeben – muss ich mich mit der Fantasie begnügen.

»Mund auf.« Er hat sich inzwischen den Teller auf den Schoß gestellt und den dreckigen Löffel an seiner Lederjacke abgeputzt. Ich will ihn fragen, ob ich sein einziges Jackett trage, oder wieso er wieder zu dem Bad Boy Look gewechselt ist, aber ich behalte die Worte für mich. Sobald der Reis unter meiner Nase schwebt, wird mein Speichelfluss enorm angeregt. Ich will nicht schwach sein und nachgeben. Aber. Es riecht. So gut.

Widerwillig öffne ich die Lippen, und als James den Löffel in meinen Mund führt, schlucke ich den Reis, ohne zu kauen, herunter. Sobald die erste Nahrung seit Tagen in meinem Magen ankommt, bricht mein Widerstand vollständig. Ich lasse mich von James füttern wie ein Kleinkind, schlucke brav jeden Bissen und könnte mir selbst in den Arsch treten, weil ich nachgegeben habe. Sobald der Teller leergeputzt ist – was erstaunlich schnell der Fall ist –, rutsche ich von James ab, weil ich mehr Distanz zwischen uns brauche. Mehr Distanz zwischen diesen Händen, die mich erst so liebevoll gehalten und dann so grob behandelt haben.

»Ich muss mir noch deine Wunden ansehen«, sagt James in die alles verschlingende Stille hinein. Ich schüttle den Kopf, weil ich nicht will, dass er mich anfasst. Außerdem glaube ich, dass ich in den letzten Tagen sicher einige Pfunde verloren habe. Da ich ohnehin schlank bin, könnte man vielleicht schon meine Rippen sehen. Ich habe mich bis jetzt nicht getraut, nachzuschauen. Außerdem muss ich mich in einem verdammten Metalleimer erleichtern, der zweimal am Tag geleert wird. Vermutlich stinke ich wie ein Iltis kurz vor der Verwesung.

»Willow«, warnt James mich. »Schwing deinen Arsch

her, Silva will dich sicher nicht mit Eiterbeulen am Körper haben.«

»Und das soll mich jetzt überzeugen? Spinnst du?«, fahre ich ihn an und wende mich von ihm ab, aber James scheint heute nicht mit Geduld gesegnet zu sein. Er packt meinen Arm, zieht mich zu sich heran und befreit mich aus dem Jackett. Anschließend legt er mich wortwörtlich übers Knie und hält mich mit einem festen Griff davon ab, wieder auf die Füße zu springen. Ich zapple aus letzter Kraft, trete um mich und will ihn schlagen, aber es gelingt mir nicht. Irgendwie will mir, seit ich ihn kenne, gar nichts so richtig gelingen.

»Ich weiß schon, warum ich nie Kinder wollte«, murmelt er und lässt mich weiterhin gegen ihn ankämpfen. Ohne Erfolg.

Ich hasse diese belustigte Art an ihm, weil er sie mir in den völlig falschen Situationen zeigt. Vor den Kameras ist James alles, was ich in meinem Leben verabscheut habe. Ich wünschte, ich würde einfach vergessen, wie er hinter den Kameras ist. Wie liebevoll seine Hände sein können, wenn er in den Gentleman-Modus wechselt. Gerade wäre ich um eine seltene Form der Amnesie froh. Jemand muss ausradieren, was er in meinen Kopf und in mein Herz geschrieben hat.

Ich will dir nicht wehtun.

Ich würde dich ans Ende der Welt und in Sicherheit bringen, wenn ich könnte.

Du bist so stark, Willow.

Als ob!

Sobald ich mein Zappeln eingestellt habe, fühlt es sich wieder wie eine Kapitulation an.

»Fertig?«, fragt er mich seelenruhig. Ich reagiere nicht, weil es ohnehin keinen Sinn hätte. Für eine ausgewachsene James-Willow-Diskussion, wie wir sie auf dem Highway geführt haben, bin ich viel zu schwach.

Ich schließe die Augen, und als James meine Arme freigibt, bleibe ich dennoch liegen. Mein Hintern nach oben gerichtet, das Gesicht auf dem kalten Boden abgelegt.

»Die Wunden sehen übel aus«, kommentiert er den Anblick meiner geschundenen Haut. Dass sich die Stellen längst entzündet haben, weiß ich, ohne dass ich sie sehen muss. Sie brennen und jucken höllisch, meistens abwechselnd. Im Augenwinkel sehe ich, wie James etwas aus der Innentasche seiner Jacke holt, das wie eine Wundsalbe aussieht. Scheiße, er will mich tatsächlich wie ein Baby eincremen! Ich presse die Zähne fest aufeinander und lasse es über mich ergehen, so wie alles, was in den letzten Wochen passiert ist. Es sind doch schon Wochen, oder? Angestrengt versuche ich die Tage seit der Party im *Dark Diamond* zu zählen, aber mein Geist ist viel zu benebelt zum Rechnen.

Sekunden später werden meine Gedanken unterbrochen, als James die Salbe auf der Stelle an meinem Rücken verteilt. Seine Finger sind dabei erstaunlich behutsam, und ich bin mir sicher, dass er sich des Risikos bewusst ist. Wenn jemand hinter den Kameras sieht, wie zaghaft er mich eincremt, könnte es zu einem Problem für ihn werden. Dennoch behält er diese sanfte Seite bei, während er sich als Nächstes der Stelle an meinem Oberschenkel widmet. Ein stechender Schmerz strahlt bis in meine Knie, als er die Creme auf ihr verteilt.

»Gleich geschafft«, sagt er leise und fokussiert, als würde er sich voll und ganz auf meine Wunden konzentrieren. Und langsam frage ich mich ernsthaft, ob James eine gespaltene Persönlichkeit hat. In einer Sekunde ist er der ruhige, einfühlsame Kerl, an dem ein Gentleman verloren gegangen ist. In der nächsten reißt er dumme, unangebrachte Witze, über die ich im wahren Leben wohl sogar lachen würde. Aber das hier hat nicht viel mit Leben zu tun. Ich vegetiere so vor mich hin. Und dann gibt es noch die düstere, raue Seite, die er mir in jener Nacht allzu deutlich gezeigt hat. Eine Seite, die ich zwar interessant finde, die er mir aber im falschen Kontext und gegen meinen Willen gezeigt hat. Er ist zu weit gegangen, und ich wünschte, ich hätte Silva niemals in die ekelhafte Fresse gespuckt.

Sobald James sich dem letzten wunden Punkt widmet – dem auf meiner rechten Pobacke –, presse ich die Augen vor Scham zusammen. Das hier ist genauso demütigend wie es die Schläge waren, nur auf eine andere Art und Weise. James' Daumen verteilt die Wundcreme auf meinem Hintern, und ich versuche nicht daran zu denken, was er mit diesem Arsch schon angestellt hat, weil ich es zugelassen habe. Weil ich es wollte.

»Fertig.« Umgehend krabble ich von ihm herunter, schlüpfe wieder in das Jackett und baue Distanz auf. Das alles ist zu viel für meine Seele. Zu viel Demütigung, zu viele durcheinander wirbelnde Gefühle.

James verstaut die Tube mit der Creme in seiner Lederjacke und steht auf. Sobald er sich den leeren Teller geschnappt hat, steuert er die Tür an. Weil er mich – natürlich – wieder allein lassen wird. Was habe ich auch anderes erwartet? Dass er sich zu mir legt, mich in den Arm nimmt und mir versichert, dass sein Plan aufgeht? Dass er mich nicht nur belogen hat, um seinen Nutzen aus mir zu ziehen?

Schnaufend sehe ich, wie sein breiter Rücken verschwindet und die Tür ins Schloss fällt. Und dann schreie ich. Ich schreie so laut, dass mir selbst die Ohren schmerzen, schnappe mir den Stuhl aus der Mitte des

Raumes und stoße ihn gegen die Wand. Es scheppert heftig, vor allem in meiner Brust. Weil ich das Gefühl habe, einen Pakt mit dem Teufel eingegangen zu sein. Und jeder Mensch weiß, dass man dem Teufel niemals trauen sollte.

VIERUNDZWANZIG

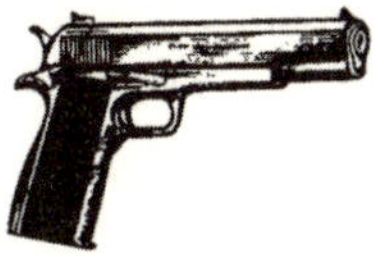

JAMES

Fünfzehn Jahre zuvor

Lass dir nichts anmerken. Lass dir nichts anmerken. Lass dir nichts anmerken. Mit diesem Mantra verlasse ich die enge Vorratskammer und mit ihr auch das verängstigte Mädchen, das mich aus ihren großen Kulleraugen so flehend angesehen hat. Vater hat mir einen genauen Auftrag erteilt, aber als ich sie – festgekrallt in ihren lumpigen Teddybären – gesehen habe, war mir klar, dass ich sie nicht ans Messer liefern kann. Sie ist noch ein Kind, das in Unschuld badet. Sie hat es nicht verdient, wie Vieh auf einem Markt an irgendwelche pädophilen Wichser verscherbelt zu werden. Kein Kind auf dieser Welt hat es verdient – genauso wenig wie wir es verdient haben, die Drecksarbeit für unseren Erzeuger zu erledigen. Und doch stehe ich jetzt hier und überlege, wie ich beides tun kann: das Mädchen retten und gleichzeitig meinem Vater keinen Grund geben, mich später windelweich zu prügeln.

Ich kann nur hoffen, dass sie die Klappe hält und sich

unauffällig gibt, denn sonst kann ich nichts mehr für sie tun. Wenn unser Vater sie erst einmal in die Finger gekriegt hat, gibt es kein Zurück.

»Was dauert da so lange?«, herrscht er mich aus dem Wohnzimmer an. Um die Tarnung zu wahren, sehe ich auch in der kleinen, vollkommen zugemüllten Küche nach und werfe einen knappen Blick ins Bad. Sobald ich ins Wohnzimmer trete, verknotet sich mein Magen erneut. Unsere beiden schweigsamen Leibwächter haben die Mutter des Mädchens auf dem hölzernen Couchtisch festgetackert. Mehrere Messerklingen halten sie an Ort und Stelle, indem sie durch ihre Kleidung und anschließend ins Holz gejagt wurden. Fast will ich Erleichterung zulassen, weil es genauso gut hätte sein können, dass sie die Klingen direkt durch ihre Haut jagen, um sie zu befestigen. Aber was nicht ist, kann noch werden. Und deshalb wäre Erleichterung fehl am Platz.

»Sie ist wirklich nicht hier«, versichere ich unserem Vater ernst.

»Hast du auch in den Schränken nachgesehen?«, blafft er mich an und umkreist die Frau, die in den letzten Monaten ein Teil unseres Lebens war, wie ein Jäger seine Beute.

»Ich bin kein Anfänger, Vater«, murmle ich. Im Augenwinkel sehe ich, dass mein Bruder versucht, Yuliana zu beruhigen, aber sie scheint vollkommen außer sich zu sein. Was ist in den wenigen Minuten, in denen ich weg war, passiert?

»Bitte lasst mich gehen«, winselt Angelica. »Ich wollte das alles nie.«

»Ach nicht?«, fragt Vater herablassend und lässt das Messer in seiner Hand sanft durch die Luft gleiten. Vermutlich plant er gedanklich gerade, wie er sie töten wird. Mit einem Stich ins Herz? *Wäre poetisch.* Dem Durchtrennen ihrer Kehle? *Würde einen Saustall anrichten.* Oder wird er einfach wild und ungestüm auf ihren Oberkörper einstechen, weil das die schmerzhafteste Variante ist? *Vermutlich das.*

»Lass mich los!«, jammert meine Schwester.

»Jetzt beruhige dich, Yules«, ermahnt unser Bruder sie, aber sie zappelt immer noch wie ein Fisch am Haken.

»Ich beruhige mich aber nicht!«, zischt sie ihn an. »Ich will die Kette zurückhaben! Sie hat Mamá gehört und sie gehört jetzt mir!« Yuliana schafft es, sich aus dem Griff unseres Bruders zu befreien und beginnt, sich durch die Schubladen der Schränke zu wühlen. Ein Gegenstand nach dem anderen fliegt durch den Raum und landet am Boden, die meisten davon sind weniger wert als der Dreck unter unseren Schuhsohlen. Einige Dinge zerbrechen, andere bleiben ganz. Aber die Kette befindet sich nicht darunter. Und ich weiß auch ganz genau, wieso.

Weil das Mädchen sie trägt.

Ich habe sie unter ihrem Pyjama hervorlugen sehen, und das ist nur ein weiterer Grund, wieso sie in ihrem Versteck bleiben muss. Meine Schwester würde ihr die Augen auskratzen, wenn sie wüsste, dass sie die Kette um ihren schmalen Hals trägt, obwohl sie ihr gehören sollte.

»Yuliana!«, donnert unser Vater und packt sie am Handgelenk. Umgehend stellt meine Schwester ihre kindliche Razzia ein. In ihren Augen wüten die Tränen, und es fehlt nur noch, dass sie sich auf den Boden wirft und mit den Füßen trampelt. »Jetzt reiß dich zusammen. Vergiss diese Kette, hier geht es um etwas viel Wichtigeres.« Er streichelt ihr jetzt liebevoll übers Haar und wechselt in den Modus des behütenden Vaters. »Es geht um Rache.«

»Aber ich habe ...« Angelica versucht sich zu befreien, doch die Leibwächter meines Vaters lassen es nicht zu. Sie agieren meistens aus dem Schatten heraus, versuchen unsichtbar zu sein und nur einzugreifen, wenn es nötig ist. So wie jetzt. Dylan tritt an den Tisch heran, zückt ein weiteres Messer und holt aus. Die Klinge gleitet viel zu leicht durch die Schulter dieser zierlichen Frau. Brian hingegen sorgt dafür, dass ihre Schreie nicht das ganze Haus aufwecken, indem er ihr seine Pranke auf den Mund drückt.

Angelica windet sich vor Schmerz. Als sich der Tisch unter ihrem Rücken rot färbt, wünschte ich, es wäre lediglich ein Rotweinglas umgekippt. Das Blut rinnt über die Tischkante und tropft auf den ehemals sicher weißen Teppich, der grau verfärbt ist. Die Einrichtung dieser Wohnung verdeutlicht nur, wie arm die Familie eigentlich dran ist. Und trotzdem will unser Vater ihr auch noch den letzten Rest nehmen.

»Diese Kette ist das Letzte, was mir von Mamá geblieben ist!«, schluchzt Yuliana, und kurz wallt der Wunsch in mir auf, sie in den Arm zu nehmen und zu trösten. Aber das hier ist nicht nur der falsche Zeitpunkt dafür, sondern auch der falsche Ort.

»Das Letzte?«, keucht Angelica, als Brian seine Hand von ihrem Mund nimmt. Schweißperlen rinnen über ihre Schläfen und ihre Lippen beben. »Was bedeutet das? Sie ist … tot?« Ehrliche Bestürzung überkommt sie, und in diesem Moment wird mir klar, dass die Beziehung zwischen den beiden Frauen echt war. Angelica hat vor einem Jahr angefangen, bei uns als Haushaltshilfe zu arbeiten. Anfangs war sie wie ein Mäuschen, deren Existenz man nicht einmal bemerkt hat, wenn sie direkt vor einem stand. Doch dann fing sie an, sich mit unserer Mutter zu unterhalten, und sie blühte immer weiter auf. Die beiden haben jede freie Minute zusammen verbracht, waren in der Stadt shoppen, haben im Wintergarten gesessen und komische Klatschzeitschriften gelesen ... und sie haben sich geküsst. Mehr als einmal. Sie dachten, dass sie sicher sind und niemand sie sieht, aber unsere Mutter hat vergessen, dass unser Haus Augen und Ohren hat. Überall.

Irgendwann gehörte Angelica quasi zum Inventar unseres Hauses. Doch als die ersten Wertgegenstände verschwanden, war das der Anfang von ihrem Ende. Es war nur eine Frage der Zeit, bis die Bombe schillernd explodieren und dabei unsere Familie komplett auseinanderreißen würde.

»Natürlich ist meine Frau tot«, sagt mein Vater viel zu trocken. Er beugt sich über ihren Körper und sofort erwischen mich die Flashbacks mit voller Wucht. Genau so hat er sich auch über unsere Mutter gebeugt, kurz vor ihrem Tod. Galle steigt meine Speiseröhre hinauf und verätzt meine Kehle.

»Sie hat zugelassen, dass du dich wie ein Parasit in unserer Familie einnistest. Sie hat zugelassen, dass du uns bestiehlst.« Mein Vater hebt mit der Messerspitze ihr Kinn an und platziert sie anschließend über ihrem hüpfenden Kehlkopf. »Und dann hat sie dich auch noch gefickt. In meinem Bett. Sie hat meine Ehre zerstört und deshalb werde ich dich zerstören, meine Liebste. Tut mir leid, dass es erst jetzt so weit ist, aber die Geschäfte spannen mich im Moment sehr ein.«

»Bitte nicht«, wiederholt sie wieder und wieder. Dylan und Brian haben sich erneut in die Ecken des Raumes verzogen, während meine Geschwister im Hintergrund miteinander diskutieren. Aber alles, was ich tun kann, ist diese Frau anzusehen, die gleich ausbluten wird. Während ihre Tochter im Nebenzimmer sitzt und in ihren zerschlissenen Teddy weint. *Und zur Vollwaise wird.*

»Wir waren Freundinnen«, schnieft Angelica, während immer mehr Farbe aus ihrem Gesicht weicht. Sie hat wahnsinnig starke Ähnlichkeit mit ihrer Tochter. Dieselben kupferroten Haare, dieselben wilden Locken, dieselbe Angst in den Augen.

»Ihr habt mich für einen Narren gehalten«, spuckt mein Vater aus und ritzt leicht ihre Kehle an. »Du hast uns ausgenommen wie eine Weihnachtsgans, und meine Frau hat tatenlos dabei zugesehen, weil sie mehr in dir gesehen hat als eine *Freundin*. Mehr als eine armselige Putze. Sie wusste davon, nicht wahr? Von all den Dingen, die du uns gestohlen hast.«

Angelica nickt atemlos und bereut es sofort, als die Klinge ihre Haut weiter aufkratzt. »Sie wollte mir doch nur helfen. Wir haben kein Geld. Und ich wollte doch nur ... doch nur ... meine Tochter ...«

Weiter kommt Angelica nicht, denn das nächste, was ihre Kehle verlässt, ist ein Schwall aus Blut. Mein Vater hat sie mit einem sauberen Schnitt durchtrennt. Die rote Suppe ergießt sich über ihrem Hals, erreicht ihr Dekolleté und verbindet sich mit der bereits bestehenden Lache auf dem Tisch.

Ich werfe meinen Geschwistern einen Blick zu und bin dankbar, dass mein Bruder sich schützend vor Yuliana gestellt hat, damit sie dieses Massaker nicht ansehen muss. Sie hat ihre Arme um seinen Oberkörper geschlungen und ihr Gesicht an seiner Brust vergraben, während er ihren Kopf tätschelt. Das Verhältnis zwischen den beiden ist nicht so innig wie unseres, aber ich bin froh, dass er gerade meinen Job übernimmt. Denn ich kann nichts anderes tun als dabei zuzusehen, wie Angelicas letzte Zuckungen verebben. Ihre Augen weit aufgerissen, ihr Mund ebenfalls überspült von Blut.

Mein Vater wischt das Messer an ihrem Oberteil sauber und schiebt es zurück in seinen Stiefel. So seelenruhig, als hätte er gerade nur einen Apfel durchtrennt, und nicht die Kehle einer verwitweten und alleinerziehenden Mutter.

»Du hast die Tochter wirklich nicht gefunden?« Mein Vater lässt die Leiche hinter sich und tritt an mich heran.

Jetzt bloß nicht einknicken! »Nein, die Wohnung ist leer. Vielleicht ist sie wirklich bei einer Freundin.«

Mein Vater scannt mein Gesicht, vermutlich ist er auf der Suche nach meinem schlechten Gewissen. Aber ich setze mein Pokerface auf und hoffe, dass er mir genug Vertrauen entgegenbringt, damit er seine Köter nicht anweist, die Wohnung ebenfalls zu durchsuchen.

»Dann nehmen wir sie eben ein anderes Mal mit, wir werden sie schon finden.« Mit zuckenden Schultern lässt er von mir ab und geht vor Yuliana auf die Knie. Umgehend wirft sie sich in seine Arme und schluchzt laut auf. Dabei fällt ihr Blick auf die tote Frau auf dem Couchtisch und ihre Augen werden immer größer. Wie eine Ertrinkende krallt sie sich in die Schultern ihres Helden, ohne zu sehen, dass er der Böse in dieser Geschichte ist.

»Sie ist tot«, wispert sie.

Unser Vater schiebt Yuliana an den Schultern ein Stück zurück und legt seine Hand an ihre Wange. Dieselbe Hand, mit der er schon so viele Kehlen durchtrennt, so viele Kugeln abgefeuert hat. Und doch wird er in der Gegenwart seiner Tochter jedes Mal sanft.

»Princesa, sieh mich an«, bittet er sie. Yuliana sieht schniefend in das Gesicht unseres Erzeugers. »Manche Dinge müssen getan werden, damit die Gerechtigkeit wieder hergestellt wird. Das verstehst du doch sicher, oder?« Er streichelt sie wieder wie einen Hund.

»Ja, Papá. Sie war eine böse Frau«, sagt sie entschlossen. Am liebsten würde ich sie durchschütteln, bis sie endlich sieht, was vor ihr liegt. Wer vor ihr kniet. Der wohl widerwärtigste Mann dieses Landes, zu dem sie immer noch aufblickt. Er ist das pure Böse. Aber sie sieht es nicht, weil er sie von Anfang an manipuliert hat.

»Genau, princesa. Und jetzt lass uns nach Hause fahren. Wie wäre es mit einem Mitternachtseis?«

»Ja, ja, ja!« Yuliana klatscht freudig in die Hände, als wäre all das Blut in diesem Raum lediglich Erdbeersirup, das sie so gern über ihrem Vanilleeis isst.

»Gut. Deine Brüder kümmern sich um die Leiche.«

»Tun wir das?«, fragt mein Bruder mit mahlendem Kiefer. Er ist ein ebenso großer Fan unseres Vaters wie ich. Könnte daran liegen, dass er uns nie mit Samthandschuhen angefasst hat. Dass er uns nie Eis versprochen hat, nachdem wir die Drecksarbeit für ihn erledigen mussten. Viel eher haben wir die Peitsche abbekommen, wenn wir nicht gespurt haben. Oder den Billardqueue.

»Ja, das werdet ihr.« Unser Vater erhebt sich, richtet den Kragen seines Sakkos und anschließend seine Krawatte. »Holt eine Plane aus unserem Jeep, beseitigt das Chaos und schafft die Leiche nach draußen. Brian wartet unten im Wagen auf euch.« Umgehend tritt Besagter wieder aus dem Schatten. »Ihr müsst lernen, wie wichtig es ist, Ordnung zu halten, Jungs.« Er deutet auf sein neuestes Werk. Sein neuestes Opfer. »Brian wird euch im Anschluss an einen Platz bringen, an dem ihr sie verscharren könnt. Ich will morgen früh eine Berichterstattung haben.« Er packt die Hand unserer Schwester und steuert den Flur an.

Sei leise, Lizzy.

Grab dein Gesicht in deinen Teddy und unterdrücke dein Weinen.

Wenn er dich hört, ist es vorbei.

Nicht nur für dich, sondern auch für mich.

»Komm, princesa. Auf uns wartet eine Menge Eis.« Mit einem eindeutigen Zwinkern in unsere Richtung verlässt der Rest unserer Familie das Wohnzimmer. Dylan und Brian heften sich an die Fersen unseres Vaters.

Nur mein Bruder und ich bleiben zurück.

Gemeinsam mit der Leiche einer Frau, die unsere Mutter geliebt hat – und zwar mehr als eine Freundin. Während mein Bruder ebenfalls nach draußen geht, um die Plane aus dem Jeep zu holen, beginne ich, das Chaos aufzuräumen. Und während ich die Messer aus dem Couchtisch ziehe, stelle ich mir vor, wie ich sie unserem Vater eins nach dem anderen in die Brust ramme.

Eines Tages.

Eines Tages wird dieser Albtraum ein Ende haben.

Dafür werde ich sorgen.

Und dann werde ich auf seinem Grab tanzen.

FÜNFUNDZWANZIG

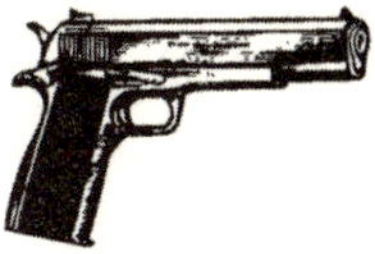

JAMES

»Hast du diese Frau hier gesehen?« Ich halte der Hure das Foto meiner Schwester hin. Seit Tagen bin ich in der Zona Norte unterwegs, klappere einen Puff nach dem anderen ab und fühle mich inzwischen wie ein alberner Versicherungsvertreter, der von Haus zu Haus geht. Nur dass es bei mir von Bordell zu Bordell heißen müsste und ich den Frauen keine Dinge aufquatsche, sondern lediglich Fragen an sie habe. Fragen, auf die mir bis jetzt niemand eine zufriedenstellende Antwort geben konnte.

»Lass mich überlegen, Schätzchen.« Sie betrachtet das Foto mit gekräuselten Lippen. »Sie ist hübsch, würde sicher einige Kunden anlocken mit ihrer Angelina-Jolie-Optik«, sagt sie grinsend. »Wir sind immer auf der Suche nach Frauen, die … ansehnlich sind.« Sie sitzt auf einem schwarzen Ledersessel und hat die schlanken Beine überschlagen. Im Gegensatz zu den anderen Frauen in diesem Schuppen sieht sie aus, als sei sie im Besitz ihrer geistigen Kräfte. Vermutlich ist die Kleine hier die Puffmutter, auch wenn sie nicht älter als fünfunddreißig aussieht. Vielleicht ist aber auch Botox das Wundermittel ihrer Wahl, während die anderen lieber zu Meth oder Heroin greifen. Die meisten von ihnen stehen so unter Drogen, dass ich mit ihnen nicht mal ein ansatzweise produktives Gespräch hätte führen können. Umso erleichterter war ich, endlich mit jemandem zu sprechen, der meine Worte auch versteht.

»Hast du sie nun gesehen oder nicht?«, frage ich ungeduldig. Die Tussi beugt sich vor und präsentiert mir dabei ihre gemachten Titten.

»Meine Informationen kosten, Darling.«

Ich wäge ab, ob sie mich nur ködern will, um an mein Geld zu kommen, aber etwas in ihrem Blick sagt mir, dass sie mehr weiß. Also zücke ich einen Bund Scheine aus meinem Jackett und werfe ihr ein paar davon vor die Füße. Umgehend sammelt sie die Scheine ein. Anschließend reicht sie mir das Foto.

»Vor einer Woche war sie mit einem Kerl in unserem Viertel unterwegs.«

»Kanntest du den Wichser?« Shit, ich sollte ihr nicht vertrauen, aber ich springe voll auf ihren Köder an.

»Ich kannte ihn nicht, aber er wird hier öfter gesehen. Typ mittleren Alters, vielleicht um die fünfzig. Graue Haare, mit einer Narbe am Hals.« Sie deutet auf ihre Kehle und zuckt mit den Schultern. »Vermutlich nur irgendein Freier, der auf der Suche nach neuen Mädchen zum Abwerben war.«

»Ging es der Frau gut?«

»Was weiß ich.« Sie verdreht die Augen. »Hab nicht wirklich drauf geachtet. Aber sie hat geatmet und konnte selbstständig laufen, das heißt in unserem Milieu schon was.« Die Nutte steht auf und greift nach meiner Krawatte, um mich von ihrem Bett zu ziehen. »Wenn du nicht vögeln willst, musst du jetzt leider gehen, Darling. Ich habe Kunden.«

»Wenn du sie oder diesen Kerl nochmals sehen solltest …« Ich zücke eine weiße Visitenkarte, auf der nichts steht außer meine Telefonnummer. Kein Name, keine Anschrift, nur die Zahlenfolge. Und diese Kärtchen habe ich in den letzten Nächten wie Gratiscoupons in diesem dreckigen Rotlichtviertel verteilt, in der Hoffnung, dass es irgendjemanden gibt, der mich zu meiner Schwester führen kann. Die Zeit rinnt mir schon lange aus den Fingern, immerhin werden die Chancen, eine vermisste Person zu finden, mit jedem weiteren Tag nur geringer. Aber seit ich Willow begegnet bin, rinnt sie noch viel schneller. Weil es jetzt zwei Frauen gibt, die meine ganze Aufmerksamkeit fordern.

»Sollte ich der Kleinen nochmals über den Weg laufen, werde ich mich melden. Wenn die Bezahlung stimmt«, sagt sie mit Nachdruck und steht auf. Ihr durchtrainierter Körper steckt in einem Latex-Body, der nicht gerade nach Bequemlichkeit schreit, den Kunden aber sicherlich den letzten Nerv raubt. Die Frau hat seidige schwarze Haare und die wohl üppigsten Titten, die ich in letzter Zeit gesehen habe. Und auch wenn sie früher genau meinem Beuteschema entsprochen hätte, regt sich bei ihrem Anblick nichts in mir. Weil ihre Haare zu dunkel, ihre Haut zu gebräunt und ihre Titten nicht Willows sind. Ich sagte ja, sie hat mich für die restliche Frauenwelt komplett verdorben.

»Über die Bezahlung unterhalten wir uns, wenn es so weit ist. Aber sie wird stimmen.« Ich verlasse das Privatzimmer der Hure und trete in einen Raum, der von Rauchschwaden durchzogen ist. Je näher ich dem Ende der Straße komme, desto abgewrackter sehen die Läden von innen aus, und hätte ich es nötig, mir eine Hure zu bezahlen, würde ich mir zweimal überlegen, in welchen Laden ich wirklich einen Fuß setze. Aber mir bleibt nicht viel übrig, wenn ich meine Schwester finden will.

Auf dem Weg nach draußen werde ich von drei verschiedenen Frauen aufgehalten. Besonders der Anblick der letzten versetzt mir einen Stich in den Magen. Sie ist so abgemagert, dass man beinahe ihre Knochen am ganzen Körper durchschimmern sieht, und die Einstichstellen an ihren Armbeugen sind entzündet. Ich schüttle die Frau von mir ab, höre noch, wie sie »Süßer« und »Stoff« murmelt, und verschwinde aus dem Bordell.

Weil die Nacht bereits lang war und ich dringend eine Dusche und eine Portion Schlaf gebrauchen könnte, entscheide ich mich dafür, morgen wiederzukommen und für heute Feierabend zu machen. Auf dem Weg zu meinem Wagen vibriert schließlich mein Diensthandy, und als ich Silvas Namen auf dem Display sehe, zerquetsche ich es fast in meiner bloßen Hand. Stattdessen nehme ich den Anruf an und schlüpfe wieder in meine perfekt einstudierte Rolle.

»Silva, mein alter Freund«, begrüße ich ihn und würde am liebsten ein *Wie willst du eigentlich sterben?* hinterhersetzen. Denn seitdem er mich indirekt dazu gezwungen hat, Willow zu verprügeln, kratze ich an der Geduldgrenze und male mir seinen Tod in den schillerndsten Farben aus.

»Ich habe gute Nachrichten, James«, erwidert er, und ich höre, wie er den Rauch seiner Zigarre ausbläst. Im Hintergrund ertönt das Stöhnen einer Frau, gepaart mit dem mehrerer Männer. Vermutlich wird eine seiner Frauen gerade für einen Gangbang missbraucht. Etwas, das Willow ebenfalls bevorstehen wird. Ich darf gar nicht darüber nachdenken.

»Und die wären?«, frage ich, zücke den Schlüssel meines Wagens und werfe ihn ein paar Mal in die Luft, um ihn anschließend wieder aufzufangen. Damit halte ich mich davon ab, das Telefon in hohem Bogen auf den Asphalt zu schleudern und zu zertreten.

»Ich bin morgen wieder in der Stadt, und laut Madeleine ist meine kleine Ginger endlich bereit für die Übergabe«, sagt er, und das diabolische Lachen, das er hinterhersetzt, schnürt mir die Luftröhre ab. Madeleine, dieses dreckige Biest! Am liebsten würde ich mit meiner Faust auf etwas einschlagen, aber ich muss mich ungerührt geben. Auch wenn in mir alle Alarmglocken schrillen. Weil der Tag X viel schneller gekommen ist als gedacht. Weil ich nicht genug Zeit hatte, um alles vorzubereiten.

Weil ich versagt habe.

»James? Bist du noch da?«, hakt Silva nach.

Meine Hand ballt sich zur Faust.

»Ja, ich bin noch da«, lüge ich. Körperlich stimmt es vielleicht, aber geistig bin ich gerade ganz woanders. Was soll ich ihm sagen? Dass sie bereit ist? Sicher nicht. Doch wenn ich ihn länger hinhalte, wird er Verdacht schöpfen und dann war alles umsonst.

»Du hast gute Arbeit geleistet, mein Freund. Dafür schenke ich dir beim nächsten Mal nicht nur Nadias Mund, sondern jede ihrer Öffnungen. Oder vielleicht schenke ich dir auch eine Nacht mit Willow – die hast du dir redlich verdient.« Ich behalte für mich, dass ich sie schon längst hatte. Dass sie sich mir hingegeben hat – und zwar vollkommen freiwillig. Dass ich sie längst als *mein* markiert habe, noch bevor er zum ersten Mal vor ihr stand. Und ... dass ich zu viel fühle, wenn sie in meiner Nähe ist. Zu vieles, was in meinem Leben keinen Platz hat.

»Klingt verlockend«, erwidere ich und kotze mich selbst so dermaßen an, dass ich die Spiegelung meiner Fresse in der Scheibe meines Wagens nur schwer ertrage.

»Ich mache mich bei Sonnenaufgang auf den Weg ins *Oasis*, um sie höchstpersönlich abzuholen. Schließlich bin ich ein Gentleman.« Ein Gentleman, der Frauen zum Sex zwingt und gegen ihren Willen einer Horde Kerlen zum Fraß vorwirft? *Sicher, du Hurensohn.*

»Dann sehen wir uns in ein paar Stunden, Silva«, sage ich betont freundlich und beende das Gespräch. Sobald die Leitung unterbrochen ist, hole ich das nach, was ich tun wollte, seit ich seinen Namen auf meinem Handy gelesen habe. Ich donnere meine Faust gegen das Seitenfenster meines 911ers. Einmal, zweimal, dreimal. Natürlich gibt das Glas nicht so schnell nach, aber ich ebenfalls nicht.

Ich prügle wie ein Irrer auf meinen eigenen Wagen ein und zucke nicht einmal zusammen, als die Alarmanlage schrill losgeht und die ganze Straße beschallt. Vermutlich sieht es von außen betrachtet aus, als würde ich den Wagen stehlen wollen. Doch hier in diesem heruntergekommenen Viertel interessiert es ohnehin niemanden, also gehen die dunklen Gestalten auf der anderen Straßenseite einfach weiter. Der widerwärtige Ton schmerzt in meinen Ohren, aber ich höre erst auf, als das Glas endlich nachgibt und in tausend Diamanten zerspringt. Meine Hand ist ohnehin noch halb zertrümmert durch die Aktion im Aufzug, aber das ist mir egal. Gegen Schmerzen bin ich schon lange resistent, dafür hat mein Vater mehr als deutlich gesorgt.

Mein Atem geht schnell, Schweiß rinnt über meinen Nacken und meine Stirn. Einen Wagen zu verprügeln ist nicht ansatzweise so befriedigend wie das Brechen von Knochen, aber für den Moment muss es reichen.

Er wird sie abholen.

In wenigen Stunden wird Eliam Silva in Kalifornien ankommen und sie mitnehmen.

Er wird sie missbrauchen, er wird sie zerschmettern und ihr das Licht nehmen, das sie so lange am Leben gehalten hat.

Ich gehe an meinem Porsche zu Boden und lande in einem Meer aus Glassplittern. Ich hätte mehr Zeit gebraucht, um meinen Plan zu perfektionieren. Stattdessen stehe ich jetzt vor einem Trümmerhaufen und muss irgendwie das Beste daraus machen. Meine Schwester konnte ich immer noch nicht retten und jetzt soll ich auch noch Willow verlieren?

Gedankenversunken greife ich in die Innentasche meines Jacketts und ziehe das kleine Lederetui heraus, von dem ich gehofft hatte, den Inhalt nie benutzen zu müssen. Sobald ich es geöffnet habe und ich die graue Kapsel zwischen Daumen und Zeigefinger nehme, gehe ich gedanklich alle Punkte durch, die ich beachten muss. Alle Steps, die wichtig sind.

Ich lasse die Kapsel in meiner geballten Faust verschwinden und bete zu einer höheren Macht, dass wie durch Zauberhand alles gut gehen wird. Aber ich habe meinen Glauben an diese Macht schon vor langer Zeit verloren.

Es gibt nur einen Ausweg für sie. Eine Möglichkeit, wie ich Willow vor demselben Schicksal bewahren kann, das Nadia ereilt hat.

Sie muss sterben.

SECHSUNDZWANZIG

WILLOW

»Aufwachen, ma chérie. Heute ist dein großer Tag.« Mit diesen Worten, die Madeleine trällert, werde ich geweckt. Ich drehe mich von ihr weg, schlinge das Jackett enger um mich und murmle ein »Verpiss dich« in den Stoff, der nicht mehr wirklich nach James duftet, sondern nach meinem Schweiß und somit auch nach meiner Angst.

»Geht leider nicht. In diesem Zustand kann ich dich nicht an Silva übergeben, und glaub mir, für das Geld, das er deinetwegen hinblättert, solltest du schon etwas mehr aus dir machen.« Sie zerrt mich in den Stand, und weil ich seit James' Fütterungsaktion nichts mehr gegessen und keinen blassen Schimmer habe, wie viel Zeit seitdem vergangen ist, schafft sie es problemlos. Vermutlich wiege ich nur noch so viel wie ein etwas zu speckiger Labrador. Ihre Worte sickern nur langsam zu mir durch, aber als sie angekommen sind, will ich erneut schreien. Wäre meine Kehle nicht so trocken und rau, würde ich es tun. Stattdessen lasse ich mich von Madeleine aus dem Keller ziehen.

Es ist das erste Mal, seit James mich hier runtergebracht hat, dass ich etwas anderes zu Gesicht bekomme als diese vier kahlen Wände.

»Ich würde dir ja gern den Luxus einer richtigen Dusche gönnen, aber das hier geht einfach schneller.« Sie öffnet eine Tür am Ende des Ganges, stößt mich in den Raum und schließt hinter uns ab. Wir befinden uns in einem gefliesten Zimmer, das in der Mitte einen großen Abfluss hat. Sonst ist es genauso kahl und lieblos wie der Raum, in dem ich meine letzten Tage verbracht habe.

»Zieh dich aus«, weist Madeleine mich an, und die Waffe, die sie immer provokativ bei sich trägt, lässt mich gehorchen. Auch wenn ich mich frage, ob es nicht der einfachste Ausweg für mich wäre, sie einfach abdrücken zu lassen. Silva wird mich heute holen, sollte sie die Wahrheit sagen. Und somit hat James sein Versprechen mir gegenüber gebrochen. Was hatte ich auch anderes erwartet? Dass er zu seinem Wort stehen und mich befreien würde? Wieder wird mir schmerzlich bewiesen, dass mein Misstrauen in die Menschheit gute Gründe hatte. Und dass der einzige Mensch, auf den ich zählen kann, ich selbst bin.

Ich funkle Madeleine wütend an und sehe, dass sie neben der Waffe noch einen Beutel bei sich trägt, aus dem sie jetzt ein großes Handtuch und ein schwarzes Kleidungsstück holt. Beides legt sie neben der Tür am Boden ab.

»Zieh *alles* aus«, korrigiert Madeleine sich, also streife ich mir auch die Dessous vom Körper, die ich ohnehin nicht länger auf meiner Haut spüren will, weil sie mich an mein Treffen mit Silva erinnern.

Sobald ich – wie Gott mich schuf – vor ihr stehe, blitzt wieder diese Neugier in ihren Augen auf. Eine Weile taxiert sie mich noch, bevor sie zu einem Wasserschlauch hinübergeht, der sich neben der Tür befindet, und ihn direkt auf mich hält. Sekunden später trifft mich ein Schwall aus eiskaltem Leitungswasser, mitten auf die Brust. Ich springe zur Seite, um dem Druck und der Kälte zu entkommen, aber ich sitze in der Falle, habe weder eine Waffe noch eine Möglichkeit, mich zu verstecken. Also lasse ich es über mich ergehen. Madeleine braust mich von allen Seiten ab und ich schlinge die Arme um meine Brust. Aber die Wärme, die eine Umarmung in einem hinterlassen sollte, bleibt aus.

Ich weiß nicht, wie lange ich so gedemütigt und splitterfasernackt inmitten dieses Waschraums stehe, aber als sie das Wasser abdreht, bebe ich am ganzen Körper. Madeleine schnappt sich das Handtuch vom Boden und stolziert auf mich zu. Das Wasser läuft nicht schnell genug ab, sodass sie durch die alles bedeckende Pfütze laufen muss und dabei sicher ihre arschteuren Louboutins ruiniert.

Vor mir breitet sie das Handtuch aus und beginnt, mich abzutrocknen. Dabei geht sie erstaunlich behutsam vor, dafür, dass sie gerade dabei ist, mich für den *Verkauf* fertig zu machen. Wie tief muss eine Frau sinken, um so etwas einer anderen Frau anzutun? Ich werde es niemals verstehen.

»Du bist ziemlich mager geworden«, murmelt sie und trocknet meinen Po ab. »Aber ich bin mir sicher, dass Silva das wieder hinbekommt. Er behandelt seine Frauen vielleicht nicht wie Königinnen, aber verhungern lässt er sie nicht.«

»Müssen wir reden?«, frage ich sie bissig und schließe die Augen, damit ich meine Tränen zurückhalten kann.

»Müssen wir nicht. Wir könnten auch andere Dinge machen«, säuselt sie, und als ich merke, dass ihre Finger über meine Schenkel tanzen, beiße ich mir so heftig auf die Zunge, dass ich Sekunden später Blut schmecke.

Dass Madeleine auf mich abfährt, ist nichts Neues für mich. Neu hingegen sind die Gedanken, die mir deshalb kommen. Vielleicht sollte ich den Reiz, den ich auf sie ausübe, ausnutzen. Also lasse ich ihre Finger gewähren, auch dann, als sie über mein Becken fahren und Kreise über meine nackte Hüfte zeichnen.

»So weiche Haut«, murmelt sie und die Erregung ist glasklar aus ihrer Stimme herauszuhören. Ich stehe nicht auf Frauen, das habe ich nie. Aber wenn ich so an ihre Waffe komme, würde ich auch vor ihr auf die geschundenen Knie gehen und meine Zunge einsetzen.

»Du wurdest zu lange nicht richtig angefasst, was, ma chérie?«, schlussfolgert sie, als ich ein gespieltes Seufzen ausstoße. Sie steht so dicht hinter mir, dass ich ihren warmen Körper an meinem nackten Rücken spüre, genau wie das schnelle Heben und Senken ihres Brustkorbes.

Am liebsten würde ich ihr von jedem einzelnen Fick erzählen, den ich mit James hatte, während sie dachte, dass er in ihrem Team spielt. Dabei spielt er lediglich in seinem eigenen Team. Und ich bin kein Teil davon, das weiß ich inzwischen.

Ich behalte die Worte für mich, stattdessen drehe ich mich zaghaft zu ihr um. Ihr Blick huscht über meine nackten Brüste, hinunter zu meiner entblößten Scham. Derweil taxiere ich die Waffe in ihrer Hand und überlege, wie ich am besten an sie herankommen kann, ohne zu riskieren, dass sie mir die Lichter auspustet. Mit einer Waffe könnte ich nicht nur sie aus dem Weg schaffen, sondern auch vorbereitet sein, wenn Silva kommt, um mich zu *holen*. Bei ihm hätte ich keinerlei Skrupel, abzudrücken.

»Wieso machst du das alles?«, frage ich Madeleine forsch. »Wieso tust du anderen Frauen so etwas an?«

Sie grinst viel zu offen, viel zu ehrlich. »Ich habe mich

lange Zeit gegen die Dunkelheit in mir gewehrt«, erzählt sie und trocknet meine Brüste ab. Dabei lässt sie sich besonders viel Zeit, fährt ihre Formen nach und genießt den Anblick. »Ich war die brave kleine Französin, die in die Staaten kam, um sich selbst neu zu entdecken. Und es ist anstrengend, gegen seine Natur anzukämpfen. Du trägst ebenfalls eine dunkle Seite in dir, ma chérie. Das habe ich sofort erkannt.« Sie nähert sich meinem Gesicht, ihr warmer Atem berührt meine Wange. »Und sie macht mich wahnsinnig scharf. Sag mir, Willow. Hast du schon mal die Pussy einer anderen Frau berührt?«, fragt sie mich verheißungsvoll, und als ich den Kopf schüttle, zucken ihre Mundwinkel euphorisch.

»Wird Zeit, das zu ändern, nicht wahr?« Sie dirigiert mich Richtung Wand. Ich spiele widerwillig mit, weil ich wehrlos bin und sie mich in der bewaffneten Hand hat. Sekunden später lehnt Madeleine vor mir an den Fliesen, die Finger immer noch fest mit dem Abzug verbunden. Sie trägt ein rotes Kleid – anscheinend ist es ihre Lieblingsfarbe, denn sie trägt immer mindestens ein rotes Accessoire. Anschließend umfasst sie mit der freien Hand meinen Unterarm und führt meine Finger zwischen ihre Beine. Ihre Haut ist warm, glattrasiert und sie duftet nach Rosen.

»Ich verabscheue dich, das weißt du, oder?«, zische ich sie an und will meine Hand von ihren Schenkeln nehmen, aber im selben Moment richtet sie die Waffe auf mich.

»Du kannst mich von mir aus zu Tode hassen, solange du meine Pussy berührst.« Ich schlucke meinen Stolz herunter, genau wie den Ekel, weil ich etwas tue, das ich nicht tun will. Stattdessen fahren meine Finger weiter und entlocken dieser Bitch ein katzenähnliches Schnurren. Sie biegt den Rücken durch, und als ich mit den Fingern ihren bereits nassen Slip berühre, rutscht ihr Kleid dabei so weit nach oben, dass ich einen ungehinderten Blick auf ihre Schenkel habe. Und somit auch auf das rote Strumpfband, das sie trägt, und in dem ein handgroßes Messer steckt.

Mein Herz pumpt wie wild in meiner Brust, als ich die schmale silberne Klinge ansehe.

Meine Finger ruhen auf ihrem Lustpunkt, und als Madeleine beginnt, sich an meiner Hand zu reiben, schlucke ich jegliches Unbehagen herunter.

Sie trägt ein verdammtes Messer bei sich. Und ist dabei so dämlich und lustverhangen, dass sie nicht daran zu denken scheint. Die Waffe werde ich ihr sicher nicht abnehmen können, aber das Messer ...

»Berühr mich ohne den Stoff, ma chérie«, säuselt sie und ich gehorche. Schiebe meine Finger unter ihren Slip und berühre zum ersten Mal den Intimbereich einer anderen Frau. Es fühlt sich fremd an, aber ich bleibe in meiner Rolle. Madeleines Lippen gleiten auf, und als ein heiseres Stöhnen aus ihrem Mund dringt, hat der Anblick etwas ziemlich Ästhetisches an sich. Wäre unsere Lage eine andere und wäre sie keine Schlampe, die mich seit Tagen wie Vieh hält, könnte ich vielleicht sogar Gefallen daran finden.

»Du machst das gut für dein erstes Mal«, haucht sie und sieht mich aus verschleierten Augen an. Derweil teile ich ihre Schamlippen und fahre mit meinem Finger durch ihren Spalt. Sie wirft ihren Kopf stöhnend zur Seite, während ich den Moment nutze und mit der freien Hand über ihren Schenkel streichle. Ich umfahre die weiche Haut, rühre das Messer jedoch nicht an. Noch nicht.

Sie darf unter keinen Umständen mitbekommen, wie ich es aus ihrem Strumpfband ziehe und an mich nehme.

Also liebkose ich sie weiterhin. Mit der linken Hand tänzle ich um das Messer herum, mit der anderen streichle ich ihren Schambereich. Es turnt mich nicht an, sie anzufassen, aber es ist ein Mittel zum Zweck. Einer, der sein muss, wenn ich irgendwie verhindern will, in die Arme dieses Mannes abgeschoben zu werden. Mein Zeigefinger dringt in sie ein und Madeleine wird unter meinen Berührungen zu flüssigem Wachs. Nur der Griff um die Pistole bleibt bombenfest. In meiner körperlichen Lage würde ich einen Kampf um die Knarre sicherlich verlieren, weshalb ich das Risiko nicht eingehen kann.

Immer schneller gleitet mein Finger in sie hinein, und als ich spüre, wie ihre Beine zucken, weil der Orgasmus über sie rollt, nutze ich den Moment und ziehe das Messer sachte aus dem Strumpfband. Madeleine stöhnt heftig, und weil der Raum so leer ist, hallt ihr Stöhnen an den Wänden wider. Ich verstecke das Messer in meiner Hand hinter dem Rücken, drücke Madeleine dichter gegen die Fliesen und denke kurz darüber nach, ihrem erbärmlichen Leben hier und jetzt ein Ende zu setzen, aber sie hat immer noch eine Waffe bei sich, und ich weiß nicht, ob ich in der Lage wäre, sie zu töten. Ich weiß nicht, ob ich jemals in der Lage dazu sein werde, einem Menschen das Leben zu nehmen. Aber wenn, dann soll nicht sie die Person sein, die durch meine Hand stirbt.

Sondern Silva.

Seine Kehle soll die erste und einzige sein, die ich durchtrenne.

Sobald der Orgasmus abebbt, flattern ihre Lider auf. Ein Ausdruck purer Zufriedenheit legt sich wie eine Schicht Make-up auf ihr Gesicht. Inzwischen habe ich meine Hand aus ihrem Slip gezogen und ihr Kleid wieder gerichtet.

»Das war gut«, haucht sie dicht an meinen Lippen.

»Zu schade, dass Silva dich heute bereits abholt. Vielleicht hätten wir das hier schon viel früher machen müssen.« Fast kaufe ich ihr den Ausdruck der Bestürzung ab. Ich stoße innerlich einen Siegesschrei aus, weil sie nicht zu bemerken scheint, dass ich ihr Messer hinter meinem Rücken halte.

»Wir sollten dich jetzt anziehen.« Mit diesen Worten lässt sie mich an der Wand stehen, und während ich mir eilig das Handtuch vom Boden schnappe und das Messer darin einwickle, holt sie das Outfit, das sie mir für diesen Tag herausgesucht hat. Es ist ein schwarzes Minikleid, das kaum meinen Hintern bedecken wird und goldene Ketten als Träger hat.

»Zieh dich an. Danach bringe ich dich wieder zurück.« Madeleine zwinkert mir zu und richtet anschließend ihr Outfit, scheint dabei aber immer noch nicht zu merken, dass ich sie bestohlen habe. Ich lege das Handtuch am Boden ab und schlüpfe in das hautenge Kleid, das mir wie angegossen passt. Sobald ich fertig bin, schiebe ich das Messer unauffällig in die Seite des Kleides und klemme es zwischen meinen Rippen und meinem Arm ein.

Ich habe diesen Raum mit nichts außer James' Jackett betreten, jetzt verlasse ich es mit einem Messer, das vielleicht keine Freikarte aus diesem Höllenhotel ist, aber mir einen Vorteil verschafft. Auch wenn es bedeutet, dass ich damit Silvas Schwanz abschneiden muss.

Ich werde dieses Messer brauchen. Und ich werde es benutzen!

~

Ich weiß nicht, wie viel Zeit vergangen ist, seitdem Madeleine mich zurück in den Kellerraum gebracht hat.

Aber als sie sagte, dass sie noch einen Termin hat und später nach mir sieht, war das für mich ein Sechser im Lotto. Ich habe den Stuhl aus Holz in den letzten Minuten so oft gegen die Wand geschleudert, dass er in mehrere Einzelteile zerbrochen ist. Mit einem Stuhlbein davon habe ich anschließend die Kameras in den Raumecken kaputt geschlagen. Dass mir die Idee nicht schon viel früher gekommen ist, schiebe ich auf meine körperliche und geistige Verfassung, die in den letzten Tagen enorm gelitten hat. Jetzt bin ich zum ersten Mal ohne Beobachtung und fische das Messer aus dem Kleid hervor. Es ist recht klein, aber mit der scharfen Klinge kann ich trotzdem genug Schaden bei meinem Gegenüber anrichten. Der Griff ist dunkelblau und mit goldener Schrift versehen.

Pour ma petite fille

Für mein kleines Mädchen

Ich spreche ihre Sprache nicht, aber so viel verstehe ich dennoch.

Mit dem Messer in der rechten und dem kaputten Stuhlbein in der linken Hand warte ich in der Raumecke darauf, dass ich die beiden Waffen einsetzen kann. Die Minuten vergehen, ziehen sich wie Kaugummi hin und lassen mich ungeduldig werden. Hat Madeleine gesagt, wann dieser Mistkerl kommt, um mich abzuholen? Wenn ja, erinnere ich mich nicht mehr daran. Fakt ist, dass es sich wie eine verdammte Ewigkeit anfühlt, in der ich in der Ecke dieses Kellers kauere und auf meinen Einsatz warte.

Ich lehne mit dem Kopf gegen die Wand und rucke ihn eilig nach vorn, als ich Schritte höre, die näher kommen. Schritte, die garantiert nicht von Madeleine stammen. Ich umfasse sowohl den Messergriff als auch das Stuhlbein fester, und als die Tür aufgeschlossen wird und jemand den Raum betritt, stürze ich mich auf den Besucher.

Doch vor mir steht nicht wie erwartet Silva, sondern James. James, der immer noch die besten Reflexe hat, die ich je an einem menschlichen Lebewesen gesehen habe. Er wirbelt herum, schlägt mir das Stuhlbein aus den Fingern und packt die Hand mit dem Messer fest. Seine grünen Augen sind ein See aus Gefühlen. Er wirkt aufgebracht, und in derselben Sekunde scheint er erleichtert zu sein, mich zu sehen. So, wie es mich erleichtert, ihn zu sehen. Obwohl es vollkommen irrational ist, so zu fühlen.

»Keine gute Idee«, sagt er sanft und betrachtet die Klinge versiert. »Woher hast du das Messer?«

»Ich habe es Madeleine abgenommen«, spucke ich ihm ins Gesicht und will ihm meinen Arm entreißen, aber er ist einfach zu stark. Seine Augen weiten sich kaum merklich, aber ich ... ich merke es. Ich nehme jede Regung an ihm wahr. Den zuckenden Kiefer, die Überraschung in seinem Blick. Das leichte Heben seiner dunklen Brauen. Ich sehe auf seine Hand hinab, die mein Gelenk fest umschließt und die in einen weißen Verband gewickelt ist. Er hat eindeutig auf etwas oder jemanden eingeschlagen.

Auf wen oder was? *Und wieso?*

»Hast du ihr wehgetan?«

»Hätte ich tun sollen«, fauche ich. »Aber ich hebe es mir lieber für dich und Silva auf!« Als ich seinen Namen ausspreche, verdunkelt sich James' Blick umgehend. »Er holt mich heute, wusstest du das? Du hast mir versprochen, mich hier rauszuholen! Du hast mir versprochen, dass du einen Ausweg findest!«

»Deshalb bin ich hier«, zischt er mich leise an. »Aber nur zu.« Er führt meine Hand mitsamt Messer an seinen Hals, und als die Klinge seine Haut berührt, poltert mein

Herz wie verrückt. Ich könnte mich für all das rächen, was er mir angetan hat, indem ich ein bisschen mehr Druck ausübe. Wie sehr meine Hand zittert, ist nicht zu übersehen.

»Nur zu«, wiederholt James leise. »Töte mich. Jag mir das Messer in den Hals, wenn es das ist, was du willst. Wenn du glaubst, dass ich in den letzten Monaten nie selbst daran gedacht habe, bist du blind.« Noch immer bebt die Klinge an seiner Haut, noch immer fordert er mich mit seinem Blick heraus. Je länger ich reglos vor ihm stehe, desto fester packt er mich wieder. Mit einem einfachen Handgriff hat James mir das Messer abgenommen, sodass ich frustriert zische.

Wieso erleichtert es mich so sehr, dass er gesund und munter vor mir steht? Ich sollte mich nicht in seine Arme werfen wollen, um mein Gesicht an seiner warmen Brust zu vergraben. Aber der Gedanke ist so verführerisch, so schön ... Ich will wieder diese Geborgenheit fühlen, die ich auf der Veranda gespürt habe. Zum ersten Mal seit dem Tod meiner Mom.

»Wir haben keine Zeit hierfür, Willow.« Mit einem prüfenden Blick in die Raumecken bemerkt er, dass ich die Kameras kaputt geschlagen habe. Er greift in die Innentasche seines Jacketts, und ich nutze den Moment, um auf ihn einzuprügeln. Meine Fäuste haben nicht viel Power, aber ich lasse dennoch alles an ihm aus. Immer wieder jagen sie auf seinen Brustkorb, und ehe ich mich versehe, hat er mich gegen die Wand gedrückt. Sein Knie zwischen meinen Beinen, genau wie am Tag meines Fluchtversuchs, als wir gemeinsam im Fahrstuhl standen. Doch seitdem hat sich *alles* verändert. Meine Gefühle für ihn haben sich verändert, meine körperliche Verfassung ebenso. Mein Atem geht schnell und rasselnd, als James ein Etui aus seinem Jackett fischt und es öffnet. Sekunden später befindet sich etwas zwischen meinen Lippen, das ich im ersten Moment nicht deuten kann.

»Was ist das?«, nuschle ich, und als James das Teil in meinen Mund schiebt, erkenne ich, dass es eine Kapsel ist. Anschließend versiegelt er meine Lippen mit seinen. Er presst sie so hart und fest auf meine, dass mir nichts anderes übrigbleibt, als den Atem anzuhalten. Der Kuss ist nicht romantisch oder voller Leidenschaft, er ist gefüllt mit Verzweiflung. Aus reinem Reflex schlucke ich, auch wenn ich mich damit vermutlich mitten ins Verderben stürze.

»James!«, nuschle ich erneut und schiebe ihn von mir, aber er löst sich nur wenige Millimeter von meinen Lippen. Sein Mund schwebt vor meinem und er fixiert mich mit seinem Körper an der Wand.

»Was war das?«, wiederhole ich jetzt deutlicher. Sein unverwechselbarer Duft hüllt mich ein wie eine Blase, er umgibt mich überall. Was hat er vor? Und was zur Hölle befand sich in der Kapsel?

»Das hier ist dein einziger Ausweg«, erklärt James ruhig und mit einer Melancholie in der rauen Stimme, die mich erzittern lässt. Wieder treffen seine Lippen auf meine, aber ich bin nicht in der Lage, den Kuss zu erwidern. Ich bin zu gar nichts in der Lage.

Widerwillig löst er sich von mir. Meine Augen suchen in den grünen Seen seiner Iriden nach einer Antwort, aber er lässt mich weiterhin im Dunkeln tappen. Seine Hand findet den Weg an meine Wange, sein Daumen streichelt über die empfindliche Haut unter meinem Auge, fährt über die Schatten, die sie sicherlich umgeben. Ein bitteres Gefühl entfaltet sich in mir, das ich ansprechen will, aber nicht kann.

»Was machst du mit ...« Meine Zunge wird lahm,

fühlt sich schwer und wie ein Fremdkörper in meinem Mundraum an. »Was …«

»Weißt du noch, was ich dir damals gesagt habe? Wie ich mit Situationen umgehe, die mich in die Knie zwingen?«

Wovon redet er? Mein Kopf versucht, einen Zusammenhang zu bilden, aber meine Gehirnzellen scheinen nicht mehr ganz zu funktionieren. Ich verstehe seine Worte, aber ergeben sie auch einen Sinn?

»Wenn die Realität zu grausam ist, muss man sich woanders hinträumen«, setzt er leise hinterher. Sein warmer Atem streichelt mein Gesicht, während ich versuche, die Stirn zu runzeln. Aber selbst das klappt nicht mehr. Mein Körper wird immer schwerer, meine Arme hängen lasch an ihm herunter, als hätte man Gewichte an meine Handgelenke gebunden.

Das Atmen schmerzt, während mein ganzes Gesicht zu kribbeln beginnt. Ein Kribbeln, das sich innerhalb von Sekunden im Rest meines Körpers ausbreitet. Als wäre ich gefüllt mit Ameisen. Fühlt es sich so an, in einem See versenkt zu werden? Ich sinke tiefer und tiefer, und es ist, als trage ich Schuhe aus Beton. Egal wie sehr ich versuche, wieder an die Oberfläche zu schwimmen, ich falle weiter.

Was tut er mir an? War in der Kapsel Gift? Alles in mir schreit »Ja«, vor allem mein Körper, der immer mehr seiner Funktionen einstellt. Meine Sicht verschwimmt, ich kann nur noch die Umrisse seines markanten Gesichtes sehen. Ich will ihn von mir treten und fliehen, aber meine Gliedmaßen sind schlaff und bewegungsunfähig.

Warum kann ich mich nicht bewegen, verdammt?

»Jetzt ist der Zeitpunkt gekommen, dich woanders hinzuträumen«, flüstert er und seine Worte hallen in mir nach. Wieder und wieder. Wie eine kaputte Schallplatte. *Träum dich woanders hin, hin, hin …*

Vage spüre ich seine Hand, die noch immer auf meiner Wange ruht. Die eins mit mir wird.

»Du musst uns vertrauen, Lizzy.«

Moment Mal … Lizzy?

Ich will schreien, will ihn fragen, was das alles bedeutet. Aber ich bin nicht fähig dazu. Meine Lider flattern immer schneller, das Bild wird immer verschwommener.

Du musst uns vertrauen, Lizzy.

Uns. Uns. Uns.

Lizzy. Lizzy. Lizzy.

Es gab nur einen Menschen, der mich jemals Lizzy genannt hat. Und das war meine Mom. Bevor ich die Fäden in meinem vernebelten Hirn verbinden kann, sacken meine Beine weg.

Alles wird schwarz, alles wird weich und hart zugleich. Ich werde aufgefangen, bevor ich am Boden aufschlage. Aufgefangen von einem Mann, der meinen echten Namen kennt, obwohl ich ihm nie gesagt habe, wie ich heiße …

SIEBENUNDZWANZIG

JAMES

Willow überrascht mich immer wieder. Nicht nur dass sie die Kameras kaputt geschlagen hat, spielt mir in die Karten, auch das Messer von Madeleine ergänzt meinen Plan perfekt.

Ihr Blick verschleiert von Sekunde zu Sekunde mehr, ihre Zunge wird schwerer und es dauert nur ein paar Wimpernschläge lang, bis sie in den Dämmerzustand abdriftet, in dem sie sein muss, damit das hier irgendwie funktioniert. Der Plan ist riskant, er ist noch lange nicht ausgereift und könnte uns beide die Köpfe kosten, aber ich muss es zumindest versuchen.

Das Leraxin wirkt anscheinend schneller als erwartet. Bevor Willow auf dem Boden aufschlagen kann, fange ich sie auf und lege sie behutsam vor mir auf dem blanken Beton ab. Ihre Glieder sind weich und lassen sich problemlos nach Belieben bewegen, als wäre sie eine Puppe. Sie ist paralysiert.

Ich schiebe ihr lockiges Haar zur Seite, um einen besseren Zugang zu ihrem Hals zu haben, und lege zwei Finger auf ihre Halsschlagader. Und obwohl es mucksmäuschenstill hier unten ist und ich keinerlei Ablenkung von außen habe, fühle ich ihren Puls nicht.

Das Mittel wirkt.

Und es wirkt etwas *zu gut*.

Ich hole mein Handy heraus, stelle einen Timer auf neunzig Minuten und bekomme ein beschissenes Gefühl, als die ersten Sekunden herunterzählen. Sollte Willow nicht das Gegenmittel verabreicht bekommen, bevor der Timer auf null steht, wird es zu spät sein. Entweder wird sie mit heftigen neurologischen Schäden davonkommen oder sie wird gar nicht erst aufwachen.

Also setze ich einen Tunnelblick auf, versuche das Stechen in meiner Brust zu ignorieren und meine Arbeit zu machen. Eigentlich wollte ich Silva auftischen, dass es einen Kampf gegeben hat, bei dem ich die Kontrolle verloren habe. Durch Madeleines Messer nimmt die Geschichte jedoch eine andere Wendung. Eine bessere. Wie sagt man so schön? Zwei Fliegen mit einer Klappe schlagen? *Genau das werde ich tun.*

Ich drehe Willow auf die Seite, schnappe mir ihren linken Arm und taste an ihrem Handgelenk nach einem Puls. Auch hier ist er so schwach, dass man sie glatt für tot erklären könnte. Was sie nicht ist. Noch nicht. In achtundachtzig Minuten sieht die Sache schon anders aus. Laut Silvas letztem Update müsste er in weniger als dreißig Minuten hier sein, was heißt, dass ich mich beeilen muss.

Willows Haut ist so blass, dass man jede Ader durchscheinen sieht, und so schnappe ich mir Madeleines Messer und setze die Klinge an. Anschließend erhöhe ich den Druck und dringe in ihre weiche, perfekte Haut ein. Umgehend sickert Blut aus dem vertikalen Cut, aber bei Weitem nicht so viel, dass es wirkt, als hätte ich wirklich ihre Pulsader getroffen. Das Leraxin hat ihren Blutdruck so weit heruntergeschraubt, dass das Blut nur langsam über ihr Handgelenk rinnt und auf den Boden des Kellers tropft.

Ich brauche mehr.

Mehr Blut, mehr Schnitte. Silva ist vielleicht kein Doc, aber er ist auch kein Vollidiot und wird den Braten sofort riechen. Also schnappe ich mir Willows rechtes Handgelenk und wiederhole die Prozedur. Direkt neben ihrer Pulsader setze ich die Klinge an und schneide vertikal über ihren Unterarm.

Ihre Augen sind friedlich geschlossen, und ich kann nur hoffen, dass sie von den Schmerzen nichts mitbekommt. Dass sie getan hat, worum ich sie flüsternd gebeten habe. Dass sie woanders ist. Nicht hier mit mir in diesem dreckigen Keller, in dem ich ihr die Arme aufschlitze, weil es die einzige Möglichkeit ist, um es realistisch aussehen zu lassen.

Silva muss denken, dass Willow ihrem Leben ein Ende gesetzt hat, weil sie wusste, dass er sie holen würde, und dass Madeleines Fahrlässigkeit schuld daran ist. Sobald ich auch ihren rechten Arm geschnitten habe, wird die Lache unter ihr etwas größer, aber immer noch nicht groß genug, dass Silva uns dieses Bild wirklich abkaufen kann.

Ich. Brauche. Mehr. Blut.

Und die einzige Möglichkeit, wie sich das arrangieren lässt, ist durch mein eigenes. Ich schäle mich aus meinem Jackett, lasse das schwarze Hemd folgen und setze das Messer auf meinem linken Unterarm an. Da ich seit meiner frühesten Kindheit mit Schmerzen bestraft wurde, wenn ich einen Fehler gemacht habe, verziehe ich nur minimal die Miene, als ich mit der Klinge in meinen Arm eindringe. Umgehend strömt das Blut über meinen gesamten Unterarm, weil ich deutlich tiefer geschnitten habe als bei Willow. Ich lasse mein Blut auf den Boden tropfen, wo sich ihres mit meinem verbindet.

Das Ganze könnte nahezu poetisch sein, wäre es nicht so abgefuckt. Ein Blick auf mein Handy verrät mir, dass mir die Zeit in großen Schritten davonrennt. Silva müsste bald das Hotel erreichen, und wenn das der Fall ist, muss ich längst weg sein. Ich muss meinen Arm verbinden, damit ich nicht wie ein Vollidiot alles vollblute, und pünktlich im Foyer sein, wenn er gemeinsam mit Madeleine ankommt. Sie hat mir vorhin geschrieben, dass sie sich mit ihm im *Dark Diamond* trifft, um das Geschäftliche zu regeln, bevor sie gemeinsam herkommen, um die *Übergabe* zu vollziehen.

»Fuck«, murmle ich, weil mir nur noch wenige Minuten bleiben. Mein Arm blutet weiter über Willows Handgelenken aus, während ich den Moment nutze, um sie anzusehen. Dieses unschuldige Wesen, das nichts hiervon verdient hat. Diese widerspenstige Frau, die dem Schicksal mehr als einmal den Mittelfinger gezeigt und ihm in den Arsch getreten hat. Das Leraxin hat sie in eine Art Winterschlaf versetzt. Ihre Organe funktionieren noch, aber in fünfundsiebzig Minuten werden die ersten dauerhaften Schäden eintreten.

»Lo siento, mi cielo«, entschuldige ich mich bei ihr und kämpfe mit den fucking Tränen. Mierda, ich muss mich zusammenreißen, aber allein die Vorstellung, ich könnte sie zu spät hier rausholen, fickt mein ganzes System. Ich darf sie nicht verlieren.

Ich *kann* es nicht.

Als ich der Meinung bin, dass das Bild, das sich mir bietet, realistisch genug ist, schlüpfe ich zurück in mein Hemd, lasse es mein Blut aufsaugen und streife mir das Jackett über. Anschließend platziere ich Madeleines Messer in Willows geöffneter und lebloser Hand. Das, was ich sehe, sieht viel zu realistisch aus. Viel zu niederschmetternd. Ihre blasse Haut von Blut überströmt. Ihre Lippen leicht geöffnet, aber reglos. Ihre Augen geschlossen und ihre Haarspitzen voller Blut.

Es sieht echt aus.

Zu fucking echt!

Ich beuge mich zu Willow hinunter, lege meine Hand an ihre Wange, die deutlich kühler als vorhin ist. Mein Daumen fährt über ihre Schläfe, hinab zu ihrem Kiefer. Sanft drehe ich ihr Gesicht in meine Richtung und küsse sie. Meine Lippen streifen ihre flüchtig, und ich hasse es, dass sie sich nicht regt. Dass ich nicht mit einhundertprozentiger Sicherheit sagen kann, dass sie sich je wieder bewegen wird. Und zu wissen, dass sie mich vielleicht nie wieder küssen kann, ich sie vielleicht nie wieder meinen Namen sagen höre, zerbricht etwas in mir.

»Ich muss gehen«, murmle ich dicht an ihren Lippen. »Und glaub mir, ich hasse es, dich jetzt allein zu lassen. Aber ich bringe dich hier raus.« Ich besiegle mein Versprechen mit einem weiteren Kuss, dieses Mal auf ihre Stirn.

Anschließend stehe ich auf, stolpere rückwärts zur Tür und checke noch einmal, ob ich etwas vergessen habe, das mich auffliegen lassen könnte. Aber hier ist nichts von mir. Im Raum befindet sich lediglich der zerbrochene Stuhl und eine Frau, die bewusstlos und blutüberströmt am Boden liegt. Mein Arm zwickt unter dem Hemd, und ich spüre, wie es sich immer weiter vollsaugt. Ich brauche dringend einen Verband und ein neues Hemd. Also öffne ich die Tür, schließe sie hinter mir ab und steuere die Fahrstühle an, um in das Zimmer zu gelangen, in dem ich vor Monaten einquartiert wurde. Während der Fahrstuhl sich ruckelnd in Bewegung setzt, lehne ich die Stirn gegen die Wand des Aufzugs und bete.

Ich bete und bete und bete.

Für Willow.

Für uns.

Und dafür, dass ich sie retten kann, bevor es zu spät ist und das Leraxin ihr Herz zum Stillstand bringt.

Auf die Minute genau komme ich im Foyer an. Mit einem verbundenen Arm, einem frischen Hemd und wild klopfendem Herzen. Ich fühle mich wie ein lächerlicher Teenager vor seiner ersten wichtigen Prüfung. Betont lässig lehne ich am Tresen, hinter dem Madeleine normalerweise sitzen und ihren Job machen sollte. Dann hätte sie längst gemerkt, dass die Kameras im Keller defekt sind. Umso besser für mich. Für sie hingegen ... das ist selbsterklärend.

Immer wieder starre ich auf meinen Timer. Inzwischen befindet sich das Mittel seit knapp dreißig Minuten in Willows Blutbahn, was bedeutet, dass mir nur noch eine Stunde bleibt. Eine läppische Stunde ist nichts. Mir bricht der Schweiß aus, aber ich versuche, mir nichts anmerken zu lassen. Und als eine schwarze Limousine gefolgt von einem Jeep auf dem Parkplatz des Hotels vorfährt, bin ich nahezu erleichtert. Wer hätte gedacht, dass ich mich jemals darüber freuen würde, Madeleine und Silva zu sehen? Seite an Seite?

Madeleine hat sich in Silvas Arm gekrallt, und so stolzieren die beiden auf das Hotel zu. Eine protzige Sonnenbrille verdeckt seine widerwärtigen Glubschaugen. Zum ersten Mal, seit ich Silva kenne, trägt er einen Anzug.

Madeleine kichert über etwas, das er gesagt hat, und

ich freue mich schon auf den Moment, in dem sie sieht, dass Willow ihr das verdammte Messer abgenommen hat.

Die beiden betreten das Foyer, und als Silva mich entdeckt, zucken seine Mundwinkel Richtung Decke.

»James, schön, dich zu sehen.« Er schüttelt Madeleine von sich ab, als wäre sie eine lästige Scheißhausfliege – was sie auch ist –, und reicht mir die Hand. Anschließend zieht er mich in eine brüderliche Umarmung, bei der ich ihm gern ein Messer in den breiten Rücken jagen würde. Aber Eliam Silva zu töten wäre das Dümmste, was ich im Augenblick tun könnte. Mike war ein Kollateralschaden, aber Silva? Dieser Mann hat eine ganze Armee hinter sich. Eine Armee, mit der ich es zum jetzigen Zeitpunkt nicht aufnehmen kann.

»Ihr habt lange gebraucht«, sage ich zur Begrüßung.

»Die süße Madeleine hatte noch etwas mit mir zu besprechen«, erwidert er süffisant, und ein Blick in ihr Gesicht genügt, um zu wissen, was er damit meint. Vermutlich hat sie sich im *Dark Diamond* noch ordentlich von ihm durchnehmen lassen. In Anbetracht der Tatsache, dass sie gleich seinen Zorn zu spüren bekommen wird, sei es ihr sogar gegönnt. Das letzte Abendmahl kommt mir bei dem Gedanken in den Sinn.

»Dann lasst uns Ginger holen, sie belegt den Keller schon viel zu lange.« Ich deute in Richtung Fahrstuhl, und als die beiden mir wie Köter folgen, ignoriere ich das Zwicken in meinem linken Arm, das von Sekunde zu Sekunde stärker wird. Es tut nicht wirklich weh, aber es ist … unangenehm.

Schweigend steigen wir in den Aufzug, und sobald die Türen zugleiten, verwandelt sich diese kleine Kabine in einen menschlichen Backofen. Mir wird von Sekunde zu Sekunde heißer, weil ich tatsächlich Angst verspüre. Angst davor, dass der Plan nicht aufgeht. Angst davor, dass das Mittel nicht stark genug dosiert war und ihr Puls wieder spürbar ist. Und in derselben Sekunde habe ich Angst davor, dass es *zu* stark dosiert war und ihr Herz längst schlappgemacht hat.

»Ich habe ihr das Kleid angezogen, das du dir ausgesucht hast«, plappert Madeleine drauflos. »Und ich habe darauf geachtet, dass sie keine Unterwäsche trägt.«

Ich mahle mit dem Kiefer und jage meine Nägel in die Handinnenflächen, als Silva die Sonnenbrille auf seine Stirn schiebt und ich das vorfreudige Glitzern in seinen braunen Augen sehe.

»Umso besser. Dann kann sie sich gleich auf dem Heimweg auf meinen Schwanz setzen.« Wie gern würde ich ihm eben diesen Schwanz abschneiden und ihm bis zur Kotzgrenze in den Rachen schieben.

»Bei der Bezahlung ist die Vorbereitung das A und O.« Im selben Augenblick gleiten die Türen auf und wir betreten den Flur. Mit jedem Schritt wird mir heißer, mit jedem Atemzug verknotet sich mein Magen stärker. Ich bilde das Schlusslicht, während Madeleine unser Dreiergespann anführt. Zu gern will ich ihr Gesicht sehen, wenn sie den Raum öffnet und Willow am Boden findet.

Sie schwingt den Schlüsselbund in ihrer Hand, tritt an die Tür heran und öffnet sie. Gedanklich zähle ich den Countdown herunter.

Drei, zwei, *schrei*.

»O mein Gott!«

Fast muss ich lachen, weil Madeleine so durchschaubar ist.

»Das ist nicht ihr verdammter Ernst!«

»Was ist?«, faucht Silva und drängt sich an Madeleine vorbei. Seine Reaktion auf Willows leblosen Körper ist eine andere. Er schreit nicht, er sagt nichts, er ballt lediglich seine Hände zu Fäusten.

Ich trete als Letzter in den Raum ein und stoße ein Knurren aus. »Wann warst du zum letzten Mal bei ihr?«, frage ich Madeleine und packe sie am Handgelenk. Anschließend stoße ich sie gegen die Wand, mit dem Gesicht voran. Ein Keuchen entflieht ihr, während ich die Hände hinter ihrem Rücken festhalte.

»Wann. Warst du. Bei ihr?«, frage ich und lasse die Pausen zwischen den Worten besonders hart klingen.

»Ich ... ich ...«

»Sprich, Madeleine!«, feuert Silva dazwischen. Er geht zu Willow hinüber, betrachtet sie mit schräg gelegtem Kopf und stößt ihre leblose Hand mit der Spitze seines Schuhs an. Das Messer gleitet auf den Boden und landet mitten in der Lache aus unserem Blutcocktail.

»Ich war vorhin bei ihr, um sie zu waschen und anzuziehen. Da war sie noch quicklebendig!«, piept Madeleine, und zum ersten Mal, seit ich diese Bitch kenne, klingt sie wirklich verängstigt.

»Und wie zum Teufel konnte dir nicht auffallen, was sie vorhat?«, fahre ich sie an und verdrehe ihre Arme so ungesund hinter ihrem Rücken, dass sie kurz vorm Brechen stehen. Derweil packt Silva Willows Kinn, dreht ihr Gesicht in seine Richtung und betrachtet sie eingehend.

Eine Hand befindet sich bereits am Bund meiner Hose – und somit an meiner Waffe – während ich mit der anderen Madeleine an die Wand tackere. Sollte der Wichser den Komplott durchschauen, werde ich abdrücken. Jetzt ist mir scheißegal, wie groß die Armee ist, die mich im Anschluss jagt. Willow wird dieses Gebäude nicht an seiner Seite verlassen.

»Ich habe mich für den Termin mit Silva fertig gemacht und ... und ...«

»Und deshalb hast du sie aus den Augen gelassen?« Ich werfe einen Blick zu den Kameras, greife anschließend in Madeleines Haar und reiße ihren Kopf zurück, damit sie an die Decke sehen muss. »Sie hat die Kameras kaputt geschlagen. Wusstest du das?«

»Dieses kleine Biest«, keucht sie, und ich spüre, wie sie am ganzen Körper bebt. Umso besser. Sie soll sich vor Angst ins Seidenhöschen pissen. Im Augenwinkel sehe ich, wie Silva seine fetten Finger an Willows Hals legt, um ihren Puls zu suchen. Und in den wenigen Sekunden, die sich wie Stunden anfühlen, steht die Zeit still. Genau wie mein Atem. Das, was er fühlt, entscheidet über Leben und Tod. Mein Magen dreht sich um die eigene Achse, während Madeleine weiterhin wimmert.

»Lebt sie noch?«, frage ich Silva harsch.

Weitere Sekunden vergehen.

Sekunden, in denen mir das fucking Herz in die Hose rutscht.

»Kein Puls«, erwidert er schließlich und erhebt sich. Gedanklich wische ich mir den Schweiß von der Stirn, nach außen hin bleibe ich in meiner Rolle. In der Rolle eines sadistischen Wichsers, dem das Leben unschuldiger Frauen egal ist, solange die Bezahlung stimmt.

»Silva, es tut mir so ...« Weiter kommt Madeleine nicht, weil ich ihr Gesicht so hart gegen die Wand presse. In mir wächst der Wunsch heran, ihren Schädel wie ein rohes Ei an ihr zerschellen zu lassen. Ich will ihre Fresse so oft gegen die Wand donnern, dass ihre Zähne einzeln herausbrechen.

»Womit hat sie es getan?«, frage ich Silva, und als er mit dem blutigen Messer auf uns zutritt, werden Madeleines Augen so groß wie Untertassen.

»Diese verfluchte Schlampe!«

Anscheinend hat da jemand sein Messer erkannt.

»Es ist deins, nicht wahr?«, fragt Silva säuselnd und schwenkt die Klinge von links nach rechts. Anschließend betrachtet er den Griff des Messers. »Pour ma petite fille«, liest er den Spruch laut vor und packt das Messer fester.

»Sie muss es mir abgenommen haben, als ich sie abgetrocknet habe!« Madeleine sieht ihre Felle davonschwimmen, und ich kann und werde nichts anderes tun, als dabei freudig zuzusehen. Hin und wieder werfe ich einen Blick auf meinen Timer. Vierzig Minuten bleiben mir noch.

»Lass sie los, James«, fordert Silva mich auf. Ich gehorche ihm wie ein dressierter Hund. Madeleine stolpert umgehend von ihm weg, weil sie genau weiß, was passieren wird. Ich weiß es auch. Und ich kann es kaum erwarten, sie endlich für all die Scheiße leiden zu sehen, die sie den Frauen angetan hat.

»Lass mich das noch einmal zusammenfassen«, beginnt Silva in ruhigem Singsang. »Du hast dir nicht nur das Messer von der kleinen Fotze abnehmen lassen, du hast auch vergessen, sie im Blick zu behalten?«

»Sie war in den letzten Tagen so ruhig. Willow hat nichts gegessen, sie hatte keine Kraft, hat nur geschlafen. Ich dachte doch nicht, dass sie ... dass sie ... sich umbringen würde!«

Das Geräusch, als Silva Madeleine an der Kehle packt und sie gegen die Wand schleudert, befriedigt mich zutiefst. Sie gräbt ihre Nägel in seine Pranke, die sie wie ein Halsband an Ort und Stelle hält. Ihre Füße heben vom Boden ab und ihr Kopf färbt sich puterrot.

»B-bitte«, krächzt sie. »I-ich mache d-das wieder gut.«

»Sie ist tot«, antwortet Silva knurrend. »Weil du nicht auf sie aufgepasst hast!« Silva führt die Klinge des Messers zwischen ihre Lippen, woraufhin ihr ein bebendes »Bitte nicht« entflieht.

»Du weißt, dass ich dir diese Panne nicht durchgehen

lassen kann.« Madeleine reißt ihre Augen so weit auf, dass sie beinahe aus ihrem Schädel ploppen. Derweil werfe ich Willows Körper einen Blick zu und bereue es sofort. Weil ich nicht weiß, ob ich schnell genug hier rauskomme, um sie zu retten. Weil ich nichts anderes tun will, als sie zu schnappen und ans andere Ende der Welt zu bringen. Ich will sie packen und nie wieder loslassen.

»Es tut mir so leid«, flüstert Madeleine, wohl darauf bedacht, sich nicht an der Klinge zu schneiden, die immer noch zwischen ihren Lippen ruht.

»Von deiner Entschuldigung kann ich mir leider nichts kaufen, ma petite fille.«

»N-nein!« Ihr Blick huscht in mein Gesicht, ist voller Flehen und Bedauern. Aber ich werde keinen Finger krümmen, um ihr zu helfen. Stattdessen sehe ich freudig dabei zu, wie Silva das Messer aus ihrem Mund zieht, ihren Hals loslässt und zusticht. Als Erstes gleitet die Klinge in ihre Schulter. Ein lauter Schrei dringt aus ihrer Kehle und wird von einem Heulen unterbrochen, als er ein zweites Mal zusticht. Dieses Mal – schätzungsweise – in ihre Leber.

Während ich aus der ersten Reihe dabei zusehe, wie ihr die Farbe aus dem Gesicht weicht und sich der Boden unter ihr blutrot färbt, sticht Silva wieder und wieder auf Madeleine ein. Ihr Blut spritzt in alle Richtungen, bedeckt seinen beigen Anzug mit roten Flecken. Und das Lachen, das Silva ausstößt, zeigt, wie dunkel seine Seele wirklich ist. Er lässt seine gesamte Wut an ihrem zappelnden Körper aus, sticht zu, wartet ab, sticht wieder zu. Am Ende sieht ihr Oberkörper aus, als hätte sich ein wildes Tier über sie hergemacht.

Und es stimmt.

Menschen wie Silva sind die wildesten Tiere auf diesem Planeten.

Und die Tatsache, dass ich den Anblick genieße, sagt viel zu viel über mich aus.

Blut sickert aus Madeleines Mund, fließt über ihr Kinn, tropft auf ihre zerfledderte Kleidung. »Leb wohl, mein kleines Mädchen.« Silva setzt die Klinge an ihre Kehle und durchtrennt sie mit einer raschen und einstudierten Handbewegung. Sekunden später erschlafft ihr Körper und ihr Kopf sackt nach vorn. Silva lässt von ihr ab, sodass sie wie ein nasser Sack auf dem Boden aufschlägt und weiter ausblutet.

»Das war ...« Silva dreht sich um. »... berauschend.« Sein Blick landet auf Willow und wird umgehend wieder ernst. »Du weißt, dass dieser Fehler Konsequenzen haben wird, mein alter Freund?«

»Selbstverständlich«, erwidere ich trocken.

»Gut. Ich erwarte dich gleich im *Dark Diamond*. Ich will mein Geld wiederhaben, James.« Mit dem blutbenetzten Finger zeigt er drohend auf mich. »Und ich will, dass du dir Gedanken darüber machst, wie wir die Rechnung begleichen können.«

»Ich lass mir etwas einfallen.« Im Augenblick würde ich alles tun, Hauptsache, er verschwindet endlich.

»Schaff die beiden Leichen hier raus«, befiehlt er mir harsch und richtet den Kragen seines blutbefleckten Hemdes. »Und dann komm so schnell wie möglich in den Club.« Mit diesen Worten und einem letzten, fast bedauernden Blick, verlässt er den Keller.

Als ich höre, dass sich die Aufzugtüren schließen, stürze ich mich auf Willow, hebe sie vom Boden auf und presse sie – so fest es geht, ohne ihre Rippen zu brechen – an meine Brust.

»Ich bringe dich hier raus.« Meine Finger streicheln durch ihr lockiges Haar, streifen dabei ihre inzwischen eiskalte Haut. Mir bleiben nur noch fünfundzwanzig Minuten, um sie von diesem Gelände zu schaffen und zu dem vereinbarten Treffpunkt zu gelangen. »Es ist vorbei, mi cielo.« Und ich weiß nicht, ob ich diese Worte sage, um sie oder mich selbst zu beruhigen. Denn es ist noch nicht vorbei ... Das ist es erst, wenn sie aufwacht.

ACHTUNDZWANZIG

WILLOW

Fünfzehn Jahre zuvor

Ich singe immer noch lautlos die Musik vom Dschungelbuch, weil es mich davon abhält, laut zu weinen und nach Mommy zu rufen. Als ich ihre Schreie gehört habe, hielt ich mir die Ohren zu, weil es unerträglich war. Jetzt nehme ich die Hände herunter und alles ist still. Zu still.

Sind die bösen Männer fort? Der Junge, der zu mir in die Kammer kam, sagte, dass ich den Raum nicht verlassen darf. Aber wie lange soll ich hierbleiben? Ich halte es nicht länger in der Dunkelheit aus und außerdem muss ich zu Mommy. Muss wissen, ob es ihr gut geht.

Mr. Pebbles ist feucht von meinen Tränen, also entschuldige ich mich bei ihm, weil ich weiß, dass er es nicht mag, nass zu werden. Er hasst es jedes Mal, wenn er in die Waschmaschine muss. Fest presse ich ihn gegen meine Brust und stehe langsam auf. Meine Beine sind wie Wackelpudding, als ich zur Tür schleiche und mein Ohr dagegen presse. Noch immer ist alles still, als würde

Mommy bereits schlafen. Aber dann hätte sie mich doch aus der Kammer geholt! Immerhin wollte sie mit mir einen Ausflug machen.

Ich grabe meine Finger in den Bauch meines Teddys, greife mit der anderen Hand nach der Türklinke und drücke sie herunter. Sobald der erste Lichtschein in die Kammer dringt, entflieht mir ein Schniefen. Langsam ziehe ich die Tür auf, tapse in den Flur und will gerade ins Wohnzimmer gehen, als ich von hinten gepackt werde. Mir entflieht ein Schrei, der von einer Hand abgefangen wird. Mein Herz rumpelt ganz schnell und ich spüre, dass auch Mr. Pebbles fürchterliche Angst hat. Daraufhin werde ich in mein Kinderzimmer gezogen. Das Licht wird angeschaltet, wodurch meine Angst etwas abnimmt.

»Nicht schreien«, murmelt eine Stimme, die ich bereits kenne. Sie gehört demselben Jungen, der mich in der Kammer besucht hat. Er kommt um mich herum, und als ich im Hintergrund das Rascheln einer Plane höre, werden meine Augen ganz groß.

»Wirst du leise sein?«, fragt mich der Junge, als er vor mir in die Hocke gegangen ist. Seine grünen Augen erinnern mich an Mommys. Atemlos nicke ich, und sobald er die Hand von meinen Lippen nimmt, beben sie.

»Wo ist Mommy?«, frage ich den fremden Jungen und habe im selben Moment Angst vor der Antwort. Sie hat mir einen Ausflug versprochen und jetzt ist sie nicht mehr da!

Der Junge schürzt seine Lippen, und ich weiß genau, was das bedeutet. Das machen Menschen, wenn sie etwas nicht aussprechen wollen!

»Wo ist meine Mommy?«, wiederhole ich schniefend. Wieder raschelt es im Hintergrund, und ich schiele durch den Türschlitz Richtung Wohnzimmer. Doch ich sehe nicht viel, nur dass unsere Möbel verrückt worden sind und der ganze Boden voller Kram ist. Der Junge dreht meinen Kopf in seine Richtung und sieht mich voller Bedauern an. Ich hasse es, dass er mich so ansieht! Weil es bedeutet, dass etwas Schlimmes passiert ist. Mit meiner Mama. Sie hat nicht ohne Grund geschrien.

»Geh nicht ins Wohnzimmer, hast du verstanden?«

Ich nicke, aber eigentlich lüge ich. Weil ich unbedingt wissen muss, warum es im Wohnzimmer so schrecklich unordentlich aussieht.

»Darf ich dir eine Geschichte erzählen?«, fragt mich der Junge, und ich nicke wieder, weil Geschichten alles besser machen. Immer wenn ich nicht einschlafen kann, erzählt Mommy mir welche. Früher war das immer Daddys Aufgabe, weil er der beste Geschichtenerzähler war.

»Als ich noch so alt war wie du, hatte ich oft Panikattacken«, beginnt er leise, und ich runzle die Stirn, weil ich nicht weiß, wovon er redet.

»Was ist das?«

»Wenn es etwas gibt, das dir schreckliche Angst einjagt, kann es passieren, dass dein Körper etwas verrücktspielt. Man atmet viel hektischer, einem kann schwindelig werden, und das Herz stolpert ganz schnell.«

»Mein Herz stolpert gerade auch«, hauche ich und frage mich, ob ich gerade vielleicht auch so eine Attacke habe. Und ob es Mr. Pebbles genauso geht. Können Kuscheltiere Panikattacken haben?

»Das dachte ich mir.«

»Und wovor hattest du Angst?«, frage ich.

»Vor meinem Vater. Er ist kein guter Mensch.« Er schließt kurz die Augen, und als er sie wieder öffnet, wirkt er entschlossen. »Aber meine Mutter hat mir geholfen, mit dieser Angst umzugehen. Weißt du, was sie immer zu mir gesagt hat, wenn mich die Panik gepackt hat?«

Schniefend schüttle ich den Kopf.

»Sie hat gesagt, dass ich mich woanders hinträumen soll. Was hier draußen passiert, können wir oft nicht beeinflussen.« Er deutet in den Raum hinein. Meint er damit, dass Mommy etwas passiert ist? »Aber wir können beeinflussen, was hier drin passiert.« Er tippt erst sich, dann mir gegen die Schläfe. »Mit deiner Fantasie kannst du die Angst in die Flucht schlagen.«

»Wie eine Kriegerin?«, frage ich und fühle mich plötzlich ganz aufgeregt.

»Wie eine Kriegerin«, bejaht er. »Willst du es mit mir gemeinsam probieren?«

»Ja!«, sage ich etwas zu laut. Immerhin ist es mitten in der Nacht und ich will unsere Nachbarn nicht wecken.

»Gut, dann schließ die Augen.« Erst will ich sie nicht schließen, weil ich froh bin, nicht mehr in der Dunkelheit eingesperrt zu sein, aber als der Junge meine Hand packt und sie hält, fühle ich mich sicher genug, es doch zu tun.

James

Ihre Augen fallen zu, aber ich lasse ihre Hand nicht los.

»Und was passiert jetzt?«, fragt sie wispernd, und ich wünschte, ich könnte ihr sagen, dass jetzt alles gut wird. Dass mein Bruder nicht gerade im Wohnzimmer dabei ist, die Leiche ihrer Mutter in eine Plane zu wickeln, damit wir sie in den Jeep verfrachten und anschließend irgendwo in der Wüste vergraben können.

Ich drücke ihre Hand fester. »Jetzt kannst du an einen Ort deiner Wahl gehen. Irgendwohin, wo du dich gut fühlst. Wo die Sonne scheint. Oder wo es schneit. Wie du willst.«

»Schnee?« Das Mädchen reißt ihre Augen freudig auf, und als sie meinen tadelnden Blick sieht, schließt sie die Lider. »'schuldige. Ich liebe Schnee!«

»Das ist gut. Dann träum dich an einen Ort, an dem es schneit.«

Ich kann nahezu vor mir sehen, wie es in ihrem kleinen Kopf arbeitet. Wie sie ihre Fantasie woandershin trägt. Weg von dieser zugemüllten Wohnung, in der sie nicht mehr sicher ist, seitdem ihre Mutter bei uns als Haushaltshilfe angefangen hat. Am liebsten würde ich sie eigenhändig nach draußen schaffen, aber Brian sitzt unten im Wagen und würde sofort eins und eins zusammenzählen. Ich kann sie nicht mitnehmen, so gern ich auch würde.

»Was siehst du?«, frage ich sie, damit sie weiterhin in ihrer Traumwelt bleibt.

»Einen Schneemann!« Sie tippelt nervös von einem Bein aufs andere. Im selben Augenblick betritt mein Bruder den Flur, über seiner Schulter ruht der Leichensack. Er hat uns noch nicht entdeckt, und ich weiß nicht, wie er reagiert, wenn er das Mädchen sieht. Damit Liz die Augen nicht öffnet, fahre ich mit dem Daumen über ihren Handrücken und entdecke im selben Moment ein kleines sternförmiges Muttermal an ihrer rechten Hand. Genau zwischen ihrem Daumen und dem Zeigefinger.

»Und was siehst du noch?«, frage ich das Mädchen, damit mein Bruder ungesehen aus der Wohnung verschwinden kann. Sie darf unter keinen Umständen die Leiche ihrer Mutter sehen, das würde sie ihr Leben lang brechen. *Wenn sie nicht schon zerbrochen ist.*

»Ich sehe Schneeflocken. Überall.« Ihre Mundwinkel tanzen nach oben und dieses kindliche Lachen reißt ein verdammtes Loch in meine Brust. Sie erinnert mich so sehr an Yuliana, dass es wehtut. Mit dem Unterschied, dass dieses Mädchen nicht vom Teufel persönlich abstammt, wir schon. Sie schiebt plötzlich ihre Zunge raus und legt den Kopf in den Nacken.

»Was machst du da?«, frage ich sie und kann mein Lachen nicht zurückhalten, weil es einfach zu komisch aussieht.

»Daddy hat immer gesagt, dass er mir eines Tages zeigen will, wie man Schneeflocken mit der Zunge auffängt!«

»Ist dein Daddy gerade bei dir?«, hake ich nach, damit sie in ihrer Fantasiewelt bleibt, die so viel schöner zu sein scheint als die reale Welt. Ihre Zunge verschwindet wieder zwischen ihren Lippen.

»Ja, Daddy ist hier. Bin ich im Himmel?«, fragt sie und runzelt jetzt die Stirn. Mein Bruder hat den Leichensack inzwischen aus der Wohnung entfernt, dennoch bin ich froh, dass Lizzy die Augen weiterhin geschlossen hält.

»Du kannst überall sein«, versichere ich ihr und fahre mit dem Daumen immer noch beruhigend über ihr Muttermal. »Es ist deine Welt, also sind es auch deine Regeln.«

»Dann will ich hier im Himmel bleiben!«, sagt sie, und eine Träne löst sich von ihren hellen Wimpern und kullert über ihre Wange. Während sie über den Himmel und ihren Vater spricht, muss ich an unsere Mutter denken. Für mich funktionieren die Gedankenreisen schon lange nicht mehr, aber ich hoffe, dass sie Liz helfen werden, das hier irgendwie zu überstehen. Diese Nacht, dieses verkorkste Leben.

»Hör mir jetzt genau zu, Lizzy.«

Sie hält ihre Augen geschlossen und ich bin froh darüber, weil sie sonst sehen würde, dass ich kurz vorm Heulen stehe.

»Hm?«

»Ich muss jetzt gleich gehen. Aber du musst hierbleiben, verstehst du? Hier in deinem Zimmer.« Jetzt schlagen ihre Lider auf und sie sieht mich entsetzt an.

»Aber ich will nicht ohne Mommy hierbleiben!« Sie stemmt die Hände in die Hüften und diese Geste weicht mein hartes Herz auf.

»Es tut mir leid«, nuschle ich. »Aber ich werde jemanden herschicken, hörst du? Wenn ich aus dieser Tür raus bin, werde ich Hilfe holen. Und dann wird jemand kommen, der sich um dich kümmert.« Ihre Lippen zittern und noch mehr Tränen kullern über ihre Wangen. Rote Flecken entstehen auf ihrer hellen Haut.

»Ich vermisse meine Mommy«, schnieft sie und vergräbt ihr Gesicht in dem Teddy.

»Ich meine auch«, verrate ich ihr leise. Das habe ich noch nie jemandem gesagt. Der Tod von Mom ist nicht lange her und bis jetzt habe ich mit niemandem darüber geredet. »Aber du kannst sie jederzeit im Himmel besuchen. Du weißt ja, wie es geht.«

Liz zuckt heftig zusammen, als die Haustür erneut geöffnet wird und mein Bruder in den Flur tritt. Sie stolpert regelrecht in meine Arme, weil sie Angst hat, und ich gebe ihr Halt.

»Bist du fertig?«, fragt er mich laut und sucht anschließend die Zimmer nach mir ab. Als er die Tür zum Kinderzimmer öffnet und das verängstigte Mädchen sieht, das sich wie ein Koala an mich krallt, weiten sich seine Augen. »Scheiße, sie war doch hier?« Er kommt auf uns zu, woraufhin Liz ihr Gesicht an meiner Brust vergräbt. Fuck, was mache ich hier eigentlich?

»Du brauchst keine Angst haben, er ist mein Bruder«, versichere ich ihr. »Und er wird dir nicht wehtun.«

Er kommt vor uns zum Stehen und betrachtet Liz' wilden Lockenkopf. Anschließend wirft er einen prüfenden Blick über die Schulter, um zu sehen, ob die Luft noch rein ist, und geht ebenfalls in die Hocke.

»Hey, Kleine. Wir tun dir nichts.«

Lizzy bebt am ganzen Körper, und als sie zu meinem Bruder schielt, furcht sich wieder ihre Stirn.

»Wieso seht ihr genau gleich aus?«, fragt sie mit einer Mischung aus Interesse und Panik in der dünnen Stimme. Ich werfe meinem Bruder einen Blick zu, den er mit einem Grinsen kommentiert. Anschließend zeigt er erst auf mich, dann auf sich.

»Wir sehen gleich aus, weil wir Zwillinge sind«, verrät er ihr hinter vorgehaltener Hand dieses – sehr offensichtliche – Geheimnis.

»Wow!« Liz löst sich von mir und betrachtet uns beide interessiert. Und auch wenn wir keine Zeit haben und zu Brian gehen müssen, damit er keinen Verdacht schöpft, will ich ihr diesen kurzen kindlichen Moment lassen. Weil ihre Kindheit heute viel zu abrupt enden muss. Sie wird von den Cops abgeholt und dann sicherlich in ein Pflegeheim kommen, sollte es keine Verwandten geben, die sich um sie kümmern können.

»Verrückt, oder?« Mein Bruder zwickt Liz in die Wange, wie er es bei Yuliana immer gemacht hat, als sie noch kleiner war und es zugelassen hat.

»Superverrückt!«

»Wir müssen jetzt gehen. Aber du versprichst uns etwas, okay?« Mein Bruder sieht sie eindringlich an, und als sie nickt, hasse ich, wie sehr sie uns vertraut, obwohl unser Vater gerade ihrer Mutter die Kehle durchgeschnitten hat.

»Du passt auf dich auf, okay, Kleine?«
Wieder nickt sie.
Wieder rollt eine Träne über ihre Wange.
Und wieder wehrt sich alles in mir dagegen, sie zurückzulassen.
Aber ich muss.
Wir müssen es.
Weil wir zu den Bösen gehören.
Und sie nicht.

NEUNUNDZWANZIG

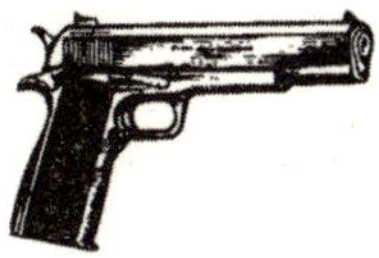

JAYSON

Kalter Rauch dringt in meine Lungenflügel und lässt mich umgehend herunterkommen. Die letzten Stunden waren – gelinde gesagt – zum Kotzen. Ich habe mich nicht nur mit ein paar unkooperativen Typen geprügelt, als wären wir pubertierende Idioten auf einem Schulhof, nein. Zur Krönung dessen rief mich mein Bruder mitten in der Nacht panisch an und sagte mir, dass wir auf den Notfallplan zurückgreifen müssen. Den. Fucking. Notfallplan. Der noch fünftausendzweihundertachtundzwanzig Lücken hat. Ungefähr. Hab irgendwann aufgehört, zu zählen.

Das Ergebnis? Ich musste mitten in der Nacht auf meine Harley springen, unserem Chemikerfreund Alfred einen Besuch in seiner kleinen Drogenküche mitten im Nirgendwo abstatten, und ihn mit meinen Fäusten dazu animieren, mir das Gegenmittel fürs Leraxin anzumischen.

Er war nicht gerade begeistert.

Ich ebenso wenig.

Immerhin hatte ich seit Tagen kaum Schlaf. Während James sich regelmäßig mit unserer kleinen Raubkatze vergnügt hat, musste meine Faust als Ventil herhalten. Dementsprechend mies ist meine Laune. Und je mehr Zeit verstreicht, in der mein Bruder nicht mit Willows leblosem Körper hier auftaucht, desto mieser wird sie. Diesen Tag hatte ich mir echt anders vorgestellt.

Ich hänge meinen Helm über den Lenker, lehne mich gegen die Sitzbank meiner Chromschönheit und blase den Rauch in Kreisen aus. Es ist bullenheiß hier draußen, abseits der Stadt und den Stränden, und unter meiner Lederjacke schwitze ich wie ein über die Felder gehetzter Bulle.

Noch immer wurmt es mich, dass Willow *uns* in *Anzügen* schöner findet. Ich liebe meine Lederjacke und ich ziehe diese geleckten Teile nur an, wenn es wirklich sein muss. James und ich waren schon immer ein eingespieltes Team – vermutlich normal bei eineiigen Zwillingen, die sich monatelang eine Gebärmutter wie eine Badewanne geteilt haben. Aber in den letzten Monaten waren wir nicht nur ein eingespieltes Team, wir sind zu einer grandiosen Einheit geworden.

Eine, die Willows Kopf noch ordentlich aus der Bahn werfen wird.

Sollte James sie rechtzeitig zu mir bringen, heißt es.

Er hat mich angerufen, als er das Hotel verlassen hat, und wenn mich meine innere Uhr nicht täuscht, bleiben uns nur noch wenige Minuten, um ihr das Zeug in die Venen zu jagen. Ansonsten war es das mit unserer kleinen Kratzbürste. Und ich würde meinem Bruder die Visage polieren, sollte Willow nicht mehr die Chance haben, uns wirklich kennenzulernen. *Mich* kennenzulernen.

Es fuckt mich ohnehin oft genug ab, dass ich in seinem Schatten stehe, und alle glauben, dass ich er bin. Wieso haben wir es nicht andersrum gemacht? Jayson Gray klingt viel cooler als James Gray. Aber mein Bruder war schon immer der taktisch Klügere von uns beiden, deshalb ist er unser Hauptmann. Ich bin sein zweites Ich, sein zweites Gesicht, sein verfickter Doppelgänger. Normalerweise hat es mich in den letzten Monaten nie gestört, aber seit Willow in unseren Plan gestolpert ist, hat sich etwas verändert.

Eigentlich hätte *ich* an jenem Abend im *Dark Diamond* arbeiten sollen, aber James musste für mich einspringen, weil ich an einer Spur dran war, die sich im Nachhinein im Sand verlaufen hat. Und das bereue ich bis heute. Weil ich zu gern der Erste von uns gewesen wäre, der in den Genuss ihrer süßen Pussy kommt. Jetzt werde ich wohl immer die zweite Geige spielen.

»Lässt dir ganz schön viel Zeit, Bro«, murmle ich und erreiche den Filter der Kippe viel zu schnell. Der verbrannte Geschmack verteilt sich auf meiner Zunge, also schnipse ich den Stummel in den Sand und trete ihn mit meinem Motorradstiefel aus. Zwei Sekunden später steckt bereits die nächste Kippe zwischen meinen Lippen.

Scheiße, bin ich echt so nervös?

Bange ich hier gerade tatsächlich um ihr Leben?

Willow bedeutet mir nicht so viel wie meinem Bruder, das hat sie nie. Ja, sie hat mir leidgetan, als wir sie in jener Nacht in dieser verwüsteten Wohnung zurücklassen mussten. Aber James war derjenige, der nächtelang nicht pennen konnte, weil er sich Sorgen um sie gemacht hat. Ich habe einfach weitergemacht, als wäre nichts passiert, er konnte das nie.

Und er ist auch derjenige, der sich eine Kugel verpassen würde, sollte ihr etwas zustoßen. Dass mir der Gedanke an ihren Tod ebenfalls so zusetzt, hätte ich nicht gedacht. Ich schiebe es mal vorsorglich auf mein Ego, das in den letzten Wochen von ihr mit Füßen getreten wurde. Jedes Mal, wenn sie mir so nah war und meinen Bruder vor sich gesehen hat. Wenn sie meine Lippen wie eine Quelle in der Wüste angestarrt hat, ohne zu wissen, dass es mein Mund ist und nicht der meines Bruders. Jedes Mal, wenn sie sich wie eine Katze an mich geschmiegt hat und dabei so süß ahnungslos war. Fuck, ich kann es echt kaum erwarten, ihr das Zeug zu spritzen und mit einem »Überraschung« auf den Lippen darauf zu warten, dass sie wach wird. Sie wird vermutlich an ihrem Verstand zweifeln, aber das ist okay. Der Verstand wird ohnehin überbewertet.

Im Hintergrund ertönt das Fauchen eines Motors, und als ich sehe, dass James' Porsche über den Highway rast, schmeiße ich auch die zweite Kippe auf den Boden und trete sie aus. Will ja nicht, dass die trockenen Büsche hier zu brennen anfangen. Die Fensterscheibe des 911ers ist immer noch zertrümmert und verdeutlicht mir, wie viel Wut mein Bruderherz in sich trägt. Wer hätte gedacht, dass ich mal der Besonnene von uns beiden sein würde?

»Wurde ja auch Zeit!«, begrüße ich ihn und stoße mich von der Harley ab. James hält mit quietschenden Reifen in der kleinen Einbuchtung, reißt die Fahrertür auf und springt raus. Anschließend fischt er Willow von der Rücksitzbank.

Hell, dieser Anblick macht mehr mit mir, als er sollte.

Willow hängt wie eine verwelkte Blume auf seinem Arm und regt sich nicht. Als ich sie das letzte Mal gesehen habe, habe ich ihr den verdammten Arsch eingecremt. Ihre Unterarme sind aufgeschlitzt und voller Blut, was mich ehrlich gesagt etwas irritiert.

»Alter, was hast du mit ihr gemacht? Wir hatten einen Plan!«, fahre ich meinen Bruder an und nehme ihm

Willow ab. Ich merke, dass er sie mir nur widerwillig übergibt, aber das interessiert mich nicht die Bohne.

»Ich habe am Plan gefeilt. Hast du das Gegenmittel?«, weicht er aus, während ich Willow am Boden ablege und in die Tasche meiner Lederjacke greife. Ich fische sowohl die leere Spritze als auch das Wundermittelchen heraus.

»Wie lange ist es jetzt her, seit du ihr die Kapsel gegeben hast?«, frage ich meinen Bruder und ziehe die Spritze auf. Die durchsichtige Flüssigkeit füllt schnell den Zylinder.

»Ziemlich genau fünfundachtzig Minuten«, murmelt James und fährt sich mit beiden Händen über das Gesicht. Er ist vollkommen durch den Wind, und ich bin mir nicht sicher, ob ich ihn je in einer so miesen Verfassung gesehen habe. In den letzten Wochen habe ich ihn kaum zu Gesicht bekommen. Meistens war ich auf der Suche nach unserer Schwester, wenn er bei Willow war, und umgekehrt. Der größte Vorteil an unserer Situation ist, dass wir problemlos an zwei Orten parallel sein können. Gleichzeitig ist es aber auch ein gigantischer Nachteil, weil wir ständig aufpassen müssen, dadurch nicht aufzufliegen.

»Du siehst müde aus, Alter.«

»Hör auf zu quatschen und gib ihr das Gegenmittel!« Er funkelt mich wütend an. Wie damals immer, wenn wir uns aus Spaß die Ärsche aufgerissen und die Seelen aus den identisch aussehenden Körpern geprügelt haben.

»Schon dabei«, sage ich beruhigend und lege Willows Arm auf meinem Oberschenkel ab. Anschließend klopfe ich sachte auf ihre Armbeuge, in der Hoffnung, dass ihre Venen hervortreten. Aber nichts passiert. Ich muss die Vene wohl oder übel intuitiv finden. Sekunden später dringt die Nadel in ihre Haut ein, während ich langsam das Gegenmittel in ihren Körper fließen lasse. Ich pumpe den gesamten Inhalt in ihren Arm und sehe ihr zum ersten Mal ins Gesicht.

Willows Haut ist noch blasser als sonst, ihre Haare an den Spitzen blutrot. Ihre Locken erinnern mich ein bisschen an Curly Fries mit Ketchup. Umgehend bekomme ich Hunger und kann es kaum erwarten, sie bei einem Essen besser kennenzulernen. Steht sie eher auf Süßes oder Salziges? Scheißegal, ich würde ihr auch ein ganzes Buffet auftischen.

»Was, wenn es zu spät war?« James tigert auf und ab, wobei er den Sand unter sich aufwirbelt, während ich am Boden sitzen bleibe und Willow auf meinen Schoß ziehe. Keine Ahnung, ob sie irgendetwas hiervon mitbekommt.

»Wird es nicht«, versichere ich meinem Bruder. »Unsere Kleine ist stark, das weißt du doch.« Ich schenke James ein aufmunterndes Lächeln, merke aber im selben Augenblick, wie fake es ist. Ich bin innerlich bei Weitem nicht so gelassen, wie ich mich nach außen gebe. Weil Willow nicht aussieht, als würde sie wacher werden. Weil ihre Haut nicht rosiger wird. Und ich es hasse.

»Ich muss ins *Dark Diamond*«, sagt James rau. »Silva ist über die Entwicklung des Tages nicht gerade erfreut, jemand muss dafür sorgen, dass er die Füße stillhält und keinen Verdacht schöpft. Außerdem muss ich deine Harley nehmen.« Scheiße, was? Nicht sein Ernst! Meine Nasenlöcher blähen sich auf, weil ich mein Motorrad niemals jemand anderem gebe. Aber die Umstände sind beschissen. Ich muss Willow aus der Sonne rausholen, ihre Arme verarzten und warten, dass sie wach wird.

Mein Bruder geht zum Kofferraum des Porsches und bedeutet mir mit einem Kopfnicken, ihm zu folgen. Ich lege Willow am Boden ab und stehe auf. »Während ich die Wogen glätte, musst du dich nicht nur um Willow kümmern, sondern auch um sie.« James öffnet die Kofferraumklappe, und als ich sehe, wen er meint, entflieht mir ein Lachen.

»Fuck, du hast Madeleine gekillt?«

»Nicht ich. Er. Aber ihre Leiche muss weg, bevor sie anfängt, zu stinken. Was bei den Temperaturen nicht lange dauert.« Die kleine Französin liegt tot und zerstochen in dem winzigen Kofferraum. »Schade, ihre Pussy war echt gut«, sinniere ich und schlage den Kofferraum wieder zu, weil ich heute noch nichts zum Beißen hatte und mir beim Anblick von Blut gerade schlecht wird. »Geh ruhig, Bro. Ich verscharre die Bitch, bleibe bei Willow und sorge dafür, dass sie nicht allein ist, wenn sie wach wird.« Ich würde ja an seiner Stelle gehen, aber ich bin Silva noch nie begegnet. Die Gefahr, dass er den Unterschied bemerkt, ist zu groß.

Zweifelnd sieht James auf Willow hinab. Sein Blick gleitet über die regungslose Frau, und ich kann die Zweifel in seinem Schädel hören, so laut sind sie.

»Scheiße, James. Ich komme mit ihr klar. Schon vergessen, dass ich nicht das erste Mal mit ihr allein bin?«

»Du schreibst mir sofort, wenn sie wach wird«, befiehlt er mir, und ich tue ausnahmsweise mal so, als würde ich auf seine Befehle hören. Für James ist das hier weitaus schlimmer als für mich und er tut mir irgendwie leid.

»Und wenn etwas schiefläuft, bringst du sie ins Krankenhaus.«

»Jawohl, Sir«, sage ich salutierend. »Und jetzt fahr schon. Der Schlüssel steckt.«

James kniet sich anschließend neben Willow. Seine Hand gleitet in ihr Haar, und als er ihre Stirn küsst, will ich die Augen verdrehen. Für diesen Romantik-Kram haben wir eigentlich keine Zeit, aber okay. Nur widerwillig löst James sich von Willow, marschiert mit großen Schritten auf mein Bike zu und schwingt sich auf die Schönheit. Sobald sie fauchend zum Leben erwacht, bereue ich meine Entscheidung bereits.

Aber was tut man nicht alles für die Familie? Wir haben uns für unsere Schwester in einen Frauenhändlerring eingeschleust, da kann ich meinem Bruder ruhig mal meine Harley leihen.

»Und Bro?«, rufe ich ihm zu.

»Was noch?«, blafft er.

»Wenn du einen Kratzer in mein Bike machst, verscharre ich dich direkt neben der Französin!«

James reagiert nur mit einem Kopfschütteln und fährt los. Staub wirbelt unter den Rädern auf, und einen Augenblick lang sehe ich meinem Bike noch melancholisch hinterher, bevor ich Willow vom Boden fische.

»Na komm, dann bringen wir dich mal aus der Sonne raus.« Ich lege sie auf die Rücksitzbank, und als ich ihr erneut ins Gesicht sehe, das noch immer so friedlich – und viel zu tot – aussieht, verdrehe ich die Augen über mich selbst. Weil ich gerade nicht in James' Rolle schlüpfen muss, sondern zum ersten Mal ich selbst sein kann. Und ich dennoch wie ein liebeskranker Trottel agiere. Meine Finger tanzen über ihre Wange, schieben ihre Haare zur Seite und genießen diese Berührung viel zu sehr.

Je länger sie sich nicht regt, desto mehr kriecht diese bescheuerte Panik in meinen Körper und in meine Gedanken. Was, wenn es doch zu spät war? Wenn sie nicht aufwacht? Oder sie komplett gaga ist, sobald sie die Augen aufschlägt?

»Komm schon, pequeña«, murmle ich und schwebe mit meinem Gesicht direkt über ihrem. Scanne ihre weichen, filigranen Gesichtszüge, die mich seit Wochen in meinen Träumen verfolgen. Diese Lippen, die ich jedes Mal vor Augen habe, wenn ich mir allein in meinem Bett einen runterhole.

»Du darfst uns jetzt nicht wegsterben, hörst du?« Meine Lippen streifen ihre flüchtig. »Nicht, bevor du dich nicht endlich daran erinnerst, wer wir sind.«

Ende von Band 1

Vier Männer. Eine Jungfrau. Wird gerecht geteilt?

Mein Bruder konnte mich noch nie leiden. Als er plötzlich in unserer Familienvilla auftaucht und meine Unschuld an einen dubiosen Typen verschenken will, ergreife ich die Flucht.
Blöd nur, dass ich kurz darauf in einen Drogendeal platze und noch viel gefährlichere Männer auf mich aufmerksam werden.
Blake, Zac, Dexter und Ghost herrschen über Raven Falls – und sind nicht gerade berühmt dafür, unschuldige Frauen in Not zu retten.
Sie haben eine Rechnung mit meinem Vater offen, und dass ich als seine Tochter in ihr Gebiet gestolpert bin, ist so etwas wie eine Kriegserklärung.

Vier düstere Männer gieren nach Rache und ich muss darunter leiden. Sie entführen mich und wollen mir alles nehmen. Scheint, als solle meine Jungfräulichkeit gerecht unter ihnen aufgeteilt werden.

Allerdings ist dieser Gedanke nicht ganz so abstoßend, wie er sein sollte ...

Du bist der süße Engel in unserer Hölle, den der Teufel persönlich geschickt hat. Wir wollen alles von dir. Angefangen bei deiner Unschuld bis hin zu deiner reinen Seele. Und wir werden nicht eher aufhören, bis wir die Rache bekommen haben, nach der wir dürsten ...

Düster, fesselnd und voller Spannung – der prickelnde Reverse Harem-Reihenauftakt von Alessia Gold. Enthält explizite Szenen.

Das Rezept für einen Neuanfang?
Man lässt die Vergangenheit hinter sich,
zieht in eine andere Wohnung und sucht sich einen Job.
Wenn dann auch noch ein heißer Surferboy im Spiel ist,
läuft doch eigentlich alles perfekt, oder?

Sommer, Sonne, neues Leben – der Golden State Kalifornien scheint für Lea der ideale Ort, um noch einmal von vorn anzufangen. Aber hier steigt ihr nicht nur die sengende Hitze zu Kopf, sondern auch der unverschämt attraktive Hayes. Mit jedem Treffen und jedem Blick wird die Anziehungskraft zwischen den beiden stärker und Lea weiß, dass sie endlich alles hinter sich lassen kann.

Doch von wem sind die geheimnisvollen Rosen und die merkwürdigen Geschenke, die sie immer wieder erreichen? Lea hat zwar einen Verdacht, behält diesen aber lieber für sich. Denn ihre Vergangenheit könnte die Beziehung zu Hayes gefährden …

Ein spannungsgeladener Liebesroman mit expliziten Szenen und einem garantierten Happy End.

Sammle Herzpunkte und sichere dir

kostenlose Wunschbücher

Du hast Lust, Feedback zu den Verlagstiteln des Federherz Verlages zu geben? Du möchtest dabei Punkte sammeln, von denen du dir in regelmäßigen Abständen Wunschbücher aussuchen kannst?

Dann mach mit beim Herzlesen. Alles, was du dafür brauchst, ist ein Konto auf unserer Federherz-Homepage. Sobald du dieses hast, kannst du direkt damit loslegen, Herzpunkte zu sammeln.

Wir freuen uns, bald mehr von dir zu lesen!

Dein Federherz Verlag